福尔摩斯来中国

侦探小说在中国的跨文化传播

魏艳 著

北京大学出版社

图书在版编目(CIP)数据

福尔摩斯来中国：侦探小说在中国的跨文化传播/魏艳著.—北京：北京大学出版社，2019.6
（博雅文学论丛）
ISBN 978-7-301-30028-2

Ⅰ.①福… Ⅱ.①魏… Ⅲ.①侦探小说—小说研究—中国—1900-1949 Ⅳ.①I207.42

中国版本图书馆 CIP 数据核字(2018)第 255711 号

书　　　名	福尔摩斯来中国：侦探小说在中国的跨文化传播 FUERMOSI LAI ZHONGGUO：ZHENTAN XIAOSHUO ZAI ZHONGGUO DE KUAWENHUA CHUANBO
著作责任者	魏　艳　著
责 任 编 辑	延城城
标 准 书 号	ISBN 978-7-301-30028-2
出 版 发 行	北京大学出版社
地　　　址	北京市海淀区成府路 205 号　100871
网　　　址	http://www.pup.cn　新浪微博:@北京大学出版社
电 子 信 箱	pkuwsz@126.com
电　　　话	邮购部 010-62752015　发行部 010-62750672 编辑部 010-62756467
印　刷　者	北京中科印刷有限公司
经　销　者	新华书店
	965 毫米 × 1300 毫米　16 开本　21.75 印张　296 千字 2019 年 6 月第 1 版　2019 年 6 月第 1 次印刷
定　　　价	59.00 元

未经许可，不得以任何方式复制或抄袭本书之部分或全部内容。
版权所有，侵权必究
举报电话: 010-62752024　电子信箱: fd@pup.pku.edu.cn
图书如有印装质量问题，请与出版部联系，电话: 010-62756370

目　录

导　论 ………………………………………………………………… 1
一　福尔摩斯与狄仁杰:中西侦探文学的跨境与互动 ………… 2
二　中国侦探小说的研究概况 …………………………………… 4
三　侦探小说与中国现代性阐述 ………………………………… 7
四　章节 …………………………………………………………… 20

第一部分　晚清时期的侦探小说翻译与创作

第一章　林纾、周桂笙与周作人的侦探小说翻译 ……………… 33
一　伍子胥式的复仇与侦探小说:林纾与《歇洛克奇案开场》 … 35
二　新文明与旧道德:周桂笙、吴趼人与《毒蛇圈》 …………… 46
三　博物学与知识论:周作人与《玉虫缘》 ……………………… 60
第二章　晚清时期的侦探小说创作 ……………………………… 71
一　侦探元素与传统公案:《老残游记》与《冤海灵光》 ……… 71
二　志怪与道德伦理知识:《守贞》 ……………………………… 86
三　晚清社会的女性群像:吕侠与《中国女侦探》 ……………… 97

第二部分　民国时期的本土侦探小说

第三章　民国侦探小说家与科学话语共同体 …………………… 115
一　"科学话语共同体"之概念 ………………………………… 116
二　民国侦探小说之"科学话语"特色 ………………………… 118
第四章　民国侦探小说中的日常话语 …………………………… 148
一　民国侦探小说中日常生活的细节 …………………………… 150
二　新旧交替时期的家庭犯罪 …………………………………… 156

三　民国侦探小说中的上海里弄空间……………………… 165
第五章　民国侦探小说中的正义观……………………………… 174
　一　侦探的失败…………………………………………… 177
　二　侠盗的盛行…………………………………………… 192
第六章　侦探小说与上海摩登…………………………………… 210
　一　上海的世界主义……………………………………… 212
　二　重绘民国侦探小说中的上海摩登图景……………… 214
　三　民国侦探小说中的跨国想象………………………… 234

第三部分　狄公案的中西互动

第七章　高罗佩与《武则天四大奇案》………………………… 253
第八章　高罗佩的狄公案系列…………………………………… 265
　一　狄公案系列中的主要人物…………………………… 267
　二　狄公案系列的主要特色……………………………… 270
第九章　狄公案之后……………………………………………… 310
　一　狄公案系列的引进与中文翻译……………………… 311
　二　狄公案故事的当代发展……………………………… 315
　三　陈舜臣与他的唐代推理小说………………………… 321
第十章　走向世界的当代中国侦探小说………………………… 328

参考文献…………………………………………………………… 331
致　　谢…………………………………………………………… 346

导　论

　　老残道:"如此大案,半个时辰了结,子寿先生,何其神速!"

　　白公道:"岂敢! 前半截的容易差使,我已做过了;后半截的难题目,可要着落在补残先生身上了。"

　　老残道:"这话从那里说起! 我又不是大人老爷,我又不是小的衙役,关我甚事呢?"

　　白公道:"然则宫保的信是谁写的?"

　　老残道:"我写的。应该见死不救吗?"

　　白公道:"是了。未死的应该救,已死的不应该昭雪吗? 你想,这种奇案,岂是寻常差人能办的事? 不得已,才请教你这个福尔摩斯呢。"

　　老残笑道:"我没有这么大的能耐。你要我去也不难,请王大老爷先补了我的快班头儿,再标一张牌票,我就去。"①

　　以上场景摘自1903年晚清著名小说《老残游记》第十八回"白太守谈笑释奇冤,铁先生风霜访大案"结尾处。自1896年上海《时务报》首次刊载福尔摩斯系列小说后,这位西方的名侦探迅速为晚清读者所仰慕,取代了中国传统的清官代表包公成为当时一批新式知识分子心目中的偶像,如《老残游记》中老残即采取调查取证的方法理性断案,与中国传统的清官酷吏严刑拷打的人治手段形成鲜明对比,从而获得"福尔摩斯"的美誉。

---

①　刘鹗.《老残游记》,北京:中华书局,2001年,第128—129页。

一 福尔摩斯与狄仁杰:中西侦探文学的跨境与互动

侦探小说是西方19世纪的文学产物,与当时欧美的工业革命、科学发展、医学进步、警察及国家新型行政制度的建立、现代都市的发展、殖民帝国的兴起与扩张等息息相关。西方民众对侦探小说的着迷,除了有对现代化理性社会又困惑又好奇的探索心理外,更可追溯到基督教伦理罪与罚的原罪思考。①

晚清时期,侦探小说开始传入中国。现代中文中的"侦探小说"一词,来自日文中的"探侦小说"。② 根据大森恭子的研究,日文中"侦探"一词同时可作动词与名词。动词上既可以指权威机构如警察、政府官员对不知名人士的调查和刺探,也可以指边缘人物如间谍、反政府活动分子的侦察行为。作为名词,它可以指间谍、秘密情报员、调查者或官方侦探。③中文中"侦探"仅为名词,指私人或官方侦探,晚清时也指间谍,④此时亦称"侦探"为"包探"或"包打听"。⑤ "包探"一词一语

---

① 郑树森:《从诺贝尔到张爱玲》,新北:印刻出版社,2007年。
② 1946年日本小说家木木高太郎为了让这一类别的小说主题更开阔,提出将"探侦小说"一词改为"推理小说",但当时反应冷淡,后来日本政府颁布了《当用汉字表》,规定汉字日常使用的书写范围,特别是法令、公文书、新闻、杂志中共有1850个汉字可以使用,"侦"字不在此范围内,之后"推理小说"一词开始被广泛使用(参见洪婉瑜《推理小说研究:兼论林佛儿推理小说》,台南:南天书局,2007年,第2页)。但实际操作上,由于相关规定一直在调整与改变,所以这一汉字改革方案在其后的约束力也愈来愈小,在五六十年代的日本推理杂志上,"侦"字仍然会偶尔出现。
③ Omori Kyoko, "Detecting Japanese Vernacular Modernism: Shin Seinen Magazine and the Development of the Tentei Shôsetsu Genre, 1920-1931", Diss. Ohio State University, 2003, pp. 10-11.
④ 晚清时期的侦探小说定义比较广泛,例如 Baroness Orczy (1865—1947) 所著冒险小说 *The Scarlet Pimpernel* (1905) 被译为《大侠红蘩露传》(1908), E. Phillips Oppenheim (1866—1946) 的间谍小说及 Allen Upward (1863—1926) 的宫廷小说等。周桂笙认为中国古代已有侦探,但作用与西方现代国家中的侦探不同:"吾中国古时的侦探,就和间谍细作差不多,大之则为一国一军,小之则为一家一身,大抵为私利的多,为公益的少,从没有像现今世界东西各国这样,请了许多侦探专家,专门为百姓刺案情用的。"周桂笙:《〈上海侦探案〉引》,原载《月月小说》1907年4月第七号,收录于任翔、高媛主编的《中国侦探小说理论资料(1902—2011)》,北京:北京师范大学出版社,2013年,第19—20页。
⑤ "包打听"的称呼略有贬义,仅指负责打听情报,而没有判断、推理、侦破等行为。

双关:其一,是呼应了传统包公案的传统;其二,"包"也有"负责"的意思,"包探"或"包打听"即"负责侦查"或"负责打探"。因此,晚清时期的侦探小说有时也翻译为"包探案",例如1906年商务印书馆出版的一本福尔摩斯故事合集《华生包探案》。

晚清时期的侦探小说大致上以翻译为主,真正具有一定规模的本土侦探小说的创作与生产,其标志为出现了专门发表侦探小说的杂志,侦探小说专业作家以及一定数量的本土侦探系列作品,则产生于20—40年代的民国时期。其中程小青与孙了红分别被称为"侦探泰斗"与"侠盗文怪",是当时最有名的侦探小说家。程小青的"霍桑探案"、孙了红的"侠盗鲁平"、俞天愤的"蝶飞探案"、陆澹安的"李飞探案"、张碧梧的"家庭侦探宋悟奇探案"、赵苕狂的"胡闲探案"、张无诤(张天翼)的"徐常云探案"、位育的"夏华探案"、郑狄克的"大头探案"、长川的"叶黄夫妇探案"、小平的"女飞贼黄莺"……种种面孔性别不一、性格纷呈的民国侦探们构成了中国侦探小说史上的第一个创作高潮。

在西方侦探小说引入前,中国的犯罪文学(Crime Literature)以传统公案文学为主,讲述如包公等百姓父母官秉公审案、为民伸冤的故事,宣扬的是为民做主的清官文化、天理昭昭的因果报应及惩恶扬善的朴素正义观。但这样的清官往往也都是酷吏,按照中国传统司法惯例,官员常会使用酷刑以获得犯人的口供。晚清小说家刘鹗所著《老残游记》(1903)率先对这一现象作出反思,在西方福尔摩斯侦探小说的观照下,抨击传统司法刑讯制度的弊端。同样,林纾所著《冤海灵光》(1915)也以纪实的笔调观察出,即使审案官员禀性纯良,晚清腐败的讼狱制度也会使得被告人被逐层剥削,最终倾家荡产。对比之下,西方侦探小说中对新型的司法体系、现代化的科学探案技术及生活方式、普通人权的尊重、对理性精神的推崇、起局必奇突的悬念叙事技巧等立即使得新旧转型中的中国读者眼前一亮,被视作新小说的代表。虽然公案小说在晚清与民国时期被新一代知识分子所扬弃,但在20世纪50年代,这样一个传统却被一个来自荷兰的外交官、汉学家高罗佩(Robert van Gulik)重新拾起,经他按西方侦探小说标准改造过的狄公案系列在国际上大放异彩。80年代开始,这一系列故事被译成中文后为中国读者所熟知,并产生了大量的狄仁杰故事影视新作。从晚清时的福尔摩斯来到中国,再到当代狄仁杰走向世界,这两位不同侦探人物的文化旅行路径也代表了中西犯罪文学的跨境互动。

二 中西侦探小说的研究概况

侦探小说研究可谓西方类型小说研究中的显学,早期研究者的重点多放在叙事学领域,讨论侦探小说叙事中倒装式的结构及其哲学意义,例如茨维坦·托多罗夫(Tzvetan Todorov)的经典论文《侦探小说类型学》("The Typology of Detective Fiction")[1]、雅克·拉康(Jacques Lacan)对爱伦·坡(Edgar Allan Poe)短篇《失窃的信》(*The Purloined Letter*)的符号学阐释[2]、卡维尔蒂(John Cawelti)的《冒险、神秘与罗曼史:作为艺术与流行文化的类型故事》(*Adventure, Mystery and Romance: Formula Stories as Art and Popular Culture*)、布鲁克斯(Peter Brooks)的《研读情节》(*Reading for Plot: Design and Intention in Narrative*)等。

除了叙事学之外,小说社会学也是侦探小说经常被征引的领域:史蒂芬·奈特(Stephen Knight)《犯罪小说中的形式与意识形态》(*Form and Ideology in Crime Fiction*)认为犯罪小说中的意识形态服务于中产阶级读者的心理需求;米勒(D. A. Miller)在《小说与警察》(*The Novel and the Police*)一书中最早注意到小说对犯罪行为绘声绘色的描绘与镇压罪犯、维持秩序之间的内在悖论;受福柯知识权力关系论的启发,马丁·凯曼(Martin Kayman)在《从弓街到贝克街:神秘、侦探与叙事》(*From Bow Street to Baker Street: Mystery, Detection, and Narrative*)中讨论了侦探小说中规训机构的变化;罗纳德·托马斯(Ronald Thomas)从法医学的现代发展出发,分析侦探小说中法医学与人体的关联,在《侦探小

---

[1] 该文的中文译本可参见〔法〕托多罗夫《散文诗学:叙事研究论文选》,侯应花译,百花文艺出版社,2011年。

[2] Jacques Lacan, Jeffrey Mehlman trans, "Seminar on *The Purloined Letter*", *Yale French Studies*, Volume 48, *French Freud: Structural Studies in Psychoanalysis*, 1972, pp.39-72.

说与法医学的兴起》(*Detective Fiction and the Rise of Forensic Science*)一书中,他指出19世纪法医学的突破,例如指纹鉴别技术、罪犯分类、照相等将人体变成一个可读的文本。

正如奈尔斯·帕森(Nels Pearson)与马克·辛格(Marc Singer)所指出的,侦探小说中的知识生产不仅仅体现了占主导地位的社会文化的话语霸权,还包括了不同国家、种族与文化之间,尤其是帝国力量及他们的殖民地之间的相遇。① 近年来,受后殖民等理论影响,侦探小说中的后殖民性与跨国性成为新的研究热点,如汤普森(Jon Thompson)《小说、犯罪与帝国:现代性与后现代主义的线索》(*Fiction, Crime, and Empire: Clues to Modernity and Postmodernism*)观照了西方侦探小说中所反映的帝国主义与殖民主义意识。以上所有论著中讨论的仍都是英美白人作家作品,越来越多的学者也开始关注侦探小说在不同文化中的繁荣原因及本地化的生产,至今已大约有四本论文集。② 这些书中,论者来自不同地区与种族,讨论的问题包括新殖民主义下的侦探小说、全球执法(global policing)与跨境犯罪小说、少数族裔在现实中的挫折、全球不同地区特别是前殖民地地区的侦探小说生产及如何改写侦探小说的原有模式等。其中与中国侦探小说相关的有金介甫(Jeffrey Kinkley)以80年代中国公安小说为例讨论国家的法律政策如何改变了侦探调查的程序,谭景辉以程小青笔下的霍桑为例分析后殖民地区的本土侦探形象的文化杂糅性等。③

东亚地区的侦探小说研究以关于日本推理小说的论著居多,例如马克·希尔福(Mark Silver)《偷窃的信:文化借用与日本犯罪文学,1868—1937》(*Purloined Letters: Cultural Borrowing and Japanese Crime Literature, 1868-1937*)从侦探小说传入日本的源头开始,分析了日本侦

---

① Nels Pearson and Marc Singer, "Introduction: Open Cases, Detection, (Post)Modernity, and the State", in Nels Pearson and Marc Singer eds, *Detective Fiction in a Postcolonial and Transnational World*, New York: Routledge, 2009, p. 3.

② 它们分别是 *The Post-Colonial Detective* (2001), *Postcolonial Postmortems: Crime Fiction from a Transcultural Perspective* (2006), *Detective Fiction in a Postcolonial and Transnational World* (2009), *Crime Fiction as World Literature* (2017)。

③ Kinkley, *Chinese Justice* (1993), King-fai Tam, "The Tradition Hero as Modern Detective".

探小说中的模仿与原创、侦探小说传入之前日本的犯罪文学传统以及为何日本侦探小说会产生本格派与变格派两种不同的类型。川奈沙里(Sari Kawana)在《谋杀现代：侦探小说与日本文化》(*Murder Most Modern: Detective Fiction and Japanese Culture*)一书中提出20年代的日本作家认为侦探小说的本质是跨文化与跨国家的，于是他们利用侦探小说这个框架，来包装与传播他们对现代化种种现象如都市化、个人隐私、战争等的看法。在川奈沙里看来，日本侦探小说中的罪犯与受害者，如年轻女性、科学家、间谍与复员士兵都是一些道德上模糊的人物，代表了日本作家对现代性启蒙的复杂观点。阿曼达·西曼(Amanda Seaman)《身体证据：90年代日本的女性、社会与侦探小说》(*Bodies of Evidence, Women, Society, and Detective Fiction in 1990s Japan*)转向推理小说的性别书写角度，从1953年松本清张的社会派推理小说兴起开始，探讨90年代的日本女作家如何运用这一形式来表达女性在日本社会遇到的种种挫折与焦虑。

　　与欧美及日本侦探小说的研究相比，中国侦探小说的研究仍显薄弱，至今为止，金介甫所著《中国正义，小说：现代中国的法律与文学》(*Chinese Justice, the Fiction: Law and Literature in Modern China*)(1993)仍是西语世界唯一一本论述现当代中国侦探小说的专书。该书以讨论80年代的法制文学为主，在第二章"影子"(Shadow)中也分析了民国侦探小说家程小青和孙了红的作品来源与特点。值得指出的是金介甫将这两位作家视作五四作家，认为他们的作品都具有反封建与暴露当时中国法治系统腐败的主题；而在本书的论述中，从他们的行文风格、期刊发表来源及社交圈等判断，我仍将这批民国侦探小说的作家群视为鸳鸯蝴蝶派(以下简称鸳蝴派)作家，并从科学话语、日常生活话语、正义观与上海世界主义等角度来分析这些鸳蝴派作家们处理侦探小说类型的独特性，希望能丰富我们对鸳蝴派作家创作的多样性与现代性的理解。

　　有关中国侦探小说研究的专书主要有任翔《另一道风景：侦探小说史论》，黄泽新、宋安娜《侦探小说学》，范伯群、汤哲声等《中国近现代通俗文学史》中的侦探小说章节，卢润翔《神秘的侦探世界》，姜维枫

《近现代侦探小说家程小青研究》等。这些研究或者从文学史的角度对中国侦探小说史作出初步整理，或者以个别作家论的角度分析其作品特色，仍属于比较传统的文学史写作手法。此外，2013年北京师范大学出版了任翔、高媛主编的《中国侦探小说理论资料（1902—2011）》，收集了从晚清到当代各个报纸杂志上刊登的中国侦探小说理论文章，虽然这些文章大多数只是侦探小说作家与读者对这个类型发展的个别观察与随感，并未形成系统的理论主张，但却为我们了解不同时代的国人对侦探小说的理解提供了绝好的资料来源，本书写作中的不少晚清与民国侦探小说研究资料便得益于此。

三 侦探小说与中国现代性阐述

诚然，中国的侦探作品中呈现出的科学话语的深度与广度、对摩登都市现代性生活的敏感、人性的刻画等，与西方或日本的侦探小说相比还有不少差距。然而，如果我们换一个角度，将1949年前的中国侦探小说放在世界侦探小说的版图中，反思这一西方文学类型的形式在与中国本土的内容材料结合下产生的独特性，那么，对这种独特性的分析则更能凸显出中国侦探小说在目前这一世界性文学类型发展中的研究意义。①因此，与以上所列举的已有的中国学界从文类发展史或单独的作家研究的角度不同，本书更倾向于将侦探小说作为批评与反思的界面，从三个广义的层面，即新旧知识观/世界观的协商（Epistemological negotiation）、现代性的情感结构（Structure of feeling of modernities）与跨文化传译（Transcultration），重新检视中国文学现代性中的诸多变化及复杂性。

---

① 王德威在《被压抑的现代性：晚清小说新论》一书中也提出过这样的反思："假若我们对中国文学现代性的了解，仅止于迟到的、西方的翻版，那么所谓的'现代'只能对中国人产生意义。因为对于'输出'现代的原产地作者、读者，这一切都已是完成式的了。"（〔美〕王德威：《被压抑的现代性：晚清小说新论》，宋伟杰译，北京：北京大学出版社，2005年，第7页）他在书中从"启蒙与颓废""革命与回转""理性与滥情""模仿与谑仿"四个层面讨论不同的现代性面向。其中的"回转""谑仿"等在中国侦探小说中也有体现，例如本书第二部分第五章谈滑稽侦探小说时就分析了赵苕狂的"胡闹探案"中对福尔摩斯探案的谑仿。

（一）新旧知识观/世界观的协商

不少研究侦探小说史的学者都认为，这一类型的出现，与西方现代司法制度的转型，即由原来的依赖招供与酷刑转变为按照证据的审判（evidentiary trials）密切相关。①"线索"（clue）与"证据"（evidence）是这一类型小说公式的重要装置（devices），侦探小说从根本上处理的是如何在失序、混乱中找出线索和证据，以理性的解释将事件的始末重新安排，在内部的事件阐述与外部的社会秩序两个层面均重建秩序与和平，也正因如此，这一类型本身即是一种现代化的知识与规训方式建构过程的文本呈现。

从欧美侦探小说的发展史上看，侦探小说本是现代法制社会的产物。一个社会只有有了公众认可的侦察机构，并且政府有效且相对廉洁的司法体系使公众对其治下的法律与秩序充满信心，才不会求诸私刑，福尔摩斯式的侦探才有可能取代罗宾逊式的绿林好汉，以一个全新的英雄面貌出现。② 因此，不少学者都认为侦探小说在法制不健全或者谋杀被视为常态的地区不大可能出现，这一理论或可解释这一类型为何自晚清传入中国后，虽然翻译兴盛，但原创作品的规模及质量却一直有限的部分原因。这一时期，中国社会面临新旧制度转型、国力长期积弱、吏治腐败、黑帮猖獗、战乱不断，而且就在侦探小说传入之际，中

---

① Ernst Bloch 认为西方18世纪中期以前并无有意为之的严格按照证据的判决，那时，依靠目击证人以及犯人的供词即可定罪，如果没有足够的证人，则使用酷刑，这一切都与启蒙运动下的人道主义与逻辑推理背道而驰。Ernst Bloch, "A Philosophical View of the Detective Novel", *The Utopian Function of Art and Literature: Selected Essays*, Cambridge, Mass.：MIT Press, 1988. p.246.

② 例如英国伦敦警察厅（The London Metropolitan Police，成立于1829年）中的便衣侦探部（The Detective Department）于1842年成立，英国真正意义上的侦探小说也是在这之后才出现（P. D. James, *Talking about Detective Fiction*, Oxford：Bodleian Library, p.73）。当时伦敦警察厅有4000警员，而侦探部只有2位督察（inspector）和6位警长（sergeant），相对来说仍是一个很小的部门。在这个便衣侦探部门成立之前，伦敦曾于1749—1839年间也有主要负责捉贼的街头流动旧式警员，他们属于弓街（The Bow Street）法庭，被称为"Bow Street Runners"。奈特指出早期在英国人的观念中刺探他人的生活这一主张并不受欢迎，大众对设立调查员以改进监察质素这一改革建议也一度非常冷漠（Stephen Knight, *Crime Fiction, 1800-2000: Detection, Peath, Diversity*, New York：Palgrave Macmillan, 2003, pp.30, 9-10）。

国文学中已有的侠义公案文学传统仍十分盛行,却也正因为此,造就了中国侦探小说不同于欧美同行的一些特殊性。

首先,由于现实生活中法制观念与科技手段的缺乏,中国侦探小说中的一类现代性话语,特别是科学推理及现代都市的规训方式的层面,在当时语境来看,很大程度上实为一种想象的现代性。① 这种想象的现代性与西方侦探小说中现代知识生产的话语是一脉相承的,因此,对这类西方现代性在中国侦探小说中的表现,我们姑且可以用已有的对西方侦探小说中现代性的研究,或者是福柯式的一套现代都市规训话语的理论来分析它,例如对西方现代的时间与空间观念的落实及对世界地理的重新认识,新型学科分类,科学话语的推广及基于此之上新型国民质素的建构,人道主义及刑罚体系、认罪方式的变革,个人身体的客体化、理性化及可读性,都市公共空间的新型管理方式与信息的流通系统等。本书通过对《老残游记》中"福尔摩斯""自鸣钟"等新名词所代表的意义,《中国女侦探》一书中新女性的形象建构、民国侦探小说中的科学话语、上海都市公共空间等问题的分析,展现了此类西方现代性在中国侦探小说中的各种面向。

其次,在侦探小说进入之前,中国已有公案、志怪、武侠等文学传统,它们代表了不同的知识结构与正义系统,即使是侦探小说流行开来后,传统的侠义公案小说如《三侠五义》《施公案》《彭公案》等不但没有消失,反而仍在晚清与民国拥有大量读者。侦探小说与公案侠义小说的这一辩证形成了现代性对于法律、政治、知识和个人动能(individual agency)的不断拉锯,甚至在当代中国重新创作的狄仁杰探案影视作品中仍可以看到这两种文体的相互渗透。例如,《老残游记》《冤海灵光》等晚清小说虽仍采取了传统的公案小说叙事,但局部上也使用西方侦探小说的形式,特别是重视"线索"这一叙事装置

---

① Knight 指出即使在西方语境中,现实中的侦探群体及其质素也是缓慢形成及改进的,小说中的创造更自由,特别是在女侦探及科学分析方面,有时是超前的。Stephen Knight, *Crime Fiction, 1800-2000: Detection, Death, Diversity*, New York: Palgrave Macmillan, 2003. p.62.

的植入。① 但仔细比较,《老残游记》中的重要线索"千日醉"这个毒药从功能上看又与西方侦探小说中写实色彩的线索迥然不同,具有了国家民族的隐喻性。《冤海灵光》这篇小说的吊诡性在于陆公尝试用理性方式去寻找线索,但在清朝以取得犯人口供为基础的刑讯体系下却无法找到线索,最后只能回到传统的解决方法,如城隍庙被托梦、酷刑逼供等方式。"线索"这一西方侦探小说中的装置在中国本土的变化甚至消失,体现了西方的现代知识论在中国新旧转型社会语境中的困境与转化。

再如晚清文人吴趼人在《中国侦探案》一书中所辑录的《守贞》一文。《守贞》一篇本来自清代志怪笔记小说《里乘》,故事中隐藏在女体内的名为"守贞"的怪兽既是女子贞节的捍卫者,又在维护女体的过程中谋杀了她的丈夫,成了家庭的破坏者。本书第二章对这一故事的解读指出,与西方侦探小说面向外在化的具体科学知识不同,《守贞》这篇故事实际指向的是一种内在化的抽象的中国道德伦理知识,它与传统道德对女性的守节要求有关,也警告了男性鲁莽行床事的风险,印证了中国志怪小说的知识体系中信息与寓言交织的特点。吴趼人编辑《中国侦探案》志在寻找一种有中国特色的侦探小说书写模式,而他特意收录《守贞》这则志怪侦探作品,则展示了他将一种中国式的道德伦理知识论与西方侦探小说相融合的努力。

民国时期的侦探小说更擅长利用新旧交替时期充满本土色彩的日常生活细节来设置线索,例如裹小脚女人的特殊足印,上海弄堂中建筑空间的纵横交错等。晚清时期道德伦理知识论的色彩在民国侦探小说的科学话语中也演变为对科学道德主义的肯定。本书的第二部分特别

---

① 这里将"线索"作为叙事装置的方法借鉴了莫瑞蒂(Franco Moretti)在《文学的屠宰场》("The Slaughterhouse of Literature")一文中示范的对侦探小说的一种研究方法。文中莫瑞蒂以"线索"这个形式上的装置为例说明它在侦探小说这个类型的演变上是如何变化的。莫瑞蒂发现在柯南·道尔的福尔摩斯小说中"线索"只是一个装饰,福尔摩斯的破案完全是靠自己的推断,读者在这一全能侦探面前只能表示信服,因此这类小说旨在塑造一个超人式的侦探。而黄金时代的英国侦探小说开始强调作者与读者之间的公平竞赛,"线索"便真正具有了智力性,提供读者相关信息以便参与破案推理。参见 Franco Moretti, "The Slughterhouse of Literature", *Modern Language Quareterly* 61:1, March 2000, p.216。

比较了福尔摩斯与霍桑知识结构的异同,并分析了中国侦探小说偏好写"侦探的失败"这一情节的原因。福尔摩斯在柯南·道尔笔下原本是一位性格乖张的人物,而他被传入中国后却被刘半农等宣传为一个道德楷模,"故以福尔摩斯之人格,使为侦探,名探也;使为吏,良吏也;使为士,端士也。不具此人格,万事均不能为也"①。这与西方科学话语自晚清开始在中国传播时被逐步道德化的传统有关。程小青对福尔摩斯的其中一个批评就是认为他还不够谦虚,因此他笔下的大侦探霍桑,不仅在知识结构上比其原型福尔摩斯更加全面,尤其是在旧学方面,霍桑"重义理而轻训诂"的态度代表了对旧学中文献学式的治学内容的扬弃,同时仍坚持旧学中的儒家道德追求,而且小说家更赋予他"人"的一面,即也会判断失误:"霍桑的睿智才能,在我国侦探界上,无论是私人或是职业的,他总可算首屈一指。但他的虚怀若谷的谦德同样也非寻常人可及。我回想起西方的歇洛克·福尔摩斯,他的天才固然是杰出的,但他却自视甚高,有目空一切的气概。若把福尔摩斯和霍桑相提并论,也可见得东方人和西方人的素养习性显有不同。"②

(二) 现代性的情感结构

与其他的通俗类型相比,侦探小说的一大特点就是自身充满了悖论。詹姆斯(P. D. James)曾这样描述:"故事核心是在讲述谋杀犯罪,而且通常充满了不安与暴力,而我们在阅读小说时则主要是为了娱乐,是为了在充斥着焦虑、问题与烦恼的日常生活中得到解脱。它主要关心的是真理的建立,然而却不断使用及宣扬欺骗:罪犯尝试欺骗侦探;作家打算迷惑读者,让他相信有罪的人是无辜的,而看似无辜的人却实际上是有罪的;而且骗局越高明故事便写得越好。故事涉及的都是一些宏大的纯粹概念,例如死亡、报应与惩罚,然而它在设计线索时却

---

① 刘半农:《跋》,《福尔摩斯侦探案全集》,上海:中华书局,1916年,收录于任翔、高媛主编《中国侦探小说理论资料(1902—2011)》,第36页。
② 程小青:《无罪之凶手》,《霍桑探案集(十三)》,北京:群众出版社,1986年,第133—134页。

是要依靠每日生活中琐碎细小的物品及事件……侦探小说以最戏剧化及悲剧的方式显现人性，然而它的呈现形式却是井然有序及公式化的。"①

这种内在的悖论性使得侦探小说这一文体能有效地投射当时/当下社会/历史不安的情感结构，而且这种对读者的某些特定的恐惧与欲望的反应正造就了这一类型的流行，从这个意义上，汤普森（Jon Thompson）认为这类文学并不是逃避现实的，而恰恰是试图来解释现实的各种困惑："它探索着陷入在现代性漩涡中意味着什么。"②侦探小说的充满悖论的阅读体验本身就是充满自我矛盾的现代性体验的反应。马歇尔·伯曼（Marshall Berman）曾以"看似矛盾的统一"（paradoxical unity）来概括现代性的特征。他认为"现代性的体验"（the experience of modernity）是一种新的生命体验，表现在时空、自我与他人、生命的可能性与危险等经验上。"所谓现代，是认识到我们处于一种环境内，它既能带来历险、力量、喜悦、成长、自我与世界的转变，同时，又威胁着要毁灭我们所拥有的、所知的、既定的一切。现代的环境与经验打断了一切地理与种族、阶级与国别、宗教与意识形态的界限：从这个意义上看，现代性可以说是将全人类联合在了一起。但它是一个含有悖论的统一，一种不统一的统一（a unity of disunity）：它把我们倒入一个漩涡，这里永远分裂与不断新生，充满抗争与冲突，含糊与痛苦。"③而侦探小说恰恰以更加戏剧化的方式在一个相对封闭的时空中展示了这种自相矛盾的现代性的情感结构。

同时，侦探小说的形式和结局都代表了一种相当保守的意识形态。特别是30年代黄金时期及之前的欧美经典侦探小说，视犯罪为个别现象，一旦消除后整个社会便重归稳定，它的公式化的形式及消除个别犯

---

① P. D. James, *Talking about Detective Fiction*, Oxford: Bodleian Library, pp. 176-177.
② Jon Thompson, *Fiction, Crime, and Empire*, Champaign: UI Press, 1993, p. 8.
③ Marshall Berman, *All That Is Solid Melts Into Air: The Experience of Modernity*, London: Penguin Books, 1988, p. 15. 此书已有中译本：〔美〕马歇尔·伯曼：《一切坚固的东西都烟消云散了：现代性体验》，徐大建、张辑译，北京：商务印书馆，2003年。本书的引文源自英文版，是笔者自己的翻译。

罪的内容都指向了一种固定状态的回归。① 正如帕奈克（Leroy Panek）所指出的,小说树立的是"荣誉、英雄主义、个人奋斗、信任权威以及绝对固定的社会等级"②。莫瑞蒂注意到侦探小说通常只安排一个特定的罪犯,这排除了罪疚可能是无关个人的、集体性的及社会的这一疑虑。"密室谋杀"这一情节也充满了隐喻,在这类故事中,凶手与受害者是在内部的,他们两个其实具有相似性：彼此各自都隐藏了秘密,具有一段过去的历史,而其他无辜的人所代表的社会则是处于外部,"受害者在一个私密的领域寻求庇护,恰恰在那里,他面对了死亡,而如果他与公众在一起的话这一切本可避免。门本来是由中产阶级发明用来保护个人,如今它变成了一个威胁……这表达了一个朝向透明社会的极权愿望"③。

　　侦探小说的形式本身也是内向的、回溯型的,人物性格一开始就被固定,并不成长,从这个意义上莫瑞蒂认为侦探小说是极端的反小说化的(anti-novelistic)："叙述的目的不再是人物发展成自主性,或是与初始的情景产生变化,或是将情节呈现出一种冲突及螺旋式的进化。相反,侦探小说的目标是回到最初。个体触发叙事不是因为他活着,而是因为他死了。侦探小说扎根于一个祭祀性的仪式。为了让常规角色生活下去,个人必须死亡,而且还会再伪装成罪犯的形式再死一次。"④换句话说,侦探小说类型的结构是朝着还原过去,否认了现在与将来。汤普森也表达过类似的看法,例如他指出过爱伦·坡小说中的怀旧属性以及英国黄金时代的侦探小说中热衷描写乡村背景所代表的传统主义(traditionalism)等。⑤

---

① 詹姆斯以阿加莎·克里斯蒂的小说为例,谈到在她的故事中,犯罪被解决,犯人被拘捕或死亡,乡村便重归平静与秩序。但这在现实生活中是不会发生的,谋杀是一种具有污染性的罪行,受它影响的生命不可能在此之后会保持无动于衷。参见 P. D. James, *Talking about Detective Fiction*, Oxford: Bodleian Library, p. 165。

② Panek LeRoy, *Watteau's Shepherds: The Detective Novel in Britain 1914-1940*, Bowling Green, OH: Bowling Green University Press, 1979, p. 11.

③ Franco Moretti, "Clues", *Signs Taken for Wonders*, New York: Verso, 1988, p. 136.

④ Ibid., p. 137.

⑤ Jon Thompson, *Fiction, Crime, and Empire*, p. 57.

侦探小说这一类型本质中的保守意识形态或许可以用来解释为何它在中国偏偏得到鸳蝴派作家的青睐。从晚清到民国，我们可以发现尽管这一文体在传入中国时就被赞为新小说的一种，而且表面上看其宣传的科学话语、新型的刑讯体系、现代化的都市生活都与五四启蒙话语一致，但主流的五四作家基本无人参与这一类型的创作。① 那么，这些以鸳蝴派为主的作家笔下侦探小说的中国现代性情感结构又有怎样的特点呢？

从本书对不同时期的侦探故事的分析来看，中国的侦探小说家们往往对传统与西方现代性均持复杂的态度，并不一味地肯定或否定一方。例如晚清时期，吴趼人编辑的《守贞》一文秉承了他在自己的多部原创作品中下意识流露的对旧道德的矛盾看法：礼教既是儒家秩序的维持者，也可能变成残暴的杀人罪犯而破坏这种秩序。吕侠（即吕思勉）在《中国女侦探》中既讴歌了旧式女子殉母的孝道行为，又赞赏了行为自由、具有思辨精神的新女性，还对智能型的女性罪犯显露出了深深恐惧。《老残游记》中的老残既是福尔摩斯，也是名医，他在找到凶手后仍坚持要治病救人，历经艰苦前往道士青龙子的山洞找到了让国人起死回生的"返魂香"。

前文在谈及现代性中的矛盾体现时已指出，西方侦探小说中侦探与罪犯代表了现代性体验的内在悖论，一方面是侦探代表的科学、理性与秩序的恢复，另一方面则是罪犯代表的欺骗、庆祝逃脱与对诱惑甚至是死亡本能的吸引。与之相应的，从爱伦·坡的杜宾到柯南·道尔的福尔摩斯，西方侦探小说尤其是古典侦探小说中的侦探经常是将破案作为一种技艺的展示，或者说是一种业余爱好（dilettantism），这呼应了西方现代性中"颓废"的一面——为艺术而艺术。② 这种矛盾性的现代

---

① 只有张天翼曾以张无诤的笔名发表过"徐常云探案"系列。施蛰存作为现代主义作家的代表，也只发表过一篇犯罪小说《凶宅》，本书第二部分第六章对这篇小说有所讨论。在西方，写侦探小说的作家也多持保守立场，例如朱利安·西蒙斯（Julian Symons）就认为几乎所有二三十年代的英国作家及大多数美国作家都是右派立场："他们在情感上是相当保守的。他们不可能创造出一个犹太侦探，或者一个意识到自己出身的进取的工人阶级，因为这些人物在他们看来是与己不相干的。"（Symons, *Bloody Murder*, London: Penguin Books, 1986, p.96）

② Franco Moretti, "Clues", *Signs Taken for Wonders*, pp. 142-143.

化体验与正义观在中国的侦探小说中表现得则相当不同。中国的侦探小说一直有着较为强烈的道德色彩,并受到传统民间的朴素正义观影响,其中对科学道德主义的坚持,对儒学、庄子等传统哲学的吸纳,偏好诗学正义的结局,以及同情侠盗甚至有时将犯罪正义化(例如程小青笔下的大侦探霍桑对专门绑架、暗杀一些为富不仁的社会贤达的青年组织充满同情)等特征与西方侦探小说的形式有时并不吻合,甚至有的还会出于文以载道的使命感故意压制侦探小说中原有的反叛、黑暗或摩登都市性的因素,从而使故事充满着明显的教化口吻。

侦探与侠盗代表了不同的正义观的执行者,从侦探的角度,不论是群体还是个体,现代的身体都需要受到法律规范的制约,而侠盗则凸显了制度管理的漏洞与缺失。民国时期警匪一家、法制缺失的整体社会结构弊端使得其侦探小说仍偏向于肯定传统的侠义精神:侦探对黑暗的现实束手无策,与之相对,侠盗则变成了另一股实现社会正义的解决方案。因此,本书第五章指出民国侦探小说中出现的大量描写"侦探的失败与侠盗的兴盛"的作品成为中国侦探小说不同于西方同行的一大特色:西方侦探小说的结局往往是回归正常社会秩序,而民国侦探小说则常出现侦探同情罪犯、罪犯成功越狱,或者如孙了红笔下在鲁平等侠盗侦探的干预下使原本法律无法惩治到的上海资本大亨们罪有应得这些诗学正义的结局。在这些侠盗侦探小说中,固然亚森罗苹(又写作亚森·罗平,除书名中有所涉及时写作亚森·罗平外,其余皆作亚森罗苹)是其原型之一,中国的继承者们吸收了这些西方作品中对现代摩登都市空间的隐匿性的哲学反思,但中国传统的侠盗小说,特别是庄子开启的"窃钩者诛,窃国者为诸侯"的强盗哲学成为此时中国侦探小说对作品中犯罪者暧昧态度的暗线依据。

这不同于当权者所代表的法治正义,而是对民间侠义力量的声援,在当代重新本土化的狄仁杰侦探故事中仍清晰可见。本书第三部分中将晚清的《武则天四大奇案》这部公案小说、荷兰侦探小说家高罗佩50—60年代创作的狄仁杰侦探小说与当代中国生产的几部狄仁杰侦探故事相比较,从中我们可以发现高罗佩的版本故意淡化了唐高宗到武则天时期的皇权政治纷争,处理的基本上是单纯的民事纠纷,而无论是晚清小说,还是中国当代钱雁秋与徐克等不同版本的狄仁杰探案中,武则天所代表的皇权都是叙事中的重要组成,忠君过程中"君"的合法性、如何维护忠君与保护社稷稳定使命之间的平衡、又如何保留个人的侠义精神等,都是中国版的狄仁杰侦探故事中独有的思考,而相应的,这些思考也使得中国的侦探作品中对西方侦探小说的固有形式做出了一定改变。

虽然西方侦探小说中对犯罪行为本身黑暗面的刻画在中国侦探小说中被刻意压制,但也并未绝迹,徐卓呆、施蛰存等作家也曾从罪犯的角度创作过专门探讨犯罪本能的作品。例如本书的第六章中以施蛰存的《凶宅》为例,分析其如何在文本中利用不同的罪犯日记、供状等形式的自白来一步步揭示案件的真相。正如施蛰存心理小说的一贯特色,这篇作品亦有意借助弗洛伊德的死亡本能、利比多理论来解释犯罪心理,将此类爱伦·坡式的、葆有一定哥特小说痕迹的侦探小说移植到上海语境,并吸收了爱伦·坡作品中对死亡着魔的怪诞色彩。

(三)跨文化传译与世界文学下的中国侦探小说

侦探小说自其产生后就迅速地成为了一种全球范围内均具有广泛读者(跨阶层、跨性别、跨地区)的通俗文学类型。它最初是以欧美为中心的,福尔摩斯故事一定是全球所有侦探小说家"影响的焦虑"之来源。但如今也有越来越多的非西方的作品开始被译成英文,并取得商业上的巨大成功。1949年前的中国侦探小说,主要还是受到欧美侦探小说的单一影响,并无任何对外输出。① 而在当代华语地区,欧美系与日系侦探小说并列成为影响华语侦探小说的两大来源,本土作品也开始尝试对外输出,以译成日文、英文与其他欧洲语言的形式积极地融入东亚乃至世界侦探小说的创作共同体中。正因为这个类型全球性的特色,侦探小说,特别是同一文本或人物形象在不同文化间的传译与改

---

① 狄公案故事系列是一个特例,本书的第三部分分析了荷兰作家高罗佩笔下的狄仁杰侦探小说也糅合了一些中国传统公案小说的因素。20世纪50年代的反特小说受到苏联反特小说的影响,而当代的中国侦探小说,则受到西方、日本乃至各种影视作品的多元影响,情况更加复杂,这点笔者希望日后再单独撰文分析。

编,也就成为了观察现代性在全球不同地区生产、流通、翻译与重塑的一个独特界面。

当在讨论具体的民族文学与世界文学关系的研究方法时,莫瑞蒂特别提出过"詹姆逊(Jameson)法则"的广泛适用性。弗里德里克·詹姆逊(Fredric Jameson)在给柄谷行人的著作《日本现代文学的起源》的英文版作序时提到,三好将夫在《寂静的共犯》(Accomplices of Silence)一书中发现日本现代小说中所利用的日本社会经验的原材料与这些西方小说建构中的抽象的形式范式之间的裂缝并不总能毫无瑕疵地焊接在一起。詹姆逊还援引了印度学者米纳克锡·穆科吉(Menakshee Mukerjee)研究印度小说起源的著作《现实主义与现实》(Realism and Reality)中类似的反思来佐证这一观察,即西方小说的形式在进口到非西方国家并用来反映它们的内容及社会经验时,会作出系统性的调整。① 莫瑞蒂将这一发现称为"詹姆逊法则",认为其中指出的当一种文化开始朝向现代小说书写时,外国形式与本土材料之间的妥协与协商这一法则在世界文学中具有普遍性,并援引了不同学者关于晚清、非洲、拉美等文学的代表性研究著作来佐证。莫瑞蒂进一步提议将詹姆逊提出的西方小说形式与本土内容的两分法变为三角形的结构,即外国形式(foreign form)、本土材料(local material)以及本土形式(local form)。或者更加简化地说,是外国情节(foreign plot)、本土人物(local characters)以及本土叙事者声音(local narrative voice)这三个维度,尤其第三个维度更是凸显了前两者结合时的不稳定。② 他特别以赵毅衡对晚清小说

---

① Fredric Jameson, "In the Mirror of Alternate Modernities: Introduction to Karatani Kōjin's *Origins of Modern Japanese Literature*", Karatani Kōjin, *Origins of Modern Japanese Literature*, Duke University Press, 1993, p. xiii. 安敏成(Marston Anderson)在研究中国现代文学中西方现实主义在中国特殊的接受历史时也有类似的观察,可参见 Marston Anderson, *The Limits of Realism: Chinese Fiction in the Revolutionary Period*, Berkerley: University of California Press, 1990。此书也有中译本([美]安敏成:《现实主义的限制:革命时代的中国小说》,姜涛译,南京:江苏人民出版社,2001 年)。

② Franco Moretti, "Conjectures on world literature", *New Left Review* 1, 2000. Jan-Feb, p. 65.

中叙事者声音的研究为例来说明这三个维度批评范式的适用性。①

如果我们用莫瑞蒂提出的这三个维度来分析晚清以来的中国侦探小说,会发现它对我们观察中国侦探小说的特色是极为适合的,而且中国侦探小说的研究还可以对这个分析模式的复杂性作出进一步补充。例如,本书的第一部分关注晚清侦探小说的翻译。晚清翻译小说是翻译小说中的一个另类,译者的文化介入更强,而且许多都属于二次创作,正如王德威所言:"我们对彼时文人'翻译'的定义,却须稍作厘清:它至少包括意译、重写、删改、合译等方式……晚清译者往往借题发挥,所译作品的意识形态及感情指向,每与原作大相径庭。不仅如此,由于这些有意无意的误译或另译,晚清学者已兀自发展出极不同的'现代'视野。"②

以书中第一章中对《毒蛇圈》这篇法国侦探小说的翻译分析为例,从莫瑞蒂提出的三个维度来看,周桂笙的译作(不全,只译到原作第四章)基本上保留了西方侦探小说的形式,例如开篇的悬念、人物的直接对话等,在本土材料方面这篇作品是法国小说,周的翻译保留了一些基本地名、建筑物名或国名,基本内容也忠实于原著,但他采取了归化式的翻译法:将西方人名本地化,例如雕刻家 Tiburce Gerfaut 译为铁瑞福,其女 Camille 译为妙儿,称谓上加入北京的口语如"爹爹、贤侄、世交、儿、老人家"等来加强人物关系的亲密感;将原著中 Camille 的母亲擅长弹钢琴改为"拉得一手好胡琴"等,使得本来一个典型的发生在巴黎的法国侦探小说与中国语境建立了一定联系。而莫瑞蒂指出的第三个维度"本土叙事者的声音"在这篇小说中最为复杂。除了译者周桂笙之外,这个译本还采取了传统中国小说点评本的形式,由吴趼人点评,因此译文中至少出现了译者与点评者这两种本土叙事者的声音。作为译者,周桂笙增加了大量衍文,与原作比较冷静、简洁、尽量隐藏叙事者声音的笔调相比,周译中叙事者的声音十分突出,他或调侃、或评

---

① Henry Y. H. Zhao, *The Uneasy Narrator: Chinese Fiction from the Traditional to the Modern*, Oxford: Oxford University Press, 1995.

② 〔美〕王德威:《被压抑的现代性:晚清小说新论》,第3页。

论时事,再加上吴趼人的点评,使得整个译本充满了强烈的说书人的感情色彩。而且周桂笙与吴趼人对于这一侦探小说的功用看法完全相反,"(周桂笙)尽量利用 Boisgobey 原著来提倡中国的社会变革,而(吴趼人)试图警告读者采取西方的做法的后果会有多么可怕"①。种种这些,都说明了侦探小说这一西方形式在中国本土的接收过程中是多么的"众声喧哗",而也正是在这种喧哗声中构成了晚清中国翻译侦探小说的独特性之所在。

除了翻译修辞的层面,从文化传译的角度,晚清时期英国的福尔摩斯进入中国,到 50 年代开始唐朝的狄仁杰逐步走向世界,这两位中西、今古人物的倒置与翻转更是充分展现了中国现代想象的"华夷风"(Sinophone)。福尔摩斯与亚森罗苹在现代中国的语境下不但被诠释为道德人士或有"热肠侠骨",更是成为中国版的大侦探霍桑与鲁平的原型。而狄仁杰在《旧唐书》中只有一句笼统记载:"仁杰,仪凤中为大理丞,周岁断滞狱一万七千人,无冤诉者。"②晚清小说《武则天四大奇案》虚构了他在地方维持治安与朝廷上勇斗武后党羽的英勇事迹。40 年代荷兰的外交官高罗佩将这一部公案小说的前三十回按照西方读者的阅读习惯适当改编,译成英文。在接下来的十八年间,更是以西方侦探小说的类型格式,利用部分中国古代公案文学的材料,共创作十四部小说和八个短篇,构成了一个完整的狄仁杰侦探小说系列。在西方,狄仁杰成了最为西方人所熟知的中国神探,著名侦探小说家阿加莎·克里斯蒂就表示该书充满少见的魅力与新鲜感。③ 高罗佩的狄仁杰故事被拍摄成多部电视剧或电影,激发了不少西方人对中国文化的浓厚兴趣,并产生了大量西人创作的同人作品。

高罗佩的狄公案系列虽然不能成为中国文学的一部分,但这些故事在 80 年代开始被译成中文,在大陆与台湾两地均有广泛读者,当代

---

① Patrick Hanan, *Chinese Fiction of the Nineteenth and Early Twentieth Centuries: Essays by Patrick Hanan*, New York: Columbia University Press, 2004, p.158.
② 《旧唐书》卷八十九·列传第三十九。
③ 〔荷〕C.D. 巴克曼、H. 德弗里斯:《大汉学家高罗佩传》,施晖业译,海口:海南出版社,2011 年,第 157 页。

围绕狄仁杰创作的影视作品更是层出不穷,狄仁杰大有取代包青天,成为家喻户晓的神探之势。因此在华夷文化传译的脉络里,从福尔摩斯激发中国侦探小说的产生,到《武则天四大奇案》这一公案小说成为西方侦探小说的素材(本书第八章详细分析了高罗佩也适当保留了中国公案小说的形式,对西方侦探小说的体例作出了适当改动),再到高罗佩的狄公案故事被译成中文时,译者模仿宋元白话,极力要恢复古代侠义公案小说的情调,这一中西侦探小说与公案文学的互译、流通与再创造的过程形象地诠释出了现代性中不同文化传译、协商、杂糅的种种辩证关系。

回到莫瑞蒂对侦探小说富有洞见的分析,在文章"线索"的结尾,他这样写道:"线索,无论是定义成'症状'或是'痕迹',都不是事实,而是言辞的步骤 ——更确切地说,是修辞手法(rhetorical figures)。因此,福尔摩斯故事中著名的'带子'(band),一个极佳的比喻,被慢慢解码为'带子'(band),'围巾'(scarf)及最终的'蛇'(snake)。① 正如所被期待的,线索经常是更加隐喻性的,被连续性(与过去的关系)联系在一起,侦探必须要找到失去的项目。因此线索是故事中特定的成分,是能指与所指的链接,能指不变,而所指却改变了。它是对应着多种所指的能指,因此生产出许多的嫌疑出来。"② 其实侦探小说不仅仅是关于线索的,随着它演化成世界范围内的一种文学类型,它本身也变成了线索,而本书所做的努力,即是尝试找出它自晚清与民国以来,在中国现代化语境中的一些所指。

四 章节

除导论外,本书大致按照时间顺序分为三个部分。

第一部分"晚清时期的侦探小说翻译与创作"分为翻译与创作两章,以案例分析的形式展开。第一章讨论了当时三位翻译名家的三部

---

① 指福尔摩斯探案故事中的《花斑带探案》(The Adventure of the Speckled Band,1892)
② Franco Moretti,"Clues",Signs Taken for Wonders,pp.145-146.

译作,分别是魏易、林纾翻译的《歇洛克奇案开场》,周桂笙翻译的《毒蛇圈》以及周作人翻译的《玉虫缘》。我主要从文化分析的角度出发,尝试从各自译本的序、翻译中的衍文、文体选择等角度讨论他们的选本原因及从中折射出的文化意义。三位均是翻译名家,所以真正错译的例子很少,但从译本的序文及他们事后的思想文字来看,"错意"的情况非常普遍,从他们的翻译活动来推断,晚清时期读者对侦探小说这一新的文体理解纷呈,有的是用新小说来批判旧文明,有的则是从新小说中读出旧道德之必要,有的同情罪犯的正义观并将侦探边缘化,有的则是被其中的博物论所吸引,由此可见此时翻译活动中文化协商的多样。

第二章讨论晚清侦探小说的创作。总体而言,晚清时期侦探小说以翻译为主,创作仅为起步阶段,只有零星散作,但这一时期新旧交替的特点一是传统文体公案、志怪与西方侦探小说并存,而且晚清作家在写传统文体时也自觉地以侦探小说的标准重新审视之,并加入某些西方侦探小说元素;二是女权运动开始兴起,本土作家也受此激励,创作了以女侦探为主角的作品,虽然从性别意识的角度看,这一作品并不算成功,但却第一次在中国的侦探小说中塑造了一批新旧女性群像,既歌颂旧女性殉母的坚贞,又赞赏新女性的自由与豪放。因此,这一章对晚清侦探小说创作的讨论也分为三个段落。第一段落以刘鹗的《老残游记》与林纾的《冤海灵光》为例讨论作家如何在传统的公案小说中将西式的侦探对照并反思传统刑讯制度。第二段落以吴趼人所辑《中国侦探案》中的一篇《守贞》为例来说明他怎样试图从传统志怪故事中寻找一种以传统道德伦理知识为基础的中国式的侦探小说。第三段落以阳湖吕侠(即吕思勉)所著《中国女侦探》(1907)为例分析这部中国最早描写女子侦探的小说中的晚清女子群像的刻画。

第二部分"民国时期的本土侦探小说"主要讨论民国初年至40年代的本土原创作品。以往对于这一时期侦探小说的研究多采取文学史或作者论的方式,并主要集中于程小青与孙了红这两位作家,而是次我采取主题论述的方式,围绕民国侦探小说内容的四个特点:科学话语的传播、本土日常性与家庭犯罪题材的流行、诗学正义的解决手法以及摩登都市性来重新审视民国侦探小说创作的不同面向。

相应的,第三章到第六章也围绕着四个特点依次展开:第三章"民国侦探小说家与科学话语共同体"中尝试将汪晖所提出的"科学话语共同体"这一概念运用到侦探小说的作家群,分析这一传统认知上以"保守"著称的鸳蝴派作家笔下科学话语的书写及传播特色。第四章"民国侦探小说中的日常话语"关注本土侦探小说创作"内省式"的特点,即主要描写新旧交替时期下的家庭犯罪。在这些内省式的创作中,本土的侦探小说从衣食住行、人际关系、居住空间等各方面记录了当时新旧交替时期民国社会的民俗人情,从而使侦探小说在民国上海日常生活话语研究中别具一格。第五章"民国侦探小说中的正义观"中分析了侦探与侠盗这两种不同的正义执行者在中国侦探小说中的不同处理及其折射出的价值认同。侦探的失败与侠盗的兴盛可谓民国侦探小说不同于西方同行的另一大特色。这里侦探的失败或者发展出滑稽侦探小说的特殊类型,或者让他故意失败来美化国人的谦虚品格,有时也作为黑暗现实下诗学正义的处理方式,而此时侠盗的形象既有《庄子》开始的"窃钩者"与"窃国者"对比的文学传统,亦有法国侦探小说中亚森罗苹的文学原型。第六章"侦探小说与上海摩登"侧重侦探小说的另一个维度即作为都市生活的"冒险指导书",讨论民国侦探小说中"叹世界"的一面,并借助李欧梵提出的"上海的世界主义"这一概念,分析侦探小说中对上海都市的摩登现代性的书写及其局限。这四章的论述虽然在某些主题上仍会以某些作家作品为主,但仍尽可能将更多的作家作品纳入进来,以展现民国侦探小说创作的广泛与多样。

第三部分"狄公案的中西互动"以高罗佩的狄公案系列为主线,比较公案小说与西方侦探小说的不同以及狄公案故事跨时代、跨文化的流传与演变。共分为三章,第七章"高罗佩与《武则天四大奇案》"讨论高罗佩狄公案系列的来源即晚清时期的公案小说《武则天四大奇案》以及高罗佩英译本的材料取舍,并借此说明中国传统公案小说与西方侦探小说的区别。第八章"高罗佩的狄公案系列"着重分析这一系列小说的四大特色:一、以侦探小说中的理性推理改写公案小说,但也在不影响探案的情况下适当保留某些灵异成分,使之也有别于西方侦探小说;二、情欲犯罪占很大比例,并以现代心理学分析犯罪动机;三、能从国际政治的角度思考不同文明之间的接触与冲突;四、在侦探小说的新奇性上,高罗佩反其道而行,以古代的一个或几个传统文化器物贯穿整部作品,并成为破案的关键,而且器物的选择也有明显的文人色彩。第九章"狄公案之后"讨论高罗佩狄公案系列是如何在 80 年代被重新引进中国,以及狄仁杰故事的当代发展。

最后,第十章"走向世界的当代中国侦探小说"为全书总结以及对当代中国侦探小说的研究做出展望。

程小青画像(范伯群教授拍摄于程宅)

第一部分
晚清时期的侦探小说翻译与创作

现存中国最早的西方翻译侦探小说是 1896 年 8 月《时务报》第一册"域外文译"专栏中刊载的一篇《英国包探访喀迭医生奇案》,讲述了一位伦敦的医生制造毒药谋财害命的故事,原作者不详,虽标识为"译自伦敦俄们报",但具体来源现已不可考。紧接着,1896 年 9 月至 1897 年 5 月,《时务报》陆续连载"歇洛克唔斯笔记",包括《英包探勘盗密约案》(The Naval Treaty)、《记妪者复仇事》(The Cooked Man)、《继父诳女破案》(A Case of Identity) 及《呵尔唔斯缉案被戕》(The Final Problem)四则故事,译者为该报的英文翻译张坤德。① 这是现存最早的福尔摩斯故事中译,与日本相比,中国对福尔摩斯故事的译介足足早了三年。② 1899 年,素隐书局将其集结成册,名为《华生包探案》,与当时的林译《茶花女遗事》一并风行一时。③

这四篇故事也体现了中国读者接受西方侦探小说这个文体的适应过程,从它们的文言译文中可见,译者在最初接受与处理这个文体时仍按照传统小说的方式删节或改译,忽略原作故意制造悬念的叙事手法。例如故事的标题已揭示了案件情节、将原作的第一人称叙述视角改为第三人称的全知视角,署名"滑震笔记"等,但很快译者便领悟了这种西方小说的叙事特色,在《继父诳女破案》与《呵尔唔斯缉案被戕》中已使用第一人称"余"叙述。自第三十二册后《时务报》就再未刊登侦探小说,而是从第三十六册开始连载张坤德译,来自上海西字文汇报的报道《会审信隆租船全案》,讲述中英之间的法律纠纷。根据《时务报》的内容特色及风格的连贯性,这份报纸上登载侦探小说的目的并不是其文学性,而是为了向中国读者介绍西方的风俗及律法。至于其停止连载的原因,中村忠行猜测是编辑部的意见纷纭,反对者认为它们助长了盗窃与贪欲。④ 尽管如此,翻译西方侦探小说的热潮却就此展开,并在

---

① 张坤德,生卒年不详,字少棠,浙江桐乡乌镇人,曾任朝鲜釜山领事馆副领事,《时务报》英文翻译等。
② 日文译本水田南阳的《不思议の探侦》于 1899 年才面世,在《中央新闻》连载。参见〔日〕中村忠行《清末探侦小说史稿(一)》,《清末小说研究》第 2 号,1978 年,第 13—14 页。
③ 〔日〕中村忠行:《清末探侦小说史稿(一)》,《清末小说研究》第 2 号,第 10 页。郭延礼:《中国近代翻译文学概论》,武汉:湖北教育出版社,1998 年,第 142 页。
④ 〔日〕中村忠行:《清末探侦小说史稿(一)》,《清末小说研究》第 2 号,第 127 页。

1903 年至 1909 年间达到了第一次顶峰。根据阿英《晚清小说史》的描述:"当时译家,与侦探小说不发生关系的,到后来简直可以说是没有。如果说当时翻译小说有千种,翻译侦探要占五百以上。"①其中福尔摩斯故事系列最为流行。中国的出版商争相宣称自己出版的是最新最全的福尔摩斯作品。②此外,英国的马丁·海耶特(Martin Hewitt)、迪克·多诺文(Dick Donovan)、法国的"绅士大盗"亚森·罗平(Arsène Lupin)以及美国的尼克·卡特(Nick Carter)也都是在当时的中国鼎鼎有名的文学侦探。

有关晚清时期侦探小说翻译的具体篇目列表及分析,可参见中村忠行在其《清末探侦小说史稿》及任翔、高媛主编的《中国侦探小说理论资料(1902—2011)》附录中的整理。概括而言,此时的翻译侦探小说以西方侦探小说为主,偶尔亦有日本侦探作品。③ 就西方侦探小说来看,也有两大来源,欧美的侦探小说多半参考的是英文原作,而欧洲其他地区的作品(如法国)则转自日人黑岩泪香(1862—1920)及德富芦花(1868—1927)的日文译本。当时的著名文学杂志如《新小说》(1902—1906)、《绣像小说》(1903—1906)、《月月小说》(1906—1908)及《小说林》(1907—1908)等均刊登过侦探小说。④

晚清时期翻译侦探小说为何会风靡一时?阿英从其与中国传统文学的联系角度认为是"由于侦探小说,与中国公案和武侠小说,有许多脉搏互通的地方",翻译侦探小说发展后与谴责小说合流,形成了后来的"黑幕小说"。⑤ 而孔慧怡则认为恰恰相反,侦探小说对清末读者的

---

① 阿英:《晚清小说史》,北京:人民文学出版社,1980 年,第 186 页。
② 于启宏指出,就福尔摩斯系列来说,根据《民国时期总书目》和《晚清戏曲小说目》所载,综合起来看,不包括广泛存在的再版本,署名柯南·道尔的作品的各种版本约有六十九种。参见于启宏《中国现代翻译侦探小说的意义》,《广州大学学报》2004 年第 7 期,第 18 页。
③ 如柴四郎《夺嫡奇冤》、黑岩泪香《无惨》《探侦》《有罪无罪》《此曲者》《暗黑星》《妾之罪》等作品均被译成中文。有关晚清时期日本侦探小说的中译研究,可参陈爱阳《日本最初原创现代侦探小说的中文译介——〈无惨〉翻译的文本研究》,《汉语言文学研究》2011 年第 3 期,第 77—85 页。
④ 更详细的晚清时期侦探小说连载期刊研究可参考谢小萍《中国侦探小说研究:以 1896—1949 上海为例》,台湾东华大学中国语文学系硕士论文,2006 年。
⑤ 阿英:《晚清小说史》,第 186 页。

吸引力来自于它新奇的一面,包括独特的叙述形式、内容中的新科技、侦探们探案中表现出的文明质素及科学方法。①从晚清译者们的译书或著作的序言中判断,孔慧怡的结论比较合适。叙事形式上,晚清译者多赞西方侦探小说的开篇即构成悬念,而且高潮迭起。如周桂笙在《毒蛇圈》(法国侦探小说家鲍福[Fortuné Du Boisgobey]作,周桂笙译,1903年)的序言中就表达出对这部西洋小说开篇的欣赏:"我国小说体裁,往往先将书中主人翁之姓氏、来历叙述一番,然后详其事迹于后;或亦有用楔子、引子、词章、言论之属以为之冠者。盖非如是则无下手处矣。陈陈相因,几于千篇一律,当为读者所共知。此篇为法国小说巨子鲍福所著。其起笔处即就父母问答之词,凭空落墨,恍如奇峰突兀,从天外飞来;又如燃放花炮,火星乱起。然细察之,皆有条理,自非能手,不敢出此。虽然,此亦欧西小说家之常态耳。"②定一在《小说丛话》中认为中西小说各有特色,"中国小说起局必平正,而其后则愈出愈奇;西洋小说起局必奇突,而以后则渐行渐弛",但"唯侦探一门,为西洋小说家专长。中国叙此等事,往往鉴空不近人情,且亦无此层出不穷境界,真瞠乎其后矣"。③

西方侦探小说的叙事形式也迅速影响了晚清小说,如胡适曾称赞吴趼人的小说《九命奇冤》第一回受到西洋小说的影响,采取倒装的开头:"使我们先看了这件烧杀人命的大案,然后从头叙述案子的前因后果,而且整体布局上用中国讽刺小说的技术,来写强盗与强盗的军师,但他又用西洋侦探小说的布局,来做一个总结构。"④

内容上晚清译者非常欣赏侦探小说中反映的西方之尊重人权、能够收集充分证据后才定罪,对比之下中国传统刑讯制度则经常屈打成招。如周桂笙言:"至于内地谳案,动以刑求,暗无天日者,更不必论。

---

① 孔慧怡:《还以背景,还以公道——论清末民初英语侦探小说中译》,收录于王宏志编《翻译与创作——中国近代翻译小说论》,北京:北京大学出版社,2000年,第88—117页。
② 知新室主人(周桂笙):《〈毒蛇圈〉译者识语》,原载1903年10月《新小说》第8号,收录于任翔、高媛主编《中国侦探小说理论资料(1902—2011)》,第7页。
③ 侠人:《小说丛话》,原载《新小说》1905年第13号,收录于陈平原、夏晓虹编《二十世纪中国小说理论资料》第一卷,北京:北京大学出版社,1989年,第76页。
④ 阿英:《晚清小说史》,第154—155页。

第一部分　晚清时期的侦探小说翻译与创作

如是,复安用侦探之劳其心血哉!至若泰西各国,最尊人权,涉讼者例得请人为辩护,故苟非证据确凿,不能妄入人罪。此侦探学之作用所由广也。而其人又皆深思好学之士,非徒以盗窃充捕役,无赖当公差者,所可同日语。用能迭破奇案,诡秘神妙,不可思议,偶有记载,传诵一时,侦探小说即缘之而起。"① 林纾也在《神枢鬼藏录》序言中指出侦探小说的风行有利于改进中国的司法制度:"中国之鞫狱所以远逊于欧西者,弊不在于贪黩而滥刑,求民隐于三木之下,弊在无律师为之辩护,无包探为之侦伺。每有疑狱,动致牵缀无辜,至于瘐死,而狱仍不决……近年读海上诸君子所译包探诸案,则大喜,惊赞其用心之仁。果使此书风行,俾朝之司刑谳者,知变计而用律师包探,且广立学堂以毓律师包探之材,则人人将求致其名誉,既享名誉,又多得钱,孰则甘为不肖者!下民既讼师及隶役之患,或重睹清明之天日,则小说之功宁不伟哉!"②

周桂笙与林纾对于侦探小说促进司法制度变革的看法可谓秉承了梁启超的《论小说与群治之关系》一文中的论点,重视新小说的社会启蒙力量。事实上,除了形式新颖及内容新奇,侦探小说在晚清时期得以传入中国而且极受欢迎与这一时期社会变革的大背景也密不可分。从1901年到1911年,晚清政府被迫进行了一系列的改革:教育制度上,1905年废除科举制,引进西式学堂并增设了一系列的西学课程。法律改革中,1910年公布了在《大清律例》基础上修订的《大清现行刑律》,仿照法国、德国、日本编订民法典的先例,1907年到1911年编写《大清民律草案》。司法机构改革方面,开始初步有了司法独立的讨论,刑部改为法部,专任司法。大理寺改为大理院,专任审判。律师制度正式作为立法建议提出,并写入了法律草案。在袁世凯的建议下,北京设立"巡警部",是中国历史上第一个全国性的专职警察机构。侦探小说中出现的西学技术在日常生活中的应用、现代警察及行政制度、现代法医

---

① 周桂笙:《〈歇洛克复生侦探案〉弁言》,原载1904年《新民丛报》55号,收录于任翔、高媛主编《中国侦探小说理论资料(1902—2011)》,第8页。
② 林纾:《〈神枢鬼藏录〉序》,原载1907年3月上海商务印书馆《神枢鬼藏录》,收录于任翔、高媛主编《中国侦探小说理论资料(1902—2011)》,第17页。《神枢鬼藏录》译自英国侦探小说家Arthur Morrison(时译马利扒)的 *The Chronicles of Martin Hewitt* (1895) 中的前六篇。

学的实践等既是中国民众了解现代西方社会的一个窗口,也是许多中国的改革者追求的目标,因此,它被视为新小说的一种,具有推动社会变革的功用,定一就称:"然补救之方,必自输入政治小说、侦探小说、科学小说始。盖中国小说中,全无此三者性质,而此三者,尤为小说全体之关键也。"①

西方翻译侦探小说的风潮也促进了本土创作。前文已提及,刘鹗1903年的作品《老残游记》中已将老残比作西方的福尔摩斯,而且老残探案的方式也有相当程度模仿西方侦探调查取证的手法,与文中的其他酷吏滥刑形成鲜明对比。但本土侦探小说的实际发展要在1907年左右。1906年4月,吴趼人从各种志怪笔记或者公案小说中挑选并适当改写了三十四则案例,辑成《中国侦探案》。1907年,周桂笙在《月月小说上》刊登了《上海侦探案》,商务印书馆出版了吕侠所著《中国女侦探》,以女性群像作为主角来侦破三个案件。1908年,上海小说林出版傲骨所著《砒石案》(又名《中国侦探第一案》)与《鸦片案》(又名《中国侦探第二案》)。总体而言,这一时期的原创作品数量非常有限,以于润琦主编的《清末民初小说书系·侦探卷》为例,所辑五十篇故事中,大部分实际上仍为翻译文言小说。

这一部分对晚清侦探小说的论述分为翻译与创作两章,以案例研究的形式展开。在第一章晚清翻译侦探小说研究方面,我选取林纾、周桂笙以及周作人三位译者,其中林纾为公认的晚清时期最好的翻译家,持保皇派立场,以坚持用古文翻译西方小说而闻名。周桂笙为"最用力推动侦探小说的一位引介者",是早期鸳蝴派文人的代表,并是最早尝试用白话翻译西方小说的译者之一。而周作人则是五四新文学的倡导人之一,最早在中国译介爱伦·坡的侦探作品。这一章讨论的译作包括魏易、林纾译的《歇洛克奇案开场》、周桂笙译的《毒蛇圈》以及周作人译的《玉虫缘》,通过分析他们各自译本的序、翻译用词以及对文体格式的选择来进一步探讨晚清时期不同背景的知识分子是如何看待

---

① 定一:《小说丛话》,原载《新小说》1905年第15号,收录于陈平原、夏晓虹编《二十世纪中国小说理论资料》第一卷,第83页。

西方的侦探小说,他们对文本内容的理解与原著者有怎样的偏差以及其中折射的文化意义。而第二章以刘鹗的《老残游记》与林纾的《冤海灵光》为例讨论西方侦探小说对传统公案叙事的影响;由吴趼人所辑《中国侦探案》特别是其中的《守贞》一文,分析西方侦探小说与传统志怪文体的异同;最后,以中国最早的女侦探故事,即阳湖吕侠(即吕思勉)所著《中国女侦探》(1907)为例分析其中晚清女子群像的刻画。

第一章　林纾、周桂笙与周作人的侦探小说翻译

侦探小说自晚清传入后便受到中国读者的追捧,郭延礼曾评价:"在近代译坛上,倘就翻译数量之多(约占全部翻译小说的五分之一)、范围之广(欧美侦探小说名家几乎都有译介)、速度之快(翻译几乎和西方侦探小说创作同步)来讲,在整个翻译文学的诸门类中均名列前茅。"① 正因如此,侦探小说在晚清文学研究中占有重要地位,学者们多集中于标题、叙事角度的渐变等角度分析晚清的译者如何逐步适应这一新文体。唯近年来对晚清翻译的研究除了这些技术性层次的翻译问题外,更倾向于以文化的角度分析译者通过翻译活动而表现出的文化选择,孔慧怡就曾建议:"事实上如果我们愿意从文化角度来看晚清小说翻译,把着眼点放在'翻译'而不是放在'文学'上面,我们会发现一般总称为'错译'的地方,其实显示出种种不同的翻译现象,其中包括在文本以外积极调整读者反应、有意识地删节或取代原文本中可能造成文化疑难的成分、甚至潜意识以中国传统的文化及文学规范取替原来的西方文化及文学规范……假如我们分析晚清翻译时多注意当时社会及文化层面的考虑,我们会发现晚清翻译对翻译活动作为文化协商这方面的研究,实在提供了非常丰富的材料。"②

如孔慧怡的《晚清翻译小说中的妇女形象》与林怡婷的《娇怯柔弱或不让须眉?——中华书局〈福尔摩斯侦探案全集〉中的女性形象》两文均聚焦清末民初福尔摩斯故事中译中的女性形象。③ 孔文指出女性

---

① 郭延礼:《中国近代翻译文学概论》,第140页。
② 孔慧怡:《还以背景,还以公道——论清末民初英语侦探小说中译》,收录于王宏志编《翻译与创作——中国近代翻译小说论》,第101页。
③ 孔慧怡:《晚清翻译小说中的妇女形象》,《中国比较文学》1998年第2期,第71—86页。林怡婷:《娇怯柔弱或不让须眉?——中华书局〈福尔摩斯侦探案全集〉中的女性形象》,《编译论丛》第9卷第2期,2016年9月,第1—22页。

形象和性格在中英文化中的不同使得中国译者在翻译福尔摩斯故事时人物性格上出现了偏差,例如英语文化中尊重坚强而又有自我控制能力的女性,而汉语文化中男性的审美标准是隐忍、含蓄的佳人,所以译者在将柯南·道尔笔下的女性套入中国传统美女的典型话语模式时,其人物性格与原作可能大相径庭。林文也指出中华书局的文言版福尔摩斯故事中,译者从传统审美的角度添译女性形象来美化其外表,削弱了原文中女性镇定、自持的特质,甚至将一些女性的主动行为删去或改写成由男性行使,来制造女性依靠男性的被动效果。郑怡庭的《"归化"还是"异化"?——The Hound of the Baskervilles 三部清末民初中译本研究》一文比较福尔摩斯长篇侦探小说 The Hound of the Baskervilles 清末民初的三种译本:1905 年 3 月商务印书馆出版的《降妖记》、1905 年 9 月广智书局的《怪獒案》及 1916 年中华书局文言版的《福尔摩斯侦探案全集》的第十册《獒祟》。① 郑指出《怪獒案》译本采取了归化翻译法(domesticating translation),将故事中的人名及地名以晚清读者常见的传统名称表达,例如 Holmes 译成施乐庵,而《降妖记》与《獒祟》则采取了异化翻译法(foreignizing translation),以直译的方法保留英语名称的发音特性。女性描写上虽然三本书都依赖一套女性举止与美态的传统词汇,但《怪獒案》中强调女性小家碧玉的一面,而《降妖记》与《獒祟》则侧重写她的妖艳,这种转变或许与晚清到民初渐渐开放的社会风气有关。气氛上《怪獒案》最能成功还原原作中的恐怖氛围,而《降妖记》与《獒祟》似乎偏向爱情故事的书写。换言之,这三种译本的区别反映出翻译活动一定程度上受制于时代及读者的审美口味。

这一章对于晚清翻译侦探小说的研究亦是从此类文化分析角度出发,提倡以"作者论"的方法来分析晚清翻译小说。具体来说,本章以林纾译《歇洛克奇案开场》(1908),周桂笙译、吴趼人点评的《毒蛇圈》及周作人译的《玉虫缘》三个文本来讨论这三位翻译家及点评者在翻译/点评侦探小说中的文化协商。这三位译者在晚清小说翻译中具有

---

① 郑怡庭:《"归化"还是"异化"?——The Hound of the Baskervilles 三部清末民初中译本研究》,《师大学报(语言与文学类)》(61:1 期),2016 年 3 月,第 71—92 页。

第一章　林纾、周桂笙与周作人的侦探小说翻译

一定的典型性：林纾为公认的晚清时期最好的翻译家，持保皇派立场，以坚持用古文翻译西方小说而闻名；被称为"最用力推动侦探小说的一位引介者"的周桂笙①，是早期鸳蝴派文人的代表，最早尝试用白话翻译西方小说②，而《毒蛇圈》中译点评者吴趼人亦是晚清最重要的小说家，并最早将西方侦探小说的倒装形式运用于自己的小说创作；周作人为中国译介爱伦·坡的第一人。以下分析将尝试从他们各自译本的序、翻译中的衍文、文体选择等角度讨论其选本原因及从中折射出的文化意义。三位均是翻译名家，所以真正错译的例子很少，但从译本的序文及他们事后的思想文字来看，"错意"的情况非常普遍，从他们的翻译活动来推断，晚清时期读者对侦探小说这一新的文体理解纷呈，有的是用新小说来批判旧文明，有的则是从新小说中读出旧道德之必要，有的同情罪犯的正义观并将侦探边缘化，有的则是被其中的博物论所吸引，由此可见此时翻译活动中文化协商的多样。

一　伍子胥式的复仇与侦探小说：林纾与《歇洛克奇案开场》

自 1897 年与王子仁合译小仲马的《巴黎茶花女遗事》(*La Dame aux Camélias*)起③，林纾翻译过的作品多达一百八十一种④。其中侦探小说共三部⑤，分别是根据 Conan Doyle（时译科南达利）的 *A Study in*

---

① 谢小萍认为周桂笙对早期侦探小说发展的贡献包括译作不但数量多而且范围遍及了英、美、法三地；除了大量译介侦探小说，周桂笙于各译作中所写的各种译序、弁言等也成为研究当时侦探小说评论的重要资料；他是第一位以翻译者身份出道而尝试写作侦探小说的作家等。参见谢小萍《中国侦探小说研究：以 1896—1949 上海为例》，第 45 页。
② 周桂笙所使用的白话为北京话风格的白话。
③ 曾宪辉：《林纾传》，收录于薛绥之、张俊才编《林纾研究资料》，福州：福州人民出版社，1983 年，第 5 页。
④ 根据俞久洪的统计，林纾共翻译了十一个国家九十八个作家的一百六十三种作品，及未刊行的十八种。参见俞久洪《林纾翻译作品考索》，收录于薛绥之、张俊才编《林纾研究资料》，第 403 页。
⑤ 中村忠行在《清末探侦小说史稿》中把林纾翻译的另外两部作品也归为广义的冒险侦探小说，分别是根据 E. Orczy（译作阿克西夫人）的 *The Scarlet Pimpernel* (1905) 所译的《大侠红蘩露传》(1908，与魏易合译) 及根据 G. Boothby（译作蒲士拜）的 *In Strange Company: A Story of Chili and Southern Seas* (1896) 所译的《女师饮剑记》(1917，与陈家麟合译)。

Scarlet(1888)所译的《歇洛克奇案开场》(1908，与魏易合译)；根据 Arthur Morrison（当时译作马利孙）的 The Chronicles of Martin Hewitt (1895) 中的前六篇而译成的《神枢鬼藏录》(1907，与魏易合译)；以及根据 M. McDonnel Bodkin（时译马克丹诺保德庆）的 The Quests of Paul Beck (1908)、The Capture of Paul Beck (1909) 所译的《贝克侦探谈》初编(1909)及续编(1914，均为与陈家麟合译)。

柯南·道尔的原作 A Study in Scarlet 分为两个部分，第一部分叙述了破案的过程，第二部分叙述了犯罪动机。在名为"录自前陆军军医部医学博士约翰·华生回忆录"的第一部分中，华生医生（Dr. Watson）以第一人称叙述了福尔摩斯所侦破的首个谜题。华生是一个军医，因为在阿富汗战争中受伤而回到伦敦，于1881年经朋友介绍结识了福尔摩斯，二人遂成为室友。作为著名私家侦探的福尔摩斯，十分醉心于演绎法，博学但性格古怪。受苏格兰场警探所托，华生跟随福尔摩斯调查在英国布里克斯顿（Brixton）的一座空屋中发现的一具神秘尸体，尸身旁边的墙上有用血字写成的德文"RACHE"，意思是复仇。福尔摩斯通过缜密观察和设局最终成功破案并抓获了凶手。

小说的第二部分名为"圣徒之国"，笔锋一转，故事背景设在了二十年前的美国犹他州，并以第三人称的全知视角讲述，直到最后两章才重新回到华生医生总结福尔摩斯的探案以及福尔摩斯自己的解释。这一部分的主人公是罪犯杰弗逊·霍普（Jefferson Hope）。杰弗逊是一个传统的美国西部小说中的浪漫英雄，他的未婚妻和岳父被摩门教徒所杀。在逃离摩门教之后，他为了复仇，来到伦敦追踪当年杀死他未婚妻一家的凶犯。

1908年6月，上海商务印书馆出版了林纾与魏易合作、根据 A Study in Scarlet 翻译成的《歇洛克奇案开场》，很受欢迎，1915年10月已有第三版。其实在林译本之前，市面上至少已有这篇小说的两种译本，均为上海小说林出版，分别是1904年6月黄人润辞、奚若译的《大复仇》（福尔摩斯侦探第一案）及1904年7月陈彦译的《恩仇血》。林纾在翻译时大概已经知晓这两个版本，其友陈熙绩在《歇洛克奇案开场》序中就指明："是书有旧译本，然先生之译之，则自成先生之笔墨，

第一章 林纾、周桂笙与周作人的侦探小说翻译

亦自有先生之微旨也。"①

与原作的两部分安排相同,林纾的翻译也相应地分为前编和后编共十四章。除了每章的标题没有翻译外,其他的翻译基本忠实原文,而且葆有林译小说一贯的质素:"既能不因语文习惯的差异而露出生硬牵强的痕迹,又能完全保存原有的风味。"②这篇译作中,林纾保留了他译西洋小说的一些常见做法:为了让读者更加明确说话人的身份,加入"某某曰",如原著以华生医生第一人称叙述直接开始,而林译则加入"华生曰";将原对话的直接引语改为间接引语;将"某某曰"的位置置于每句对话的开篇。以第一章华生医生路上偶遇老友斯坦福(Stamford)的一段对话为例:

"Poor devil!" he said, commiserating, after he had listened to my misfortunes. "What are you up to now?"

"Looking for lodgings," I answered, "Trying to solve the problem as to whether it is possible to get comfortable rooms at a reasonable price."

"That's a strange thing," remarked my companion, "you are the second man today that has used that expression to me."③

司丹佛闻而怜余,扣余今将何作。余曰:"今将觅寓,求不縻费而能适其躬者。"司丹佛曰:"奇哉!今日遇人可二次,均如尔之言。"④(注:下划线与标点均为笔者所加,下同)

由引文对比可见,柯南·道尔原著中对话更加生动,人物富有情感,而林译则安排以间接引语与直接引语交错,而且均以"曰"来提示对话,虽符合古文简洁的特色,但人物性格的塑造方面不免略显平淡。

译本中也偶会增加括号注释,而并不在意这样是否会泄露了侦探故事的线索。例如第二部分的第二章叙述杰弗逊与美洲大陆摩门教成

---

① 陈熙绩:《序一》,见林纾译《歇洛克奇案开场》,上海:商务印书馆,1908 年。
② 钱锺书:《林纾的翻译》,北京:商务印书馆,1981 年,第 292 页。
③ Conan Doyle, *The Complete Sherlock Holmes*, New York: Doubleday & Company, 1930, p.16
④ 林纾译《歇洛克奇案开场》,第 2 页。

员结仇的背景时提到了教中的四大长老 Stangerson、Kemball、Johnston 和 Drebber,林译中括号注明 Drebber 特莱伯氏即空屋中死人之姓。①

有时译本会省略一些地名,仍以小说第一章中华生医生偶遇老友斯坦福的一段情节为例:

> On the very day that I had come to this conclusion, I was standing at the Criterion Bar, when someone tapped me on the shoulder, and turning round I recognized young Stamford, <u>who had been a dresser under me at Bart's.</u> The sight of a friendly face in the great wilderness of London is a pleasant thing indeed to a lonely man. In old days Stamford had never been a particular crony of mine, but now I hailed him with enthusiasm, and he, in his turn, appeared to be delighted to see me. In the exuberance of my joy, I asked him to lunch with me <u>at the Holborn,</u> and we started off together in a hansom.
>
> "Whatever have you been doing with yourself, Watson?" he asked in undisguised wonder, as we rattled through the crowded London streets. "<u>You are as thin as a lath</u> and as brown as a nut."②

> 决策之日,余方饮于酒家。忽有人拊余肩。余回顾,则故人司丹佛也。余在人海茫茫之中,忽遇旧交,乃乐不可耐。前此亦特泛泛之交,至于今日,则直直有骨肉之爱。即延之同餐。遂以车至饭庄。车中司丹佛问余曰:"近作么生?吾观尔面瘦损如鼠,其深赭则作栗色。"③

对比之下可以看出林译省略了一些特有的地名(the Criterion Bar, Holborn)及人物的背景介绍(Who had been a dresser under me at Bart's),并出现了一些误译(lath 意为木板,而不是老鼠,其实译成"骨瘦如柴"更加准确)。这些省略可能在林纾或者他的合译者看来并不重要,因为译本中一些重要地名如密西西比河、落旗山(今译落基山),以及西

---

① 林纾译《歇洛克奇案开场》,第 61 页。
② Conan Doyle, *The Complete Sherlock Holmes*, p. 16.
③ 林纾译《歇洛克奇案开场》,第 2 页。

第一章　林纾、周桂笙与周作人的侦探小说翻译

方文明发展史的重要人物如科白尼克(今译哥白尼)、门德尔(今译门德尔松)皆全部准确译出。

至于林译中的女性描写,且对比这两段对杰弗逊的未婚妻露西(Lucy)美貌的描写:

> Lucy Ferrier grew up within the log-house, and assisted her adopted father in all his undertakings. The keen air of the mountains and the balsamic odour of the pine trees took the place of nurse and mother to the young girl. As year succeeded to year she grew taller and stronger, her cheek more rudy, and her step more elastic. <u>Many a wayfarer upon the high road which ran by Ferrier's farm felt long-forgotten thoughts revive in their mind as they watched her lithe girlish figure tripping through the wheatfields, or met her mounted upon her father's mustang, and managing it with all the ease and grace of a true child of the West.</u> So the bud blossomed into a flower, and the year which saw her father the richest of the farmers left her as fair a specimen of American girlhood as could be found in the whole Pacific slope.①

> 露西在此,百凡从其假父,虽无母养育,然得山林清气益其年命,其功亦埒于慈母。逐年增长,且美丽动人。颊红而行步倩。于是行者过其门,见女美,咸忆及其难中之状。露西本类蓓蕾之花,今则尽放矣。即如流之岁月,能使佛里尔化贫为硕,亦能使露西化其稚齿为亭亭之女郎。②

这里林纾的翻译省略了大量细节,如 the balsamic odour of the pine trees 指松脂的芳香,林纾简单译为"山林清气","许多路人经过 Ferrier 的麦场"一句也略为"过其门",原文中路人看到"露西在麦田中优美的姿态,或者骑着父亲的马好像一个西部少年"一句亦省略。"太平洋山区里一个标志的美洲少女"也只译为"亭亭女郎"。仅以这一段来看,林

---

① Conan Doyle, *The Complete Sherlock Holmes*, p.59.
② 林纾译《歇洛克奇案开场》,第62页。

纾对露西的描写仍是传统的文静女子的审美标准,而柯南·道尔的原著中露西则更加活泼,具有西部牛仔的奔放之感。

以上是从具体的字句层面来评价林译的《歇洛克奇案开场》一书,但进而更有趣的问题是,林纾为何在柯南·道尔所有的福尔摩斯故事中只选择这一篇来翻译？又为何还翻译了六部柯南·道尔所著的历史小说？或按照陈熙绩的用语,林纾借由这本书的翻译来表达怎样的微旨？

A Study in Scarlet（1888）虽然是柯南·道尔所创作的第一篇侦探小说,但在他的整个福尔摩斯故事中并不突出,刚面世时鲜有问津。在遭到若干出版社的否决之后好不容易于1887年在 *Beeton's Christmas Annual* 杂志上发表。被拒绝的理由之一是这篇小说长度不适合连载。① 事实上,直至"A Scandal in Bohemia"（1891）开始,柯南·道尔才成功找到恰当的短篇小说形式,借由 *The Strand Magazine* 的大力宣传而使福尔摩斯一夜成名。

从前文对这篇小说的内容介绍可以看出这部小说与日后侦探小说常见的结构有所不同,小说的两个部分其实代表了两种不同的叙事类型。第一部分遵循着侦探小说的标准套路:即侦探接受报案、勘察命案现场、侦破及抓获凶手。而第二部分则更像是西部冒险小说:"包括了不同集团对于土地的争夺,设定了故事的主人公和他的敌人之间的戏剧冲突,围绕着一个复仇的主题并且突出了追逐、格斗等复杂动作。"② 从地域上看,这两个部分的故事分别发生的地点也形成了文明和野蛮的鲜明对比。第一部分发生在秩序井然、讲求理性和法制的英国伦敦；而第二部分的大幅篇章则发生在美国西部的犹他州,该地区落后野蛮,充满了神秘宗教狂热、有组织的暴力犯罪以及极端政治。因此有学者

---

① 柯南·道尔最先将这部小说寄给 *Cornhill Magazine*，但该杂志主编 James Pan 以"这部作品连载的话不够长,作为单部作品一期发表又不够短"的理由拒绝出版。其他一些出版社也以各种理由拒绝了这部小说。Michael Hardwick, *The Complete Guide to Sherlock Holmes*, New York: St. Martine's Press, 1986, pp.16-17.

② John G. Cawelti, *Adventure, Mystery, and Romance, Formula Stories as Art and Popular Culture*, Chicago and London: The University of Chicago Press, 1976, pp.192-193.

第一章　林纾、周桂笙与周作人的侦探小说翻译

指出福尔摩斯对于凶手的抓获象征了理性英国对于野性美洲的征服与控制的英帝国逻辑。①侦探通过严密的推理和科学的论断取得了文化上的绝对权威性。叙事角度上,第一部分为第一人称限知视角,而第二部分则是比较传统的全知视角,塑造了一位在美洲大陆为了爱情而复仇的、具有西部牛仔精神的传统侠义英雄形象。而这种传统大侠以暴治暴的复仇精神又显然与现代的法制社会格格不入,所以小说第一部分的侦探福尔摩斯取代了传统的侠士而成为现代社会的真正英雄。

林纾翻译这篇小说的动机可以从该书的两篇序文中窥之一二。叙事形式上,林纾欣赏欧美侦探小说中开篇即悬念的布局手法:

> 文先言杀人者之败露,下卷始叙其由,令读者骇其前而必绎其后,而书中故为停顿蓄积,待结穴处,始一一点清其发觉之故,令读者恍然。此顾虎头所谓传神阿堵也。②

在林纾后来自己创作的公案小说《冤海灵光》中也部分采取了先描述案件、再补充相关信息的叙述方式,这点在本书第二章中还会详析。这里可注意的是林纾的用词,他以"结穴""虎头""传神阿堵"等传统小说的评点修辞来总结西方侦探小说,既注意到西方小说开篇的与众不同,又把其结构纳入了中国传统史传小说的评点修辞系统中,来寻找中西方叙事修辞的一些共通性。在另一篇林译《撒克逊劫后英雄略》的序中,林纾亦提到:"纾不通西文,然每听述者叙传中事,往往于伏线、接笋、变调、过脉处,以为大类吾古文家言。"③这些都是林纾试图"归化"西方小说结构到传统史传文学框架下,从而合理化自己以传统文人身份翻译西方小说行为的策略。

在主题上,从林纾好友陈熙绩的序可见,陈更加欣赏小说的第二部分,即更加按照传统的写作方式进行的西部历险小说,对这一部分的罪犯主角杰斐逊充满同情,肯定了他复仇的正义性,并由此将西方文明和

---

① Ronald Thomas, *Detective Fiction and the Rise of Forensic Science*, New York: Cambridge University Press, 1999, p 227.
② 林纾:《序》,《歇洛克奇案开场》,第3页。
③ 林纾:《序》,见林纾、魏易译述《撒克逊劫后英雄略》,上海:商务印书馆,1914年。

古代中国文明中的侠义精神相互联系在一起。由于序文较短，现摘抄如下：

> 嗟乎！约佛森者，西国之越勾践，伍子胥也。① 流离颠越，转徙数洲，冒霜露，忍饥渴，盖几填沟壑者数矣。卒之，身可苦，名可辱，而此心耿耿，则任千剐万磨，必达其志而后已。此与卧薪尝胆者何以异？太史公曰：伍子胥刚戾忍诟能成大事，方其窘于江上道乞食，志岂尝须臾忘郢耶！吾于约佛森亦云。及其二憾，卒逢一毒其躯，一剖其腹，吾知即不遇福尔摩斯，亦必归国美洲，一瞑而万世不视也。何则？积仇既复，夙愿以偿，理得心安，躯壳何恋？天特假手福尔摩斯以暴其事于当世耳。嗟乎，使吾国男子人人皆如是，坚忍沈挚，百折不挠，则何事不可成，何侮之足虑？夫人情遇险易惊，过事则忘，故心不愤不兴，气不激不愤，晏安之毒何可久怀？昔法之蹶于普也，则图其败形，以警全国之耳目。② 日之扼于俄也，则编为歌曲以震通国之精神。③ 中国自通市以来，日滋他族环逼，处此庚子之役，创痛极矣。熙绩时在围城，目击其变，践割之残，盖不忍言，继今尚有。以法日之志，为志者乎。是篇虽小，亦借鉴之嚆矢也，吾愿阅之者勿作寻常之侦探谈观，而与太史公之《越世家》《伍员列传》参读之可也。④

陈熙绩为福建省闽侯人，林纾密友。序中提及他曾经亲身经历过庚子事变及八国联军进入华北事件。文中陈熙绩表达了对如杰弗逊这样的传统浪漫主义文学意义上的英雄，而非福尔摩斯类型的智慧超人的认同。晚清的政治危机让陈熙绩等人对第二部分表现的复仇主义更感兴趣，至于福尔摩斯，陈熙绩只是简单地写道："天特假手福尔摩斯以暴其事于当世耳。"换句话说，陈熙绩忽视了原小说第一部分中表现的科

---

① 约佛森即为Jefferson，当代的中译本多将其译为杰弗逊，故本书采取了后者的翻译。
② 这里陈指的是普法战争（1870年7月—1871年5月），以普鲁士德国的胜利而告终，标志着拿破仑三世的倒台以及法国第二帝国的终结。
③ 这可能指的是1898年俄国向中国施压，将辽东半岛的旅顺租给俄国。在中日甲午战争之后，旅顺一度归日本所有，但俄国此时联合其他欧洲列强强迫日本放弃了旅顺。
④ 陈熙绩：《序一》，见林纾译《歇洛克奇案开场》，第1—2页。

第一章　林纾、周桂笙与周作人的侦探小说翻译

学精神,跟浪漫英雄杰弗逊相比,侦探福尔摩斯退居了次要位置,在充分肯定了凶手复仇的正义性的同时,陈熙绩对于福尔摩斯如何将凶手绳之以法及其引以为傲的演绎推理却只字未提。侦探福尔摩斯成了一个类似于史官的人物,向世人表彰杰弗逊的英雄事迹。

$A\ Study\ in\ Scarlet$ 中杰弗逊为了复仇而忍辱负重,黑发慢慢变成了白发,这些细节都让陈熙绩联想到了中国史传文学传统中的越王勾践、伍子胥,并且杰弗逊在被捕获后宣称他本来打算复仇后回到美国等待病发身亡,这样的悲壮选择也符合中国侠义小说中侠客"归隐山林"的理想结局。其实杰弗逊虽与伍子胥、勾践等历史人物有相似性,如都有旺盛的精力、不懈的韧性以及永不磨灭的复仇信念等,但原作中他的复仇原因只是基于爱情,与国家民族并不相干,而在这篇序文里,陈熙绩希望读者参考伍子胥、越王勾践的例子,又提到中国自经历鸦片战争、庚子赔款等事件后的创痛,将个人复仇与国家兴亡的主题联系在了一起。

陈熙绩的这篇序文是否可以用来解释,林纾翻译这篇福尔摩斯故事的真正动机恰恰是出于对小说第二部分西部冒险内容的兴趣呢?我们也可以在林译小说中林纾所写的其他序文中找到佐证。仅以林纾所译柯南·道尔作品来看,《歇洛克奇案开场》是林纾所译的柯南·道尔作品中唯一的一篇侦探小说,其余四篇为历史小说,两篇为社会小说,包括 $The\ Refugees$（1893）(《恨绮愁罗记》,上海:商务印书馆,1908), $Uncle\ Bernac$（1897）(《髯刺客传》,上海:商务印书馆,1908), $The\ Doing\ of\ Raffles\ Haw$（1891）(《电影楼台》,上海:商务印书馆,1908), $The\ White\ Company$（1891）(《黑太子南征录》,上海:商务印书馆,1909）, $Micah\ Clarke$（1889）(《金风铁雨录》,上海:商务印书馆,1907）, $Beyond\ the\ City$（1892）(《蛇女士传》,上海:商务印书馆,1908)。这四篇历史小说涉及英法不同时代,如 $The\ Refugees$ 里的路易十四, $Uncle\ Bernac$ 中的拿破仑, $The\ White\ Company$ 里14世纪的英法百年战争, $Micah\ Clarke$ 中1685年Monmouth叛乱的背景,内容基本上是一两位小人物偶然被君主所用,卷入王朝战争或宫廷纠纷的故事。

从林纾所写的序言中可见他认为这四个故事里英法都尚未进入现代化的文明阶段,保留着君主专制的特色,因此与中国的专制王朝有类

比性。例如《恨绮愁罗记》序中认为书中写"鲁意(即路易十四)骄骞之态,两美竞媚之状,群臣趋走卑诣之容,作者不加褒贬,令读者自见法国当日危弊,在于岌岌"①。《髯刺客传》的序中将拿破仑类比汉武帝,认为他缺点是"喜功,蔑视与国,怨毒入人亦深",但亦是一位伟大的军事家:"战功之奇伟,合欧亚英雄,实无出其右。"②《金风铁雨录》序中认为该书讨论了英国天主教国王詹姆士·斯科特(James Scott)执政的功过,认为他平乱以后应该施以德政,"肆赦豪杰勿问,稍抑天主教锋棱,以平闾左之心,益修内治,则专制政体尚足绵久"。但他穷兵黩武,类似中国历史上的"符坚、完颜亮"。③虽然英法此时仍是未开化时期,但已有为国家作战奋不顾身的精神,《黑太子南征录》的序中就认为英法百年战争时"英人当日视死如归,即以国为身,不以身为身,故身可死而国不可夺。然教育尚未普及,而英人之奋迅已如此。今吾国人之脑力勇气,岂后于彼?"④

总之,林纾选择西方历史小说翻译的标准是将其与中国的史传文学作类比,指出中西方宫廷政治文化在未开化阶段的共同性,思考专制王朝维持统治的策略,以西方文化中尚勇、爱国的精神鼓舞读者联想到中国史传传统中君王侠士的英勇。至于欧美文化中现代化的一面,林纾并不多着墨,甚至借翻译小说略有讽刺,如《蛇女士传》中的蛇女士指书中的威斯马考(Westermacott)夫人,作为新女性,她有一些特殊癖好如养蛇。华格医生(Dr. Walker)的两个女儿为了阻止父亲与威斯马考夫人结婚,故意模仿她的新潮服饰、自由思想及抽烟喝酒等习惯,让父亲感到不安,华格医生担心威斯马考夫人对他的女儿们造成不良示范,放弃了结婚的念头。林译的序中解释道他翻译此书时已考虑到女权主义者会批评他用小说来反对女权运动,但他其实不是反对女权,而是认为母亲须是子女行为良好的楷模,女性的行为需要自爱及有益于

---

① 钱谷融主编、吴俊标校:《林琴南书话》,杭州:浙江人民出版社,1999年,第88页。
② 同上书,第87页。
③ 同上书,第57页。
④ 同上书,第102页。

第一章　林纾、周桂笙与周作人的侦探小说翻译

社会,"又何必养蛇、蹴鞠、吹吹觱篥、吃烟斗始名为权耶?"①

李欧梵在研究林译哈葛德小说时,指出林纾从译书中埃及、墨西哥文明衰弱的例子体会到古国亡国灭种的悲哀。"这个结论自然令林纾反思:中华老大帝国目前所处的地位岂不是可以和古埃及和古墨西哥画上等号?如何谋自救之道?他的答案是:发扬和古老文明的'柔弱'恰好相反的'阳刚'之气和尚武精神。这似乎提供了一个翻译哈葛德小说的充分理由,于是他振振有词地宣布:'行将择取壮侠之传,足以振吾国精神者,更译之问世。'"②为了振兴国家,林纾肯定盗侠行为的正义性,在《鬼山狼侠传》(*Nada the Lily*, 1892)的序中提出"至于贼性,则无论势力不敌,亦必起角,百死无馁,千败无怯,必复其自由而后已。虽贼性至厉,然用以振作积弱之社会,颇足鼓动其死气","盗侠之气,吾民苟用以御外侮,则与社会又未尝无益","明知不驯于法,足以兆乱,然横刀盘马,气概凛烈,读之未有不动色者"③,来"将蛮夷的'贼性'换成值得肯定的价值,用来振兴积弱的中国文明"④。

从以上《鬼山狼侠传》的序的引文可以看出在法理与情理冲突时,林纾选择的是以民族大义为重,肯定传统游侠的暴力手法,按此标准,《歇洛克奇案开场》中第二部分的复仇者杰弗逊自然更得他青睐。小说中当杰弗逊发现未婚妻露西被摩门教徒所掳,其父被杀后决心复仇:"自谓他事固不能为,若报酬者则丈夫事耳约佛森与红人相习久,报仇之心亦滋炽不可猝遏,此时立于垂灭之火次自念,一生初无他念,惟有剚亲仇人以刃始。"⑤他花了五年的时间四处追踪不断逃跑的仇家,"若在他人经是沮格,报仇之心亦淡,而约佛森屹不为动,时亦小康则四觅美洲中,防旅费不足,随地为业以佐之,逐年而增,黑者已星星矣"⑥。因此林纾也一定赞成陈熙绩在序言中所认为的福尔摩斯只是杰弗逊复

---

① 钱谷融主编,吴俊标校:《林琴南书话》,第 91 页。
② 李欧梵:《林纾与哈葛德——翻译的文化政治》,《东岳论丛》2013 年第 10 期,第 53 页。
③ 钱谷融主编,吴俊标校:《林琴南书话》,第 32—33 页。
④ 李欧梵:《林纾与哈葛德——翻译的文化政治》,《东岳论丛》2013 年第 10 期,第 53 页。
⑤ 林纾译《歇洛克奇案开场》,第 80 页。
⑥ 同上书,第 83—84 页。

仇事迹的记录者的观点,他们之所以佩服罪犯杰弗逊,是因为他们推断正是这样一种永不言败的英雄主义让西方如此强大,并且这样的侠义精神更是来源于古文明精神(如以上的引文中已说明杰弗逊的复仇意志受印第安人影响),这解释了为何林纾并不选择其他更加当代的、更典型的福尔摩斯推理故事来翻译,对于林纾来说,《歇洛克奇案开场》的意义并不是侦探小说里的"理性推理"与"法治",而是其译的众多西方历史、冒险小说的"副产品",延续了他一贯赞许的以坚韧不拔的气魄去振作积弱社会的侠义精神。

二 新文明与旧道德:周桂笙、吴趼人与《毒蛇圈》

周桂笙在晚清时期翻译的西方侦探小说,以较早使用浅近文言和白话翻译而闻名,译著有《毒蛇圈》《失女案》《双公使》《海底沉珠》《红痣案》及《福尔摩斯再生案》(部分)等中短篇侦探小说不等,大多数发表在《新小说》杂志①,被阿英称为当时侦探小说的"译作能手",但人们对其译笔水平评价并不高。②《毒蛇圈》这篇译作,原作者鲍福在侦探小说史上并不算是一流的小说家,小说本身也只是一个密谋骗取女继承人遗产的普通故事,但叙事技巧上对中国现代小说转型阶段有一定影响,它由周桂笙翻译、吴趼人点评,是以传统中国小说评点本的形式翻译西方侦探小说的范例,并直接启发了一些晚清小说的叙事结构,如吴趼人创作的《九命奇案》就仿效了其开篇以不署名的直接对话形式来设置悬念。过去对于这篇译作的研究并无底本,只是根据吴趼人的评语来判断周桂笙的翻译哪些是如实翻译,哪些是自行演绎。③故我在下文着重将周的翻译与其英文翻译底本 *In the Serpents' Coils*(1885)比

---

① 周桂笙(1873—1936),字树奎,一字辛楳,又作辛盦,号惺庵、新庵、知新子、知新室主人等,上海南汇人,毕业于上海中法学堂,懂英文、法文。除侦探小说外,周桂笙还是最早将《格林童话》《一千零一夜》等西方作品介绍到中国的译者。
② 阿英:《晚清小说史》,上海:商务印书馆,1930 年,第 283 页。钱锺书评其译笔"沉闷乏味",参见钱锺书《林纾的翻译》,北京:商务印书馆,1981 年,第 295 页。
③ 对《毒蛇圈》目前为止最仔细的分析,可见赵稀方《翻译与文化协商——从〈毒蛇圈〉看晚清侦探小说翻译》,《中国比较文学》2012 年第 1 期,第 35—46 页。

第一章　林纾、周桂笙与周作人的侦探小说翻译

对,以便更加清楚准确的判断周桂笙的翻译特色,吴趼人选本的原因及他的点评在这篇译作中所起的文化协商作用。

1903年7月至1906年1月,周桂笙翻译法国侦探小说家鲍福的侦探小说 *Margot La Balafrée*,发表于吴趼人主编的《新小说》第8—24号,并由吴趼人点评。原作的标题 *Margot La Balafrée* 意为"Margot 的刀疤",指贼党女首领 Margot 脸上有一个刀疤,她虽然后来伪装成歌唱家,并用化妆遮掩疤痕,但眼盲的 Gerfaut 利用制作石膏像的机会摸到她脸上的伤疤进而证实了她的真实身份。周桂笙的译本依据的是英文译本 *In the Serpents' Coils*,吴趼人的解题为"《毒蛇圈》言其圈套之毒如蛇也,此为瑞福入围之始"①。英文译本含十一回及一个尾声,共二百零四页。周桂笙只译到第四回的开篇,并未完成,可能是为了适应报纸连载的需要,他将小说重新划分章节,以章回体小说的形式拟定各章标题,增加了"且待下文分说""却说"等章回体小说惯用的说书人口吻,连载到第二十三回时因《新小说》的终刊而戛然中止。该书1905年时亦有另外一套译本《母夜叉》,由上海小说林社出版,根据日本黑岩泪香的日译本《如夜叉》翻译,译者不详,而黑岩泪香的底本则是另外一套英译本 *The Sculptor's Daughter*(London,1884)。

《毒蛇圈》的作者鲍福算不上一流的侦探小说家,但著作颇丰,出版了六十余部作品。他的父母均是法国贵族,鲍福社交广阔,曾到访过非洲和东方,作品中经常出现外国的描写以及法国社会中各类女性婚姻的种种烦恼等。鲍福在文坛的成名有赖于报纸的连载——他通常被看作最流行的 feuilleton 作家之一②,擅长写作言情与侦探交织的作品,侦探成分不强,更像是肥皂剧。③ 鲍福的作品在晚清时非常流行,多有中文译本,与周桂笙译的《毒蛇圈》差不多同时发表的,就有《美人手》

---

①　海风主编:《吴趼人全集》第九卷,哈尔滨:北方文艺出版社,1998年,第33页。
②　Feuilleton,鲁迅曾翻译为"阜利通",是发表在法国报纸政治版里的专栏,与其他政治新闻以线条隔开,并且字体较小。内容多半是非政治性的新闻、八卦、文学、艺术评论、时装以及警句等,总体特点是尖锐、轻巧和优雅。
③　Nina Cooper, "Three Feuilletonistes: Paul Féval, Émile Gaboriau, and Fortuné du Boisgobey", *Cerise Press*, 2011 summer, vol.3, issue 7, 于2017年7月10日取自 http://www.cerisepress.com/03/07/three-feuilletonistes-paul-feval-emile-gaboriau-and-fortune-du-boisgobey。

（*La Main Froide*，1889），出现在《新民丛报》上（1903年7月—1906年8月），译者是香叶阁凤仙女史，根据日本黑岩泪香的日译本《美人の手》转译而成。① 鲍福的名字自周桂笙译《毒蛇圈》后再没有出现，在晚清时更常见的译法为朱保高比，还有波殊古碧、白华哥比不等。② 由于此时作品的中文翻译多由黑岩泪香的日译本转译，且多不标明原著者，有时更被误认为是日本小说。③

《毒蛇圈》是鲍福的代表作之一，讲述了雕刻匠 Tiburce Gerfaut（周译铁瑞福）一次酒醉途中受人所托帮助其推车去医院，但后来委托人借故离开，警察更发现车上是一具女尸。Gerfaut 不甘自己被无端陷害，按照模糊的记忆找到初次遇见委托人的公寓，不料刚推开门便被神秘女子泼了硫酸，双目失明。Gerfaut 的学徒 Jean Carnac（陈家萧）调查后发现原来是伯爵 Philippe de Charny（贾尔谊）与贼党女首领 Margot（麦尔高）觊觎 Gerfaut 女儿 Camille（妙儿）的六万法郎家产，打算让伯爵与 Camille 先结婚，然后谋杀她来夺取其嫁妆。与英美侦探小说相比，法国侦探小说中对警察的无能多有嘲讽，热衷表现匪党这一群体的无所不在和对于社会秩序的威胁，侦探经常陷于和贼党首领周旋的过程中。这篇小说也不例外，其中的警察不是傲慢无礼就是毫无线索，唯一一位同情 Gerfaut 的好警察 Graindorge（葛兰德）也被匪徒从天台上推落而亡。书中真正的侦探是雕刻家的学徒 Carnac 及他的艺术家朋友，他们收集了一系列证据让 Gerfaut 确信 Margot 就是害自己眼盲的神秘女子，阻止了 Camille 步入婚姻陷阱。

原著叙事的一大特色是依靠人物之间的大量直接对话来透露各种信息，例如开篇 Gerfaut 和 Camille 父女的对话就有三页之长，这对习惯于注明说话人身份的晚清读者无疑是一大阅读挑战。前文谈到林纾的

---

① 〔日〕中村忠行：《清末探侦小说史稿（三）》，《清末小说研究》第4号，1980年，第19页，黑岩泪香的译本根据的是英文翻译版 *The Severed Hand*，Vizetelly，1885。

② 〔日〕中村忠行：《清末探侦小说史稿（三）》，《清末小说研究》第4号，第19—20页。

③ 如将《色谋图财记》（*Bouche Cousue*，1883）的作者误认为是日本的泪香小史，《天际落花》（*La Voilette Bleue*，1885）作者误认为是日本黑岩周六等，参见〔日〕中村忠行《清末探侦小说史稿（三）》，《清末小说研究》第4号，第19—20页。

第一章 林纾、周桂笙与周作人的侦探小说翻译

翻译时就曾指出,林纾的方法是以直接引语与间接引语相交错的形式改写原文,并增加"某某曰"来提示不同说话人之间的转换,但这种做法缺点是显得死板,不能准确还原原作中人物说话时的神采。周桂笙在翻译这篇小说时已意识到这种长篇对话恰恰是西洋小说的特色:

> 我国小说体裁,往往先将书中主人翁之姓氏、来历叙述一番,然后详其事迹于后;或亦有用楔子、引子、词章、言论之属以为之冠者。盖非如是则无下手处矣。陈陈相因,几于千篇一律,当为读者所共知。此篇为法国小说巨子鲍福所著。其起笔处即就父母问答之词,凭空落墨;恍如奇峰突兀,从天外飞来;又如燃放花炮,火星乱起。然细察之,皆有条理,自非能手,不敢出此。①

他的译本基本上保留了原作的对话特色,并不标明说话人的身份,例如开篇的四段:

> "Your cravat is all awry, father."
>
> "It is quite your own fault, my dear child. You know very well that I have never been able to dress myself without help."
>
> "But you declined my assistance this evening, on the plea that you were in a hurry, and that I should only hinder you."
>
> "Nothing of the kind. You pouted and were sulky, because you did not like the idea of my going to this dinner."②

周译:

> 爹爹。你的领子怎么穿得全是歪的。
>
> 儿呀。这都是你的不是呢。你知道没有人帮忙。我是从来穿不好的。
>
> 话虽如此。然而今天晚上。是你自己不要我帮。你的神气慌慌忙忙。好像我一动手就要耽搁你的好时候似的。
>
> 没有的话。这都因为你不愿意我去赴这回席。所以努起了

---

① 《毒蛇圈》,收录于海风主编《吴趼人全集》第九卷,第3页。
② Fortuné Du Boisgobey, *In the Serpents' Coils*, London: Vizetelly & Co., 1885, p.5.

嘴。什么都不高兴了。①（注：标点与断句均来自周译）

这段引文只是父女之间来回冗长对话的最初片段，后续的类似对话交代了 Gerfaut 晚上要去赴宴，他的妻子去世前，姑母留下了六万法郎的巨额遗产，一旦女儿 Camille 结婚后就会交给丈夫执掌，Camille 有个表姐 Brigitte，Gerfaut 与 Camille 住在一个三层楼高的公寓，Camille 在 Madame Stenay 的沙龙上遇到了伯爵 Count de Charny 并决定与他结婚等重要线索，甚至连父女两人的名字都是在对话中揭示的。吴趼人已留意到了这种利用对话不经意地吐露信息、层层推进的叙事技巧的妙处，在第四回的总评中他赞赏道："一个贾尔谊，一个史太太，不过从妙儿口中闲闲提出；白路义与瑞福二人虽亦谈及，然并未详叙其人如何。谁知却是全书关目，此是变幻处。"②周桂笙的翻译将类似所有的长篇对话如实保留，例如小说原文第一章中在父女俩第一段冗长的对话结束时写道：

> The father was standing in front of the looking-glass engaged in fruitless efforts to adjust the knot of his white cravat. ③

周译：

> 且说当时他父亲站在大镜子面前。望着自己的影儿。在那里整理他那胸前白衬领上的带结儿。就是方才他女儿说他穿得不正的东西。④

这里，周桂笙用古代白话小说中常见的"且说"一词做叙述上的过渡，并添加了"方才他女儿说他穿得不正的东西"与小说的第一句女儿的说话呼应来提示读者前文都是父女之间的对话。这种对话技巧吴趼人非常欣赏，他在第三回的眉评中批注："以下无叙事处，所有问答，仅别以界线，不赘明其谁道。虽是西文如此，亦省笔之一法也。"⑤并迅速将

---

① 《毒蛇圈》，《新小说》1903 年第 8 期，第 115—116 页。
② 海风主编：《吴趼人全集》第九卷，第 24 页。
③ In the Serpents' Coils，p.6.
④ 《毒蛇圈》，《新小说》1903 年第 8 期，第 118 页。
⑤ 海风主编：《吴趼人全集》第九卷，第 17 页。

第一章　林纾、周桂笙与周作人的侦探小说翻译

这一省笔技巧挪用到自己的小说中,《新小说》的第 12 号开始连载他所作的三十六回小说《九命奇冤》,小说开篇直接模仿《毒蛇圈》,由一群攻打石室的人之间的直接对话开始,且并不注明说话人的身份,对话完后才重新交代:

> 嗳!看官们,看我这没头没脑的忽然叙了这么一段强盗打劫的故事。那个主使的甚么凌大爷,又是家有铜山金穴的。志不在钱财,只想弄杀石室中人,这又是甚么缘故?想看官们看了,必定纳闷。我要是照这样没头没脑的叙下去,只怕看完了这部书,还不得明白呢!待我且把这部书的来历,以及这件事的时代、出处表叙出来,庶免看官们纳闷。①

从林纾的译本靠增加"某某曰"来提示说话人身份,到周桂笙译本中基本上保留所有原有直接对话特色,再到几个月后吴趼人在自己小说中的运用,可见晚清作家对西方小说中直接引语对话叙事技巧的迅速接受过程。

周桂笙的译本整体上采取了归化式的翻译法,将西洋人名本地化,例如雕刻家 Tiburce Gerfaut 译为铁瑞福,其女 Camille 译为妙儿,Madame Stenay 译为史太太,伯爵 Philippe de Charny 更是标明"姓贾,名尔谊,号斐礼"等。在称谓上,周桂笙还加入北京的口语如"爹爹、贤侄、世交、儿、老人家"等词来加强人物关系的亲密感。吴趼人在眉批中特意向南方不同读者解释周桂笙翻译中的京腔,如"死胡同,京话也。江南人谓之宝窒弄,广东人谓之崛头巷。此书译者多用京师语,故从之"②。为了与中国读者拉近距离,周桂笙也会在一些细节上作出改动,例如原作中侦探陈家鼎的肤色被形容为"as brown as a mulatto",即"黑白混血",而周将其译为"面色带黄,犹如黄种人一般"。故事中第十九回陈家鼎参加化妆舞会,原作中只提到有日本道具,而周桂笙则增加了中国衣服,吴趼人还在眉批中调侃:"不知可有红顶花翎朝珠补服。"

---

① 《九命奇冤》,收录于海风主编《吴趼人全集》第四卷,第 411 页。
② 海风主编:《吴趼人全集》第九卷,第 24 页,原文是 a blind alley。

译本保留了故事的发生地法国巴黎,所以有时一些过于本土化的翻译不免闹出笑话。例如原著中 Camille 的母亲擅长弹钢琴,周桂笙将其改为"拉得一手好胡琴",在巴黎拉胡琴不免显得不伦不类。故事中另一位少年 Marcel Brunier(白路义)是一位银行职员,暇时写一些戏剧(plays),周桂笙译成"谱了几套曲子"。而女盗匪 Margot 假扮歌唱家 Marguerite de Carouge(顾兰如),周桂笙将歌剧中的首席女高音(prima donna)译为"大词曲家、词章领袖,仕女班头",亦与原文有所出入。周桂笙的翻译保留了一些基本地名、建筑物名或国名,如腊八街(the Rue Labat)、大书院(Collège Ladadens)、相馆(the studio)、日耳曼,但也省略了一些不重要的特定地名,或简写了某些段落。总体而言,周桂笙的这个译本个别句子有一些错译,但基本内容是忠实于原著的。

周桂笙的译本与原作的最大不同就是他增加了大量衍文,与原作比较冷静、简洁、尽量隐藏叙事者声音的笔调相比,周译中叙事者的声音十分突出,他或调侃、或评论时事,再加上吴趼人的点评,使得整个译本充满了强烈的说书人的感情色彩。这些衍文大致可归为四种。第一种是解释情节,包括按照章回体小说的惯例,在每一章的第一段以"却说""话说"等方法简述上一章结尾处的情节,或插入"看官"等句子与读者交流,或向读者解释人物心理活动。例如第十三回,白路义的妹妹白爱媛(Annette)邀请陈家鼎去博物院(the Louvre)看美术展时,原文仅写道:

> "You can rely upon me, mademoiselle. Ah, if you only knew the pleasure you were giving me," stammered Carnac, who was quite unprepared for so much happiness. "I am your brother's most devoted friend for life. Ah, if I could only persuade my master to give him Mademoiselle Gerfaut in marriage!"①

而周桂笙的译文则添加了陈家鼎的心理描写:

> 原来家鼎自从看见爱媛小姐之后,心里很有妄想的意思。但

---

① *In the Serpents' Coils*, p.42.

第一章　林纾、周桂笙与周作人的侦探小说翻译

是不知道那边心思何如,所以不敢贸然巴结上去。如今不提防倒是那边亲近过来,所以一下子把他喜得甚么似的,要想出一句好话去巴结他。想了半天,才说道:"我同你的哥哥是好朋友,我总要竭力劝我师父,把女儿嫁给他。"①

第二种是向读者解释书中的一些西方风俗。例如第十一回中陈家鼎初次登场,他是雕刻匠瑞福的学徒,开始学艺时雕刻一些墓碑上的装饰(he had begun by carving urns and other funereal emblems for contractors in tombstones)。紧接着周桂笙增加了一大段对西方墓葬方式避免了重男轻女现象的解释:

> 原来文明国人的坟墓很是考究,并不是就这么一堆土就算了的。他们在这上头,也是用的合群主义。大抵一处地方,有一处的公坟。这种公坟,就由大家公举了董事经理,永远栽培得花木芬芳,就如公园一般。这个法子,比了交托自己的子孙还可靠的万倍呢。因为自己子孙,保不定有断绝的日子;即不然,也有败坏的日子。那董事却是随时可以公举,更换的更换,补充的补充,永远不会败坏的。有了这么一个大大的原因,所以他们欧美的人,看得自己的子孙是个国中的公产,同他自己倒是没有甚么大关系的了。所以无论男也罢,女也罢,生下来都是一样的看待,不分轩轾的。倘是不用这个法子,死了之后,除了子孙,请教还有那个来管你呢?所以就要看重子孙了。闲话少提。②

也有时周桂笙只是如实翻译,依靠吴趼人的眉批来比较中西习俗不同。如第十八到十九回描述法国的化装舞会,包括化着小丑妆的人自由出入酒馆、舞厅中男女共舞等,周桂笙在文中偶有说明"西人戏院中不准吸烟,故来者往往丢之于门外"、跳舞时"此是法国的风俗如此,并无生熟男女的界限",但吴趼人在眉评中却屡次对这种中西方娱乐习俗的不同大发议论,如"煞是好看! 然亦可以觇笔各处风俗不同。扮成此

---

① 海风主编:《吴趼人全集》第九卷,第83页。
② 同上书,第73—74页。

等鬼脸,徜徉于众目睽睽之下,吾中国惟罪贱最下流之乞人或偶一为之,虽优孟下场不为也"①。

第三种衍文是就故事中的某些现象插入本国习俗的比较,来嘲讽中国的一些文化陋俗。例如第二回说瑞福之所以想参加酒会,是为了在那里遇到官员,帮他们雕刻石像后获得荣誉勋章。原文写道:

> Now, in his secret heart Gerfaut was weak enough to long for a decoration-for one of those strips of red ribbon which proclaim that the wearer is a Knight of the Legion of Honour. None of us are perfect, let it be remembered. ②

这里的最后一句,周桂笙译出了大意:"这也是世界上人的通病,大凡贫的要想求富,富的却又想求贵了,那里还有心足的一日呢!"但他在这句话之前加入了对晚清捐官制度的抨击,认为小说中瑞福至少是想靠技艺来获得荣誉,而晚清时期只要有钱什么都可以买到:

> 而且又不比中国的名器,只要有上了几个臭铜钱,任凭你甚么红顶子绿顶子,都可以捐得来的。这个却是非有当道的赏识了自己的技艺不可。③

同样对捐官制度的讽刺在第五回又再度出现,有人请瑞福将一张床抬到医院,周桂笙在这里直接加入一段瑞福的心理活动。原文为:

> Gerfaut obeyed orders. He was delighted to have an opportunity to show his strength and render a service. The sick woman was not heavy; besides, as he had foreseen, the very act of carrying a litter steadies the bearer of it, by obliging him to walk with his legs somewhat apart, like a sailor on the deck of a vessel. ④

周译:

---

① 海风主编:《吴趼人全集》第九卷,第112页。
② *In the Serpents' Coils*, p.9-10.
③ 海风主编:《吴趼人全集》第九卷,第13页。
④ *In the Serpents' Coils*, p.14-15.

第一章 林纾、周桂笙与周作人的侦探小说翻译

瑞福嘴里答应着,心里想:"我还是头一回当奴才呢,从来没有抬过东西。怎么抬起来两条腿不由的要分开了,走路好像轮船上水手在舱面行走似的。想来这个抬法,总算得法的了。往常听得人家说,东方支那国的官员,不是由国民公举的,只要有了钱,就可以到皇帝那里去买个官来做做。[眉]你还不知道,有捐局做间接的交易呢。做了官,可以任着性子刻剥百姓。百姓没奈他何,反而要怕他。他出来拜客,还坐着轿子,叫百姓抬着他跑路,抬得不好还要打屁股。我今夜这种抬法,如果到了支那去,不知合式不合式?可惜没有去看过。①"

类似的例子在全书还有很多,其实整本原作无一处提到过中国,是一部典型的法国侦探小说,但周桂笙的大量衍文及吴趼人附和的眉批将一个巴黎故事与中国语境结合起来,甚至还让故事中人直接想到同样的行动在中国会有怎样的下场,使得一个普通的侦探小说具有了针砭时弊的新小说功能。

第四种类型的衍文是增加情节,或丰富人物形象,或突出慈孝等伦理道德。小说第四回写 Gerfault 醉酒,原文只简单写道:"Gerfaut's senses had nearly or quite deserted him."而周桂笙则加入了许多醉态描写:"不知为了甚事,要立起来,却把身子一歪,几乎跌倒,重又坐下""蒙眬着一双半开半合的眼""说起话来,好像含着个甚么东西在嘴里似的"。原文中 Gerfault 决定在街上走走来醒酒(A walk in the open air will do me good),但周桂笙加入了与白路义斗气的成分:"他想:'今夜白路义岂有此理!说话当中,总疑惑我喝醉了。我若坐了车子回去,不见我的本事。不如走了回去,明天好向他说嘴,显显我的酒量,叫他不敢小觑了我。'"吴趼人对这些醉酒的衍文十分欣赏,写了许多眉批评价:"醉态可掬""偏说自家不醉,偏说人家醉了,写醉话传神""是醉后主意,谁小觑了你来?"连总评中也不忘:"写醉人迷离徜恍,胡思乱想,顷刻千变,极尽能事。"多半是醉酒这段引起了周桂笙的共鸣,所以他也借机对酒桌文化、酒后斗气等场景添油加醋,作为周桂笙好友的吴趼

---

① 海风主编:《吴趼人全集》第九卷,第 28 页。

人也感同身受,在批注中充分肯定,这些闲笔也都让小说中的 Gerfault 不断地"中国化"起来,行为举止都有中国人的人情世故,晚清时期富有译者感情色彩的主观性翻译特色可见一斑。

除了借题发挥、人物性格微调外,周桂笙与吴趼人也改写原作情节。小说第五回 Gerfault 醉酒后想到 Camille 会担心自己迟迟不归,为了与之对称,在吴趼人建议下,周桂笙在第九回增加了 Camille 在家思念父亲的段落。吴趼人在总评处解释过原因:

> 后半回妙儿思念瑞福一段文字,为原著所无。偶以为上文写瑞福处处牵念女儿,如此之殷且挚;此处若不略写妙儿之思念父亲,则以"慈孝"两字相衡,未免似有缺点。且近时专主破坏秩序,将"家庭革命"者,日见其众,此等伦常之蟊贼,不可以不有以纠正之,特商于译者,插入此段。虽然,原著虽缺此点,而在妙儿当夜,吾知其断不缺此思想也,故虽杜撰,亦非蛇足。①

原作第一章记述了从 Gerfault 外出赴宴到被硫酸泼瞎了眼睛这一完整的事件。第二章开篇已是一星期之后,外科医生宣布 Gerfault 的眼睛永久失明。接着以倒叙的方式简要交代了 Camille 当晚看到父亲时的悲痛:

> She nearly died of greif when Graindorge brought her father home to her on the fatal night when a wicked hand destroyed his sight for ever. She had not retired to rest, but was sitting up waiting for him, for she had a presentiment that the dinner at the Grand Hotel would have some unfortunate result. It was she who met her father and Graindorge at the foot of the stairs.②

周桂笙的译文改为顺叙,加入了许多 Camille 等候父亲时的心理及动作描写,表现其"坐立不安、神魂无定"的心态及孝顺的本性:"唉!我这位父亲百般的疼爱我,就当我是掌上明珠一般。我非但不能尽点孝道,

---

① 海风主编:《吴趼人全集》第九卷,第61页。
② *In the Serpents' Coils*, p.30.

第一章 林纾、周桂笙与周作人的侦探小说翻译

并且不能设个法儿,劝我父亲少喝点酒,这也是我的不孝呢!"第十回又增加了大幅文字来写 Camille 的懊悔及对父亲无微不至的照顾,例如:

> "唉!妙儿啊!这才是你的大大的不是呢!怎么应该撒娇的时候,你却不撒呢?此刻害得爹爹瞎了,这才是你大大的不孝呢!他心里提着自己的名儿,在那里懊悔。又是手里攥紧了十个纤纤玉指,嘴里错碎了三十二个银牙,巴不得能够自家一头撞死了,或者可以稍谢不孝之罪。"
>
> ……
>
> 从此,妙儿天天亲自服侍父亲服药、洗药,至于一切茶水、饭食、起卧,一切都是必恭必亲的,日夕都是眼巴巴望他父亲双眼复明。谁知过了七天后,那医生却回绝了。①

类似的描写还有许多,"孝"是这两回中的一个高频字,吴趼人也在眉批里大呼感动:"此事与他何干?却能引为己咎。虽欲谓其非纯孝,不可得也。""此之谓天性,我读至此,几欲代妙儿堕泪也。"其实原文中 Camille 并无任何自责的内心愧疚,虽也提到"孝",但却是简单的一笔带过:

> He had already been trying to persuade her that he could get on very well without her, and that she must not think of sacrificing all her former pleasures in order to remain constantly with him. But Camille would not even listen to these expostulations, and firmly declared her intention of devoting herself entirely to <u>her filial duties,</u> even if she were compelled to renounce all her hopes of happiness.②

原作中的 Camille 基本上是一个单纯、容易受骗上当的次要角色,而在吴趼人的建议下,周桂笙给她增加了许多戏份,成为一个至情至孝的人物。这里对 Camille "孝"的一面的强调,正如吴趼人所解释的,一是呼

---

① 海风主编:《吴趼人全集》第九卷,第63—64页。
② *In the Serpents' Coils*, p. 31.

应前文中父亲的"慈",符合二元对称的传统小说结构,二是强调亲情,反对时下不顾一切的家庭革命。甚至可以这样认为,除了表面上的直接对话叙事技巧,《毒蛇圈》这篇作品中对良好家庭关系及健康婚姻的强调才是吸引吴趼人推广这部小说的最主要原因。

《新小说》由梁启超创办,但自吴趼人于第 1 卷第 8 号(1903 年 10 月)接替主编后,就成为了一部具有强烈吴趼人色彩的杂志。《毒蛇圈》即是他任主编后刊登的第一部翻译小说,虽是周桂笙翻译,但从第三回开始有吴趼人的点评,而且从之前引文可见,小说内容的增减也受到吴趼人的建议。同期连载的还有《痛史》《二十年目睹之怪现状》《电术奇谈》等,均是吴趼人本人的创作或衍义作品。从《毒蛇圈》中种种提示读者留意某些情节的眉批中可以推断吴趼人与周桂笙已大致掌握了原作的基本内容。

原作中的女匪徒 Margot 是法国侦探小说和电影中常见的尤物(femme fatale),之后类似形象还有法国导演 Louis Feuillade 在 1915 年拍摄的侦探长片 Les Vampires 等。这类作品中的 femme fatale 常在大剧院或舞会出现,能歌善舞,其能动性与诱惑性与深闺的"良家妇女"的被动性形成强烈对比,表现了此时的男性对日渐兴起的女权运动的焦虑,鲍福的小说可谓这一主题的先驱。《毒蛇圈》还有其他的喻世信息,例如小说里的 Camille 不经父亲的同意,私下答应与人结婚,之后才告知父亲,强求他的同意。她对婚姻的草率使她差点落入骗钱的婚姻陷阱。Camille 有两种婚姻选择,她心仪的伯爵 Philippe de Charny 虽然风度翩翩、能歌善舞,但实际上巧言令色,沉迷赌博,一掷千金,为了财产而故意接近她,小说借他写出上流社会的虚伪,Madame Stenay 家的沙龙实际上是变相的婚姻介绍所。而真正仰慕 Camille 的 Marcel Brunier 虽只是普通职员,但心地善良且有才华,对人不卑不亢。与书中的正面人物 Gerfault、Carnac、Annette 一样,他们的共同特点都是出身贫寒,依靠自己的劳动与自身才华获得成功,这样的人才是女孩子更好的婚姻归宿。借此侦探小说也宣扬了中产阶级的价值观,这种价值观也是以家庭为核心的,小说中除了不同爱情的对比,还有不同家庭关系的对比,Gerfault 父女俩相互关心,Carnac 破案的目的就是要保护师父

第一章 林纾、周桂笙与周作人的侦探小说翻译

的家庭，Brunier 兄妹俩也感情真挚，而对比之下，伯爵 Philippe de Charny 为了金钱谋杀自己的情人，匪徒 Adrien（阿林）面对上门的妻子恶语相向，无情无义。

周桂笙的译本固然应吴趼人的要求，对"父慈子孝""师生之谊"等元素大幅强化，但也正是小说本身就含有的对自由恋爱危险性的警告、对夫妻和睦重要性的描绘与吴趼人对时弊的看法不谋而合，吸引了他在《新小说》上连载这部作品。他在评点中多次指出这种中西社会的通病，例如在第十八回中借匪徒阿林抛弃妻子的情节大发议论：

> 吾闻诸新学少年之口头禅矣，曰"文明"，曰"自由"。一若一文明，则无往而不文明，一自由，则无往而不自由者。然吾骤闻之，吾心醉之，吾崇拜之。又曰"自由结婚"，吾骤闻之，吾心醉之，吾崇拜之。窃以为夫妇为人伦之始，使得自由，自可终身无脱辐之占，家庭之雍睦，可由是而起也。乃观于此回，而为之嗒然……自由国之人民，岂犹有同名、纳彩、父母命、媒妁言之缛节，以束其自由耶？岂犹彼此未相习即结婚耶？今而后，知文野之别，仅可以别个人，而断不能举以例一国。①

第二十二回总评中又再度以 Camille 的例子抨击自由婚姻的危险：

> 欧洲素略男女嫌疑之别，女子得与男子酬应往还，自非绝无阅历者可比，犹有妙儿其人。况吾国女子严于界限，以深闺不出为贤，于人情世故，如坠五里雾中，轻言自由婚姻者，何不一念及之也。②

晚清时期的侦探小说常被时人作为"新小说"的代表，虽然梁启超的《论小说与群治之关系》一文率先提出了"新小说"的社会动员力量，但不同作家因不同立场对"新小说"中的旨意的理解不尽相同。以《毒蛇圈》为例可以看出译者周桂笙与评点者吴趼人就对这部作品的社会启蒙作用有两种不同层次的理解，正如韩南提出的："（周桂笙）尽量利用 Boisgobey 原著来提倡中国的社会变革，而（吴趼人）试图警告读者

---

① 海风主编：《吴趼人全集》第九卷，第 120 页。
② 同上书，第 151 页。

采取西方的做法的后果会有多么可怕。"①换句话说,周桂笙在这部小说中看到了西方文明的优越性,并对比中国传统习俗的弊端,暗示社会西式改良之必要,而吴趼人则在这部新小说中读出了中西文明的通病,认为"文野之别,仅可以别个人,而断不能举以例一国",西方侦探小说中反映的社会问题,如破碎的家庭人伦、女性进入社会后面临的危险等,都是中西社会中共同存在的,这反倒证明了维护旧道德之必要。②

三 博物学与知识论:周作人与《玉虫缘》

与林纾、周桂笙的多产相比,周作人只翻译过一篇侦探小说,即美国作家爱伦·坡的《金甲虫》("The Gold-Bug"),然而这唯一之作在文学翻译史上却十分有意义,因为这是爱伦·坡小说的最早中译。③ 周

---

① Patrick Hanan, *Chinese Fiction of the Nineteenth and Early Twentieth Centuries: Essays by Patrick Hanan*, p.158.

② 《毒蛇圈》周译第十六回中有这样一段情节,陈家鼎在当铺捡到了女歌唱家顾兰如遗落的金戒指,之后顺藤摸瓜发现了她与伯爵的秘密关系。这一情节日后也被周桂笙写入自己的侦探小说《上海侦探案》中,但却用它来讽刺上海的审案。《上海侦探案》中写一位金探在当铺发现一个小男孩典当一枚金戒指,他怀疑是男孩偷的,男孩却说自己是在马路上拾的。男孩的家人花了大量金钱去打点周围。最后向官旁边一位处理洋务的领事官说是自己故意扔在路上的,问官深信不疑:"和颜悦色的对领事官说了许多抱歉的说话,才得答应把那小孩子的判案注销了。"(周桂笙:《上海侦探案》,《月月小说》1906年第7号,第117页)周桂笙的这篇《上海侦探案》情节非常简单,也没有任何推理和侦破,事实上,他就是要讽刺当时上海的官员审案根本不勘察,包探们都在烟馆中包房施以私刑。由于没有司法独立,主审官每日要处理大量事务,导致案件堆积,并且他们普遍崇洋媚外,对洋务官员的说辞很快就接受。整篇小说虽称为侦探案,但更近似于谴责小说。相关评论可见杨绪容《周桂笙与清末侦探小说的本土化》,《文学评论》2009年第5期,第184—188页。

③ 与柯南·道尔热相反,作为侦探小说鼻祖的爱伦·坡在晚清遭到冷遇,周作人的这个译本之后,要到1913年才出现坡的其他作品翻译,如《巴黎奇妙命案》(《星期日报》第1号,1913年2月),《杜宾侦探案》(常觉、觉迷、陈蝶仙译,上海中华书局1918年出版,1928年第六版,收录《母女惨毙》["The Murders in the Rue Morgue"],《黑少年》["The Mystery of Marie Roget"],《法官情简》["The Purloined Letter"] 和《骷髅虫》["The Gold Bug"]四个案件)。要到二三十年代,爱伦·坡作品而且主要是他的心理小说才受到中国作家的真正关注,如"The Tell-Tale Heart"这个短篇就被翻译过五六次之多,施蛰存等现代主义作家都承认受到他的影响。侦探小说方面,施蛰存的《凶宅》中不但直接提到爱伦·坡,小说结构上也类似于"The Mystery of Marie Roget"一文中利用新闻报道来展开情节的做法。有关《凶宅》的详细讨论,可参阅本书第六章。除了这一篇作品,周作人后来在日本期间翻译的《域外小说集》中还收录了另一篇爱伦·坡的小说《默》。

第一章　林纾、周桂笙与周作人的侦探小说翻译

作人晚年回忆,在南京读书期间,他所有的外文本文学书,"就只有一册英文天方夜谈,八册英文雨果选集,和美国朗斐罗的什么诗,坡的中篇小说'黄金甲虫'的翻印本罢了"①。1904年12月周作人将《天方夜谭》中的一篇约三千字的故事《侠女奴》译出,寄给《女子世界》主编丁祖荫。紧接着就将爱伦·坡的"The Gold-Bug"翻译成一万八千字的小说,同样交由丁祖荫,"至(注:1905年)二月初四得到初我回信,允出版后以书五十部见酬"②。这里周作人提到的"'黄金甲虫'的翻印本"指的是日本人山悬五十雄所编写《英文学研究》中《掘宝》一册所使用的英文译注本,周译文最初的译名是《山羊图》,后由丁祖荫改为《玉虫缘》,由上海小说林社1905年4月初版,1906年4月再版。作者碧罗及作序者萍云均是周作人本人,至于翻译侦探小说的原因,周作人晚年回忆道是受到当时福尔摩斯探案热的影响。③

程小青在30年代撰文介绍侦探小说的历史时曾指出"坡是侦探小说的创始者……不能不把那《杜宾侦探案》第一篇——《麦格路的凶案》认作是开天辟地的第一篇"④。正如程小青所言,虽然爱伦·坡一生只写了五篇短篇侦探小说,却因篇篇奠定了以后侦探小说中常见的叙事模式和主题,被称为"侦探小说之父"。他塑造了世界上第一个知名的安乐椅侦探(armchair detective) 杜宾(Dupin),并为其配备了助手,这个模式影响了日后的福尔摩斯与华生医生搭配的系列创作。"Murders in the Rue Morgue"(1841)出现了密室谋杀的谜题。"The Mystery of Marie Roget"的故事基于报纸的真实案例,并在故事中夹杂了新闻报道和杜宾的推测。"The Purloined Letter"中利用心理学推测的手法影响了日后侦探小说中常出现的"最明显的地方往往是人们的视觉盲点"这一主题。"Thou Art the Man"中出现了最不可能的人(The

---

① 周作人:《知堂回想录》,香港:听涛出版社,1970年,第197页。
② 同上书,第138页。
③ 周作人自己承认"这是还没有侦探小说时代的侦探小说,但在翻译的时候,华生包探案却早已出版,所以我的这种译书,确是受着这个影响的"。周作人:《知堂回想录》,第140页。
④ 程小青:《侦探小说多方面》,选自1932年1月上海文华美术图书印刷公司《霍桑探案汇刊》第二集,收录于任翔、高媛主编《中国侦探小说理论资料(1902—2011)》,第151页。

least-likely person)往往是罪犯这一日后侦探小说创作中的常用公式。

"The Gold Bug"发表于1843年,当时整个社会对秘密书写(secret writing)颇为热衷,加上坡本人非常着迷于刚发明的摩斯密码,故以破解密码为主题创作了这部小说,参加了 Philadelphia Dollar Newspaper 举行的写作竞赛,并获得大奖。故事发生在美国南卡罗来纳(South Carolina)州边上的苏里文岛(Sullivan Island),只出现了三个人物,分别是具有法国贵族血统的莱(William Legrand)、他的黑人老奴伽别(Jupiter)以及叙述者"我"。莱是这篇故事中的侦探,他被形容为"well educated, with unusual powers of mind, but infected with misanthropy, and subject to perverse moods of alternate enthusiasm and melancholy"。(周译:莱之为人,以曾受高等之教育,且其神经敏活心力精锐异常人,时时有睥睨一世之概。以是寡交游,而索居之时为多。居恒每因一事而发热衷之状,或终日覃思沉虑,亦不知其何故。①)

这种出生名门、思维敏捷、性格孤僻、时而热情时而倦怠的性格日后成为了福尔摩斯等以降侦探的"标配"。故事讲述了莱无意中抓住了一只金甲虫,并把它背上的花纹用随手拣的一张羊皮纸记录下来,"我"偶然将羊皮纸靠近火炉时,莱发现了羊皮纸中隐藏的密码,他成功地破解了它并找到了海盗埋藏的财宝。小说诞生后一度推动了在当时报纸和杂志上流行的解谜游戏(cryptography),也影响了两类创作,一是寻宝主题的故事,如史蒂文森(Robert Louis Stevenson)的《金银岛》(The Treasure Island,1883),一类是解谜类侦探小说,如柯南·道尔的福尔摩斯故事《马斯格雷夫仪礼》(The Adventure of the Musgrave Ritual,1893)和《跳舞的人》(The Adventure of the Dancing Men,1903)等。

周作人此时的翻译仍受到儒家思想的影响,故在"序"与"译者附识"中均加入一些文以载道的说法。② 在"译者附识"中,周撇清侦探小

---

① 周作人译,止庵编订:《周作人译文全集》第11卷,上海:上海人民出版社,2012年,第33页。
② 周作人在翻译第一篇作品《天方夜谭》时已表示此时受到儒家礼教的影响而删去书中的某些情节:"虽说是译,当然是古文,而且带着许多误译与删节。第一是阿利巴巴死后,他的兄弟凯辛娶了他的寡妇,这本是古代传下来的闪姆族的习惯,却认为不合礼教,所以把它删除了。"周作人:《知堂回想录》,第107页。

第一章　林纾、周桂笙与周作人的侦探小说翻译

说与"海淫海盗"的不良关系，他希望读者不可以读了这部小说以后产生投机心理："请读者不要以为是提倡发财主义。而是提倡人应该如 Legrand 一样，有智识、细心和忍耐。三者皆具，即不掘藏亦致富。"①而"绪言"及"译者附叙"中又反对均财主义，强调依靠合理手法致富的正当性："夫人之贫富，天地之一大缺陷也。然而贫者必有其所以贫之故，富者亦必有其所以富之故。逸者，贫之代价也。劳者，富之代价也……顷者，碧罗女士之译述苏格兰事也，叙其以一月获百五十万之巨金，然而无足异也。彼其一月之间，绞脑汁，竭心血，焦心苦思，以探索此事者，其价值已不下百五十万金也。"②"果均财主义行，而人力将何有也？贫富者，心力之媒介也。心力者，贫富之代价也。"③

语言技巧上周作人模仿林纾的古文翻译，第一人称以"予"标明，人物间的直接对话采取林译中加入"某某曰"的做法，但不同于林纾的是，周作人还添加了说话者的身份、语气及情绪，使得译文更显生动。④与林纾一样，周作人使用的不是严格意义上的古文，而是林译中常见的有弹性的文言，有些语言已经接近白话文，正如张丽华所概括，此时周作人追求的是"妥帖的汉文"，执着于文章的意趣。⑤

---

① 《周作人译文全集》第 11 卷，第 69 页。
② 同上书，第 31 页。
③ 同上书，第 70 页。
④ 例如文中当 Legrand 邀请"我"一同去挖掘宝藏时两人的一段对话：
原文：
"I am anxious to oblige you in any way," I replied; "but do you mean to say that this infernal beetle has any connection with your expedition into the hills?"
"It has."
"Then, Legrand, I can become a party to no such absurd proceeding."
"I am sorry-very sorry-for we shall have to try it by ourselves."
周译：
予曰，"无论如何办法，苟有益于君，予无不乐从。但不知小山探险之事，与此凶恶之玉虫，有关系否？"莱闻予言，乐极大呼曰，"有哉有哉，如何勿有？探险之行，正为此也。"予闻与玉虫有关，不觉表嫌恶之情，曰，"莱君，请君恕予。予于此等荒唐之事，实不愿干涉。"莱闻言，仰天曰，"悲哉，君不肯助此事，乃令予与迦别二人为之。"
参见《周作人译文全集》第 11 卷，第 43 页。
⑤ 张丽华：《晚清小说译介中的文类选择——兼论周氏兄弟的早期译作》，《中国现代文学研究丛刊》2009 年第 2 期，第 40 页。

但由于这篇小说语言上的特殊性,一些对话如以古朴文言翻译倒显得过于文雅,与原文精神不符。例如原著中的黑人仆人迦别是个文盲,不能表达流利的英语。出生于南部的爱伦·坡故意以这一情节来嘲弄黑奴,此点也多次被日后读者诟病为爱伦·坡的种族主义体现。周作人选择用文言进行翻译,无论是直译还是意译,这层意图均难以表达。作者在例言中也承认:"书中形容黑人愚蠢,竭尽其致。其用语多误,至以 There 为 dar, it is not 为 taint,译时颇觉困难。须以意逆,乃能得之。惟其在英文中可显黑人之误,及加以移译,则不复能分矣。"①试比较原文与周作人的译文:

"Dey aint no tin in him, Massa Wil, I keep a tellin on you," here interrupted Jupiter; "de bug is a good bug, solid, ebery bit of him, inside and all, sep him wing-neber feel half so hebby a bug in my life."②

迦别突然接口曰:麦撒威而,此虫空中无物,然甚重。除羽之外,殆皆为纯金所成。纯金之玉虫,予平生未见玉虫有如是之重者。③

此外,周译中将原著中的"我"理解为小说作者爱伦·坡,将原文中"My dear"译为"安介爱兄",后文中又加入"坡君",而原文并无指涉。《玉虫缘》的序中也写道:"且此百五十万金,非彼之智慧,亦莫能支配也。故如安介坡之不屑于此事,则不得也。"④可见晚清时期读者对于西方小说中第一人称叙事的技法仍较陌生,将书中的第一人称等同于作者。

但总体而言,周作人的译文内容准确,偶有添加个别字句,也是为了让故事叙述得更加完整,符合中国旧小说的叙事口吻。例如文中当莱挖到珍宝并致富后,周作人添加了一句"于是荒岛森林中之贫士,一

---

① 《周作人译文全集》第 11 卷,第 32 页。
② Edgar Allan Poe, *Tales of Mystery and Imagination*, Hong Kong: Oxford University Press, 1992, p. 71.
③ 《周作人译文全集》第 11 卷,第 35 页。
④ 同上书,第 31 页。

第一章 林纾、周桂笙与周作人的侦探小说翻译

跃而为富家翁,从此享顺遂之生涯矣"①。与原文相比,周作人的古文笔法传达了白描的意境,以至他晚年重阅时亦认为"但以侦探小说论,这却不能说很通俗,因为它的中心在于暗码的解释,而其趣味乃全在英文的组织上;因此虽然这篇小说虽是写得颇为巧妙,可是得不到很多的外国读者,实在是为内容所限,也是难怪的。因为敝帚自珍的关系,现在重阅,觉得在起首地方有些描写也还不错"②。为了说明,周作人特意将这段文字重新引用了一遍:

> 此岛在南楷罗林那省查理士顿府之左边,形状甚奇特,全岛系砂砾所成,长约三英里,广不过四分一。岛与大陆毗连之处,有一狭江隔之,江中茅苇之属甚茂盛,水流迂缓,白鹭水凫多栖息其处,时时出没于荻花芦叶间。岛中树木稀少,一望旷漠无际,岛西端尽处,墨而忒列炮台在焉。其旁有古朴小屋数椽,每当盛夏之交,查理士顿府士女之来避尘嚣与热病者,多僦居之。屋外棕榈数株,绿叶森森,一见立辨。全岛除西端及沿海一带砂石结成之堤岸外,其余地面皆为一种英国园艺家所最珍重之麦妥儿树浓阴所蔽,岛中此种灌木,生长每达十五尺至二十尺之高,枝叶蓊郁,成一森密之矮林;花时游此,芬芳袭人,四围空气中,皆充满此香味。③

张丽华在对比过原文后认为这段文字没有声调的讲究,也不避偶对,因此不是严格意义上的古文,甚至有些句子是当时流行的日语文体,已经接近白话文,其中"白鹭水凫多栖息其处,时时出没于荻花芦叶间""其旁有古朴小屋数椽"等文字一改原文的荒凉图景,而润饰成颇有诗意的画面。④ 除了文字意境之外,这段景物描写之后暗含的知识论也值得注意,寥寥数笔,却已描绘了这个小岛的地貌、植物、气候以及建筑,颇与周作人一直以来对名物学的兴趣相投。顺着这个线索,如果我们仔细阅读《玉虫缘》这个小说,会发现也许周作人对这篇作品产生兴

---

① 《周作人译文全集》第 11 卷,第 54 页。
② 周作人:《知堂回想录》,第 140 页。
③ 同上书,第 140 页。
④ 张丽华:《晚清小说译介中的文类选择——兼论周氏兄弟的早期译作》,《中国现代文学研究丛刊》2009 年第 2 期,第 40 页。

趣,除了顺应当时侦探小说热的潮流之外,与这篇作品中展现的博杂趣味知识也大有关联。

与《歇洛克奇案开场》《毒蛇圈》这些情节性强的作品相比,《玉虫缘》更像是百科全书式的知识性展示,大致上文中有五类知识:解谜的符号学知识、将羊皮纸上的地图显示出来的化学知识、地理知识、关于海盗的历史知识以及莱作为昆虫学家的博物学知识。这些知识中,博物学的知识似乎最能得到周作人的共鸣。小说中莱"藏书甚多,而取读之时则甚少。平常惟以铳猎及鱼钓为乐。又常喜逍遥于海滨草原间,采集贝壳昆虫之类,以作博物学之标本。其所藏昆虫标本之伙,陆离斑驳,直足令山某谭见之垂涎"[1]。他的乐趣在于发现新的物种,我一日见到莱"面有喜色,似深喜予之至者。观其举动,知其热心病复作。盖彼于今日新发见一种不经见之贝壳,在二子壳属中可定其为一新种类。又发见一奇形之甲虫,借迦别之助而捕得者。彼自信此玉虫全属新种"[2]。

因为甲虫被 G 大尉所借走,莱在羊皮纸上将甲虫的样貌画给我看,而"我"却觉得像一个骷髅:

> 如以俗人之观察,又必以此图为关于生理学的,而疑为骷髅之最佳标本矣。君之玉虫,如信能似之,则可定其为世界上最奇妙之玉虫。吾思君可直名此玉虫与其同类之物,为人头形甲虫,博物学中如此之称号颇不少也。[3]

一个月后当我再次来访,莱向"我"展示了玉虫的外貌:

> 莱乃起,风度甚庄严,自一玻璃匣中,启盖取玉虫出,持至予前。予细视此虫,其形甚为美丽,确为博物学者所未知之一新种,而其为学术上一最可贵重之标本,则又不言可知。其背上有三黑斑,其一略长,甲之上鳞,非常坚致,且甚光泽,如一块磨过之黄金。

---

[1] 《周作人译文全集》第 11 卷,第 33—34 页。
[2] 同上书,第 34 页。
[3] 同上书,第 36 页。

第一章 林纾、周桂笙与周作人的侦探小说翻译

全体之重度颇巨,令人惊异。①

以上四段引文生动地展示了莱对于昆虫学的浓厚兴趣与丰富知识。原文中有许多专有名词,例如"an unknown bivalve""scarabaeus""the bug scarabaeus caput hominis",周作人均将其以"二子壳属""玉虫""人头形甲虫"等词准确译出,另一个周译中反复出现的"博物学"一词,原文中有时没有,有时写作"Natural Histories"。与林纾、周桂笙等不同,周作人对博物学怀有浓厚兴趣,他曾兴致勃勃地回忆幼时为了帮父亲捉药引,与鲁迅在百草园的菜地捉蟋对的蟋蟀,或是根据《花镜》中的描述寻访平地木。②阅读方面周作人自九岁起就开始接触日人冈元凤的《毛诗品物图考》、陆玑的《毛诗草木鸟兽虫鱼疏》等"闲书",之后又看到西湖花隐翁的《秘存花镜》,称"他不像经学家的考名物,专坐在书斋里翻书,征引了一大堆,到底仍旧不知道原物是什么。他把这些木本、藤本、草本的东西一一加以考察,疏状其形色,说明其喜恶宜忌,指点培植之法,我们读了未必足为写文字的帮助,但是会得种花木,他给我们以对于自然的爱好"③。

外国的生物学著作中,周作人最早阅读过怀德(Gilbert White,1720—1793)的《塞耳彭的自然史》(The Natural History of Selborne),法勃耳(J. Fabre,1823—1915)的《昆虫记》(The Records about Insects)及汤木孙(John Arthur Thomson,1861—1933)的《动物生活的秘密》(Secrets of Animal Life)与《自然史研究》(The Outline of Science)。④ 至于周作人自己所著的科普短文,在《周作人文类编》第四卷《人与虫》第一辑中关于草木虫鱼的记叙就有一百多篇。周作人将"博物杂学"的文章视作科学小品,"内容说科学而有文章之美"⑤。文字上他从《秘存花镜》联想到李渔《闲情偶记》中的卷五种植部,认为它"有对于自然与人

---

① 《周作人译文全集》第11卷,第42页。
② 周作人:《知堂回想录》,第30—31页。
③ 周作人:《花镜》,收录于钟叔河编《周作人文类编》之卷四《人与虫》,长沙:湖南文艺出版社,1998年,第29页。
④ 周作人:《科学小品》,收录于钟叔河编《周作人文类编》之卷四《人与虫》,第37页。
⑤ 同上书,第36页。

事的巧妙的观察,有平明而新颖的表现,少年读之可以医治作文之笨"①。而法布尔的《昆虫记》则可作小说读,而且"比看那些无聊的小说戏剧更有趣味,更有意义"。因为"他不去做解剖和分类的工夫(普通的昆虫学里已经说的够了),却用了观察与试验的方法,实地的纪录昆虫的生活现象,本能和习性之不可思议的神妙与愚蒙……他的叙述,又特别有文艺的趣味,更使他不愧有昆虫的史诗之称"②。有时,周作人亦在这些科学小品中读出人生的况味,他在两篇文章中均举过汤木孙谈落叶的文章表现出的生生之理:"每片树叶在将落之前,必先将所有糖分叶绿等贵重成分退还给树身,落在地上又经蚯蚓运入土中,化成植物性壤土,以供后代之用,在这自然的经济里可以看出别的意义,这便是树叶的忠荩,加入你要谈教训的话。"③从这些人生哲学和人生趣味的角度,周作人重新理解了《论语》中"小子何莫学夫诗"中"多识于鸟兽草木之名,可以兴,可以观,可以群,可以怨"的概括。

在谈到怀德的《塞耳彭自然史》一书时,周作人还特别提到他对昆虫的兴趣:"书中所说虽以生物为主,却亦涉及他事……生物中又以鸟类为主,兽及虫鱼草木次之,这些事情读了都有趣味,但我个人所喜的还是在昆虫,而其中尤以讲田蟋蟀即油葫芦,家蟋蟀,土拨鼠蟋蟀即蝼蛄的三篇为佳,即下卷第四六到四八也。"④从这些字语可以推论爱伦·坡的这篇小说篇名"The Gold-Bug"吸引了周作人阅读下去,并在侦探小说热中就势翻译。⑤如果说周作人是靠书本来了解名物学的知识,这篇小说中的莱则提供了一种想象的实践化身,他整日逍遥于海滨,收集贝类昆虫,称玉虫为"世界上最美丽之物",并从画图纸上的蛛

---

① 周作人:《花镜》,收录于钟叔河编《周作人文类编》之卷四《人与虫》,第29页。
② 周作人:《法布尔〈昆虫记〉》,收录于钟叔河编《周作人文类编》之卷四《人与虫》,第121页。
③ 《我的杂学》,选自周作人著,张丽华编《我的杂学》,北京:北京出版社,2005年,第20页。
④ 周作人:《〈塞耳彭自然史〉》,收录于钟叔河编《周作人文类编》之卷四《人与虫》,第205页。
⑤ 周作人曾这样解释《玉虫缘》的标题:"'玉虫缘'这名称是根据原名而定的,本名是'黄金甲虫'(The Gold-bug),因为当时用的是日本的《英和字典》,甲虫称为玉虫,实际是吉丁虫,我们方言叫它做'金虫',是一种美丽的带壳飞虫。"从这段介绍不难看出周作人对名物考证的兴趣。周作人:《知堂回想录》,第139页。

第一章　林纾、周桂笙与周作人的侦探小说翻译

丝马迹以化学知识让地图现形,并靠符号学的演算找到了海盗的宝藏,可以说是另一种"书中自有黄金屋"的比喻。

除了昆虫学,小说中还有不少化学、语言学及统计学的描写,例如莱依靠化学药液显示出羊皮纸上的骷髅图:

> 君当尚忆有一种化学之药液,以之写字于各种之纸或羊皮纸上,字隐不见,以火烤之乃现。有时用不纯酸化苛败而脱溶化于王水(硝酸与盐酸之混合液,其力甚猛,能化黄金)中,而参入以四倍重之水,用以写字,则现绿色。又以不纯之苛败而脱与硝酸溶液合用之,则现赤色。①

以及从法语、西班牙语与英语中准确判断暗号中数字密码对应的语种,并运用统计学知识:

> 通例凡译暗号文字,必先施以实验。以己所知之数国文字,遍行尝试,始可知其为何国之文。
> ……
> 予于是只得用比较之法,将暗号书中之符号,逐一计算,依其出现次数之多寡,统计之……予乃转考英文中常见之字母,惟 e 字为最多。其余用之多寡,大率如下,所列如 aoidhnustuycfglmwbk pqxz 是也。②

由以上引文可以看出,周作人虽然仍采取林译小说中的古文笔法,但选材的兴趣却与林译小说中追寻古代精神的意趣大相径庭。《玉虫缘》中埋在过去的海盗的宝藏是要靠现代的科学知识才能出土,文中使用了不少西方科学术语名词,提倡实验精神,分析西方字母语言的特性及组合规律,这些"科学"的一面是林译小说中所没有的。此时的周作人就读江南水师学堂,"学校的课程也是'中西合璧':学科分洋文、汉文两大类。一星期中五天上洋文课,一天上汉文课。洋文中间包括英语、数学、物理、化学等中学课程,以至驾驶、管轮各班专业知识,因为用的

---

① 《周作人译文全集》第 11 卷,第 57 页。
② 同上书,第 61—62 页。

都是英文,所以总名如此"①。这种授课模式固然被鲁迅讽刺为"上午'声光化电',下午'子曰诗云'的折衷",但周作人所译的《玉虫缘》中某种程度上却表现了两者调和后的和谐,既有古文的意境,又有西式的科学,还有收藏家对花草虫鱼的生活乐趣,以这种方式,爱伦·坡这篇以解谜著称的作品也自然地转化成了一篇非常周作人式的侦探小品。

  由以上三篇翻译侦探小说的分析可见,晚清时期翻译活动的一大特点是翻译家的一种"作者论",即他们透过翻译活动积极介入此时的中西文化协商。了解了这个特殊性,我们在研究晚清翻译时就不应该仅仅局限于从具体翻译技巧的层面来分析当时的读者是如何接受西方小说的②,而更需要从一种"作者论"的角度来重新评价晚清翻译活动,包括翻译所使用的文体、归化式的用语、前后的序跋、作品选材、甚至是翻译者的生平及文化主张等,这样才能更全面地理解晚清翻译中的"错意"现象。例如,本章中对三篇侦探小说翻译的分析就证明了晚清译者对侦探小说的解读与西方作家的创作初衷是有分别的。有的是从新小说中看到了旧,例如林纾和他的朋友在福尔摩斯故事中罪犯杰弗逊的身上看到了久违的史传文学中的卧薪尝胆、坚定复仇的精神,而将福尔摩斯边缘化为杰弗逊事迹的记录者;吴趼人在《毒蛇圈》的评点中发现中西社会的通病,用此佐证提倡旧道德之必要。有的则是用新文明来揭露中国旧习俗的弊端,如周桂笙在《毒蛇圈》中的大段衍文。还有的表现出一种新旧调和下的和谐,例如周作人的翻译既通过古文的笔法来表现自然环境的雅趣,又揭示出侦探小说作为百科知识全书的功能,译出了一段使用西方科学知识发现旧财富的隐喻。

---

① 钱理群:《周作人传》,北京:北京十月文艺出版社,1990年,第80页。
② 以侦探小说为例,这里的具体翻译技巧指至今为止,不少的研究仍集中在晚清读者如何接受这一西方文学类型的叙事方式,包括第一人称叙事、悬念式或者说倒装式的结构、小说标题、人物之间的直接对话等。已有的研究说明了晚清的读者对于这些技巧性的叙事层面的接受是非常迅速的,虽然最早翻译西方侦探小说时,晚清译者在标题、人称等方面会泄露故事情节,但在1900年之后就基本上领会到了这类西方小说特有的叙事方式的特色。

第二章　晚清时期的侦探小说创作

总体上晚清时期侦探小说的主要成就在于引进与翻译西方作品，创作倒在其次。而且仅就创作而言，这一时期亦为起步阶段，零星散作，不具规模，大多数是在某些传统文学类型如公案、志怪中加入些许西方侦探元素以及一些以"伪翻译"面孔出现的小说创作。① 本章谈创作，侧重前者，并以文本分析的形式展开，分为三个部分。第一部分以刘鹗的《老残游记》与林纾的《冤海灵光》为例讨论作家如何在传统的公案小说中将西式的侦探对照并反思传统刑讯制度。第二部分以吴趼人所辑《中国侦探案》中的一篇《守贞》为例来说明他怎样试图从传统志怪故事中寻找一种以传统道德伦理知识为基础的中国式的侦探小说。第三部分以阳湖吕侠（即吕思勉）所著《中国女侦探》（1907）为例分析这部中国最早描写女子侦探的小说对晚清女子群像的刻画。

一　侦探元素与传统公案：《老残游记》与《冤海灵光》

晚清时期风行侠义公案小说，如《施公案》（1820）及其续书、《三侠五义》系列（包括《三侠五义》[1879]及之后修订的《七侠五义》[1889]、《小五义》[1890]和《续小五义》[1890]）、《彭公案》（1892）及其续书等。王德威在对晚清侠义公案小说的研究中就注意到当侠义与公案这两种文类混种后，亦带来了内部意涵的分裂性，侠客追求的是诗

---

① 所谓"伪翻译"，指一些伪装成翻译的作品，有时虽谎称有西文底本，但事后被证明是伪造。例如周瘦鹃就曾说道："余为小说，雅好杜撰，年来所作，有述西事而非译自西文者，正复不少。如《铁血女儿》《鸳鸯血》《铁窗双鸳记》《盲虚无党员》《孝子碧血记》《卖花女郎》之类是也。"参见周瘦鹃《断头台上》，《游戏杂志》1915年第5号，第101页。由于年代久远，这类"伪翻译"通常除了原作者在回忆录中亲口承认，亦很难鉴别，故本书暂不作讨论，可参见潘少瑜《想象西方：论周瘦鹃的"伪翻译"小说》（《编译论丛》第4卷第2期，2011年9月，第1—23页）一文中对周瘦鹃的这类侦探小说如《鸳鸯血》等所作的精彩分析。

学正义,而清官则是要维持政府的秩序与稳定,侠客与清官之间在对抗与维持法律上不免有冲突,尤其是当政府本身的正义性备受质疑时,侠客与公案的合流不免"混淆了两个小说传统中分别阐述的正义观"①,让人怀疑"这一时期的小说表现的究竟是正义的伸张,还是正义的虚张"②。王德威是从侠义与公案小说合流的角度来分析晚清小说中正义观的暧昧性,其实除却被收编的侠客的侠义部分,单单是公案小说这一部分亦有一定复杂性。一方面,晚清时期的部分作品受到西方侦探小说的影响,对旧有的制度例如严刑逼供造成冤案等作出反思,例如《老残游记》中对"酷吏式清官"的批评。但与西方侦探小说不同的是,晚清的作家即使尝试以理性推理的方式去探案,最终仍然(被迫)采取传统公案小说的桥段:假扮游医从受害人口中探明真相,派人卧底取得凶手的口供等。在林纾所著的《冤海灵光》中,主审官陆公坚持不用大刑,但时隔半年仍苦无证据,于是"署牒投诸城隍之神",最终抓到真凶,但她坚持不肯招供,最后也只得用刑。这些均显示了晚清作家在当时的司法环境下将公案小说与侦探小说这两个文体融合所面临的巨大困难。

(一)福尔摩斯与返魂香:谈《老残游记》中的一桩公案

"福尔摩斯"一词出现在中国小说中大约始于《老残游记》,小说的第十五回至第二十回记述了这样一桩公案:齐东镇魏家的女儿涉嫌用涂有砒霜的月饼毒死了她的公公贾家十三口人。案件的主审官刚弼是个有名的清官,为人清廉,恪守道德。魏家的人为了早日脱罪,赠送了银票给他。刚弼因此认定魏家做贼心虚,在刑堂上对贾魏氏严刑逼供。身为江湖游医的老残不忍刚弼的凶残,勇闯公堂。所幸老残与刚弼的上司白太守早有交情,因此白太守重审此案,根据月饼馅的制作原理,判定月饼中的砒霜是毒发案后贾家的姐姐故意添加进去来诬陷魏氏一家的,魏氏因此被宣布无罪释放。之后老残着手调查毒药的性质及来

---

① 王德威:《被压抑的现代性:晚清小说新论》,第158页。
② 同上书,第143页。

第二章　晚清时期的侦探小说创作

源。他四处走访,甚至到天主教堂去咨询既通西医、又懂化学的神甫克扯斯,但都无济于事。后来老残扮江湖行医暗访齐东村,从案件的当事人之一魏老汉处得知了流氓吴二与贾氏的奸情以及贾氏与魏家姑娘的宿怨,更找到目击证人王二证实吴二乃真正的投毒者。老残派其助手许亮卧底吴二的赌博集团内部,查明吴二得到的名为"千日醉"毒药的来源,并抓获吴二。最后老残从道士青龙子处获得解药"返魂香",将实际是昏睡多日的贾家十三口人救活。由于老残的机智,他被冠上"福尔摩斯"的美名,小说的第十八回"白太守谈笑释奇冤,铁先生风霜访大案"结尾处便出现了本书最初开篇时所引的《老残游记》中的一段文字,其中白太守将老残尊为"福尔摩斯"。

《老残游记》(初集)最初于1903年8月在《绣像小说》上连载至十三回,后因作者不满编辑的删改,转投《天津日日新闻》。刘鹗故意将"福尔摩斯"写进小说,顺应了当时西方侦探小说在晚清社会大行其道的潮流,有助于提高报纸的销量。故事中将老残称为福尔摩斯有两个层次的意思,微观层面上指十五到二十回老残所破的贾魏氏冤案。宏观的层面,他发现了社会制度的根本弊端,如王德威所言:"除开揭露流氓恶棍的罪行,老残更指出了不公的真正根源:他把过错归咎于朝廷命官,尤其归咎于清官。换句话说,《老残游记》全书真相大白时,清官——法律与正义的象征——才是最终的罪犯。还能有比这更为出人意表的侦探结局么?"①

将老残称为"福尔摩斯"是《老残游记》一书现代性的表征之一。许晖林曾对《老残游记》一书如何形塑中国现代国家作出精彩论述。例如他指出由于晚清工业生产的需要,西式的钟点时间在中国逐步普及,本身亦是工商业家的刘鹗在日记中就开始以分钟来记录火车沿途的精准停靠时刻。而刘鹗的这种对精准时刻以及现代生产方式的着迷在《老残游记》《老残游记二编》及《老残游记外编卷一》中均有体现。仅以《老残游记》中著名的黑妞白妞说书一段为例:

> 只是要听还要早去,他虽是一点钟开唱,若到十点钟去,便没

---

① 王德威:《被压抑的现代性:晚清小说新论》,第171页。

> 有坐位的……次日六点钟起……及至回店,已有九点钟的光景。赶忙吃了饭,走到明湖居,才不过十点钟时候……到了十一点钟,只见门口轿子渐渐拥挤,许多官员都着了便衣,带家人,陆续进来。不到十二点钟,前面几张空桌俱已满了,不断还有人来……到了十二点半钟,看那台上,从后台帘子里面,出来一个男人……停了数分钟时,帘子里面出来一个姑娘……约有两三分钟之久,仿佛有一点声音从地底下发出……这时不过五点钟光景,算计王小玉应该还有一段。①

许晖林认为这段文字充分体现了刘鹗对于时间精准性的强调,"显现的正是人的身体行动以及人对于事件的感知,是依靠钟点时间的精确性"②。这种对时间的精准计算与现代侦探学不谋而合。

除此之外,《老残游记》经常出现以精确的数字来形容事物或者现代化的器物已在晚清时期开始普及的种种细节。例如小说开篇对海上大船的形容,我们可以留意到这艘船实际上已经是一艘轮船,而且众人是用望远镜来观测船只的航程的这些展示现代科技的细节:

> 相隔不过一点钟之久,那船来得业已甚近。三人用远镜凝神细看,原来船身长有二十三、四丈,原是只很大的船。船主坐在舵楼之上,楼下四人专管转舵的事。前后六枝桅杆,挂着六扇旧帆,又有两枝新桅,挂着一扇簇新的帆,一扇半新不旧的帆,算来这船便有八枝桅了。船身吃载很重,想那舱里一定装的各项货物。船面上坐的人口,男男女女,不计其数,却无篷窗等件遮盖风日——同那天津到北京火车的三等客位一样……这船虽有二十三四丈长,却是破坏的地方不少。东边有一块,约有三丈长短,已经破坏,浪花直灌进去。那旁,仍在东边,又有一块,约长一丈,水波亦渐渐侵入。其余的地方,无一处没有伤痕。③

---

① 刘鹗:《老残游记》,第 10—13 页。
② 许晖林:《身体与国体:读〈老残游记〉》,台湾政治大学中文系与师范大学国文系合办,"百年论学"研讨会会议论文,2013 年 1 月,第 7 页。
③ 刘鹗:《老残游记》,第 4 页。

第二章 晚清时期的侦探小说创作

这段描述中的大船固然有晚清中国地理的象征，但我们也可看到叙述中数字、方位的精准描述，而且将轮船上的人比作火车的三等客位，都说明了刘鹗眼中的中国已经从时间、测量、交通方式等层面逐步进入了一个现代化的时空。小说中亦经常出现一些新名词，如"这船也就是你们祖遗的公司产业""外国向盘"，第九回申子平在山中遇到的女子居所"朝北朝东俱有玻璃窗"可近距离观察山景，第十二回老残在黄人瑞家中看到"太谷灯"，黄人瑞在解释灯名时说道："太谷是个县名，这县里出的灯，样式又好，火力又足，光头又大，五大洲数他第一。可惜出在中国，若是出在欧美各国，这第一个造灯的人，各报上定要替他扬名，国家就要给他专利的凭据了。"①第十八回白太守结束审案时回到花厅："跨进门坎，只听当中放的一架大自鸣钟，正铛铛的敲了十二下，仿佛像迎接他似的。"②这些都显示了西式的名词及生活方式已经逐步渗入了晚清社会，因此这篇小说中"福尔摩斯"一词的出现亦不是偶然。

与这些西式名词相对的则是一些传统的弊端，例如"太谷灯"处作者就写到正因为中国无专利的条例，所以造灯者"虽能使器物利用，名满天下，而自己的声名埋没"③。整部小说中对传统制度抨击最严重的是它的司法刑讯弊端，故事中两位反面形象的官员玉贤与刚弼均是清官酷吏型，本身的品行并无问题，但奉行严刑峻法，而且凭着主观好恶，动辄大刑，杀害了无数无辜百姓。刘鹗就曾在第十六回原评中道：

> 赃官可恨，人人知之，清官尤可恨，人多不知。盖赃官自知有病，不敢公然为非，清官则自以为不要钱，何所不可？刚愎自用，小则杀人，大则误国。

面对这些酷吏，老残虽不敢有实际行动，但他的想法却非常"游侠"，一点也不"福尔摩斯"，小说第五回老残已指出"玉贤是真正死有余辜的人"，第六回中老残再次想到曹州府的百姓，年岁不好，"又有这么一个酷虐的父母官，动不动就捉了去当强盗待，用站笼站杀，吓的连一句话

---

① 刘鹗：《老残游记》，第82页。
② 同上书，第127页。
③ 同上书，第82页。

也说不出来……想到此处,不觉怒发冲冠,恨不得立刻将玉贤杀掉,方出心头之恨"①。这些都说明了老残其实是一个传统的游侠加文侠,再加上一个具有些许现代化意识的人物。

虽然老残被赋予"福尔摩斯"的美名,但文中齐东镇月饼砒霜杀人案的处理方法与西方侦探小说却有很大不同。老残只起到了穿针引线的作用,真正断案的是生活在大自鸣钟的西式时间观下的白太守,文中他比刚弼官大一阶,接手案件后仔细分析了月饼的成分,并召各种证人小贩问话后判断月饼中并无毒药,魏家父女即为无罪之人,可以结案,整个审讯过程未及一个时辰,从这个意义上说白太守才是"福尔摩斯",对应着前一位审讯官刚弼的屈打成招式的草率。那么老残扮演者怎样的角色呢?

白太守称老残为"福尔摩斯",让他去调查毒药的来源。文中的毒药后来被发现是道家的一种"千日醉",这种"使用不知名的毒药"的桥段并不符合西方的侦探小说写作规则,而且西方侦探小说通常在找到真凶后就告一段落,不再关心受害者死后的结局,但《老残游记》的不同在于真凶身份并不重要,事实上白太守在断案时已了解案件涉及贾家浑名"贾探春"的女儿,但他不欲如刚弼一样株连太多人,所以对诬告者贾干说:"你幸儿遇见的是我,倘若是个精明强干的委员,这月饼案子了了,砒霜案子又该闹得天翻地覆了。我却不喜欢轻易提人家妇女上堂,你回去告诉你姐姐,说本府说的,这砒霜一定是后加进去的。是谁加进去的,我暂时尚不忙着追究呢!因为你家这十三条命,是个大大的疑案,必须查个水落石出。"②因此,整个案件的高潮是如何取得解药,让魏家十三口苏醒过来,也是老残作为"福尔摩斯"的真正意义,因此老残虽然被称作"福尔摩斯",但其实更像一位医生——找到解药让死者起死回生。通过解药"返魂香"的隐喻,刘鹗将一个侦探故事转换为一则建立现代国家的寓言,表达了自己对不同文化中哪个才是治愈晚清社会的真正良方的看法。

---

① 刘鹗:《老残游记》,第38页。
② 同上书,第126页。

第二章　晚清时期的侦探小说创作

在判断毒药性质并寻找解药时,老残的第一个看法是与洋人有关:"我恐怕是西洋什么药,怕是'印度草'等类的东西。我明日先到省城里去,有个中西大药房,我去调查一次。你(注:指老残的助手)却先到齐东镇去,暗地里一查,有同洋人来往的人没有。"①拜访过中西大药房的掌柜后,老残发现"这药房里只是上海贩来的各种瓶子里的熟药,却没有生药。再问他些化学名目,他连懂也不懂"②。第二日,老残又去天主堂拜访既通西医、又通化学的神甫克扯斯,"克扯斯想了半天想不出来,又查了一会书,还是没有同这个情形相对的,说:'再替你访问别人罢。我的学问尽于此矣。'"③如果说将毒药与解药看成现代社会病症及解决方法的寓言的话,这里表明了中国社会的积弱与洋人无关。小说借药房的掌柜讽刺了表面上学西方,但只是学器物的层面(熟药),并不关心西洋文明的精神(生药)的假洋鬼子。神甫克扯斯的无能为力也说明西洋文明并不能根治中国社会的痼疾。

后来老残假扮游医,探听到吴二是倒药水入月饼的主谋。老残的助手许亮装作赌徒,骗吴二说出了毒药水的来源是泰山中的一种草,用它泡水会使人饮后仿佛死了一般。一个内山石洞的道人青龙子正好经过,说这草药水叫"千日醉"。老残根据吴二的描述,按"唐僧取经"的方式好不容易找到了青龙子的山洞,青龙子提供了解药:

> 这"千日醉"力量很大,少吃了便醉一千日才醒,多吃就不得活了。只有一种药能解,名叫"返魂香",出在西岳华山大古冰雪中,也是草木精英所结。若用此香将文火慢慢的炙起来,无论你醉到怎样田地,都能复活。④

"返魂香"外貌"颜色黑黯",气味"似臭支支的",用法是"将病人关在一室内,必须门窗不透一点儿风。将此香炙起,也分人体质善恶。如质善的,一点便活;如质恶的,只好慢慢价熬,终久也是要活的"⑤。《老残

---

① 刘鹗:《老残游记》,第130页。
② 同上书,第131页。
③ 同上。
④ 同上书,第143页。
⑤ 同上。

游记二编》在第一回中提及,青龙子与黄龙子等一样,是隐士周耳的正宗传人,"据说决非寻常炼气士的蹊径,学问都极渊博的。也不拘拘专言道教,于儒教、佛教,亦都精通"①。这反映刘鹗将儒道释融合以唤醒民众的主张。在这一段中毒药"千日醉"的特性是让人沉睡,而解药"返魂香"则是要让人苏醒,苏醒是治疗的第一步,《老残游记》首回亦这样自评:"举世皆病,又举世皆睡。真正无下手处,摇串铃先醒其睡。无论何等病症,非先醒无法治。"

"返魂"是这个解药的核心,亦呼应了晚清开始的"魂魄修辞"。颜健富在《从"身体"到"世界":晚清小说的新概念地图》一书中专门讨论过晚清作者群如何在小说叙事中提倡"淬魂炼体"。他指出梁启超的短文《中国魂安在乎》中寻找中国魂而杳不可得,进而要制造以兵魂为核心的中国魂;壮游的《国民新灵魂》中提出要"上九天下九渊,旁求泰东西国民之粹,囊之以归,化分我旧质而铸我新质",陶铸"山海魂、军人魂、游侠魂、社会魂、魔鬼魂"。②吴趼人的《新石头记》也有类似的魂魄修辞,书中第二十二回"贾宝玉初入文明境,老少年演说再造天"中宝玉来到文明境界的诊所,发现老少年使用一个可以测试内在之魂的镜子来判断何人值得改造:"即以测验性质而论,系用一镜,隔着此镜,窥测人身,则升肉筋骨一切不见,独见其性质。性质是文明的,便晶莹如冰雪;是野蛮的,便浑如烟雾。视其烟雾之浓淡,以别其野蛮之深浅。其有浓黑如墨的,便是不能改良的了。"③诸此种种,说明晚清文人对铸造新魂以强国强种的重视,而且相比《新石头记》,《老残游记》中对还魂的看法更乐观,即只要找到解药,各种性质的人体都有还魂的可能。

《老残游记》中的两位清官酷吏,玉贤设置站笼,一年内站死两千多人,审案时被告者刚说一句"冤枉",玉大人就"堂上惊堂一拍,大嚷道:'人赃现获,还喊冤枉!把他站起来!去!'"站笼位置不够,就把前

---

① 刘鹗:《老残游记》,第 149 页。
② 颜健富:《从"身体"到"世界":晚清小说的新概念地图》,台北:台湾大学出版中心,2014 年,第 231—232 页。
③ 吴趼人:《新石头记》,收录于海风主编《吴趼人全集》第六卷,第 176 页。

第二章 晚清时期的侦探小说创作

日收的四位放下,"每人打二千板子,看他死不死!"①另一位刚弼,一接到贾家报案,便"一跑得来,就把那魏老儿上了一夹棍,贾魏氏上了一拶子。两个人都晕绝过去,却无口供"②。相比而言,白太守与老残探案只凭证据,并不用刑,老残更是派出卧底获取口供,两人的手法更接近西方"福尔摩斯"式的现代化的搜集证据、以理服人的侦讯方式。这种"福尔摩斯"式的审讯方式,与火车、轮船等现代化的交通工具、数字化的精准测量及时间定位等一道构成了《老残游记》一书中现代性的种种表征。另一方面,如果以侦探小说的结构来考察《老残游记》最后五回的"毒月饼案",可看出这个案件的结尾表现出与西方侦探小说完全不同的旨趣,它并不关心真凶是谁,而将重点放在如何还魂。老残虽被称为"福尔摩斯",但小说中他真正的身份反而是医生,为的是取得解药治病救人,给沉睡中的晚清王朝开一剂济世的还魂良丹。

(二) 侦探与酷吏之间:谈林纾的《冤海灵光》

《冤海灵光》由1915年10月至12月发表于《小说月报》第6卷第10—12号,署名畏庐,1916年6月上海商务印书馆又将其结书出版,作者署名林纾。虽是民国四年的作品,但小说记述的却是晚清的一桩公案。该书已有的研究不多,周瘦鹃曾赞:"林琴南译侦探小说数种,说者谓非其所擅,故未见佳。尝自撰一种,曰《冤海灵光》,则甚可诵。"③杨联芬认为"《冤海灵光》写的是一个民间杀人冤案侦破的过程,故事与传统公案小说相似,但情节的跌宕迷离、破案的方式以及叙述者对悬念的掌控,显然都受了外国侦探小说的影响。"④从林纾小说的创作谱系中看,寒光指出《冤海灵光》与《合浦珠传奇》写的是下层社会的故事,林薇认为该书写市井生活,得力于狄更斯的影响。⑤

---

① 刘鹗:《老残游记》,第28页。
② 同上书,第105页。
③ 周瘦鹃:《紫罗兰庵杂笔》,原载于1921年12月13日《半月》第1卷第7号,收录于任翔、高媛主编《中国侦探小说理论资料(1902—2011)》,第46页。
④ 杨联芬:《晚清至五四:中国文学现代性的发生》,北京:北京大学出版社,2003年,第28页。
⑤ 林薇:《百年沉浮——林纾研究综述》,天津:天津教育出版社,1990年,第315页。

全书共七章,故事发生在晚清同治年间福建省建阳县,当地人巫翁家有巨产,为了避免江西来的流民洗劫,与江西帮首领尤阿三联姻,以次子巫仲迎娶尤阿三的女儿。尤氏性情泼辣,平日经常回娘家数夕不归,巫仲则久病卧床。二十年后,巫翁公婆已相继病逝,他的两子巫伯与巫仲虽分产但仍同住一宅。一日尤氏从娘家回来后发现巫仲被人勒死,遂告官,认为是同住的巫伯父子所为,并依仗自己家族在当地的势力,威逼将巫伯父子处刑。最后当地县官陆公查明原来是尤氏与其仆从所为,将其治罪。

无论形式还是内容,这篇小说都可以看出受西方侦探小说影响的痕迹。形式上《冤海灵光》第一章是中西听讼制度的简单比较,第二章进入正文,接下来的章节分布按照案发—补叙背景—公堂审案—幕后调查—补叙背景、真相还原—案件判决的模式展开,这与传统的中国公案小说中常见的介绍凶手及犯案—审案—判决的结构略有不同,更接近西方侦探小说中悬念式的开篇叙事。林纾在叙述中也不断表达出对这种行文的自觉,小说第三章开篇他就解释道:"读吾书者,第于前一章中,突见尤氏呼冤、巫伯陈辩,然巫氏之家世未之知也。作者即借陆公未下乡之前,拓此一夕空闲,补叙巫氏家世,以餍读者,此亦文中应有之义例也。"①这样的说辞在林纾翻译西方小说时时常看到,用西方小说与《史记》等古文文本作比来证明西方小说的结构亦符合古文文法,从而合理化自己翻译西方小说的行为。《冤海灵光》中林纾亦用同样的说法来解释自己按照西方侦探小说的开头设置悬念之叙述技巧的合法性,而且在小说的第六章开篇补叙尤氏仆从的背景时,再次反复强调:"作者译小说至百种,自著者亦五六种,文字留一罅隙,令人读时弗爽,欲赍书来问,又属莫须有之事,故必用补笔,以醒读者眼目。此亦文中应有之义法也。"②

内容上林纾在小说的第一章就比较了中西听讼制度的优劣。作为

---

① 林纾:《冤海灵光》,收录于《林纾选集》(小说,卷下),成都:四川人民出版社,1987年,第303页。
② 同上书,第332页。

第二章　晚清时期的侦探小说创作

西方侦探小说的翻译家,林纾早在1907年与魏易合译《神枢鬼藏录》(根据Arthur Morrison的 The Chronicles of Martin Hewitt [1895]中的前六篇译成)的序中就赞赏过西方的侦探制度,同刘鹗一样,林纾也认为中国刑讯的弊端"不在于贪黩而滥刑","每有疑狱,动致牵缀无辜,至于瘐死,而狱仍不决"。欧洲的律师虽然也有诡辩者,但他们的审案人员通晓法律,广有学问,陪审者也能有自己的独立判断,因此案件的审理不至于完全颠倒黑白。尤其是西方的侦探,"明物理,析人情,巧谋捷取,飞迅不可摸捉,即有遁情,已莫脱包探之网",再加上断案者谨慎详细,所以冤狱较少。对比而言,中国的讼师与隶役唯利是图,普通民众一旦卷入官非,最终往往倾家荡产。因此,林纾借翻译西方侦探小说希望能够向官方推广西方的侦探制度:

> 果使此书风行,俾朝之司刑谳者,知变计而用律师包探,且广立学堂以毓律师包探之材,则人人将求致其名誉,既享名誉,又多得钱,孰则甘为不肖者!下民既免讼师及隶役之患,或重睹清明之天日,则小说之功宁不伟哉!①

《冤海灵光》延续了这一理念,第一章中指出欧美侦探"多半具有学术,无待扇巧构阱,但循声以求迹,因迹而造微"。审讯之时根据确实的证据而判案,犯案者虽然也有怨言,但"较之三木之下,无待辩而屈服者,固已臻于文明之地"。与晚清相比,进入民国后虽用刑减少,"但须推求侦探之学,用聪敏端直之人探取真情,然后上执定律,下凭铁证,庶几其无冤狱矣"②。故林纾作此书的目的一是为了表彰如陆公一样明察秋毫的父母官,二也是要对比晚清刑讯制度的弊端,突出改革之必要。

小说中塑造了一位正直英明的晚清县官陆公,他"素有吏节,以宁化维物为己任,民间疾苦,匪不洞彻"③。经常微服出巡,识破市面奸商。尤氏报案时,聚众闹事,陆公冷静地将不相关人等喝下,尤氏要求

---

① 林纾:《序》,选自1907年3月上海商务印书馆《神枢鬼藏录》,收录于任翔、高媛主编《中国侦探小说理论资料(1902—2011)》,第17页。
② 林纾:《冤海灵光》,收录于《林纾选集》(小说,卷下),第291—292页。
③ 同上书,第294页。

巫伯父子杀人偿命，陆公则坚持要有证据后定罪，他细细观察巫伯的神情，并听取众人的意见，认为巫伯无辜后，不但不给他上枷锁，还以巫伯为贡生的理由不断拖延尤氏的用刑请求，第二日又亲自去巫宅勘察地形及验尸，积极寻找人证，并潜入巫宅窃听尤氏与其仆从的对话，之后拘捕该仆从，并将尤氏定罪。由这些可以看出，陆公的做法接近了林纾心目中"循声以求迹，因迹而造微"的侦探理念。

另一方面，小说也以纪实的笔调写出了晚清刑讯制度的弊端。虽然陆公本人清廉正直，但晚清的整个讼狱制度却相当腐败。第三章当陆公决定翌日亲自去巫宅勘察时，他的手下纷纷向巫伯索金。保释金需洋钱百元，轿夫提出陆公所乘的轿子需三百元，还有刑幕及丁胥与差役所乘小轿需百元。陆公出巡前，他的手下先帮他物色临时的行馆，"遇殷实之户，即令治具。村人畏葸，出数十金赂之，始已"。验尸时尸体原本的摆放位置正对富人家的大门，"富室惧不祥，则鸠资赂科件，于是尸台定于巫伯之广场中矣"①。巫伯需要聘用讼师帮他打点上下，包括门礼、堂礼、经管礼、差礼、相验搭台礼、班头轿价等，共洋钱八百元，班房监狱的费用需另算，仵作也要另付五十金，巫伯只好立即变卖田产来支付。林纾在这里列举的各种经济细节在一般公案小说中并不曾出现，如果说刘鹗的《老残游记》中发现了清官刚愎自用、小则杀人、大则误国的制度问题的话，林纾的《冤海灵光》中则记录了讼狱制度下整个庞大的官僚机构的腐败，即使主办的官员廉洁，但办案的各项环节执行时则均有贿赂现象，而且处理案件所需庞大的行政费用均需被告人负担，因此被告人往往"县庭之需索，双方为丁胥皂隶所鱼肉，狱未直而家已倾"②。

小说中县官的地位亦与传统公案小说有所出入。即使与《老残游记》相比，《老残游记》中无论玉贤、刚弼或白太守均高高在上，官威不容挑战，而林纾的《冤海灵光》则写出普通的地方小官面对地方势力威逼的尴尬。陆公虽贵为县令，但尤氏家族在当地势力庞大，审讯之日尤

---

① 林纾，《冤海灵光》，收录于《林纾选集》(小说，卷下)，第314页。
② 同上书，第292页。

第二章　晚清时期的侦探小说创作

氏家族便哗众在公堂作势,当陆公拒绝给巫伯行刑,尤氏则"日哭于署外,肆骂县主受赇枉法,行将控之臬司"。半月后,"妇人则催呈如雪片矣。每日至署叫呼,必有江西帮百十人为助劲",以致"公奇窘"①。及尤氏受审前,她"阴嘱其父,集江西帮数百看审,临时鼓噪哄堂,先将赃官落职"②,审讯时又多次在公堂怒骂陆公为"赃官"。由此可见陆公地位的卑微,也正因如此,他虽很早就怀疑尤氏,但苦无证据,不能将其逮捕。

至于小说的后半部分则落入了传统公案小说的窠臼。第五章中陆公拖延了一个月拒不给巫伯上刑,但破案亦毫无头绪,只得求诸城隍之神托梦示意真凶身份,然后微服出巡来核实此梦。以鬼神或梦境来提示破案线索是传统公案小说的常用桥段,常被后来人诟病为迷信,唯古人看来却是审案官员正义性的证明,故上天被其诚信打动,托梦暗示。例如晚清公案小说《武则天四大奇案》中就有类似的情节。③《冤海灵光》中也出现了托梦这一天外救星(Deus ex machina)的情节:"时为腊月廿四日,公忽署牒投诸城隍之神……忽闻庙外隐隐有鸣锣声,匆匆出见,则丐者弄猴,猴跨狗背而驰,初见天光,已即沉晦,旋见万灯灿烂,瞿然顿醒,则身已出梦矣。"④

不过传统公案小说中,审判官们通常对所做之梦深信不疑,醒来后就立刻找人释梦,而在《冤海灵光》中尽管陆公的梦的确指认了凶手,猴即指家仆小猴,狗指尤氏属狗,"猴跨狗背"指两人通奸,但陆公梦醒时却首先对这个梦产生了怀疑,这点颇有点后设的味道:"自念小说中至无可知如何处,往往托之神怪,然当慎密,勿为高明所哂。已而又念,万一腐儒因财忘义,顿尔行凶,正自难言,吾转释正凶,加人以淫污之事,宁非愚妄?"⑤晚清时期,读者纷纷不满中国古代公案小说中动辄神

---

① 林纾:《冤海灵光》,收录于《林纾选集》(小说,卷下),第 324 页。
② 同上书,第 345 页。
③ 有关《武则天四大奇案》中城隍庙托梦情节的具体分析及与现代侦探小说的对比,可参见本书第三部分第八章。
④ 林纾:《冤海灵光》,收录于《林纾选集》(小说,卷下),第 325 页。
⑤ 同上。

怪的现象,因此林纾这里不得不借陆公的心理对宿庙这一情节自我解嘲,认为运用神怪桥段需谨慎,并让陆公反思自己的梦境是否反映了自己潜意识中对尤氏奸情的怀疑。因此,《冤海灵光》中陆公宿庙做梦这一情节虽仍不理性,但其中对梦境的处理方式与传统公案文学已有些许分别。

小说的第七章,陆公捉住了尤氏,但她毅然决定"挺刑",最终陆公的刑幕建议"以猪毛刺入乳孔,既不伤生,将一息不能自耐,当可得实"①。酷刑之下,尤氏只好招供。这一情节来自清代中叶小说《清风闸》。《清风闸》共四卷三十二回,根据浦琳的扬州评话笔录而成,改编自拟话本小说《三现身包龙图断冤》,写强氏与五旬老翁孙大理是老夫少妻,后与孙的养子孙小继有染,两人合谋杀了孙大理,最终包公以猪毛入乳孔的酷刑逼她招供。故事中已婚女性对更加年轻的后生红杏出墙,被捕后不断熬刑、酷刑的行刑方式等都与《冤海灵光》极其类似,而且《冤海灵光》中林纾更是以纪实的笔调记录了陆公依照清律之下"酷吏"的本色,如:

> 令批颊……于是四役同前,坚执妇人二膊,一人将其头,一人迭牛皮如履衬,打其辅颊。妇人奇痛而狂呻,仍申申而詈。公令更打之,于是二颊尽肿…… 陆公令跽链,仍骂不已。即加拶,恶妇十指都僵,心念小猴不至,必无见证,极骂不承。陆公令鞭背,恶妇仍倔强如前,骂乃更烈。②

十次审讯之后,尤氏仍拒绝认罪,面对这些残酷的刑法,林纾亦承认对比之下民国法律制度的优越:"前清之遇命案,胥役讼师之鱼肉,立足破家,而赃吏之朘削,尚不在此数;民国无之。前清之庭讯,必取本人实供,故必用非刑;而民国承审之员,但取确证;证得,虽本犯弗承,而判决时,立可施以死刑,以此较胜。但观王治馨一案,足以见民国执法无私、而用刑不滥也。建阳之狱,以陆公之廉明,几不敌恶妇之狡逞,至滥用

---

① 林纾:《冤海灵光》,收录于《林纾选集》(小说,卷下),第351页。
② 同上书,第348、350页。

第二章 晚清时期的侦探小说创作

非刑,始成定案,较诸今日费事多矣。"①

该书虽有"荡妇之心,凶人之心""廉耻亡,则阴贼险恶之念萌"等道德告诫之意,却也塑造了一个令人印象深刻的悍妇形象,对女性的情欲压抑有不少刻画。尤氏"貌颇丰艳,长身玉立,如壮男子"。与巫仲成婚后,"早作晏息,操劳过健男子,并汲而箕拘,屋中洁无纤尘"②。因巫仲长期卧床,尤氏情欲难忍,与仆从小猴通奸,并欲杀死巫仲后纳小猴为赘婿。巫仲素来体弱多病,死时族人并未有疑,但在发丧当日,巫伯坚持尤氏无子,让她立嗣,"妇初念亦不栽冤于伯,顾嗣立而伯之子长,则赘婿之议决不行,故极力陷伯"③。可见尤氏杀夫是情欲犯罪。书中尤氏的强悍阳刚与众男子的羸弱沉默形成鲜明对比,她的丈夫巫仲卧床不举,当她的父亲发现尤氏与小猴的奸情时,她以家族声誉威胁父亲不要声张,当仆从小猴因陆公调查而心慌时,她以"女将军"自居,斥责小猴:

> 尔乃胆小如鼷,一闻官中语,惊悸亡魂,时时思遁。试问一遁为祸不更烈耶?我百事安排,足为赃官之严敌,一无恇怯。今见尔绵弱,益增我一番惆怅。如今真率语尔,须镂入心坎"不知道"三个字,足以脱汝,余事悉女将军自当之!④

入狱后始终熬刑大骂,连陆公都"心服其胆""心壮之"。尤氏杀夫的手段更是具有阉割的象征性,"以帛端系诸床柱,左端已自引之……以棉力塞其口……妇扪仲胸,肺叶尚震震,知未殊,欲再引其帛,为力已尽,乃力攥其睾丸,使入小腹中,始已。"⑤因此小说的结尾陆公将尤氏以毒杀亲夫之罪凌迟处死不仅是为巫伯仲兄弟洗冤,也是对如尤氏这样对男权社会构成极大威胁的女性的镇压,代表着男权秩序的恢复。

综上所述,从《老残游记》与《冤海灵光》这两部小说的分析中可见西方侦探小说透过翻译的传播,其中的一些侦探理念,如搜集证据、细

---

① 林纾:《冤海灵光》,收录于《林纾选集》(小说,卷下),第351页。
② 同上书,第304页。
③ 同上书,第338页。
④ 同上书,第328页。
⑤ 同上。

心分析等已慢慢为晚清知识分子所接受,并用来反思传统刑讯制度的残暴及腐败。虽然他们在传统的公案小说之中嫁接了些许侦探小说的方法及结构,但中国社会的特殊时局仍使得刘鹗、林纾等在小说中表达出不同的社会关怀,《老残游记》中不只是要"缉凶",更是要"治病救人",《冤海灵光》中的廉明的陆公本来是想理性探案,坚持不上刑,无奈按照大清律例,他无法找到破案的线索,最终仍得要靠宿庙、"酷吏"的方式来获取犯人的口供而定罪,陆公的困境也正反映了西方侦探小说中的探案方式在晚清现实或者说是传统司法制度下的碰壁,另一方面,书中尤氏这样的悍妇对于男性宗族制的挑衅,或许也表达了此时林纾式的知识分子对正在兴起的女权的些许焦虑。

二 志怪与道德伦理知识:《守贞》

前一节分析了西方侦探小说对于传统公案文学的影响,本节以吴趼人所辑《中国侦探案》中的《守贞》一文讨论志怪文类中如何糅入侦探因素,以及《守贞》一文中所体现的道德伦理知识与西方侦探小说中强调的科学知识的区别。

作为晚清最富盛名的小说家,吴趼人很早就曾介入西方侦探小说的翻译,在谈晚清侦探小说翻译的一章中,我已分析过他为1903年周桂笙在《新小说》上翻译的法国作家鲍福的《毒蛇圈》的译本中,以署名"趼尘主人"做眉批与回评。受此影响,吴趼人本身的创作,特别是结构上,也受到西方侦探小说的影响,有研究者已经指出在吴趼人的《二十年目睹之怪现状》第十三回《拟禁烟痛陈快论 睹赃物暗尾佳人》和第三十三回《假风雅当筵呈丑态 真义侠拯人出火坑》中所写九死一生跟踪小乔、九死一生和王端甫寻访秋菊的段落"虽非侦探故事,但描写路数与侦探故事大体相同"[①],其另一作品《九命奇冤》也用"西洋侦

---

① 苗怀民:《中国古代公案小说史论》,南京:南京大学出版社,2005年,第140页。

第二章 晚清时期的侦探小说创作

探小说的布局来做一个总结构"①。

其实在吴趼人1903年为《毒蛇圈》所作评语之前出版的《中国侦探案》(1902)里，吴趼人就对西方侦探小说有所涉猎。"弁言"中吴趼人指出他编辑此书的目的是不满当时读者普遍崇洋媚外的心态，并简单比较了西方侦探小说与中国传统公案故事的不同在于前者更加侧重虚构与故事的离奇性：

> 吾读译本侦探案，吾叩之译侦探案者，知彼之所谓侦探案，非尽纪实也，理想实居多数焉。吾又间尝寻味著书之苦境，则纪实易而理想难，纪实浅而理想深。盖纪实，叙事耳；理想，则必有超轶于实事之上，出于人人意想之外者，乃足以动人。今所译之侦探案，乃如是，乃如是，公等且崇拜之，此吾不得不急辑此《中国侦探案》也……请公等暂假读译本侦探案之时晷，之目力，而试一读此《中国侦探案》，而一较量之：外人可崇拜耶？祖国可崇拜耶？②

尽管承认了西方侦探小说在虚构性上的特色，但接下来，吴趼人笔锋一转，说明他编辑的《中国侦探案》的特色仍然是纪实："吾之辑是书也，必求纪实，而绝不参以理想。非舍难而就易，舍深而就浅也。无征不信，不足以餍读者，且不足以塞崇拜外人者之口也。"③

《中国侦探案》中收集了三十四则案例，它们"不尽为侦探所破，而要皆不离乎侦探之手段"④。故事基本上都是片言短制，为吴趼人从各种志怪笔记或者公案小说中收集而来，并稍有润色，使其风格趋于统一。大多数案件的情节均为冤案平反、民事纠纷，有的甚至开篇即点明凶手身份，重点在于叙述官员如何帮助当事人沉冤得雪。叙事上仍然保留志怪笔记小说特色，约一半的结尾附有"野史氏曰"，对故事加以简单点评，赞扬官吏善于察言观色的能力。由于与传统的公案与志怪笔记差别不大，该书在当时的评价一般，如刘半农就认为："虽其间不

---

① 胡适：《五十年来中国之文学》，收录于《胡适古典文学研究论集》，上海：上海古籍出版社，2013年，第146—147页。
② 吴趼人：《中国侦探案》，收录于海风主编《吴趼人全集》第七卷，第72页。
③ 同上。
④ 同上书，第69页。

无可取,而浮泛者太多,事涉迷信者,更不一而足,未足与言侦探也。"①客观来说,刘半农的指责并不正确,吴趼人对案件的选择还是比较谨慎的,《中国侦探案》里的情节基本上不再有公案小说中常见的鬼神入梦的桥段,虽然也保留了一些审案中常见的"在庙中以鬼神来震慑疑犯说出真相"的手段。②

在《中国侦探案》里《守贞》算是比较特殊的一篇,为选集中仅有的两篇动物杀人的故事之一。③ 选集中其他故事大多都保留纪实的特色,但这篇更像是寓言,里面杀人的动物无法证明其真实存在。④ 在故事结尾处的"野史氏曰"中吴趼人也承认,由于原文"无姓氏,无地名,当亦由传闻而来者。至于必得商先生而始决此狱,则明是寓言矣"。⑤

故事的直接来源为清代笔记小说《里乘》,为许奉恩所著。原书共十卷,内容博杂,其中记录海外见闻的部分颇有意趣。秉承古小说"文以载道"的一面,《里乘》也处处强调其惩恶扬善的记述主旨,作者自序中就写道:"事之有无姑不具论,而藉此以寓劝惩,谁曰不宜?"⑥"《里乘》十卷,吾宗桐城叔平先生所为劝惩而作也。"但同时作者也将其与《聊斋》相比,强调其纪实的特色:"近时说部,检推《聊斋志异》为巨擘,

---

① 刘半农:《〈匕首〉序言》,载《中华小说界》1914 年第 3 期,收录于陈平原、夏晓虹编《二十世纪中国小说理论资料》第一卷,第 460 页。

② 如《健为冤妇案》一文中,主审官将两名疑犯安排在城隍庙廊下三夜,其中一位受到惊吓,以为神灵现身,终于说出真相。文后野史氏对这种判案方式作出辩护:"吾知喜读译本侦探案者,必曰:'中国人伎俩,止此而已。'不知神道设教,正所以补王法之所不及,惟视用之者如何耳。苟利用之,何在而不神奇;惟不能利用之,所以成为腐败已。"吴趼人:《中国侦探案》,收录于海风主编《吴趼人全集》第七卷,第 103 页。

③ 另一篇为《蝎毒》,讲述某个小贩喝完鸡汤后突然死亡,他的妻子被怀疑是凶手,后来另一位明智的判官重现了煮食的过程,发现中毒原因原来是葡萄架上蝎子的口水落入鸡汤。

④ 根据现有的资料,守贞的来源可能是蛊病。N. H. van Straten 曾解释过,根据传统中医,蛊病是一种毒素,形成于长期与丈夫未有房事的已婚妇女子宫内,因其性欲长期得不到满足,子宫分泌物慢慢变得有毒,此种情形下,一旦与丈夫行房,毒素会侵入丈夫的阴茎而致死。N. H. van Straten, *Concepts of Health, Disease and Vitality in Traditional Chinese Society: a Psychological Interpretation Based on the Research Materials of Georg Koeppen*, Wiesbaden: Steiner, 1983, p. 72.

⑤ 吴趼人:《中国侦探案》,第 114 页。

⑥ 许奉恩:《里乘》,济南:齐鲁书社,1988 年,第 7 页。

其所记载,类皆狐鬼,可凭意造。是书多系实事,叙次较难。"①

《守贞》的故事收录于卷八。此卷共十三则笔记,内容均与讼诉有关,作者在说例中解释,"吾儒出膺民社,听讼最难;如遇人命所关,尤当慎而益慎。予每闻奇狱,辄笔之,另为一卷。凡为民父母者,其留意焉。"②这些故事多为传统的公案或志怪故事,或歌颂断案者的高尚品格使得其可以在梦中对案情有所领悟,如《小卫玠》中某公梦见铜钱,设计让两位嫌犯同处一室,再让狱吏偷听后知道真实疑犯,抓获后得知真凶姓金,印证之前的梦兆。作者在结尾处对某公的做法颇为肯定:"某公精诚所格,见于寤寐,授计狱吏,神妙莫测,可以为法。"③或谴责酷吏严刑拷打的做法不当,警告这些官员将来可能会有冤鬼索命,对应的则是懂得察言观色、正确断案的父母官。有些似案件实录,如《媚乡》一篇中,媚乡被人强暴后杀死,她的父母断定邻居秀才为凶手,贿赂官员对该生严刑逼供。后来该秀才的老师偶然发现了真正的凶手是理发匠(时称整容匠),准备上诉的时候,当时的审判官已经被提拔为郡守,为了避免仕途受损,赔偿大量金钱给秀才,两人于是决定不再上诉。真凶也死于狱中。

这十三篇故事中,与动物相关的有三篇。《倪公春岩》中记载某妇与表兄有私情,为占据丈夫财产,从乞丐处购得小蛇,从谷道窜入腹中,而死者无伤可验。《守贞》与《褪壳龟》分属第七与第八则,情节上有相似的地方,都是以猪肉为饵,以铁钩贯其中,绳系其末端,该动物闻到肉香后探首出,钩挂喉际后被捕获。守贞"其物长七寸许,竟体黄毛,四足修尾,酷类鼩鼬"。褪壳龟如其名,从龟壳中钻出,"状如守宫,长尺有半",厥名曰蜥。④发现守贞的是一位年逾七十的商先生,善于察言观色,而得知褪壳龟的是一位乞丐,作者称赞了两人的博雅。但《褪壳龟》似乎未涉及道德教化,只是说有一户人家所养的鸡鸭犬豕等物经常无故多亡,后来一乞丐用计抓住了这个怪物,原来是家里养的大龟,一日爬入

---

① 许奉恩:《里乘》,第10—11页。
② 同上书,第10页。
③ 同上书,第251页。
④ 同上书,第267—268页。

猫舍后壳被卡住,便褪壳化为此物。幸亏发现得早,否则将来会食人。它的龟壳有疗效,但血有毒性,任何动物靠近它的血,都会化为尸水。

相比之下,《守贞》的道德劝诫意味则十分明显。故事讲述了河南有一位商人外地经商,十年后回家,与妻子久别重逢,晚间灭烛登床后突然狂叫一声而亡,邻居赶来后发现满床鲜血,该男子已被阉割。官员将其妻逮捕,审讯一年多没有结果。后来有一位浙江来的七十岁商先生,精通法家,喜爱读书。他觉得这位妻子"举止温存,语言和婉,毫无凶悍之态",跟她面谈后,妻子也觉得这位老者"温霁和蔼,知非轻薄者",便将当日床笫之事一一告之。老者思得一法:

> 谕令某氏归房,赤体偃卧,毋容腼腆;乃索猪肉少许,切作人势状,以铁钩贯其中,命接生某媪将肉塞入某氏阴道中,以觇其变。某媪如言试之,阴道中果有一物,力衔其肉,如鱼吞饵然。急拔出视之,其物长七寸许,竟体黄毛,四足修尾,酷类鼯鼪。

该妇终于沉冤得雪。结尾处说明了该怪物的名称及生长环境:

> 或谓此物名守贞,亦名血鳖,孀妇暮年多有之;他如老处子,比丘尼亦间有之,大率多因旷怨郁结而成。然究不知出何书,当俟质之博雅者。①

在《中国侦探案》收录的《守贞》故事中,吴趼人基本上保留了原文情节,调整了些前后字句的顺序,增加了人物间的对话,使得人物塑造更加立体,例如商先生在了解该妇人的冤屈后,吴趼人添加了他充满正义感的慨叹:"此妇冤也!不能雪之,吾誓不治此业矣。"②又如原文只是平铺写道妇人"闻言,感激垂涕,稽颡有声,历将当日床笫情形一一从直缕述",而吴润色为:"又嗫嚅良久,始呐呐曰:'远客久鳏之人,归来未免急色儿,讵一着肌肤,祸即作矣。'语讫,红涨于颊,悲啼可怜。"故事结尾处,吴趼人透过"野史氏曰"介绍了故事的来源与意义评价。吴趼人认为守贞这种动物与中国传统女性道德密切相关,因此调侃西方

---

① 许奉恩:《里乘》,第266—267页。
② 吴趼人:《守贞》,收录于《中国侦探案》,第113页。

侦探名家:"吾不知科学昌明之国,其专门之侦探名家,设遇此等奇案,其侦探术之所施,亦及此方寸否也? 一笑。"

"用猪肉从动物处引出某种物体"这种计谋在古代志怪小说特别是与狐狸相关的作品中也曾出现,主要原因是狐狸体内有媚珠。叶庆炳在《谈小说妖》中就引述《太平广记》四五一引唐人撰《广异记》,一女子捉住一个老狐,有一个老僧告诉她,若能取得狐狸口中的媚珠,将得到全天下男性的喜爱。"老僧把一个窄口的小瓶埋在地下,使瓶口与地面齐,又把两块烤得火热香喷喷的猪肉丢进瓶中。狐想吃猪肉,又吃不到,只有把口对着瓶口流口水。"如此反复几次,"一直到瓶中丢满了烤猪肉,狐已支持不住吐出媚珠而死"①。但《守贞》与这类故事的区别在于守贞这种动物的寓言性与吊诡的暧昧性。正如其名,守贞这种动物藏于女子的体内,是为了保卫女子的贞洁,避免外来侵犯,呼应了传统礼教中对于女子守节的重视。在文中,丈夫死于急于与妻子行房。如果从说教的角度来阅读这个故事,可将丈夫的死视作对鲁莽超越男女之间应有礼节的危险下场的警告。

但传说中守贞一般存在于寡妇、尼姑、老处女这类女性的体内,这样的话它似乎又变成了对女性身体的一种禁锢。尤其在这个故事里,它因为要保护女主人的贞节,将她的合法丈夫阉割至死,导致这个家族最终绝后。这里既表现出某种男性对女性身体的恐惧②,也充满了礼教杀人的暧昧意涵。守贞既是道德的捍卫者,也露出了道德作为怪物的凶相与残忍。在捍卫女性贞操的同时,也对父系社会的秩序与延续性作出破坏。最后,这个故事里的时间因素也令人寻味。丈夫出去经商十年后归来被杀,也就是说守贞这个怪物经过十年终于长成。这是否也暗示了道德的危险性与时间/历史的辩证关系。③

---

① 叶庆炳:《说小谈妖》,台北:洪范书店,1983 年,第 33 页。
② 在西方文学传统中也有类似的母题 Vagina dentate,直译为长牙的子宫(toothed vagina),用来表达男性的阉割焦虑。
③ 在王德威的《历史与怪兽》一书中也有类似的对历史与怪兽矛盾的双面性的精辟阐释。他在分析中国传统怪兽梼杌时发现:"梼杌在它的谱系学里既是怪兽、朽木、理法难容的恶行,但也同时是历史,是对这些恶行的警示与记录……历史的创造总也开脱不了恶兽的记忆。"王德威:《历史与怪兽:历史,暴力,叙事》,台北:麦田出版社,2004 年,第 104 页。

以往关于吴趼人的研究不少都强调了其在创作中一贯倡导"恢复旧道德"的思想主题,并认为这是吴趼人创作《中国侦探案》的主要目的与特色①,但其实吴趼人对旧道德的看法可能并非如此单一。《守贞》虽然是一篇清代志怪公案小说,但吴趼人在晚清之际特意将这篇寓言性较强的故事编入其以纪实性著称的《中国侦探案》这种做法颇耐人寻味,这是否反映了吴趼人至少在潜意识中对于传统礼教中悖论一面的反思呢?

吴趼人的其他小说里也多有这种矛盾性的体现,例如他的名作《恨海》(1906),表面上看是在赞赏守节的行为,其中一位女主角棣华在由北京逃亡的旅途中努力保持着自己的贞操,到了上海之后,她虽然发现自己的未婚夫已经堕落为嫖客与吸大烟者,仍然决心嫁给他。未婚夫死后,棣华毅然决定离开自己的父母堕入空门,为他终生守节。在《恨海》英文译本的序言中,译者韩南已指出了这篇小说道德上的模糊性,并认为这正是它的优点所在:"有些读者可能会认为这个故事是对一个在儒家礼教的洗礼下成长的女孩子如何坚守这些传统观念并自愿地实践它们,在任何情况下都不屈不挠的赞赏之作。而另一些读者也可能会认为故事嘲笑了这个女子无论如何都要守节的愚蠢行为。"②周蕾也在另一场合评论过:"既然'孝'在中国封建道德中是如此重要,为什么这个女孩子要执意离开自己的父亲而坚持成为尼姑呢?看上去她想要证明自己身体纯洁的愿望远远超过了为父母尽孝的重要责任。"③《守贞》这篇小说也同样反映了女子在遵守贞节这一道德要求时内在的悖论。既然"不孝有三,无后为大",那么"守贞"这个女子贞操的捍卫者,在维护着一种美德的同时,似乎破坏了更加重要的家庭正常秩序与繁衍的可能性。

---

① 杨绪容:《吴趼人与清末侦探小说的民族化》,《华中师范大学学报(人文社会科学版)》第 49 卷第 2 期,2010 年 3 月,第 114—119 页。

② Patrick Hanan, *The Sea of Regret: Two Turn-of-the Century Chinese Romantic Novels*, Honolulu:University of Hawaii Press, 1995, p.14.

③ Rey Chow, *Woman and Chinese Modernity: The Politics of Reading Between West and East*, Minneapolis, MN:University of Minnesota Press, 1991,p.57.

第二章　晚清时期的侦探小说创作

除了对传统道德内在怪兽属性的重新发掘,将《守贞》作为中国侦探案的一则来编辑,似乎也代表了吴趼人对中西侦探小说中不同的知识论层面的探讨。正如他在故事的最后所调侃的:"吾不知科学昌明之国,其专门之侦探名家,设遇此等奇案,其侦探术之所施,亦及此方寸否也?一笑。"之所以欧美名家对此可能会束手无策,是因为守贞这个凶手的发现需要侦探通达人情世故,了解女子守节这一传统道德及其如何与女性身体联系在一起。如果我们将《守贞》与美国作家爱伦·坡所创作的、通常被认为是世界上第一篇现代侦探小说的《毛格街血案》(*The Murders in the Rue Morgue*,1841)做对比,就能更清楚地比较出西方侦探小说的科学知识论与《守贞》这篇志怪小说表现出的伦理知识论的区别。

两篇故事均是密室谋杀,而且凶手均为动物。《毛格街血案》中一位母女被发现在一间密室中被残忍分尸,凶手跳窗逃跑。大侦探杜宾(Dupin)根据凶手的特殊声音、异常矫健的身手、毫无动机的残忍、力大无穷这几点上推理出凶手不是人,而是一只大猩猩,登报寻人后,一位法国水手果然上门承认了这一事实,这只大猩猩是他在亚洲婆罗洲发现、带回法国饲养后偶然逃跑的。根据罗纳德·托马斯(Ronald Thomas)的分析,这篇侦探小说安排大猩猩作为凶手并杀死白人母女的背后其实有政治寓意,是爱伦·坡为奴隶制的合理性辩护的隐喻。[①]这里姑且撇开这层政治隐喻不谈,小说比较明显的信息是对理性分析能力的赞赏。故事开篇就借玩惠斯特牌指出分析与归纳能力的重要性,文中杜宾认为凶手是大猩猩的理由主要有二。一是语言,邻居们都听到了受害人与凶手的争论,但大家都无法确定凶手说的究竟是何种语言。更重要的是第二点,杜宾在现场发现了残留的指纹与橘色毛发,并从居维易(George Cuvier)的著作 *Regne Animal* 中获得证实符合猩猩的特征:

[①] Thomas 认为爱伦·坡的一些书信中透露出赞同奴隶制的想法,《毛格街血案》虽然看似是一件发生在巴黎的谋杀案,但用黑猩猩隐喻了美国当时的黑人奴隶生性残忍,会对白人的安全产生威胁。Ronald R. Thomas, *Detective Fiction and the Rise of Forensic Science*, Cambridge: Cambridge University Press, 1999, pp.40-56.

> 这是一段有关东印度群岛的茶色大猩猩的详细解剖和一般描写。这种哺乳类动物,尽人皆知,体格魁伟,力大无穷,灵活非凡,生性残酷,爱好模仿。我看了顿时明白这件恐怖透顶的血案是怎么回事了。我看完那段文章,就说:"这上面关于猩猩瓜子的描写,恰恰和这张草图上的一模一样。我看除了这儿提到的猩猩之外,没其他动物的指印跟你描下那种一样。这撮茶色毛发也跟居维易说的那种野兽的毛发一样无异。"①

居维易是法国著名的地质学、古生物学及比较解剖学的创始人,早在《毛格街血案》之前,法律学者已指出,基于其古生物学研究的方法,他透过一个化石骨头就可以追溯出许多史前生物的身体结构及习性,这种见微知著、从细节处复原出整个事件真相的研究范例后来成为了法医学的范本。② 这个故事中居维易的著作就代表了科学权威,以不容置疑的物种鉴别的科学语气,如"东印度群岛""哺乳类动物""茶色毛发"等确立了凶手独特的身份。整个推理过程,无论是对声音的国籍判断,还是对密室结构的审查,以及对指纹、毛发与科学书籍的比对,都是一种具体化的实证过程,这也是日后侦探小说这一文体写作所秉承的最大特点。

相形之下,《守贞》这篇志怪小说中体现的"实录"态度则与西方侦探小说中的理性实证精神大相径庭。志怪这一传统可追溯至先秦,《释文》中提及:"志,记也;怪,异也。"六朝以后,志怪小说兴盛,逐步演变成了一种特有的文类,"取法史家笔法,大致依照时序先后、分类杂录古今异闻传说的叙事体"③。"实录"是中国志怪小说的一大特色,鲁迅在谈及六朝之鬼神志怪书中就总结道当时并非有意作小说,而是有史传的意味:"盖当时以为幽明虽殊途,而人鬼乃皆实有,故其叙述异事,与记载人间常事,自视固无诚妄之别矣。"④高辛勇在比较中西超自

---

① 《爱伦·坡短篇小说集》,陈良廷、徐汝椿译,北京:外国文学出版社,1982年,第31页。
② Ronald R. Thomas, *Detective Fiction and the Rise of Forensic Science*, p.55.
③ 刘苑如:《身体·性别·阶级:六朝志怪的常异论述与小说美学》,台北:"中研院"中国文哲研究所,2002年,第37页。
④ 鲁迅:《中国小说史略》,北京:人民文学出版社,1973年,第29页。

然小说时也认为西方文学中的超自然与幻想内容是作者有意识的文学创造,是虚构的,而中国六朝的志怪传统则认为这些都是作者眼见或耳闻的事实或轶事记录,"超自然"(supernatural)指的是"它们代表了在可观察的世界之外或明显超越了自然法则的现象",而幻想的(fantastic)则指"故事包含了一些超常的或者特别离奇的情节,导致看上去是不自然的"。但无论是超自然的还是幻想的,古人都把他们当作事实来记录。① 费侠莉(Charlotte Furth)曾指出中国人这种对超自然的理解来自于他们包容的宇宙观:对于异常的情况采取吸纳转化的态度,而不是因为它不和谐就将其排斥在外。② 蔡九迪(Judith Zeitlin)在对《聊斋志异》的研究中也认为,在中国志怪论述中,"常"与"异"的界限不是固定和截然的,而是基于主体在不同环境中认知体验的变化而流动的。这种对于"常"与"异"的知识论与西方文学传统中真实与虚构的二分法认知系统不同,志怪文体后来也成为中国古小说中一种介于史传与小说虚构之间的特殊类型。

除了对真实与虚构的理解不同之外,中国志怪小说中知识论的另一个特点是知识信息与寓言性的相互交织,刘苑如就精准地概括道,从《山海经》开始,中国的志怪书写就"自古交杂着知识性、象征性与诡谲性"③。刘苑如举六朝志怪作品为例,认为在"异"的主题外,"怪异思维往往是在'常'的结构和秩序对比中所建立起来的参照性价值系统。也就是说,六朝志怪作者在荒唐佚趣的搜集之外,其实还有寓含了对'常'与'秩序'的思考"④。蔡九迪也指出历来对《聊斋志异》的主流解读就是从自传与寓言的界面,并以如《狐梦》《画壁》等故事为例精彩分析了这些作品中现实、图画、梦境等不同空间形式在转换时所产生的形

---

① Kao S. Y., "Introduction", from Kao, S. Y. Karl eds, *Classical Chinese Tales of the Supernatural and the Fantastic*, Bloomington: Zndiana University Press, 1985, pp.2-3.
② Charlotte Furth, "Androgynous Males and Deficient Females: Biology and Gender Boundaries in Sixteenth- and Seventeenth-Century China", *Late Imperial China*, Volume 9, No.2, Dec. 1988, p.7.
③ 刘苑如:《身体·性别·阶级:六朝志怪的常异论述与小说美学》,第14页。
④ 同上书,第16页。

而上的隐喻。①

也许正是志怪小说中这种特殊的"纪实"特色成了吴趼人将《守贞》这个故事编入《中国侦探案》的理据。正如前文中指出的,这一类型认为"常"与"异"并不是一种存在与否及可否被证明的实证及对立关系,而是不同主体经验下隐与显的相互转化。守贞这种动物平日隐藏在女子的体内,犯案后仍会回到女子的体内,可谓是一种"隐藏"的道德怪兽。不似西方侦探小说《毛格街血案》中以科学权威的生物学书籍来核对证实疑犯的身份,守贞这样的怪兽的存在是否能被科学所证明并不重要,故事的重点是谁才能发现这样的一头隐藏在女性体内的怪兽。破案的业余侦探是一位云游四方的七十岁的商姓老者,代表了对古老经验与法家权威的尊重。而且该商姓老者能破案的重要因素在于通达人情,懂得察言观色。他通过面相发现疑犯女子的无辜,又以长辈的庄重取得了疑犯的信任,使得她吐露真相。这些都突出了主观经验与人世阅历对发现隐藏中的"异"的必要性。

其次,《守贞》这个故事在清代的志怪文献中才有记载,文中对守贞的外貌虽有一些具体描写,如"长七寸许,竟体黄毛,四足修尾,酷类鼯鼬"等,但吴趼人在"野史氏曰"中强调他虽然从小听过类似的传说,但翻阅大量书籍,无法找到实证记载。这说明了清朝之前并无记录,于是这则故事的产生似乎又与这一时期对妇女礼教的更加严苛的规限有关。与《毛格街血案》中的大猩猩在生物学家的书中有详细的图文描述从而指向一种外在化的具体的科学知识不同,守贞实际指向的是一种内在化的、抽象的中国道德伦理知识,正如前文所分析的,它与传统道德对女性的守节要求有关,也警告了男性鲁莽行床事的风险。这再次印证了中国志怪小说的知识体系中信息与寓言交织的特点。

随着晚清时期西方"现代"知识的引进,古代志怪公案小说中的"超自然"因素逐步被当时的读者所轻视,被斥责为迷信。中国传统的知识结构与真假认知被打破,并被西方的科学划分框架所慢慢取代,中

---

① Judith T. Zeitlin, *Historian of the Strange, Pu Songling and the Chinese Classical Tale*, Stanford, California: Stanford University Press, 1993, pp.164-202.

国的本土侦探小说创作也越来越多地模仿西方福尔摩斯式侦探故事,这种模仿不仅仅是内容上,更是一种西方式的科学世界观的模式上的接受。从这个意义上看,吴趼人编纂的《中国侦探案》在这种认知的新旧交替点上仍有它的特殊意义,从以上对《守贞》一文的分析可见,中国传统的公案志怪小说对"超自然"因素的看法与西方真假对立的实证主义的知识论不同,那么在重新书写一种有中国特色的侦探小说的过程中,能否将一种中国式的道德伦理知识论与西方侦探小说相融合,从而让欧美的侦探们也束手无策呢?《守贞》虽不是吴趼人的原创,但他的确在有意识地寻找这些材料,来实践他对一种中国式的侦探文体的探索,尽管这一探索日后随着五四"德先生"与"赛先生"的到来便不了了之了。

三 晚清社会的女性群像:吕侠与《中国女侦探》

《中国女侦探》这篇小说1907年由上海商务印书馆出版,署名阳湖吕侠,即著名史学家吕思勉(1884—1957)。[①] 在史学领域外,吕思勉在小说理论上亦颇有见地,1914年他以成之的笔名发表过《小说丛话》,以其中的"侦探小说"一节为例,吕思勉就认为这种文体不同于传统中国小说中天马行空的想象,胜在其实证主义的特色:

> 侦探小说:此种小说,亦中国所无,近年始出现于译界者也。中国人之著述,有一大病焉,曰:凡事皆凌虚,而不能征实。如《水浒传》,写武松打虎,乃按虎于地而打之。夫虎为软骨动物,如猫同,岂有按之于地,爪足遂不能动,只能掘地成坎之理?诸如此类,不合情理之事,殆于无书不然,欲举之,亦不胜枚举也。夫文学之美,诚在创作而不在描写,然天然之美,足供吾人之记述者亦多矣,不能细心观察,则眼前所失之好资料已多,况于事物之本体尚不能明,又乌足以言想化乎!此真中国小说之大病也。欲药此病,莫如

---

① 阳湖指江苏武进县内一个地名,是吕思勉的籍贯。有关吕侠即吕思勉的论证,参见邹国义《青年吕思勉与〈中国女侦探〉的创作》,《华东师范大学学报》2009年第5期,第87—94页。

进之以侦察小说。盖侦察小说,事事须着实,处处须周密,断不容向壁虚造也(如述暗杀案,凶手如何杀人,尸体情形如何,皆须合乎情理,不能向壁虚造。侦探后来破获此案,亦须专恃人事,不能如《西游记》到无可如何时,即请出如来观音来解难也)。此等小说,事多恢奇,亦以餍人好奇之性为目的。①

在西方小说的脉络中,侦探小说被认为是继承并取代了哥特式小说,借侦探之名展示了由理性推理认知社会的信心,同样,在《中国女侦探》中,吕思勉借书中杰出女子之口认为侦探小说可以取代传统志怪小说的神怪因素,成为发现真理的途径。例如第二个案件"白玉环"中当众女子听闻花园闹鬼的事件后认为这等怪事"是不特可以作侦探案,并可以作续齐谐、新聊斋矣",但其中的一位女侦探慧真则回应道:"以如是奇异之事而卒,不越于人事之范围。亦可闻天下无怪异之事,而向之所共惊为神怪者特由真理之尚未发见耳。"②此外,除了新小说在启发民智上的优越性,与吴趼人编辑《中国侦探案》一样,吕思勉作《中国女侦探》的目的亦有证明国人也可作此文体、不让西方专美的民族主义情感,小说开篇即以"予"的第一人称口吻说明:"中国小说之美,不让西人,且过之者。独侦探小说一种,殆让西人以独步。此何耶?岂中国侦探之能力,固不西人若欤?"薇园曰:"否,否。以吾所闻睹,则中国人于侦探之能力,固有足与西人颉颃者。盍请为子述之。"③

《中国女侦探》全书共一百二十三页,包括"血帕""白玉环"和"枯井石"三个案件。前两个案件,采取了话中话的结构,以第一人称"予"的视角展开。"予"的身份是黎采芙,十八岁,居住在江苏常州局前街,中秋时节,她与她的堂妹锄芰、朋友李薇园、凌绛英、秦捷真、慧真共六人在自家花园内饮酒,当谈及西方侦探小说十分流行时,李薇园与慧真两人先后讲述了两则分别发生在河南开封及江苏无锡的案件,即第一

---

① 邬国平、黄霖编:《中国文论选·近代卷(下)》,南京:江苏文艺出版社,1996 年,第 824 页。
② 阳湖吕侠:《中国女侦探》,上海:商务印书馆,1907 年,第 38 页。
③ 同上书,第 15 页。

第二章 晚清时期的侦探小说创作

篇"血帕"与第二篇"白玉环"。故事讲完后已是天明,突然本地发生一桩盗窃案,在众女的努力下将案件"枯井石"侦破。该书的结尾比较突兀,只写道"及重阳日,悠文病愈,城隍庙僧及吴次克等相约携酒来饷予等云"①,似乎并未写完。

从讲述别人破案的故事到亲身参与,《中国女侦探》中记述的这三个案件之间的结构是有层次的递进,代表了由传统的公案小说到侦探小说的过渡。第一篇"血帕"仍然遵循了中国传统的能吏破案的模式,李薇园向众女讲述了她父亲在任河南开封祥符县令时曾破获的一桩一对姐妹离奇自戕的案子,这则故事"固犹妇人为构成之材料,而未尝以妇人为主动力也"②。从第二篇"白玉环"开始,破案者由女性担当,故事中她成功保护了自己的弟弟免受秘密党的欺骗。不过这位女侦探的身份在故事的结尾才交代,正文中并未详述她探案的过程。在第三篇"枯井石"中,这几个听故事的女性才真正担任女侦探,破获了一宗常州郭宅的盗窃案。正如藤井得宏所指出的:"随着故事的展开,情节就越接近于侦探故事,尝试了从'能吏传'到'侦探小说'的跳跃。也可以说,第三篇的侦探才具有作者的理想侦探的形象。"③此外,无论是人物还是情节,《中国女侦探》也明显受到福尔摩斯故事的影响,"血帕"中将县令与女性慧真分别比作东方之男女歇洛克,"白玉环"的故事中秘密党用计骗大宅的主人外出谋职,以便找寻屋中宝物的情节类似于福尔摩斯故事中的《红发会》,"枯井石"中亦由城隍庙中神像的失踪联想到福尔摩斯短篇《六座拿破仑半身像》。

与同类作品相比,《中国女侦探》的最大特色是书中塑造的女性群像,从受害者到凶手再到女侦探均是以女性为主,而且从传统女性到新女性以至女秘密党成员,成功囊括了各种类型的女性形象。先来看女受害者。书中第一篇故事"血帕"写一对姐妹一日突然双双自缢,在确认两人系自杀后,故事的悬念在于探究她们自杀的原因。起初怀疑两

---

① 阳湖吕侠:《中国女侦探》,第 123 页。
② 同上书,第 32 页。
③ 藤井得宏:《中国早期侦探小说中的医学与侦探》,会议论文,台湾第十二届国际青年学者汉学会议,2013 年 7 月,收录于《华语语系文学与影像论文集 2》,第 325 页。

人或是与邻居私通,或是知道自己被继父卖给别人后誓死抗婚,但最后发现真正的原因是为了尽孝而亡:她们误以为一位来自山东的女子才是其亲生母亲,当这位女性病死后,她们也决定殉母,血帕则为两女刺血而写的绝命书。

与吴趼人以《守贞》来彰显中国传统伦理道德知识类似,"殉母"这一中国传统孝道文化也成了破案的关键,吕思勉在"血帕"中对二女高尚的道德大加赞赏。其实真相是二女的邻居为了骗取金钱,谎称一位山东女子是她们的亲生母亲,让她们偷偷从家中拿些财物救济她,但这两位女子拒绝偷窃,"不取人之物以遗其母,其道德之高尚,言之犹令人敬服也"①。最终她们决定殉母,留下血书,探案的县令也敬佩二人的孝廉:"贤哉二女!惓惓于其母,孝也;宁死不辱,义也;苟非其所有而不取,廉也。孝且廉且义,贤哉二女也!"②与第一篇"血帕"中歌颂女性孝廉相反,第三篇"枯井石"则警告了女性不贞的危险后果。故事中的一位寡妇与人通奸后因财产纠纷而被害,并被伪造成自缢身亡,起初她的女儿坚持母亲确实是自杀,但最终真相大白后不得不承认:"初以为仇人已被杀,耻母失节,故不言其事情也。"③这两个例子一正一反,暗含了《中国女侦探》一书中肯定传统伦理的这一教化讯息。

此外,书中对当时社会上任意买卖女性的现实也有纪实性的揭露。"血帕"中两姊妹的父亲与当地恶棍有往来,"欲以二女售之,既因议价不合,事卒不就。畏牛老三之逼也,乃更谋以女售与汝,以冀保护"④。"枯井石"中,当两位女侦探假装一对生病母女前往疑犯家中时,疑犯见其中一位容貌美丽,便"议掠而卖之以获利"⑤。买卖这些女子的细节体现了当时女子命运不由自己支配的脆弱,也反衬出"血帕"中自戕的这对姐妹决心以死明志、自我掌控身体的意志,尽管这一自我意志的体现最终仍然以皈依儒家尽孝的道德规范为宗旨,不免有些反讽。

---

① 阳湖吕侠:《中国女侦探》,第26页。
② 同上书,第29页。
③ 同上书,第123页。
④ 同上书,第25页。
⑤ 同上书,第94页。

第二章　晚清时期的侦探小说创作

除了女受害者,《中国女侦探》中的施害者也多为女性,她们均因权力或爱情而犯罪,加害的对象也都是男性。如"白玉环"中白玉环是秘密盗窃党的信物,能证明其党员身份,如果定期检查时无法拿出,则会遭到党内惩罚。隐夫为秘密党成员,但当他移情别恋后,他的情人将白玉环藏在富商黄幼候府中并含恨而逝。为了方便在府中寻找白玉环,隐夫将十七岁的女子汪遥保介绍给十五岁的黄子长夫当童养媳,交换条件是介绍遥保入党。汪遥保答应委身长夫,但她的真正目的也是得到白玉环,成为女党员,最终除去隐夫,而她想加入秘密党的原因竟是为了女权:"吾党中极重女权,凡获女党员籍者,其权利视寻常女子为优。"①汪遥保与隐夫之间的罅隙既是新旧党员之争,也是新一代善用权谋的女性想取代上一代的男性家长获得更多的权益,年轻女性的政治野心表露无遗。同样,第三篇"枯井石"中的婢女殷氏更加足智多谋,生性残忍。她在为情夫盗窃的过程中识得伪装现场,又会使用安眠药水来催眠主人说出秘密。后来担心自己也会被情人遗弃,"心大忿,念与人负我,宁我负人",借他下井取钱时切断了绳子,"恐其不死,又下石焉",这种落井下石的残忍令人咋舌。②

在这两则女凶手的例子中,女性施暴的对象都是男性,而且她们的特点都是年轻、善于隐忍、长期谋划,并且心狠手辣。与此对应的是,这两则故事中破案的也均为女性,于是故事在结构上便成了一场女性之间的对决,既有充满智慧与勇气的女侦探,又有狡诈的女罪犯,体现了智能型的女性既可以是秩序的维护者、又可以为秩序的颠覆者的双面形象。而且在这些叙事中,男性经常处于边缘的位置。以"白玉环"为例,虽然故事围绕男性长夫所遇到的一系列怪事展开,但无论是长夫还

---

① 阳湖吕侠:《中国女侦探》,第 64 页。中国女权理论文本最早是一些二手的日文资料,1902 年左右马君武开始直接翻译西方的女权学说,之后文化界纷纷响应,有关女权思想在晚清兴起发展的历史文化脉络,可参见夏晓虹《晚清文人妇女观》,北京:北京大学出版社,2016 年,第 64—83 页。从《中国女侦探》的这个例子看,汪遥保这类女性对女权的理解比较狭隘,并未有太多的思想追求,仅仅认为女权意味着女子的待遇较高。小说中安排她加入一个盗窃党来获得女权这一情节似乎也有讽刺的意味,与文中六位新女性式的女侦探们对女子自由与男女平等权利的追求形成了对比。

② 同上书,第 118 页。

是秘密党的老党员隐夫,都处于被动局面,被周围的女性或保护、或监视、或陷害、或遗弃。小说中隐夫有两个女性情人路氏与何氏,最后都背叛他或拒绝听从他的摆布,而何氏的女儿更是要利用秘密党的党规来除去他。长夫虽是一个无辜少年,但他的母亲路氏、岳母何氏、夫人路遥均与白玉环的阴谋有关,他家中的婢女与老媪也都是他的女性亲人假扮的,因此可以说故事中的男性处在一个由女性构成的生活圈中,看上去有自主性,但实际上均为女性所重重摆布。

最后,我们再来看一下小说中着力塑造的女侦探的形象。中国传统的公案文学中鲜有女性断案的故事,到了晚清,"侦探"一词除了指探案,还包括间谍,例如《清末民初小说书系·侦探卷》中收录的两则名为《女侦探》的故事实际上均为间谍小说,而且都发生在外国:作者署名为"冷"的《女侦探》发表于《月月小说》1908年第1—3期,讲述虚无党人"我"奉命刺杀一位出卖党员的叛徒奴斯夫人,但在接近她时却被她深深吸引,觉得她是被冤枉的。① 这里的"侦探"一词,指官方派去虚无党的卧底,故事的重点在于宣扬爱情的魔力,与侦探小说的旨趣相差甚远。另一篇《女侦探》为徐大纯所作,刊于《小说海》第1卷第20号(1915年2月),小说开篇即点名这位女侦探的间谍身份:"有女名冷达者,自一千八百四十八年,迄一千八百六十六年间,历充欧洲各国政府政治侦探。"②

故《中国女侦探》可算是中国最早以女性为探案主角的作品。"血帕"虽是县令所破,但在关键时期为县令指点迷津的却是他的夫人:"吾父推度此案既不得端绪,乃入而述之于吾母。"③县令夫人根据死者手臂伤痕的新旧状况推断出她们留下血书的时间,认为"此二女子之刺血必非以寄米有才书,而必为欲留其一生之事迹于后世以告天下。则其血书必不在米有才处,而在其临死时所著之夹衣袴中。"④凭着这

---

① 于润琦主编:《清末民初小说书系·侦探卷》,洪迅点校,北京:中国文联出版公司,1997年,第40—51页。
② 同上书,第307页。
③ 阳湖吕侠:《中国女侦探》,第21页。
④ 同上书,第29页。

第二章　晚清时期的侦探小说创作

个线索县令找到血书,了解了二女自杀的动机。如果说"血帕"中女侦探还处于幕后的话,第二篇"白玉环"中的女侦探卢姨娘则从幕后走向台前。她根据长夫信中的蛛丝马迹判断罪犯的阴谋,派人暗中保护长夫的安全,让长夫的妹妹假扮婢女监视府中出入人等,伪刻邮局的木章来伪造信件,并化妆成老妪,从遥保特别留意牡丹花盆的细节判断出白玉环的藏匿场所。因此,当"予"听完这个故事后不禁感叹:"此等深奥曲折之案,虽使福尔摩斯遇之亦当束手顾,乃以一侨居地暂归故乡之女子探得之,谁谓华人之智力不西人若哉。"①故事中卢姨娘虽全程参与,但她在案件的结尾才现身说法,而第三篇"枯井石"中女侦探则完全展现在台前,故事完整记录了这六位女性前往案发现场验尸,在花园、城隍庙等地实地侦查,并乔装去犯罪嫌疑人家探听,到轮船码头追踪疑犯的探案行动与心理状态,故结案处称"奏中国女侦探之凯旋"②。

"枯井石"中的这六位女侦探在前两个案件中只是案件的讲述者或聆听者。她们均居住在常州,年龄从十七岁至中年不等。文中这六位女性的言行可谓是最早的"新女性"的代表。她们熟读新小说,能援引福尔摩斯探案故事,思考时模仿福尔摩斯吸纸烟的动作,不仅聚集在花园中品茗饮酒,而且彻夜清谈夜外宿,当有同伴表示"晏矣,可以归矣"时,持异议者提议"以投票决多数",可见已有初步的民主思想。她们热爱侦探的工作,并无传统大家闺秀之忸怩,行动自由,"枯井石"中一听到有案件便雀跃不已,视作"侦探好资料",并即刻前往调查,第二日黎明又"各乘飞马一头,不朝食而驰之"。调查时能仔细询问各类证人,且仔细观察周围环境足印,行动迅速,"迟恐证据失"。善于易装、勇敢且有谋略,被贼人擒住后能保持镇静并反败为胜。故事中特别安排女侦探们与县令的男幕宾一起验尸,当男幕宾问她们为何而来时,"予笑云:'专为看尸来者'"。她们细致入微的观察分析连男幕宾听完都"大惊叹曰:'君探案真精细哉!'"并邀请她们一起合作。

与《老残游记》中强调时间的精准性一样,《中国女侦探》中也处处

---

① 阳湖吕侠.《中国女侦探》,第70页。
② 同上书,第113页。

体现了对时间流逝的敏感。"血帕"中李薇园故事讲到一半时"探怀出时表一视则已八点二刻",之后更不断看钟:"九点三刻""十一句钟""时计已二句钟""四句钟""话既天已黎明"等,都显示出这些女子们已经生活在一种西式的现代时间观下。这一新时间观的表述在第三篇"枯井石"中达到顶峰,且引用其中的一些细节说明:当女侦探绛英询问门响后到再次入睡大约多久时,受害人回应"仅二十五分钟耳。昨夜闻门响时为四更,门响后查验纷扰凡二刻余钟,予乃复睡,睡一刻十分钟而醒"①。第三日早上一女九点钟与人有约,十点钟重新到郭宅勘察,第四日早上十一句钟接到另外一宗报案,调查完回城后已五句钟。当女侦探们到尤宅时一人登树观察,其余人则约二三分钟后叩门询问。文首已提及,吕思勉认为中国旧小说的一大弊端就是"凡事皆凌虚,而不能征实",则这里对时间精确到分钟的记录正是吸取了西方侦探小说中"事事须着实,处处须周密"的特点,是女侦探们现代性缜密思维的体现。

这六位女性的性格亦有细微分别,有的说话颇为鲁莽武断,扮演了类似华生医生一样的误导读者的角色,而其中一位锄芟才是作者想要塑造的理想女侦探。她在众女中年纪最轻,只有十七岁,兴趣爱好也与传统女性迥然不同,"虽亦读书,而不甚好,惟好习武事,驰马试剑无弗能"②,这样的好身手使她查案时也可以"一跃登树杪"。前两则故事中,锄芟虽为听众,但均能在听故事的过程中对案件的真相有准确的预测,被同伴们赞赏有"侦探之妙才",是"东方之女歇洛克"。在第三篇"枯井石"中她指挥众人,最终抓获了真凶。锄芟的人物设计有福尔摩斯原型的特色,她思考时"吸纸烟",认为"欲为侦探则谨言其首务也",所以探案时即使"心有所得必不肯先语人"。她对自己充满自信,当同伴质疑她的判断时,她发誓"若入井无所得予头可断",又返身奔去曰:"取绳索来予将入井。"③锄芟熟悉新事物,探案中她拾到一张女装照,

---

① 阳湖吕侠:《中国女侦探》,第72—73页。
② 同上书,第2页。
③ 同上书,第112页。

第二章　晚清时期的侦探小说创作

跑遍了城中各个照相馆,终于有所发现。不同于福尔摩斯的是,锄茇并未被塑造成一个料事如神的人,她也有误判,故事中她让同伴去民宅探听消息、去轮船码头等人,均一无所获,这种对侦探"人"的一面的侧重后来成为中国本土侦探小说的一大特点。

锄茇懂得医术,并且更认同西医,文中特意加插了一段与破案无关的医病情节来表达作者对中西医学之态度。第三篇"枯井石"中郭宅的七十四岁主人由于屡次丢失财物而中风,先由一位缪姓中医诊断,"缪"谐音"荒谬",他认为虽然病人高烧,但"此所谓内真寒而外假热也",不可以立即去热。而锄茇会诊后则表示反对:

> 锄茇曰:"西人遇此病,率用巴豆油泻之,今即不敢用,亦宜用大黄五钱,以泻其热。"缪医大笑曰:"此真杀人不用刀矣,大黄巴豆,平人尚忌之,何况病夫,少年且虞刻削,何况垂暮。"锄茇曰:"此则不然,凡泻润之药必有清补之力。西人治中风大率如此。百不一误。"缪医曰:"西人之体质,安能与华人比?"……(锄茇)曰:"此姑勿论,但现在病者系大热之证,而先生以参著补之,桂附温之,系属何意。"缪医曰:"此五行之精理也。"锄茇不禁失笑,曰:"病理与五行有何干涉?"缪医曰:"猝难遍举,请即就中风论之。肾生肝,肝其在天为风,其变动为握中风之症……"锄茇曰:"五行之说,本不足凭。以入医理,更为无据。即如肾属水,水性润下,何以肾能藏精。心属水火主炎上,何以血能循环不直自口鼻而出?"听者皆不禁大笑。缪医曰:"此则当起皇帝歧伯于九原而问之,非吾之所知已。"①

二人争论不下,最终请了一位顾姓医生,他认为当用羚羊粉、石决明、竹沥等中药材,顾医基本同意锄茇的意见,但认为五钱大黄太多,改为三钱,病人服药后当晚即见清醒。与《老残游记》中将国体比作黄大户溃烂的身体、老残医病与寓言性的政治药方一样,《中国女侦探》中这里硬加的一段医治一位七十四岁的老人中风的情节也顺应了晚清小说中

---

① 阳湖吕侠:《中国女侦探》,第101页。

常见的将疾病与治疗作为国族隐喻的修辞谱系,将侦探治病与中西文化冲突联系起来。如果说"中风"代表了国家当时的政治困境,锄艾提出的泻药这种较为激烈的疗法则暗示了改革的必须,缪医反对,认为老人的身体不可如此刺激,锄艾对缪医五行之说的驳斥实际上是在批评一些传统知识分子只知依靠祖制,不加思考辨析,也不懂得与时俱进。最后顾医的药方是中西医的调和,这暗示了作者对中西文化结合的温和态度。藤井得宏也曾准确地指出,西方传入的侦探小说在中国本土化的初期,国人就已经有意识地关注医生与侦探的相似性,生产出如老残、锄艾等医生侦探,"显示着在当时中国的医—病的修辞磁场下孕育了侦探和医生的象征性结合"①。

  与日后中西影视文学中更加知名的女侦探形象相比,吕思勉的这本《中国女侦探》自有它的特色与不足。不足之处在于书中安排女侦探们的探案方式上仍是对福尔摩斯探案的亦步亦趋,并未将她们的女性特质融入破案情节,因此,他笔下的这些女侦探即使换作男侦探,破案的手段也区别不大,而西方的一些侦探文学,如20世纪30年代阿加莎·克里斯蒂(Agatha Christie)笔下的业余女侦探马普尔小姐探案,则是依靠女性的直觉及她们在日常生活中的独特位置来获得证据,40年代中国侦探作家长川所著的"叶黄夫妇探案"系列中的女侦探黄雪薇探案时也得益于她的女性身份:或对周围女性神情的细微变化更加敏感,或了解各种女性的生理隐疾,更加能够得到女性客户的信任等。而《中国女侦探》的特色,一是吕思勉并没有像一般的男性作家笔下或好莱坞电影中让女侦探身历险境、不断被折磨,将女性身体作景观化的处理②,而是给予女性充分尊重,认为她们的智慧与勇气比男侦探们更胜一筹。二是前文分析中一再说明的这一时期女性群像的塑造。从为母守节的贞女,到积极加入秘密党的女党员,从男县令幕后的女军师,到深居简出的姐姐,更不用说一众骑马、吸烟、饮酒、外宿、参与验尸并懂

---

  ① 藤井得宏:《中国早期侦探小说中的医学与侦探》,《华语语系文学与影像论文集2》,第324页。

  ② 这种将女性身体景观化的例子如Pearl White主演的侦探长片 *The Perils of Pauline*(1914,译为《宝莲历险记》),或中国40年代小平在《蓝皮书》上连载的"女飞贼黄莺"系列等。

得医术的六位新女性,她们分别代表了不同的女性价值观。而男性在这部小说的三个故事中不断被边缘化,或被女性图谋取代,或被保护,或被治疗,或充当助手,《中国女侦探》这部小说中的故事虽然发生在晚清的父权社会,但不仅把侦探与医生并举,还把女性、侦探与医生合并,将女性的细心观察与侦探小说这一新小说的层层征实的特色并列,成功创造了一部真正以女性为中心的侦探世界。

以上分别从公案、志怪与性别三个角度分析了晚清时期与西方侦探小说关系密切的四个本土作品。《老残游记》与《冤海灵光》虽是传统的公案模式,但无论是老残这样一个准私家侦探,还是陆公这类能吏,在探案中都借鉴了西方侦探小说中调查取证的理性方式,对传统刑讯制度的弊端作出反思。吴趼人《中国侦探案》中的《守贞》虽是辑取自清代志怪,但反映了吴趼人在这一新旧交替时期探索一种以传统的志怪知识论为基础的中国式侦探案的努力。吕思勉的《中国女侦探》最早刻画了一个独特的女子侦探世界,而此后中国再次以女性为主角的原创侦探作品则要等到40年代,期间有着三十多年的真空,这再次印证了这个作品在性别书写上的独特。由此可见,晚清时期的原创(准)侦探小说虽然数量有限,但放在传统公案、志怪文体向西方侦探小说过渡时的历史脉络中看自有它的价值,它们对中国传统的法律制度与知识体系均有独特的反思,其中的一些性别书写,在中国本土原创侦探小说史中甚至有其"先锋"的一面。

第二部分
民国时期的本土侦探小说

1912—1949年间是中国本土侦探小说创作的兴盛期,政治、文化与经济上的动荡为侦探小说提供了丰富素材,上海新型都市文化的兴起推动了侦探作品的消费,五四新文化运动中科学主义的潮流也有助于侦探小说以"通俗化的科学教科书"的口号来提升地位。这一兴盛期的具体表现主要有四:西方侦探文学的大量翻译与出版、多本侦探小说专门杂志的相继出现、本土作家及原创性作品的增多以及侦探小说创作理论的初步探索。

第一,西方侦探文学的大量翻译与出版。民国时期是西方侦探小说翻译与出版的第二个高峰期。与晚清相比,这一时期译书的特点是以西方古典侦探小说系列为主,并出版了如福尔摩斯探案全集、亚森罗苹系列等多种丛书。此时西方侦探小说多以杂志连载或单行本的形式出现,总体上仍以西方古典侦探作品居多,如柯南·道尔、勒布朗(Maurice LeBlanc)、范达因(Van Dine,时译范达痕)、埃德加·华莱士(Edgar Wallace)、奥斯汀·弗里曼(Austine Freeman)、毕格斯(Earl Derr Biggers)等,女性作家如埃玛·奥希兹(Baroness Emma Orczy)、凯瑟琳·格林(Katharine Green)也时而有短篇翻译,至于西方三四十年代流行的侦探作家如奎恩(Ellery Queen)、阿加莎·克里斯蒂(Agatha Christie)、约翰·卡尔(John Dickson Carr)或硬汉派作家汉密特(Dashiell Hammett)的作品,虽也有连载,但数量有限。[①] 翻译的作品以短篇小说居多,来源上可

---

① 奎恩的作品有,程小青译《(奎宁探案)希腊棺材》(《万象》,1941.7.1—1943.8.1),翠谷译《(奎宁探案)健身院惨剧》(《大侦探》,1946.1—1947)、《(奎宁探案)觅宝记》(《新侦探》第13—14期,1946),程小青译《(奎宁探案)三个跛子》(《新侦探》第7—8期,1947.7.1)、《(奎宁探案)暗中恋人》(《新侦探》第17期)、《(奎宁探案)谋杀游戏》(《大侦探》第17—18期,1948)、《雪夜飞屋记》(《大侦探》第19—26期,1948);阿加莎·克里斯蒂的作品有,邵殿生译《三层楼公寓》(《新侦探》第5期,1946.1)、殷鉴译《镜中幻影》(《新侦探》第7期,1946.7.1)、雍彦译《眼睛一霎》(《新侦探》第9期,1946)、《四种可能性》(《新侦探》第12期,1946)、《(包罗德探案)造谣者》(《新侦探》第10期,1946)、许靖孚译《(包罗德探案)遗传病》(《新侦探》第16期,1946)、《(包罗德探案)古剑记》(《新侦探》第16—17期)、《(包罗德探案)梦》(《新侦探》第17期)、《波谲云诡录》(《乐观》创刊号,1947.4)、《疯情人》(《蓝皮书》第7期,1947.9)、《皇苑传奇(心理大侦探包罗德探案之一)》(《大侦探》第20—36期,1948—1949)、《(包罗德探案)弱女惊魂》(《宇宙》第1—5期,1948)、《(包罗德探案)口味问题》(《蓝皮书》第12期,1948)、《(包罗德探案)女神的腰带》(《蓝皮书》第26期,1949)、《白劳特探案——东方快车谋杀案(上、下)》(上海:华华书报社,1949);约翰·卡尔的作品有,《机密文件》(《大侦探》第5期,1946.9.1)、《Y字的悲剧》(上海春江书局,1946.10)、《外交手腕》(《新侦探》第12期,1946);汉密特的作品有,郑狄克译《黑夜枪声》(上海日新出版社,1947)。

第二部分　民国时期的本土侦探小说

能大多译自西方的侦探杂志如 Dime Detective Magazine。①

此时的翻译亦更有系统,出版了多种大型丛书。这些丛书中以福尔摩斯系列与亚森罗苹系列最受欢迎。以福尔摩斯系列为例,1916年5月中华书局出版文言文版的《福尔摩斯侦探案全集》(十二册),共收录福尔摩斯系列四十篇短篇与四部长篇,由周瘦鹃、刘半农、陈小蝶、李常觉、严独鹤、程小青、天虚我生等十人负责翻译。这个系列并不齐全,只收录了柯南·道尔1915年之前发表的福尔摩斯故事,但却是福尔摩斯系列在中国的第一次大型出版,广受欢迎,8月已有再版,1921年时已出九版,而1936年则更有二十版。1926年3月大东书局出版《福尔摩斯新探案全集》(四册),由周瘦鹃、张舍我等翻译,收录柯南·道尔1915年之后发表的九篇新作。1927年2月开始,世界书局邀请程小青主持翻译《标点白话福尔摩斯探案大全集》(十三册),全书共收录五十四篇福尔摩斯故事,均以白话译出,并加上新式标点与配图(统一收录于第十三册),1941年12月世界书局根据1927年版本将故事重新编排成八册并配图,还请程小青补译了遗漏的六篇福尔摩斯故事。除此之外,上海三星书店、春明书店、大通图书社、武林书店、启明书局、重庆上海书店、上海育才书局、中央书店等亦都于1935年至1946年推出过不同版本的福尔摩斯探案全集,可见民国时期福尔摩斯故事的流行。②

除了福尔摩斯与亚森罗苹系列,如范达因著、程小青译、世界书局1932—1947年陆续出版的《斐洛凡士探案》系列(十一本),毕格斯著、程小青译、上海中央书局1939—1941年出版的陈查礼探案系列(六集),埃德加·华莱士著、秦瘦鸥译、上海春江书局1940—1942年出版的《华雷斯侦探小说集》(九本),茜蒂编译、上海广益书局1940—1946年出版的《卡脱探案集》(八本),莱斯利·查特里斯著、程小青译、上海纾解书局1943—1946年出版的《圣徒奇案》系列(十本)等也是当时的畅销系列。

---

① 具体翻译侦探小说的目录整理可见《翻译侦探小说目录(1896—1949)》,任翔、高媛主编:《中国侦探小说理论资料(1902—2011)》,第586—725页。
② 有关更加详细的福尔摩斯故事在中国翻译历史,可参见 Ellry《福尔摩斯在中国(1896—2006):翻译和接受的历史》,于2017年7月10日取自 http://blog.sina.com.cn/s/blog_566947dd010007gn.html。

第二，多本侦探小说专门杂志的相继出现。晚清时期，侦探小说曾在《时务报》《新小说》《月月小说》《盛京时报》上连载。民国时期，除了如《礼拜六》《红杂志》《红玫瑰》《半月》《紫罗兰》《珊瑚》《快活》《游戏世界》《旅行杂志》《春秋》《万象》等文学杂志连载翻译或原创的侦探小说之外，还相继出现多本专门刊登侦探小说的期刊。包括上海书局的《侦探世界》(1923.6—1924.5，共二十四期，严独鹤等编辑)，上海友利公司的《侦探》(1938.9—1941，共五十多期，程小青等编辑)，《大侦探》(1946.4—1949，共三十六期，孙了红等编辑)，《新侦探》环球出版社的《蓝皮书》(1946.7—1949.5，共二十六期，孙了红等编辑)，合众出版社的《红皮书》(1949.1，共四期，郑焰、龙骧编辑)。除了刊登大量翻译及原创作品，这些侦探杂志还积极地设立法医学知识、侦探小说创作理论、侦探小说历史介绍、征文比赛等栏目鼓励侦探小说创作。为了吸引读者参与，有的开辟实事侦探专栏，揭露上海的治安黑幕，还有的利用封面设计让读者猜测犯罪的手法，早期的侦探杂志如《侦探世界》甚至还解释"因为武侠冒险两种性质，于侦探生活上很有一点联带的关系，所以兼收并蓄"，连载武侠与冒险小说，如平江不肖生的《近代侠义传》与姚民哀的《山东响马传》，均大受好评。

第三，本土作家及原创作品的增多。当时较为有名的侦探小说家有程小青、孙了红、俞天愤、陆澹安、张碧梧、赵苕狂、徐卓呆等，他们大部分都来自鸳蝴派，经历相似，均出生成长在苏浙一带，在上海从事杂志编辑等职务，最初翻译西方侦探小说，后来自己也投入创作，彼此熟识。40年代起在《大侦探》《蓝皮书》等杂志里亦出现了一批新的年轻作家如长川、郑狄克、小平、龙骧，他们与传统的鸳蝴派关系并不密切，当时的影响力也有限，反而有的是到60年代的香港时期才大放异彩。[①] 此外还有如张无诤(张天翼)、施蛰存等也曾创作过零星的侦探作品。

在模仿福尔摩斯与亚森罗苹系列的基础上，中国侦探小说家亦推

[①] 有关民国侦探杂志的介绍，可参考孙继林《现代侦探文学期刊简介》，收录于萧金林编《中国现代通俗小说选评·侦探卷》，上海：上海文艺出版社，1992 年，第 30—33 页；姜维枫：《近现代侦探小说作家程小青研究》，北京：中国社会科学出版社，2007 年，第 44—64 页；《民国〈侦探〉杂志》，于 2017 年 7 月 10 日取自 http://www.zhentan.la/news/1544.html。

出了富有特色的本土侦探,如程小青的"霍桑探案"、孙了红的"侠盗鲁平"、俞天愤的"蝶飞探案"、陆澹安的"李飞探案"、张碧梧的"家庭侦探宋悟奇探案"、赵苕狂的号称"门角里的福尔摩斯"之"胡闲探案"、张无浄的"徐常云探案"、位育的"夏华探案"、郑狄克的"大头探案"、长川的"叶黄夫妇探案"及小平的"女飞贼黄莺"等。在众多系列中,号称"中国侦探小说宗匠"的程小青的"霍桑探案"故事与"中国仅有之反侦探小说家"孙了红的"侠盗鲁平"系列最为成功,创作上也最为持久。以程小青的"霍桑探案"为例,自1919年创作的文言侦探小说《江南燕》开始到1946年上海书局出版的《霍桑探案袖珍丛刊》三十种为止,"共计74篇,约280万字"①,在80年代的中国仍多次再版。而孙了红则以法国作家勒布朗的亚森罗苹为原型,创造出大侦探霍桑的对手侠盗鲁平,他的故事精心选取了上海都市的特色空间,比程小青的霍桑故事的摩登性更强,可惜孙了红受肺病困扰,产量上不如程小青,被人形容"这对'青红帮'最后还是'绿肥红瘦'"②。

从创作篇幅与主题上看,此时的本土侦探小说仍继承柯南·道尔以降的古典侦探小说格局,以短篇为主,案件主要为家庭犯罪,鲜少涉及政治,受"文以载道"的观念束缚,侦探或者罪犯很少有特殊"怪癖"或变态心理。反观西方侦探小说的发展史,30年代已经进入了中长篇小说创作的黄金时期,在人物塑造、案件的复杂性、心理分析及叙事角度各方面均有突破,40年代更在美国发展出硬汉派分支,社会批判的色彩趋于强烈。从这个角度看,这一时期本土侦探小说的"现代性"是有限的,特别是与西方这一文体的发展史相比,较为滞后。

第四,侦探小说创作理论的初步探索。民国时期,在侦探小说杂志的推动下,本土的侦探小说理论也初步建立。作者们从侦探小说的历史、功用、价值、作法、本土性特点以及本土侦探小说难产的原因等角度发表意见,亦将侦探小说与普及科学话语、推动司法正义、促进人们的好奇心等优点相结合以图提高这一文体的地位。随着大型文集的出

---

① 姜维枫:《近现代侦探小说作家程小青研究》,第69页。
② 孔庆东:《早期中国侦探小说简论》,《啄木鸟》2012年第12期,第168页。

版,编译者还利用序言的形式来介绍如福尔摩斯、亚森罗苹等西方名探的特点与作品的写作特色。这一领域有最多论述与总结的是本土侦探小说的创作主力程小青,姜维枫指出他的贡献包括"是中国第一位写'侦探小说史'的人","探讨侦探小说的叙事艺术","将创作侦探小说与国家民族的振兴联系在一起",从而"极力为侦探小说争取文学地位"等。① 2013年北京师范大学出版社出版了任翔、高媛主编的《中国侦探小说理论资料(1902—2011)》,详尽收录了从晚清到当代的中国侦探小说理论文章,在民国部分里,除了程小青之外,还收录了如萧乾、秦瘦鸥、朱㸦等富有见地的杂论。相关论点在以下四个章节内均有引文,故在此不加赘述。

---

① 姜维枫:《近现代侦探小说作家程小青研究》,第78—86页。

第三章　民国侦探小说家与科学话语共同体

五四运动后,科学在中国的地位迅速提升成为一种理念信仰,"德先生"与"赛先生"是当时攻击传统与号召民族复兴的有力口号。1920年前后,科学主义开始成为一种新的生活哲学,被用来挑战传统的儒家思想,如1923年发起的一场围绕科学与玄学的全国性的论战等。①

在小说文类中,侦探小说与科幻小说可谓与科学关系最为紧密的两种文类。以侦探小说为例,如罗纳德·托马斯在《侦探小说与法医学的兴起》一书中就详尽分析了法医学的兴起与侦探小说之间的相互关联:"法医学的进步为侦探提供了'说明真相的装置'(Devices of Truth),使得身体成为了可分析的文本,同时,侦探小说也给法医学的发展提供启发,一些法医学的专家鼓励他们的同事及学生阅读福尔摩斯故事来领会现代的侦探学准则与精神。"②中国侦探小说的研究者们也注意到自晚清以来侦探小说的流行与西方科学引进的关系。如孔慧怡就曾提到晚清时期西方侦探小说翻译的流行不仅仅是因为当时读者对一种新的文体有兴趣,还因为他们也觉得这种小说可以帮助推动一种现代化:"侦探故事中经常提及新科技——火车、地铁、电报等——全是19世纪中国人羡慕的事物;侦探小说这个品种是和现代生活紧密结合在一起的,故事主人翁以逻辑推理和有规律的行动屡破奇案,表现出当时国人被视为欠缺的素质——坚强的体能和智能。"③金介甫在对现代中国犯罪小说的研究中展示了中国的侦探小说家是如何用这样的文体来向他们的读者们普及科学,而且这一做法往往有着民族主义的

---

① 有关这场论战的讨论,可参考〔美〕郭颖颐:《中国现代思想中的唯科学主义(1900—1950)》,雷颐译,南京:江苏人民出版社,1995年。
② Ronald Thomas, *Detective Fiction and the Rise of Forensic Science*, p. 5.
③ 孔慧怡:《还以背景,还以公道——论清末民初英语侦探小说中译》,收录于王宏志编《翻译与创作——中国近代翻译小说论》,第93页。

色彩:"科学,如马克思主义一样,是一种翻译了的西方学科(discipline),可以用来结束封建主义,并且给国家打下一个工业与军事基础,用来反对帝国主义。"①

与20年代中国科学界、思想界兴起的科学主义大讨论对照的是本土侦探小说创作的相对贫瘠。王德威在谈及晚清时期的科幻小说创作时,发现"五四"文人对这一文类似乎"视而不见,不承认其为西方科学话语的一部分"。他认为"'五四'文学在理论与实践上对科幻文类的忽视,凸显了中国现代性总体的吊诡"②。这一观察似乎也适用于侦探小说这一文类。民国侦探小说创作的特殊性在于虽然当时主要知识分子大力提倡民主与科学,但侦探小说的创作主体却是上海地区鸳蝴派的一批文人。一方面,如程小青等成功地找到了侦探小说创作这个缝隙(niche),大力宣传"侦探小说是通俗化的科学的教科书"的口号,努力提升侦探小说的地位;另一方面,这些作家的尝试也改变了鸳蝴派给人留下的"保守""落后"的刻板印象,显示出这一群体的现代性色彩。本章尝试将"科学话语共同体"这一概念运用于这批民国时期的侦探小说家,讨论其笔下科学话语的书写及传播特色,以求丰富这一概念的多样性。

一 "科学话语共同体"之概念

"科学话语共同体"的概念最早由汪晖提出,他认为五四新文化运动是以科学话语为核心内容的,强调科学知识在日常生活中的渗透及对传统思维模式的改造。他对这个群体这样定义:"所谓'科学话语共同体'指的是这样一个社会群体,他们使用与人们的日常语言不同的科学语言,并相互交流,进而形成了一种话语共同体。这个话语共同体起初以科学社团和科学刊物为中心,而其外延却不断扩大,最终通过印

---

① Jeffrey Kinkley, *Chinese Justice, the Fiction: Law and Literature in Modern China*, Stanford: Stanford University Press, 2000, p.199.
② 王德威:《被压抑的现代性:晚清小说新论》,第291—292页。

第三章　民国侦探小说家与科学话语共同体

刷文化、教育体制和其他传播网络,把自己的影响伸展至全社会,以致科学话语与日常话语的边界变得模糊。这是一个双向的过程:一方面,科学家群体的科学思想包含着重要的社会文化内涵,他们对一系列问题——如科学与道德、科学与社会政治、科学与人生观、科学思想中的进化论,以及科学知识的分类等——的阐释是对当时的文化论战的直接参与;另一方面,越来越多的不属于这个共同体的人也开始使用科学家的语言,并将这些语言用于描述与科学无关的社会、政治和文化问题,产生了极为深远的历史后果……处于'科学话语共同体'中心地位的是科学家、科学刊物以及散布在各个知识领域的知识分子及其出版物,他们共同构成了一种文化的运动……处于'科学话语共同体'边缘地位的是那些接受了新知识教育的学生、官员和市民阶级。作为新的教育制度和知识制度的产物,或者是新文化运动的参与者,他们正在把科学知识及其观念理解为一种看待世界的正确方法,并把这种理解扩展到日常生活的各个方面,从而为一种新的社会伦理和行为方式的形成提供了最为广泛的社会基础。"①

虽然汪晖对科学话语共同体作出了中心—边缘的分类,但他书中主要论及的仍然是处于中心地位的一批人及其科学思想,如专业的科学家团体及他们创办的《科学》月刊,或者如陈独秀这样虽然不是科学家,但以思想启蒙者的身份试图将科学运用于政治及伦理领域进行社会变革,或者如胡适类的"按科学家的模式来修正自己的行为的人文学者"②。实际上,抽象的科学话语之所以可以在全社会,尤其是在学生与市民阶层潜移默化的接受,汪晖笔下的"边缘地位"的群体至关重

---

① 汪晖:《现代中国思想的兴起(卷二)》,北京:三联书店,2004年,第1123—1125页。
② 汪晖:《无地彷徨:"五四"及其回声》,杭州:浙江文艺出版社,1994年,第118页。除了汪晖的书对中国现代科学话语的整理外,有关中国现代思想史中科学主义兴起及20年代科学与玄学在知识界的大讨论等课题,学界仍有不少研究专著,如前文注释中的郭颖颐《中国现代思想中的唯科学主义(1900—1950)》等。从中我们可以看出,科学主义这一概念本身亦十分驳杂,由于不同学者对科学与精神、科学与物质主义、科学与唯物论、传统与精神等之间的关系等有不同的定义,因此提出不同的主张。但对民国时期科学主义研究的共通点是集中于几位民国的哲学家、革命家或科学家,例如吴稚晖、陈独秀、胡适、丁文江、任鸿隽、唐钺等,而本章则试图从通俗文学的层次来讨论代表市民阶层的侦探小说家们理解并传播科学话语的独特性。

要,而侦探小说作家恰恰是这一群体的重要组成。民国时期本土侦探小说的作者大多为活跃在上海、苏州一带的鸳蝴派作家。他们的经历类似:科举考试被废除后或投身文坛,或在学校任教,最初发表一些言情小说或诗词酬唱,认识了鸳蝴派杂志的编辑后获得邀稿机会,最先是翻译小说,继而投入原创,偶尔任影视编剧,作家之间彼此熟识,透过鸳蝴派杂志互相捧场。看上去仿佛他们与科学并无直接联系,但正是由于这样的一批人,以直接翻译科普文章来普及日常生活中的科学常识、利用侦探小说将科学话语形象化、通俗化,甚至是亲自创办实业来身体力行地实践科学话语等方式,才真正使得形而上的科学话语讨论得以渗透到中下层市民阶层的日常思维。同时由于鸳蝴派作家与传统的密切联系,他们所传播的科学话语亦糅合了一定的传统特色,他们既否定迷信、玄秘等固有习俗,又在民族主义的影响下,将中国儒家思想中的"格致"与西方的科学并置,重视道德的教化作用。若论对科学话语的社会动员效果,这一批作家的影响力并不一定次于科学家及思想家群体,因此,对此类作家的科学话语研究可以对原有的"科学话语共同点"这一概念作出重要补充。

二 民国侦探小说之"科学话语"特色

我认为民国侦探小说中的科学话语主要有如下四个特色:第一,大多数作家亦是翻译家,他们熟悉西方的科普杂志,在各类特别是面向妇女与学生为主的杂志(如《学生》《新家庭》《妇女之友》等)上翻译科学小短文,向民众普及家庭日常生活中的科学应用,有的如天虚我生甚至具备专业科学知识,通过自己的科学发明来实业救国。第二,总体而言,民国的侦探小说创作有理想化的色彩,由于现实国力的孱弱和吏治的混乱,犯案与破案的方法均比较落后,侦探小说中一些科学的、先进的侦讯方式和手段更多的是给民众提供一种科学探案的想象和宣传。第三,在宣传法医学常识的同时,侦探小说家如程小青等也很重视对西方心理学知识的介绍。第四,除了实用知识外,侦探小说家亦希望通过阅读侦探小说来宣扬科学的人生观,这种人生观既呼应了当时科学派

第三章　民国侦探小说家与科学话语共同体

对科学精神的强调,也结合了晚清以来激进儒家学派的科学道德主义,强调与物质消费主义保持距离。以下便对这四个特色做详细说明。

(一) 对日常生活中科学知识的普及与创办实业

不同于西方同行,民国时期的中国侦探小说家兼任翻译者的角色,他们不仅翻译西方侦探小说,还积极译介西方科普杂志中的各类科普短文,刊登在面向妇女及青年学生的杂志上。以程小青1920年给《妇女杂志》撰写的短文《煤是什么做的》开篇与结尾两段为例:

> 列位读了这标目的问句不知道将发出何种感想,我想大多数人必以为煤是一件又黑又丑的东西,对于我们似乎没有研究价值。不知煤在科学界上却占了很重要的位置,就是对我们的生活除了直接作燃料之外,还有间接关系。如我们家庭中所用的煤气灯和煤气炉,都是从煤上蒸发出来的。还有一句话说了出来列位恐不见信,列位的姊妹行中必有喜欢装饰的。他们到了出外做客的时候或喜披一条浅红色的肩巾或围巾,浅红之色固然是鲜艳悦目,人人喜欢,然要知这颜色的染料却就是那又黑又丑东西的产出品啦……直到十九世纪的初叶方始有人发现,渐将他介绍到市场上来。当初发见时不过用作燃料,时人已很为诧异,后来经了化学家的考求,又知道煤经了热力就能发出一种气质,可以发光燃灯,其次又发见煤中含一种胶黏的流质(Coal-tar),这流质之中又炼出化学上种种应用的物质如朋寻 benzene,秃罗 toluene 及安尼林 Aniline 等。或为药物上的需要,或为美术上的用品,效用甚大。①

从以上引文可以看出这类科普文章的特点一是具有针对性,将科学与妇女的日常物品联系起来,引起读者的兴趣。二是侧重挖掘日常生活中的科学知识,例如文中提到的煤,即是当时人们经常接触到的物质。程小青撰写的类似系列短文还有《手携电灯》《无线电话》《日常生活与化学》《日落时候的日光为什么分外美丽》《糖的原质是什么?》等,从标

---

① 程小青:《煤是什么做的》,《妇女杂志》1920年第6卷第4期,第3—4页。

题上即可看出它们与日常生活的紧密联系。三是适当介绍一些专业术语，如文中的煤的各种化学提炼物的名称、热力、流质等，可见程小青对相关化学名词有一定了解。四是语言上以白话文书写，词汇上亦相对通俗易懂。最后，在一些介绍性的文章中作者亦提醒读者要注意养成细心观察周边事物的科学态度，例如程小青在《妇女杂志》上发表的短文《X光》，开篇便写道：

> 世界上的奇妙是没有穷尽的，凡有志的人若肯去悉心观察或研究保管，可以取用不竭……然而使当时瓦德见了锅盖上的蒸汽并不注意，或牛顿见苹果下坠的时候亦不加思索，则我们今天或者尚不能利用汽机的便利及明了吸力的真理也未可知，因此我们可以知道造物虽然不吝惜他的奇妙，但是若没有人去注意寻求，也是徒然，所以我们若有意要把造物的秘藏搜掘出来，供结同类的应用，那么观察和研求的功夫是断乎少不得的。①

下文延续了这一思维，指出X光的发现也是物理学家伦琴在做另一试验时的偶获。有时候程小青还会将这种日常生活中的物理现象写入他的侦探小说，用科学术语来形容人的情感，造成一种陌生化又不失趣味性的效果，例如《鹦鹉声》这则故事，情节上它类似一个通俗版的《伤逝》，讲述一对自由恋爱的男女婚后财政陷入困难，妻子选择离婚，丈夫人财两空而后自杀。语言上的特别之处在于程小青运用了许多物理学的术语来形容这对夫妻的感情变化：

> 他们俩当初原是自由结合的。那时彼此的恋爱热度，若在寒暑表上计量，势必要超过沸点以上……可是爱的性质，固定的成分少，流动的成分多，尤其是参杂物质溶液的爱变动性更大。它的热度往往会因着环境的影响而发生变动——真像寒暑表受了气候的影响而升降的一般。所以最后的结果，落到了人财两空，晓光就不得不自杀了。②

---

① 程小青：《X光》，《妇女杂志》1920年第6卷第6期，第1—3页。
② 程小青：《鹦鹉声》，《霍桑探案集（十）》，第140页。

第三章　民国侦探小说家与科学话语共同体

在中国的侦探小说作家中,天虚我生是比较特殊的一位,他既是鸳蝴派的传统文人,也是一位科学发明家与实业家,侦探小说是他普及科学精神及宣传法律的手段之一。① 根据《天虚我生小传》的记载,他原名陈寿嵩,杭州人。考中清朝贡生,科举废除后更名为陈栩,将李白"天生我材必有用"之诗句改为自嘲,自号"天虚我生",又因为庄周晓梦的典故,自号曰蝶仙。天虚我生最初是一个典型的鸳蝴派文人,早年作品以写情小说及古典诗词创作为主,"曩君所著诗文词曲,以及说部传奇,无不缠绵绮丽,富有脂粉之气,且擅音律,好驰马使酒,出游湖山,必携美眷,其从如云……所著书,在癸亥编目,除由着易堂书局刊行之栩园丛稿初二编,专为诗文词曲外,尚有传奇七种,弹词三种,剧本八种,说部一百二种,杂著二十种,或为书局家单行本,或散见于报章杂志中"②。少年得意之作为《泪珠缘》,"书中运笔用意,写情结构无一不脱胎于红楼梦,而又无一落红楼梦之窠臼"③。天虚我生最初翻译言情小说,如《申报》刊登的《情场蠡史》,后来参与翻译侦探小说,例如文言版的《福尔摩斯侦探案》,主编《小说世界》的侦探专号。此外,他还积极出版各种普法丛书,编写司法指南,例如1917年出版的《案牍菁华》(二册)、《民型判决例》(十册)、《法令解释》(四册),以及医学常识如《西药指南》(天虚我生鉴定,觉迷编辑),并受到好评。天虚我生的原创侦探小说不多,《衣带冤魂》是其较为出名的一篇,小说以一个鬼魂的视角,讲述他所遭遇的一件冤案,在结构和意旨上均有一定独到之处。

在编辑《申报·自由谈》的时候,天虚我生便开始在报刊上宣传日常生活小科普,开设常识一栏,"述小工艺制造日用品,颇得社会人士

---

① 有关天虚我生(陈蝶仙)的研究仍非常有限,他在中国近代科学中的影响的研究可见 Eugenia Lean, "Proofreading Science: Editing and Experimentation in Manuals by a 1930s Industrialist", Tsu Jing and Elman Benjamin edits, *Science and Technology in Modern China, 1880-1940s*, Brill, 2014, pp. 185-207。Lean 在文中以陈蝶仙为例,分析了他30年代编撰的家庭常识系列的科普书,认为陈的编撰活动属于民国时期一系列的整理、确认、传播知识,特别是科学与工业知识的运动之一。这些知识的传播,配合了当时国货运动的潮流,对知识的本土性进行重新定义。本土知识不再是本地原创的或者是传统的技术知识,也可以是国人将外来知识吸收转化后的本国生产。在这里,工业创新与有技巧性的模仿其他技术并不矛盾。
② 郑逸梅:《天虚我生往事记》,《永安月刊》1940年第13期,第38页。
③ 朱云光:《天虚我生小传》,《浙江商务》1936年第1卷第3期,第69—70页。

之欢迎,乃另刊家庭常识单行本,又复风行于时"①。他也长期在《机联会刊》上刊登过上百篇科普或提倡国货的文章,如《农村造纸之设计》《小制汽水之研究》《葡萄酿酒法》《人造牛乳的计划》《精制食盐法》等。与程小青等翻译家的身份不同的是,天虚我生本身就是位科学发明家,他最初自制无敌牌牙粉,对抗日货金刚石牙粉,民国七年,成立家庭工业社,由文学家转型为工商界名人,"嗣后九年中相继成立家庭制盒厂、第一制表厂、惠泉汽水厂、无敌牌玻璃厂、利用造纸厂、无敌牌蚊香厂于各埠"。之后天虚我生专注造纸实业,"欲利用稻草竹木于各处乡村,因地制宜,创造纸浆以代外国纸张而辅助文化之发展,所用机器全自出心裁"②。更在上海创办机制国货工厂联合会,协助各地改良造纸术。因此他的科普短文宣传的知识都来自其亲身实践,以其撰写的《无敌牌药水龙及灭火药水之说明》一文为例:

> 同样之舶来品系以硫酸贮入玻瓶,临用须将小瓶击破,每因碎裂瓶屑嵌塞喷射管口以致炸裂伤人,且在学理上所起变化效用俱弱……以二养化炭灭其火焰,阿母尼亚夺取燃烧物体四周之热,是以一经灌射无不立熄,并不如硫酸之发生浓黑臭烟也。至其所成之绿化钠液实为本品特点,该此液经热饱和能包被于燃烧物体之上,使成不燃烧性不起分解作用。试以布片浸饱和盐液后引火燃之,必不能燃透成灰,又以食盐撒于炽炭能使燃烧作用停止,是明证也。③

无敌牌药水龙及灭火药水是天虚我生的发明,文中特别将它们与舶来品对比,突出国货的性能优越。从以上引文可见,与程小青的科普文章相比,天虚我生的用词更加专业化,夹杂着些许民族主义的特色,充满了对民族工业的自信。④ 或许是受到天虚我生实业救国的影响,如程

---

① 郑逸梅:《天虚我生往事》,《永安月刊》1940年第13期,第36页。
② 张镜人:《天虚我生陈栩园先生之成功史》,《自修》1940年第124期,第7—8页。
③ 天虚我生:《小常识:无敌牌药水龙及灭火药水之说明(待续)》,《机联会刊》1930年第10期,第50—51页。
④ 例如在另外一篇《对于造纸厂联合会之贡献》一文中,天虚我生认为联合会的成立可以挽救中国农村濒临破产的桑麻产业。

小青等侦探小说中也经常出现国货与舶来品的对立,中国本土侦探中的明星霍桑更是被塑造成一个爱用国货的民族主义者形象,例如当《活尸》中的反派人物美国留洋博士徐之玉当着霍桑面"摸出了他的金质弹簧的外国纸烟盒来"的时候,霍桑"也照样伸手到衣袋里去,骄傲地摸出他的国产的纸烟盒和打火器"①。

(二) 侦探小说中对西方法医学的介绍及理想化的色彩

编辑专门的侦探杂志与创作侦探小说是民国侦探小说家传播科学话语的主要途径,由于文类的原因,这些科学话语以介绍西方法医学知识为主,例如指纹、遗传学等。同时,无论是在专门的侦探杂志中对法医学知识的介绍,还是在侦探小说中巨细靡遗的透过尸检、搜集指纹等描述科学的侦讯过程,都有着理想化的色彩。

大多数民国侦探小说故事都发生在上海一带。现实生活中,由于都市化的发展、外来人口的激增、战乱及外国租界等原因,上海被西方记者形容为"东方的犯罪中心",犯罪率自 20 世纪 20 年代后翻倍增长。偷盗、抢劫、绑票是最常见的犯罪,鸦片烟馆、赌场、娼妓这些在租界都是合法的存在。治外法权更加助长了罪犯的四处流窜。犯罪组织大量存在,青帮是这些黑帮组织最大的联合,"几乎所有的违法行为,从丐帮组织、妓女贩卖和对经营鸦片烟馆,都必须经过青帮的许可"②。公共租界、法租界和华界警方(1927 年由淞沪警察厅合并为公安局)不仅对他们的行为相当容忍,而且租界还采取以贼捉贼的策略,"刻意将帮会成员招募入华捕班"。由于党派纷争,国民政府也依靠帮派头目铲除异己、安排大量政治暗杀计划,与流氓结盟,认可帮派头目的毒品垄断等,被形容为"犯罪官方化和政府犯罪化"。警匪一家的社会现实导致官方侦探声名狼藉,侦探有时候被叫作"包打听",含有贬义。淞沪厅的侦探"勒索无辜、强奸少女,并且无端地指控人们是黑帮"③。探员

---

① 《活尸》,《霍桑探案集(八)》,第 325 页。
② 〔美〕魏斐德.《上海警察》,章红译,上海:上海古籍出版社,2004 年,第 24 页。
③ 同上书,第 19 页。

的工资来自成功破案的奖金,而这种奖金本身就是一种分赃,他们的破案大多依靠与黑社会的私人联系,依靠帮派分子做线人提供逮捕罪犯、失窃财物的消息,帮派分子则在探员的奖金上提成以获得回报。当时警方并不乐意给公众太多知情权,习惯于封锁消息,所以并不具备福尔摩斯式的私家侦探与警方合作探案的可能性。①

由于法治精神、人权意识的缺乏,再加上科学的落后,警讯设备的缺乏,犯案与结案的手段实际上都相当简单粗糙。例如在《我怎样写侦探小说》中,作者杨六郎就认为在一个不讲求科学的环境中,其实破案亦不需要专业的化学知识:"开着小汽车,压过几十里坦平的草地,寻见了红楼一角,验出四五滴血及一个指印,这很像侦探的样儿了,可是北京(连中国都算上)没有,连侦探一来就把手枪掏出比划的都怪少,我始终认定了,在没有科学之贼之地,用不着化学侦探。"②萧乾亦认为在一个人权没有保障的环境下,侦探并无用武之地:"侦探案最微妙的情节是读者明明已猜出案子是谁干的,甚而侦探也猜出——正如朵斯多也夫斯基的《罪与罚》;但在没有捉到真凭实据以前,侦探就得眼睁睁看着这个凶手晃来晃去,进出夜总会,前簇后拥地往来繁华场面。可怜的侦探,得沐风浴雨伫立在街角,狠狠地谛听、窥视,企图抓住一滴滴实证,然后好由警局下令通缉。一个中国人读至此地,很奇怪地说,何必装腔作势,何不先当嫌疑犯抓了去。若不肯招认,打他一顿完了吧!对,如果这样做,侦探案自然就不存在了。而中国所以不会有侦探案,正是因为中国法外有抓人的便利;捉进去,罚证不必像'七巧图'那么七拼八凑,只要一顿刑,要什么就有什么了。"③由此可见,侦探小

---

① 秦瘦鸥引一位在《大美晚报》当外勤的美国朋友的话说:"在欧美各国,新闻记者要打听关于一切刑案的消息,从来不比采访其他消息困难;除非案情重大,或是因为犯罪人尚未查明,实际上却有不能不守秘密的困难之外,警探对于他们所提出的问题,总能不稍吝惜地回答。可是一到上海,偶尔为了什么案子上捕房去探询,结果就往往不能圆满了;有的还用一种怀疑的态度和你周旋着,仿佛新闻记者就是犯人的同党一样。"秦瘦鸥:《关于侦探小说》,原载1940年《小说月报》创刊号,收录于任翔、高媛主编《中国侦探小说理论资料(1902—2011)》,第182页。
② 杨六郎:《我怎样写侦探小说》,原载1941年《警声》第2卷第9期,收录于任翔、高媛主编《中国侦探小说理论资料(1902—2011)》,第187页。
③ 萧乾:《侦探小说在华不走运论》,原载1946年《上海文化》第10期,收录于任翔、高媛主编《中国侦探小说理论资料(1902—2011)》,第215页。

第三章　民国侦探小说家与科学话语共同体

说里描绘的实证方法在当时的中国实在是一种理想化的存在,正如《上海文化》的编者响应萧乾《侦探小说在华不走运论》一文的看法一样:"唯其中国目前不存在这一种故事,所以对读者有新奇之感;更因为这类故事是富于人间味的,在目前中虽不存在却是应该存在的,所以读者对之不仅不'冷漠',反而是很'渴求'。"①

正因为这种读者对真理、法治与人权的渴求,使得侦探小说家将侦探小说视作"通俗化了的科学教科书",利用侦探小说来宣传理性破案的态度。根据足印大小深浅、伤口位置及指纹等,判断案发时间、死亡原因及嫌疑人身份是常见的桥段。以收集指纹为例,当时的侦探杂志上专门刊登过介绍指纹在法医学应用的系列短文,例如《大侦探》连载的《指纹的认识与用途》一文。与系统的指纹研究相比,该文章仍显粗略,不过几个重要的指纹学的发展阶段都能正确注明,而且历史观点基本正确。文章开篇认为指纹是在东亚首先发明的,如中国的唐宋时代就用指纹来代替印章作为身份认证,但此时"仅以代替印章和签字为限,并未将其纹路分析,用为识鉴罪犯之标准"。1858 年,英国人威廉·赫希尔(William Herschel)首先在印度殖民地收集指纹,用于法医学,"当时可供实验之指纹印纸,为数不过数千张,且仅利用右手之食指及中指,作为鉴识之标准"。1903 年英人爱德华·亨利(Edward Henry)任伦敦警察总监,将其在印度任职时期的指纹技术应用于伦敦,后推广到全世界。至于指纹技术在近代中国的运用历史,文章认为最早始于夏全印在沪上巡捕房学习到此技术,之后他赴北京警官高等学校任教,进一步推广,"进展极速,无论首都省会,皆有指纹之设备",但效果不佳,原因是"办理不得其法,以及其他指纹式——如汉堡,德日式等之渗杂,各行其是"。② 文章的第二部分详细讲解了指纹与掌纹的组成,及利用指纹的不变来破案的原理。第三部分指出指纹技术除了鉴识人证、确认罪犯以外,还有其他更加广泛的运用,例如护照旅行、婴

---

① 萧乾:《侦探小说在华不走运论》,收录于任翔、高媛主编《中国侦探小说理论资料(1902—2011)》,第 217 页。
② 鲁盛平:《指纹的认识与用途》,《大侦探》1947 年第 15 期,第 48—49 页。

儿身份鉴定等,第四部分更是展望未来指纹技术的发展,如身份证上的指纹、旅行支票及保险单上的指纹采集等。

中国的侦探小说中较早提到指纹识别的大概是天虚我生的小说《衣带冤魂》,小说中当侦探发现了嫌疑人的足印后:

> 当下他便向皮匣里取出一包石膏粉来,弄一只盆,用水调成糊一般,找了一个最清楚的足印,把石膏浆倒将下去,填满了窟窿,又去找一个足迹,也如前法倒浆下去,他便示些稻草来,堆在石膏上面,向怀里探出自来火,把稻草烧着了……过了一会,他就蹲下地去,先把稻草灰拨开,原来那石膏浆已经干燥,结成一块燥粉似的,他便用小刀子把四边泥土挖松,用手一挖,挖起一块石膏制成的足底印来,五指分明,大指上一个螺四小指上都是箕,后跟还有一块厚兰花纹龟坼,丝毫毕显。
>
> 依靠这个线索,侦探判断凶手身材不过三尺七八寸,身材矮胖。于是侦探就每日带着一个小竹竿做的东西,一头开个叉,就是那足底的长阔数几,又带着一面显微镜,到各处田畈里去留心足迹,遇有阔窄长短相似的,他便爬下地去,细细辨那螺印,可也辛苦极了。①

这一段引文虽短,但信息量不少,勾勒出了一个现代的侦探形象:他有着一系列的新名词装备,如石膏、自来火、显微镜等,懂得如何用石膏与周围的材料制模、收集足印与比对足纹,对于嫌疑人的脚上"大指上一个螺四小指上都是箕,后跟还有一块厚兰花纹龟坼"有巨细靡遗的准确描述,并由此还判断出嫌疑人的身高。人体在这里已经开始变成了一部可供携带、测量及阅读的文本,因此周瘦鹃称赞这篇作品"运思入微,可作侦探家教科书"②。

程小青的作品《霜刃碧血》更是一部以指纹为主要破案线索的作品。小说详细描写了霍桑如何在犯罪现场采集指纹以及如何施计收集犯罪嫌疑人的指纹,最终确认凶手。首先,当霍桑到达凶案现场时,他

---

① 天虚我生:《衣带冤魂(再续)》,《礼拜六》1915年第59期,第52—53页。
② 周瘦鹃:《紫罗兰庵杂笔》,原载1921年12月13日《半月》第1卷第7号,收录于任翔、高媛主编《中国侦探小说理论资料(1902—2011)》,第46页。

第三章　民国侦探小说家与科学话语共同体

"拿了放大镜在黑漆的大门上专心的瞧察",并惊喜地发现门上有三个指印,但有一个被掌印涂抹破坏了。在确认过事后并没有人触摸过大门后,霍桑拿出专业的工具开始收集指纹:

> 霍桑再度打开了他带来的那只小皮包,从包中拿出了一瓶水银混合的粉,小心地将粉末撒在大门上的指印部分。又拿出一个骆驼毛帚,轻轻地在门上拂拭。不一会黑漆门上显现出一个白色显明的掌印和指印来。接着霍桑又取出摄影机将手印摄下来。他又用绳尺量一量指印距地的高度。①

根据指印离地的高度,霍桑判断出凶手个子不高。接下来霍桑在与一系列当事人交谈后返回寓所化验室,花费了两个小时,把指印放大和洗印,复制了几张照片,并推断出"那三个指印是左手的,最下面的一枚小指印还清楚可辨,线纹很细。我知道掌印和指印是属于两个人的,因为掌印的凸纹,比指印的凸纹粗得多;并且掌印和指印交迭在一起,也见得这两个人的高度彼此不同"②。经过调查,霍桑认为线纹很细的指印是女性,而粗糙得多的掌印是一位男性汽车司机。霍桑将女性嫌疑人牛奶杯上的指纹与门上的指纹对比,证明是同一个人。前文提到,现实中的上海侦探鲜有真正借助指纹破案的情况,这个故事实为程小青的理想,他借这个故事向观众普及了指纹破案的方法,通过现代的科学技术,如水银混合的粉末可以令原先不可见的现形,再加上摄影机等设备可以将一切完整地纪录、放大及复制,如天虚我生的《衣带冤魂》一样,人体在这里也是被再度文本化,通过科学的分析可以得知他们的身高、性别甚至社会阶层。

《霜刃碧血》里还有这样一处细节,霍桑认定粗掌印来自另外一位男嫌疑人马阿大,通过车牌打听出了他的职业及身份,当马阿大被拘捕时,包朗从他的外形上更加认定他就是凶手,根据包朗的形容:"马阿大的面貌,一双怕人的黑眼,给两条刀形的粗眉罩着。黝黑的脸上筋肉突起,一张厚唇的阔嘴,更象征他的凶暴残忍。他的身材虽矮,却坚实

---

① 程小青:《霜刃碧血》,《霍桑探案集(五)》,第187页。
② 同上书,第223页。

有力。"①在中国古典公案小说中,将恶人脸谱化是常用的手法,其中的一个原因是公案小说的部分故事并不像欧美侦探小说一样侧重凶手身份的悬念,而是关注清官可否抵抗住上层官僚的压力,秉公执法,昭雪冤情。但程小青这里对罪犯面部特征的描绘并不是来源于此,而是依据了19世纪西方的犯罪学知识。

根据范伯群的研究,程小青的法医学知识基本上都是自学,"1924年,他作为函授生,受业于美国大学函授科,进修'罪犯心理学'和'侦探学'"。"霍桑探案"中,"他曾提及刑事心理学权威葛洛斯(Hans Gross,1847—1915)的理论,曾简介法国罪犯学家拉萨尼(Alexandre Lassagne,1843—1924)的学说;还讲到日本胜水淳行的罪犯社会学"②。在《五福党》这篇小说中,程小青还提及了意大利犯罪学专家切萨雷·龙勃罗索(Cesare Lombroso,1835—1909,程小青写作"龙波洛梭")的犯罪学理论:

> 正在这时,一个黑脸大汉,突然在那打碎的车窗中探头进来。我看见那人面色黝黑,额角上削,两耳特大,但高下不匀,眉骨凸出像弓形,满面短髯,两只圆眼也狰狞可怖。这一刹那的印象,使我印合了意大利犯罪学权威龙波洛梭(C. Lombroso)所归纳的典型罪犯的生理特征。这个人分明就是那个越监的毛狮子!③

罗纳德·托马斯曾指出龙勃罗索的犯罪学研究代表了典型的19世纪犯罪学的特征:用科学的方法来解释犯罪行为,而且不同国家的犯罪学家所采取的方法背后都有不同的政治意涵。例如拉卡萨尼所代表的法

---

① 程小青:《霜刃碧血》,《霍桑探案集(五)》,第277页。
② 范伯群:《论程小青的霍桑探案》,原载1985年6月《江海学刊(文史哲版)》第6期,收录于任翔、高媛主编《中国侦探小说理论资料(1902—2011)》,第253页。
③ 程小青:《五福党》,《霍桑探案集(九)》,第246—247页。《五福党》是基于程小青早期作品《毛狮子》修改而成,《毛狮子》发表于《侦探世界》1923年第16—21期,比对这两段文字,《毛狮子》中只是写道:"在这时,忽见一个黑脸大汉在那打碎的窗口中探头进来。那人面色黎黑,满面短髯,两只圆眼狰狞可怖,分明就是毛狮子。"参见《侦探世界》1923年第18期,第14页。而程小青之后修改的新版《五福党》则增加了更加详细的面部特征描写,并引述意大利犯罪学权威的理论作为依据。可见程小青的"霍桑探案"系列随着他本人西方犯罪学知识的丰富,其用语也经历了一个逐步科学化、理论化的过程。

国学派主要采取社会学的方法,强调犯罪与社会经济环境的关联,而意大利学派如龙勃罗索则从生物学的角度研究哪种类型的人更加容易成为天生的罪犯(The born criminal),英美学派则采取相对折中的立场。因此龙勃罗索的学说有着强烈的种族主义色彩,他认为犯罪与种族有关,南部意大利的犹太人与吉卜赛人的生理特征更加接近典型的罪犯的形象。① 程小青的侦探小说里混合了这些不同派别的犯罪学理论。他的小说里没有外国人或者少数民族,因此并没有种族主义的影射。作品中的两类典型罪犯一是如前文所提到的马阿大、毛狮子等车夫或者匪徒,程小青借用意大利学者龙勃罗索的犯罪生理学理论将其外型描绘成一个典型的罪犯容貌:可怕的眼睛、面色黝黑、厚嘴唇、眉骨凸出等。对另一类典型罪犯的描写,程小青依据的是法国学派的社会经济学理论,并掺杂了民族主义的色彩。这类多为留学生或者摩登青年,作品透过他们的西化装扮或者西式的居室装修暗示他们糜烂的生活方式。

除了这些法医学的知识,民国侦探小说中传播科学话语的修辞也有各自特色。一类如程小青等,善于采用专业化的术语、精确的测量数据与不容置疑的口吻来增强科学话语的权威性,例如《血匕首》中的一段法医对尸体的检查:

> 那医官低声说:"致命伤只有这一处,但不见凶器。我来说明那伤痕,你记着罢。……伤在左胸第二肋骨之下,距离心脏约一寸四分。伤口长一寸二分;阔度,左面约三分半,右面近心窝处约一分半;深度,约有二寸。致伤的凶器似乎是一种单锋的匕首,锋利而背厚,故而刺人的时候,刀尖已伤着心球,因而丧命。但刀锋虽是犀利,却已有些生锈。好似经久不曾用过。你瞧这伤口上面,还留着些锈痕。这便是伤象的实情,你都记明了吗?"②

法医的这段描述使用了一系列医学术语(左胸、肋骨、心脏、心窝、心球),受害人身体成为了可阅读的数据,供精确测量与客观审视,在此

---

① Ronald Thomas, *Detective Fiction and the Rise of Forensic Science*, pp. 24-25.
② 程小青:《血匕首》,《霍桑探案集(六)》,第78页。

基础上,霍桑判断凶手为自杀:

> 现在先说说那伤痕。它在他左胸的第二肋下,自上下斜,长一寸二分;那是凶刀的阔度。左端阔的三分半,右端阔约一分半,又明明是刀背刀锋的分别。从这伤势观察,可见他执刀自杀之时,必定用的右手;刀锋向着掌心,和寻常人执刀的姿势没有差别。因为我们的左右两手,就生理上讲,本来没有强弱之分,但大多数人,多习用右手,故一切举动,都是右手居先;执刀时更不必说。并且我们执刀时,刀锋必多向外,那自然就对掌心,这也是一定不移的。因此可知凡人右手执刀而自杀,那伤处必居于左,而锋口又必向右。这是可以试演而明的……若说他人夺刀行凶,情节上便有冲突。因为若像这样的伤痕,必是那人左手执刀;行刺之时,子华又须在睡梦中,那的手才得从容反刺。可是就情势测度,事实上断不会有此事实……更进一层,于半死时,身穿白法兰线西装,但他的硬领和领巾,却已松解着;似乎他自杀时,先把领巾解开,以便下刀。若是被杀,那行凶的人,又哪里能够这样子自由自在?这也是一个显明的证据。总而言之,子华的死是处于自杀,此刻已可以说没有疑义了。①

霍桑的推理通过数据的准确罗列表面上似乎是有客观依据的,如赖奕伦曾评论过:"当近距离观测死者的尸体,侦探霍桑则俨然进入一个医疗规训的隔离空间,他聚焦死者的身体器官、躯体定位、细节解剖,并结合专业医生验证后的权威,以进行之后更具理智和逻辑的分析,这一切,是建立在与感性经验保持一定的距离上达成……如此以医学、科学数据见证侦探话语说服力的情节层出不穷,暗示着当时民初上海已置身在一个新的时代语境里,朝向对科学数字、医疗实证、病理解剖学等领域的开放,从对纠缠不清的身体症状中走向归纳、分类与科学逻辑演绎,从对死亡无止境的猜测和惶恐中走向切割、化验与医学实证。"②

---

① 程小青:《血匕首》,《霍桑探案集(六)》,第132—133页。
② 赖奕伦:《程小青侦探小说中的上海文化图景》,台湾政治大学硕士论文,2006年,第129页。

第三章 民国侦探小说家与科学话语共同体

但另一方面,如果读者仔细考虑,霍桑的推理并非一定成立。为何凶手不可能习惯用左手呢?为何不可能受害人和凶手谈话时很放松,自己已经解开领巾了呢?由此可见,"霍桑探案"中让读者信服的实际上恐怕更是霍桑说话时那不容质疑的修辞语气,例如"事实上断不会有此事实","此刻已可以说没有疑义了"。在此刻,侦探已成为一种绝对的科学权威,读者已经被他所代表的科学话语所震慑,并不会再进一步质疑他推理的绝对有效性。

如果说"霍桑探案"的特色在于用密集的科学专业术语"轰炸"读者,还有一类侦探故事则是采取了相反的策略,用最通俗易懂的方法将科学的侦探术"去神化"。以位育的《夏华探案》为例,故事中是这样介绍法医检查尸体的:

> 郑旦又下来了,换了一身白布的医生服装,两手提着许多精细小巧的应用工具,放在天井地上,开始工作。先把出事的地点用不同的角度拍了很多照片,拍完照,放下照像机,自有事务的职员拿去冲洗。他蹲在死尸旁,用湿毛巾揩去死者头面上血迹,于是用皮带尺量伤口。量身体,翻眼皮,探口腔,又把死者衣服一件一件脱下,每件都经过仔细检查,一切都记录在小日记簿上……当郑旦在拨弄死尸时——据说这样的拨弄,就叫做验尸,同时夏华也在开始勘查的工作。他蹲在大门外地上,两手的拇指和食指支在地面,身体差不多要伏倒,好像一只巨大的蛤蟆精,两眼炯炯地注视着地面;这时夜雨初止,路面还相当潮湿。他全神贯注着一面看,一面身体就这样匍匐着向前移动。①

这一段文字将法医学的专业术语通俗化,例如称验尸为"拨弄死尸",将侦探伏身检查的样子比作"蛤蟆精"。整段验尸的过程没有像程小青一样用精确的数量值来炫技,而是尽量简洁易懂。

面对这种利用侦探小说来传播科学术语的策略,不同的读者有不同的看法。一类如萧乾等认为这种理想化的探案方式使得侦探小说不

---

① 位育:《含沙射影》,收录于萧金林编《中国现代通俗小说选评·侦探卷》,第520—521页。

写实,落后的司法制度导致侦探小说中的科学探案缺乏可信性:"有这么直截了当的'捉审'办法不用,而偏雇个福尔摩斯出入四马路的漆黑弄堂;捉到了人后,犯人硬嘴不承认,而又用飞机四接证人,无怪读者认为全是矫揉做作,缺乏真实性了!"①杨六郎亦认为现阶段侦探小说的功用在于结合中国的实际情况进行纪实性的创作,给警探们提供实战的情节,反对理想化的创作:"在现在的警探们连一本实地练习的'写真'读物还没有时,用不着'假想敌'式的作品,比如将这一本述实的写完了而还继续写时,我的意思是还写纪实的故事,不愿写带着有'洋气儿'的创作。"②

另一类却支持这种理想化的笔法,甚至认为理想化的还不够,中国科学技术的落后,使得侦探小说中侦探术仍然不够发达,而且读者知识结构的落后也使他们无法欣赏这些作品:"西方有许多侦探小说所以能令人拍案惊奇的缘故,实在是因其引用的尽都是科学里面的秘密。譬如用毒瓦斯或细菌杀人;用气泡注射到静脉里可以致死;用碳酸气(Carbon Dioxide,CO_2)可以凝结成很结实的冰柱,用来刺人,如利刃一般,并可入体速溶,凶器不会被人发见;人死后,手里拿了手枪,因为筋肉紧缩,会放子弹出来等等——这些岂是没有科学常识的人所能了解?拿这样的侦探小说解释出来,又安能得一班中国人的欢迎?再讲,中国现在法医的研究还是很幼稚,据说有几省的法官还是抱了一部《洗冤录》当圣经。同这些人当然说不到什么科学验尸法、手纹检查法……等等。"③位育提出侦探小说家首先要有极为丰富的科学知识,借助先进的仪器,如光谱仪、分光仪、红外线灯等,创造出全新的探案方法。他举例:"比方说,你写一个凶手从浦东来,到市西区住宅内犯了案,明知此人有嫌疑,久久以后方从别方面证实。那么,读者马上可以问你:侦

---

① 萧乾:《侦探小说在华不走运论》,原载1946年《上海文化》第10期,收录于任翔、高媛主编《中国侦探小说理论资料(1902—2011)》,第215—216页。
② 杨六郎:《我怎样写侦探小说》,原载1941年《警声》2卷9期,收录于任翔、高媛主编《中国侦探小说理论资料(1902—2011)》,第188页。
③ 仝增嘏:《论侦探小说》,原载1933年8月10日《十月谈》第1期,收录于任翔、高媛主编《中国侦探小说理论资料(1902—2011)》,第167—168页。

探何不用分光仪分析犯案地点之泥土,不是就可以发现自浦东带来的泥土吗?如果你根本不懂分光仪的作用,你就不免要瞠目结舌了。"①

我认为,这类理想化的侦探小说仍然是有意义的,它们的最大特点在于塑造了一个有着专业科学知识(professional expertise)的现代侦探形象。现实中的私家侦探恐怕无法进入凶案现场,但在这些虚构的侦探作品中,侦探依靠着现代化的科学装备与知识储备,比旁人能够更加接近真相,将不可见的变为可见,将一具具尸体变为可供分析的文本,侦探们成为了西方法医学的代言人,担负着破除迷信、启发新知的功能。

(三) 对心理学知识的介绍

除对法医学知识的普及外,民国侦探小说里科学话语的另一特色在于对心理学知识的重视,并认为这比福尔摩斯时期的演绎法更加科学:"由于近几十年来各种科学的发达,侦探小说也有了极大的进步。柯南·道尔可说是侦探小说的鼻祖,从前他写福尔摩斯的才能,只凭直觉臆断,靠了手掌印、嘴唇印、香烟蒂或是鞋印子,演绎推究事实的真相。到现在,这种方法虽然未被废弃,但是大部分却已运用科学的手段,来找取线索,建立证据,归纳地获取结论,所以无形中柯南·道尔那种描述福尔摩斯的手法已经落伍了……现代的侦探,也不会像福尔摩斯那样时常使用假发假须,或是其他舞台性的化装。因为侦探们饮食起居和他的嫌疑人在一起,这个外型的伪装,时间稍久,很易露出破绽,而为人所发觉。他们必须根据心理学的原理,表演他所扮演的人物,科学地仿效那人的习惯、语言和一切行为。"②

在这方面,被称为"中国侦探宗匠"的程小青,对在侦探小说中宣传心理学尤为热衷。程小青对心理学的兴趣可能是来自他所翻译的斐洛凡士(Philo Vance)系列侦探故事,他赞美范达痕笔下的斐洛凡士故事文笔优美,"除了处处都合论理原则以外,又把最新流行的行为心理

---

① 位育:《论侦探小说》,原载1947年《红绿灯》第7期,收录于任翔、高媛主编《中国侦探小说理论资料(1902—2011)》,第228页。
② 怀冰:《你要写侦探小说吗?》,原载1949年《大侦探》第34期,收录于任翔、高媛主编《中国侦探小说理论资料(1902—2011)》,第232—233页。

学和美学等等引用进去"①。前文已提到程小青对犯罪学知识的自学,除了犯罪学之外,他对犯罪心理学与普通的日常心理学也有涉猎,甚至还在作品中虚拟霍桑出版了一本《犯罪心理学发微》。

中国古代公案小说中也时常会出现一些简单的犯罪心理学的应用,例如安排嫌疑人在寺庙中,假造一些异常现象来恐吓他坦白等,但与这些古代的故事中借助民众的鬼神信仰破案相反的是,中国现代的侦探小说采取了驱魅的手段,以西方心理学的著作为权威话语,提供科学根据。例如程小青《活尸》中的反派徐中玉在面对包朗的质疑时以德国心理学家的实验证明来替自己辩解:"根据德国心理学家达乌伴和史端痕实验的结果,人们心理上时间的估计,往往会因职业的区别、环境的差异和精神状态的不同,估计的结果也有显著的差别。因此,现在你要我估计,我委实不愿意冒险。"针对徐的说辞,包朗虽然不屑徐为人"狡猾之至",但也认可西方心理学的可行性:"他的话根据学理,在法律上也不能不加接受。"②

受弗洛伊德心理学影响,这一时期与心理学有关的侦探故事经常围绕精神病这一课题。例如程小青的作品《催眠术》一文中,一位姓孙的女子读了"霍桑探案"里的故事,不满意结局而生病。类似的情节在古典戏剧的接受史中也曾出现,例如一些女子因读《牡丹亭》而病死的轶事,但在这篇侦探小说故事里,霍桑显然不希望侦探小说会和神怪小说或言情小说一样对读者有任何不良的影响,欣然前往治疗。在霍桑之前,孙家已经请了传统名医来看,据称该女子是得了"失魂病",于是乎在这场西医与中医的对决里,我们看到了与《老残游记》相反的处理手法:中医束手无策,因此医治的责任只能由霍桑负责,而霍桑只花了五六分钟就治愈了她,包朗怀疑他会辰州符咒,霍桑反驳:"辰州符咒是一种江湖的骗术。我的医法是有科学根据的。"具体说,霍桑的方法就是让她转移到一个通风的房间,并对她采取 talking cure 的方法催眠:

---

① 程小青:《论侦探小说》,原载1946年1月10日《新侦探》第1期,收录于任翔、高媛主编《中国侦探小说理论资料(1902—2011)》,第207页。
② 程小青:《活尸》,《霍桑探案集(八)》,第275页。

第三章　民国侦探小说家与科学话语共同体

> 那是一种医术的名称,译名叫做"谈疗",又叫做"净化治疗"Cathartic treatment,发明的人是一个奥国医生勃洛尔 Breuer……伊瞧了名片,瞪着双目瞧我,不声也不动。我也定神凝视着伊,一壁又摸出我的这一只镀镍发光的烟盒来,放在距离伊的眼睛一尺光景的地位,让伊注视着。这样子过一两分钟,伊的眼皮有些垂落,渐渐儿入于睡眠状态。①

当包朗赞赏他的医术不可思议时,霍桑援引学理:

> 你总知道精神病大半起因于被遗忘或被压抑的悲痛经验。如果医生能使病人在催眠状态中,唤起他或伊的经验,疏解或消释病人的痛苦,病症就会消灭。这已成为精神病有效的治疗方法。②

程小青早在 1923 年《侦探世界》上发表的《毛狮子》中就有催眠术的描写,但正如前文所提及的,与早期的"霍桑探案"相比,程小青中后期的"霍桑探案"故事更加注重加入专业的西方犯罪学或者心理学术语,使得其侦探小说变成科学教科书。《毛狮子》故事中警察捉住了一个匪徒,霍桑指出"这位包朗先生新进研究了一种催眠术,前次曾经实验很有奇效"③,因此警方让包朗实施催眠。而在 1930 年根据《毛狮子》重新修订的《五福党》中,程小青增加了这样一段话,让霍桑解释了包朗利用催眠术来问讯的合理性:"你总知道催眠术可以使说谎的人说真话,把隐藏的事吐出来。现在西方的司法界已经采用它做问供的工具。这是一种新兴的科学。包先生在夏芝馨的绑案上实验过,很有奇效。"④这里的逻辑是因为西方的司法界已经采取催眠术来问供,所以包朗运用催眠术是掌握新兴科学的表现,西方的司法实践成为了一

---

① 程小青:《催眠术》,《霍桑探案集(五)》,第 168—169 页。
② 同上书,第 179 页。
③ 程小青:《毛狮子》,《侦探世界》1923 年第 17 期,第 3 页。
④ 程小青:《五福党》,《霍桑探案集(九)》,第 217 页。颇为讽刺的是,在 1987 年群众出版社版的《霍桑探案集》中,编者在"幸亏这位包朗先生研究过催眠术"后加了一则注释:"这种催眠术实际上是对犯人注射麻醉剂,利用犯人的昏迷状态诱供。这是一种骗术,而且极不人道,在社会主义国家是完全违法的,绝对禁止。"编者的这席话中将程小青要宣传的科学重新阐释为骗术,这一矛盾也可以看出在不同时代"科学话语"这一所谓客观概念的相对性。

种绝对的话语权威。

同样,在《催眠术》这篇小说中,程小青的兴趣并不在破案,而是想通过一系列心理学术语,如"被遗忘或被压抑的经验""净化治疗"等,向读者宣传西方心理学的知识,并借助与中医或者辰州符咒等玄学的对比来强调西方科学的理性及权威性。故事中的女主角之所以会得病,是因为读了包朗写的言情小说后过于投入而无法自拔。因此霍桑这里对她的治疗似乎又有了双重意义:一是通过西方的心理医学让她恢复理智,二是侦探小说这个文体也有着唤醒民智的作用,大大优于言情小说。类似通过侦探小说来宣传西方心理学的实例还可见于程小青的另外两篇作品《幻术家的暗示》与《雾中花》。

《幻术家的暗示》中,一场魔术表演后主人的钻戒失踪了,受害人以为自己偷取了它,陷入深深自责。根据他说话时呆滞的眼光和声音状貌,霍桑认为他得了精神病。与《催眠术》的结构一样,《幻术家的暗示》也呈现为魔术与科学解释的二元对立,受害人被指责是魔术师的同党,用邪术偷取了钻石,理由是中国从前有"五鬼搬运法"和"隐眼法"等法术,西方的魔术也是类似的邪法。包朗则驳斥他,这些旧的中国戏法,"只是旧社会中江湖术士骗人的把戏"[①]。幻术其实都是人为的,"只是利用人们心理和官觉上的弱点,又靠他自己手术的敏捷和熟练"。因此,对于这位受害人的精神疾病,程小青并未使用"幻觉"这个较为普通的词语,而是称该人患了一种西医学上叫作"海罗雪乃欣Hallucination 的病症","他的神经组织失了常度,才会发生种种不可思议的幻想"[②]。并分析其原因在于受害人从银行离职后被传言盗用公款,名誉受损,种种刺激之下再加上当晚酒精的作用,产生妄想。从这里我们再度看到了两层意义上的取代:情节上,科学的解释取代了邪术;语言修辞上,西方的心理学名词取代了"中邪"之类的旧有名词,成为了客观、权威和真理的象征。

《雾中花》的故事中受害人在梦中被人用石头击毙,霍桑在分析各

---

① 程小青:《幻术家的暗示》,《霍桑探案集(十)》,第 319 页。
② 同上书,第 327 页。

第三章　民国侦探小说家与科学话语共同体

个当事人的行为特征之后判断凶手是受害人同父异母的妹妹,这个妹妹虽然瘦小、弱不禁风,平时也谨小慎微,但霍桑根据心理学权威"福洛德"(即弗洛伊德)的著作"《精神分析》"(即《精神分析引论》),以变态心理解释凶手的动机,认为凶手患有"睡行病"。为了证实自己的推论,霍桑设计让一切重演,果然在月明之夜凶手再度病发准备行凶时抓获了她,并将其送往精神病院。在小说中,包朗代表了读者的角色,霍桑对着包朗说明:

> 包朗,你也许也知道变态心理学中有一种迷狂症,译者叫做歇笃里亚 Hysteria。这种迷狂症种类极多,睡行病是很普通的一种。那本《精神分析》上说得非常详细。你如果不大熟悉它的症象,不妨把书桌上的另一本我国朱光潜的《变态心理学》翻开来。在 58 和 59 页上,我用红铅笔划过线条。①

霍桑根据凶手在访谈时经常说"感觉自己在梦中",平日常服用安神的药物,以及经常受到欺压而不敢反抗的症状,认为她的"这些积累的怨恨被现实环境约束着,就都给压抑在潜意识中……但当伊的睡行病发作时,那约束力——在心理学上英文叫做 Censorship——失却了控制,伊的痛苦的经验要求报复,伊就干出了醒时所不能干的事"②。值得一提的是,程小青在这篇故事中对弗洛伊德理论的接受不仅仅是 Hsyteria 这一个病理症状,还包括了性别。在弗洛伊德关于歇斯底里的研究中,所有的病人都是女性。而《雾中花》这个故事里的人物关系中,三位女性都有精神问题,母亲长期患精神病卧床;受害人骄横跋扈、虐待动物;凶手是妾室所生,而且经常被受害人所责骂。而故事中几位男性的形象,或是医生,或是侦探,都或多或少有着医病、阻止危险蔓延的功能。由此可见程小青的霍桑系列里的性别意识仍然是以传统的父权思维为基础的,即男性是女性的拯救者,传统女性在受压抑的环境中更容易产生歇斯底里的危险倾向。

---

① 程小青.《雾中花》,《中美周报》1947 年第 266 期,第 37 页。
② 同上。

（四）科学道德主义

民国侦探小说家经常强调阅读侦探小说对民众养成科学的思维模式的益处。程小青在《侦探小说与科学》中就写道："其实即使不讲具体科学，侦探小说的本身，早已科学化了。例如科学是论理的，侦探小说度情察理，也是论理的；科学重研究重证据的，侦探小说的组织，也注重研究和证据两项；科学的研究方法，分演绎和归纳两种，侦探小说中的主角，探案时也都运用这两种方法，以达到他破案的目的。所以凡多读侦探小说的人，不知不觉之中，便养成了一种论情察理的科学头脑。"①除了对民众在观察推理方面的训练外，程小青还认为侦探小说对国民性的另一层改造在于培养国人的好奇心："因为好奇心虽是天赋的本能，但因着家庭的教育、传统的迷信和社会的影响，种种势力前后夹攻，往往把好奇心压迫得无由发展。我们若用冷静的眼光，观察我们社会上形形色色的人物，除了儿童、青年和一部分受过科学洗礼的人以外，大多数中年以上的人的好奇心都是很薄弱的。无论怎样的疑问怪事，在他们眼中似乎都不以为奇。他们因着科举的流毒，缺乏启发性的教育，谈鬼说怪的著作的普遍流行，数百年来他们的好奇心早已降伏在重重宿命、颓废、迷信势力之下，以为一切都是自然而然的，用不着空费心思去探隐究微。"②程小青认为侦探小说的情节经常包含着为什么或是怎么样的疑问，会引发并扩大人们的好奇本能，使读者在不断阅读的过程中获得最大程度的满足，并且还可以促进探索精神的自由发展，使"沉浸在玄秘、荒诞、迷信深谷里的民族，豁然振拔，恢复我们固有的理智，赎取我们天赋的探索本能，创造出一个'返老还童'的新世界来！"③

抱着启发民智、破除迷信的创作信念，民国的侦探小说中经常出现

---

① 程小青：《侦探小说和科学》，原载 1923 年 12 月 8 日《侦探世界》第 13 期，收录于任翔、高媛主编《中国侦探小说理论资料（1902—2011）》，第 81 页。
② 程小青：《论侦探小说》，原载 1946 年 1 月 10 日《新侦探》第 1 期，收录于任翔、高媛主编《中国侦探小说理论资料（1902—2011）》，第 211 页。
③ 程小青：《著者自序》，选自 1930 年上海文华美术图书印刷公司《霍桑探案汇刊》第一集，收录于任翔、高媛主编《中国侦探小说理论资料（1902—2011）》，第 145 页。

的情节就是科学与玄秘的对立以及理性分析胜利的结局。例如张碧梧所著"宋悟奇之家庭探案"系列之《狐疑》中,一大户人家经常丢失古画,箱子旁边常贴有"借去一用不日奉还"的字样,并署名"狐白"。迷信的妻子笃信狐仙,拒绝向警方报案,还准备香烛供奉。经过侦探宋悟奇调查,窃贼是家中的女佣及车夫。故事的结尾宋悟奇告诫这家的老爷正是由于夫人平日迷信鬼神,贼人才利用她的弱点故弄玄虚。贼人被抓固然部分地解决了问题,但真正的治本之道仍然是要夫人破除迷信。①

乍看之下,这种对于科学精神的推崇类似于五四时期科学派的观点,但鸳蝴派的背景又使得这些作家与儒家思想传统息息相关,而不是像五四科学派所采取的相信科学可以解决自然、道德和政治领域的一切问题的唯科学主义态度。民国侦探小说家在处理科学与道德关系时,遵循的仍然是晚清以来梁启超等持有的科学道德主义思想,认为道德高于科学,这点可从国人将福尔摩斯道德化这一创造性误读中看出端倪。

福尔摩斯故事在中国被接受时译者对他道德上有很高的评价,如包天笑在《福尔摩斯侦探案全集》中的序里写道:

> 抑知所谓福尔摩斯者,文家虚构其名,欲写其理想之事实而已。虽然,今之所谓侦探者,夫岂苟言焉已哉,必其人重道德、有学问,方能藉之以维持法律、保障人权,以为国家人民之利赖。②

在刘半农的跋中则更加明确地表达了对福尔摩斯道德观的崇敬:

> 或问:福尔摩斯何以能成其为福尔摩斯? 余曰:以其有道德故,以其不爱名不爱钱故。如其无道德,则培克街必为挟嫌诬陷之罪薮;如其爱名爱钱,则争功争利之念,时时回旋于方寸之中,尚何暇抒其脑筋以为社会尽力,又何能受社会之信任? 故以福尔摩斯之人格,使为侦探,名探也;使为吏,良吏也;使为士,端士也。不具

---

① 张碧梧:《家庭侦探宋悟奇探案:狐疑》,《半月》1924 年第 3 卷第 18 期,第 1—11 页。
② 包天笑:《笑序》,1916 年上海中华书局《福尔摩斯侦探案全集》,收录于任翔、高媛主编《中国侦探小说理论资料(1902—2011)》,第 31 页。

此人格,万事均不能为也。①

诚然,福尔摩斯是一个值得尊敬的英国维多利亚时期绅士,但是否如刘半农观察的,是社会的道德楷模呢?如果我们仔细审视福尔摩斯的性格,会发现他一直保留着一种英国人的傲慢。他拥有渊博的知识、独特的品味、对艺术的敏感,但这种高智商也使他经常觉得现世太过无聊,平时无案可破时经常萎靡不振,需要依赖可卡因或者音乐来超脱。他对与破案无关的知识丝毫不感兴趣,有自己的行事规则,并不一定遵守现存的法律或道德标准。② 为了获取新知识或者寻求新的刺激,福尔摩斯经常不按常理出牌,例如他为了观察某一结果愿意监督他人注射毒药,或者鞭尸来观察死后伤痕何时才会产生。福尔摩斯从未结婚,除了华生之外也没有其他真正的朋友,他将犯罪视为一种艺术,经常跟华生抱怨没有可以与他匹配的犯罪大师。这种有怪癖的天才侦探的设定至今仍然是推理小说里常见的人物塑造模式。事实上,福尔摩斯乖张的性格更像是六朝时的名士,却很难说他是一个道德楷模。这里包天笑与刘半农们将福尔摩斯道德化,是因为当时国人认为科学与道德有密切联系。

科学道德化这一观念晚清时就已存在,费侠莉曾发现最早一批接触西方科学的中国知识分子已经尝试将西方科学联系到中国传统的儒家哲学,例如"当谈及自然,他们就会想象一个有机的、和谐的宇宙,在那里社会与道德的秩序与自然的进程密切相连……因为他们预先设定了自然与道德真理在根本上是一体的原则,中国人很快的得出西方科学理论可以运用于整个世界,并且具有道德上的关联的结论"③。晚清的政治改革家谭嗣同用当时物理学界新兴的概念"以太"代替中国传

---

① 刘半农:《跋》,1916 年上海中华书局《福尔摩斯侦探案全集》,收录于任翔、高媛主编《中国侦探小说理论资料(1902—2011)》,第 36 页。
② 福尔摩斯的知识结构全部与探案密切相关,《血字的研究》中这样写道:"他(福尔摩斯)的知识疲乏的一面,正如他的知识丰富的一面同样地惊人。关于现代文学、哲学和政治方面,他几乎一无所知。……最使我(华生)惊讶不止的是:我无意中发现他竟然对于哥白尼学说以及太阳系的构成,也全然不解。"
③ Charlotte Furth, *Ting Wen-chiang*, *Science and China's New Culture*, Cambridge: Harvard University Press, 1970, pp.10-12.

第三章 民国侦探小说家与科学话语共同体

统的"气"来重新解释宇宙天地之间的成分,认为宇宙充满了以太,是人与人之间、人与物之间互通的介质。根据谭嗣同的说法,以太不仅仅是物质的,也是有意识的,而这种意识就是"仁":"其(以太)显于用也,孔谓之仁,谓之元,谓之性;墨谓之兼爱;佛谓之性海,谓之慈悲;耶谓之灵魂,谓之爱人如己,视敌如友;格致家谓之爱力,吸力,咸是物也。"① 王德威曾指出谭嗣同这里的"仁学"并不同于传统的儒家哲学,而是反映了当时的激进儒学家面对西方科学的引入而提出的一种折中式的科学道德主义,这一观念可源自康有为的《大同书》,在文学上影响了吴趼人,例如其科幻作品《新石头记》中东方强所宣扬的"仁学"。在《新石头记》中,东方强要建立一个"真文明国",与"假文明国"相对,两者的分别即在于前者实行仁术,用科学技术与精神来同时感化敌人,而后者单纯将科学作为杀戮与镇压的工具:"对吴趼人来说,只有在日常生活中实践科学性的进步,才能确实地体验出'仁'的真谛;物质上的现代化是'仁'或者人性内在力量的外烁光辉。换言之,'仁'既是为政之道的纲领,也是科学进步的立足点;既是伦理的超越内涵,也是物理的运作法则。"②

民国时期科学派亦将科学概念伦理化与政治化,提倡"科学的人生观",但与晚清的儒家知识分子不同的是,此时科学的人生观派不再强调西方科学与儒教的糅合,而是主张以西方科学来取代孔教的意识形态,成为新时代的人生观。例如吴稚晖与陈独秀均表现出对儒学的极其憎恶,前者认为传统文化阻碍科学和工业发展,后者认为对于现代意识来说,孔教是一种不合时宜的堕落。③

民国的侦探小说家赞成现代社会中对科学的推崇,例如程小青在其《霍桑探案袖珍丛刊》的序中认为:"二十世纪是科学的世界,无论物质机械方面的一切的学术,都须受科学的支配,就是我们向来认为精神方面的学术,如哲学、心理学、心灵学等等,也都逃不出科学方

---

① 谭嗣同:《仁学一》,《谭嗣同全集》(增订本)下册,北京:中华书局,1981年,第293页。
② 王德威:《被压抑的现代性:晚清小说新论》,第318—319页。
③ 有关吴稚晖和陈独秀对科学与儒学的看法,可参见〔美〕郭颖颐:《中国现代思想史的唯科学主义(1900—1950)》,雷颐译,第27—65页。

法的疆界。"①但在对待传统思想的态度上,他们主张寻求现代科学与传统思想中格致之术的相似性,认为科学的精神在传统思想中亦存在,只不过玄秘观念的势力过于强大,后世将格物致知的学说神秘化,失去了原有的理性精神。如张毅汉在《霍桑探案汇刊》中指出:"在宋朝时候,有过一位小青先生的贵本家程先生,说过'物格而后知致,知致而后意诚……而后天下平'的话,似乎从此可以一洗玄秘的思想而换过一个科学的头脑而把天下平了。谁知玄秘观念的根蒂太坚深,不特未能涤肠换骨,反而连格物致知的学说也给它神秘化起来。于是中国人的头脑仍是一些玄秘观念充满了的头脑,中国的文化仍然是落后的文化。"②

这种对传统格致之学的肯定在程小青笔下形容的霍桑的知识结构中亦有体现。例如第一篇霍桑故事《江南燕》中就这样形容霍桑的知识结构:

> 霍桑好学,新旧学识都广博贯通,然而也偏专于理科,对于现代学制注重各科必须平衡发展,并不同意,甚至感到非常不满。所以他攻读的科目,除数学、物理、生物、化学之外,还涉及哲学、法律、社会、经济等,对于实验心理、变态心理更有独到的见解。其他如美术、药物和我国固有的技击也下过功夫,或者可以说"兼收并蓄",对于旧学,不分家派比较重义理而轻训诂,凭他具有的科学的头脑,往往取其精华,丢弃残滓。他始终觉得儒家思想的"格物致知"和近代的科学方法十分相近,心中最佩服,平时都能亲自加以实践。③

---

① 程小青:《著者自序》,选自1944年上海世界书局《紫信笺》(《霍桑探案袖珍丛刊》之十一),收录于任翔、高媛主编《中国侦探小说理论资料(1902—2011)》,第202页。

② 张毅汉:《序》,选自1930年上海文华美术图书印刷公司《霍桑探案汇刊》第一集,收录于任翔、高媛主编《中国侦探小说理论资料(1902—2011)》,第142页。从这个角度看,程小青对科学及传统思想的看法与胡适比较接近。胡适在《清代学者的治学方法》(1920)、《治学的方法与材料》(1928)等文章中也坚持认为中国古代思想史中存在着科学方法的精神,但缺点是过于专注文字与书本知识,忽略了科学实验。〔美〕郭颖颐:《中国现代思想中的唯科学主义(1900—1950)》,雷颐译,第76—79页。

③ 程小青:《江南燕》,《霍桑探案集(二)》,第1—2页。

第三章　民国侦探小说家与科学话语共同体

霍桑的这段知识结构的构成很有特点。汪晖曾指出"格致"概念的一个缺陷在于"更注重于道德及政治问题,而对自然的认识没有分化为独立领域"①。但霍桑的知识结构非常讲求类别化与系统性,对自然科学与社会科学都有专门的研究,弥补了旧有的"格致学"分类上的不足。与他的原型福尔摩斯相比,霍桑在知识结构上更加全面,特别是心理学和旧学这两个方面,引文中尤其强调了霍桑吸收了旧学中重道德的特质:霍桑"重义理而轻训诂"。"义理"和"训诂"都是旧学的方法。北宋理学家程颐(1033—1107)将学问分为三种:"古之学者一,今之学者三,异端不与焉。一曰文章之学,二曰训诂之学,三曰儒者之学。"在这三者中,程颐觉得儒者之学最为重要:"欲趋道,舍儒者之学不可。"②训诂之学后来也被称为考证或考据,儒者之学被称作义理。考据学在清代乾嘉年间达于极盛,尽管其代表人物如戴震仍主张"由声音文字以求训诂,由训诂以寻义理,实事求是,不偏主一家",但考据学的大盛,也导致"经学家治经不重发明经义,而重文字之训诂校勘,史学家治史不从事于写史,而醉心于古史之考订辨正"③。霍桑"重义理而轻训诂"的态度代表了对旧学中过于象牙塔内的文献学式的治学内容的扬弃,但仍坚持旧学中的儒家道德追求。④

因此我们可以说以程小青为代表的民国侦探小说中科学人生观的特点是一种夹杂着民族主义意味的、道德化的、相对保守的科学人生观,这种对科学道德主义的坚持使得程小青的"霍桑探案"系列故事中对西方现代性的接受表现出矛盾性的两面。一方面,如前文所提,程小青对于西方的法医学、心理学和犯罪学极为推崇,全盘接受,而且在30年代以后的"霍桑探案"修订故事中屡屡引用此类科学作为"霍桑探

---

① 汪晖:《无地彷徨:"五四"及其回声》,第434页。
② 程颢、程颐:《二程遗书》第十八卷,上海:上海古籍出版社,2000年,第235页。
③ 杜维运:《顾炎武与清代历史考据学派之形成》,《清代史学与史家》,台北:东大图书公司,1984年,第95页。
④ 有关义理,有时也指西学中的思维方法,例如明末的徐光启在主持修历时也将其与法数作出区分:"义和理,既是指天文、数学等知识领域的原理,又涉及一般的方法论原则;与之相对的法与数,则主要和具体的推算程序、范式等相联系。"杨国荣:《科学主义的形成与衍化:中国近代科学的形上之维》,上海:上海人民出版社,1999年,第30—31页。

案"的权威论理依据。另一方面,带着民族主义与传统道德的色彩,程小青的"霍桑探案"又竭力与西方的物质文明划清界限,他笔下的西式舞厅是常见的诱人堕落的犯罪场所,国外留学归来的博士通常都是最恶的一群。例如《活尸》中的凶手是美国纽约大学的社会学博士,另一反面人物也是化学博士,他们或者被塑造为利用西方的现代科学巧言善辩、在婚姻上始乱终弃,或者是回国后很容易受到物质主义的影响,沉迷纸醉金迷的生活。除了留洋人士,程小青也对现行的教育界非常不满,现代的大学生在他笔下多为因为恋爱问题争风吃醋的形象:"一个知识阶级而有处于领袖地位的大学生,居然会得跳舞,居然会得跟舞女恋爱,居然会得和人争风,又居然会得开枪打死他的恋人! 在我们这个时代,竟有这种种现象,你说不值得注意?"①

  侦探霍桑的人物塑造也体现出这种矛盾性。程小青虽然努力将其打造成融合中西文明的理想典型,例如引文中所指出的,"新旧学识都广博贯通,然而也偏专于理科","如美术、药物和我国固有的技击也下过功夫,或者可以说'兼收并蓄'",户外运动上他"因季节和气候各殊而有所变换,比如夏天打太极拳,冬令练少林拳,晴朗天做柔软操,刮风时跑快步"②。但也能从一些细节看出他对物质文明的排斥。饮食上霍桑早餐饮牛乳,但"平日不甚喜欢西菜"③。霍桑家中虽然也拥有电扇等现代科技,但他仍钟爱中式蒲扇,当包朗嘲笑他为了节省电费而只用蒲扇时,他严肃地回应道物质文明的过分舒服感会瓦解人的意志:

  我不用电扇而用扇子的缘故,难道真是为着节省几个电费?扇子的效用要通过手腕的摇动才会产生,而且风的急缓也可凭手腕的控制。你须知人类的身和心是应当由适度的运用的。过分劳碌固然要疲乏,但过分舒服也一样会养成身和心的惰性。④

  霍桑的爱国体现在消费国货:习惯抽国产的白金龙纸烟,即使抗战

---

① 程小青:《白衣怪》,《霍桑探案集(四)》,第156页。
② 程小青:《活尸》,《霍桑探案集(八)》,第191页。
③ 程小青:《珠项圈》,《霍桑探案集(一)》,第29页。
④ 程小青:《催眠术》,《霍桑探案集(五)》,第159页。

第三章　民国侦探小说家与科学话语共同体

胜利后,霍桑抽的"纸烟还是白金龙。这时候黄白车夫也在吸大量销行的外国烟了,他吸的还是那块落伍的老牌子"①。他的日常服饰以中式衣着为主:"他穿着一件白铁机纺的短袖衬衫,下面是府绸西裤,足上也同样拖着宁波出品的草拖鞋,不过白麻纱袜却没有卸掉。"②或是一身"深灰色细条纹绸的本国式长袍"③,他的助手包朗也通常穿着"一身淡灰色国产哔叽的单西装"。他的书房也是中式装修,坐的是铺着篾席的藤椅,地上铺着一条"宁波出品的织回文线的地席"④,连他爱看的电影也是大光明戏院开映的《国魂的复活》。

在探案上,霍桑除了前文提及的使用一些法医学的必要设备采集证据外,并不经常利用现代物质手段探案,即使有,也通常并不构成侦破的主要手段。例如在《血手印》中虽然出现了留声机,但仅仅是为了向读者展示这个新奇的事物,情节上并没有任何推动作用。故事里霍桑早已识破了凶手的身份,并用留声机记录下了她的认罪。包朗在办公室外面听到了这个认罪,但入门后却没有该名女子的踪影,非常惊讶。霍桑笑着给他指名留声机的效果、颜色、型号,之后这一装置就不再在侦查中被提及。⑤ 程小青似乎更想强调物质发明的双面性,它们既会被罪犯所利用,成为胁迫人的工具,也可以为正直的侦探所用,为人洗刷冤屈。例如《第二张照片》中的女受害者被骗去公园,罪犯拍摄了一张她与一位男子的亲密照片企图勒索她。但是螳螂捕蝉,黄雀在后,霍桑识破了他的计谋,在同一时间、同一地点拍了一张犯人是如何用相机偷拍女受害者的照片,反制其人。⑥

李欧梵认为霍桑故事不成功的原因之一是"他对都市文化——特别是它'现代性'那一面——缺乏了解和敏感"⑦。从以上分析可见,程小青作品中对物质现代性的贬低并不是由于他知识上的缺乏,而是

---

① 程小青:《雾中花》,《中美周报》1947年第256期,第36页。
② 程小青:《断指团》,《霍桑探案集(五)》,第2页。
③ 程小青:《案中案》,《霍桑探案集(八)》,第25页。
④ 程小青:《白衣怪》,《霍桑探案集(四)》,第167页。
⑤ 程小青:《血手印》,《霍桑探案集(十)》,第225—226页。
⑥ 程小青:《第二张照片》,《霍桑探案集(十三)》,第254—279页。
⑦ 李欧梵:《福尔摩斯在中国》,《当代作家评论》2004年第2期,第14页。

在科学道德主义观念下的故意排斥。侦探小说这个文类本身就有着内在的矛盾性，一方面是犯罪与秩序的破坏，另一方面是镇压犯罪与恢复秩序。而以程小青为代表的侦探小说家对道德化的强调，对侦探小说中可能的"诲盗"影响的顾忌势必会使叙事带有教化的色彩，影响悬疑气氛的渲染。例如程小青的代表作《白衣怪》中设计一个大户人家闹鬼，但最终被证明是人假扮的情节，其中关于白衣怪是这样描写的："我一时竟也不能动弹。我的眼睛明明瞧见有一个白色的怪物，站在房门口，不声不响。那怪物的身上似被着一件长袍围裹着，脸上又灰白可怕，两个黑洞般的眼圈，一个高耸鼻子，鼻子下面似还有些短须。"包朗开枪后，怪物逃跑了，包朗在地上发现了一条白布的单被和一个棉纸做的面具，"纸面上画着两个眼圈和两条眉毛，嘴唇上涂着红色，上唇上还画着短须"[①]。吴承惠认为比起福尔摩斯故事，《白衣怪》这个白色怪物不够神秘："你读《福尔摩斯探案》，随着福尔摩斯走向那出事地点，如果又是座乡间古宅，单是那阴森森的环境，阴森森的仆人面色，就把你的心揪起来了。程小青写这类事物，无论怎么刻意加工，总显得比较单薄，平淡，缺少那种怪异诡秘的色彩。比如《白衣怪》这一篇，那个总在夜里出现的白色鬼怪，很快地就失去了它的神秘性，不用霍桑来侦查，读者也能猜得出这是家里的某一个人在装神弄鬼。"[②]这里并不是程小青的功力不够，以至气氛渲染得不如福尔摩斯故事里那么恐怖，而是他基于"文以载道"的科学人生观而自我克制的结果。

以上便是对民国侦探小说中的"科学话语"特色的一些初步归纳及分析。从中可以看出在"科学话语共同体"这样一个整体概念之下，不同群体的主张既有相同的一面，亦有各自的变化。以这一时期的侦探小说为例，他们能够紧跟科学发展的潮流，以趣味的方式普及日常生活中的实用科学、法治思维及西方心理学知识，有些作家甚至更加激进与专业，直接以创办实业的方式来实践科学话语，在他们的叙述中，西

---

① 程小青：《白衣怪》，《霍桑探案集（四）》，第310—311页。
② 吴承惠：《程小青和〈霍桑探案〉》，收录于萧金林编《中国现代通俗小说选评·侦探卷》，第19—20页。

方的科学术语与新名词取代了旧有的迷信认知,代表了新时期的真理与权威,这些都打破了我们固有的对鸳蝴派作家保守、落后的负面认知。但是,这些侦探作家旧学的背景也使得他们对于科学的态度与五四的知识分子不尽相同,他们继承的仍然是晚清以来的科学道德主义,并兼有民族主义的色彩,将福尔摩斯道德化,对海归派持怀疑甚至贬低的态度,侦探小说不仅仅是"通俗化的科学教科书",亦是"通俗化的道德教科书",这种传统的正义观及教化观亦一定程度上限制了此时期中国侦探小说的趣味性与想象力,成为民国侦探小说书写的一种缺憾。

第四章　民国侦探小说中的日常话语

尽管上海有着各式各样的美食,上海人的标准早餐却依然是无味的泡菜和咸菜。这个摩登的城市引领着全国的时尚潮流(被誉为"东方巴黎"),但人们通常很少购买时尚商店衣架上的服装。大部分上海人身上穿的不是家庭主妇手工缝制,就是由宁波或苏州裁缝所做的衣服。他们的裁缝铺坐落于弄堂的拐角。居民们从乡下带来大包衣物也是常事。当汽车大量出现于上海街头之际,大部分人却从来没有坐过出租车,乘一次轿车甚至被认为是一生中的一次重要经历。①

卢汉超所著的《霓虹灯外:20世纪初日常生活中的上海》一书聚焦于大多数上海市民所居住的弄堂空间,关注那里的商业文化,细致刻画出了一幅与摩登上海迥然不同的普通人的日常生活片段。民国侦探小说家不少都懂英文,翻译过西方侦探小说,但都没有留洋背景,一生也基本上在江浙沪一带活动,因此他们所写的侦探小说基本上都发生在上海或其近郊,虽然不少案件在租界,但鲜少涉及外国人或国内外政治。② 就故事内容而言,内省式的关注日常生活中的危险是它们的主要特色。正如赖奕伦在对比"福尔摩斯故事"与"霍桑探案"系列之后得出的结论:"在《福尔摩斯探案》的地理景观序列的塑造中,隐含着外扩式的殖民势力壮大……而《霍桑探案》则多所关注于民初时期中国

---

① 卢汉超:《霓虹灯外:20世纪初日常生活中的上海》(Beyond the Neon Lights: Everyday Shanghai in the Early Twentieth Century),段炼、吴敏、子羽译,上海:上海古籍出版社,2004年,第11页。

② 外国罪犯在一些实事探案中出现过,例如《大侦探》1947年第13期《青沪公路金条命案内幕》中就涉及一位美国人和英国人劫匪。笔者所见的小说中涉及外国人在华犯罪的只有徐卓呆的《信用证》(《侦探世界》1923年第14期),写两个美国人在上海利用银行信用诈骗,以及施蛰存的《凶宅》。中国侦探小说中涉及政治阴谋的也并不多,仅限于政治暗杀等,如程小青的《断指团》,而且都点到为止,不涉及具体政治事件或者党派纷争。

第四章 民国侦探小说中的日常话语

的政治与社会,是属于内省式的家国感怀与时局针砭。"①这种内省式特征的不足固然是故事平淡、格局狭小,但另一方面正因为它们对于日常案件的记录,恰恰为民国时期都市日常生活研究提供了丰富资料。

这里所说的日常性主要体现在如下两点。第一是新旧交替时期不同价值观的并存,正如吴承惠在程小青"霍桑探案"中总结的:"当时中国社会特有的一种思想结构,即既有封建传统的积存,又有西洋文明的渗入,也在《霍桑探案》中有所反映。"②第二是关注家庭生活,如汤哲声所言:"中国侦探小说的背景比较小,总是以家庭作为写作环境,以血缘关系作为关注的中心。"③由于关注家庭生活,再加上侦探小说的写作本身就侧重从细节上埋入伏线及推理,因此这一时期的侦探小说便从衣食住行、人际关系、居住空间等各方面记录了当时新旧交替时期民国社会的民俗人情。在这些作品中,小到如中西之间家具、门锁、衣着饮食等日常生活的各种细节,或者新旧交替之下家族制度中家庭成员的复杂纠葛及新法对这一制度的冲击,或主仆之间的信任与猜忌、邻里之间的互相窥视等中国社会特有的复杂人际关系,又或里弄道路的纵横交错、石库门内暗含的隐蔽空间、老虎灶中的公共空间等都被小说家纳入想象的案件中,从而使侦探小说在民国上海日常生活话语研究中具有相当的独特性。

本章即从民国侦探小说中的日常话语这个角度来讨论民国侦探小说的本土化特色。具体来说,分别从侦探小说中日常生活的细节、家庭制度的变迁及里弄空间这三个层面展开分析。日常生活的细节这一部分从侦探小说中对普通人衣食住行的描绘来还原当时新旧交替、中西文化并存下的生活风尚。家庭制度的变迁部分又分为两点,一是侦探小说中所揭示的普通家庭所遭遇的威胁,例如绑架、迷信、婚姻恋爱等,二是传统家族制度所带来的杂居的大家庭成员之间的经济纠纷及主仆之间的复杂关系,还有与旧有的家族制度对比下新型家庭的优越。最

---

① 赖奕伦:《程小青侦探小说中的上海文化图景》,第125页。
② 吴承惠:《程小青和〈霍桑探案〉》,收录于萧金林编《中国现代通俗小说选评·侦探卷》,第19—20页。
③ 范伯群主编:《中国近现代通俗文学史》,南京:江苏教育出版社,2000年,第788页。

后,里弄空间这一部分主要聚焦于程小青《霍桑探案》中的上海里弄,讨论他在侦探小说中如何利用上海里弄的特有建筑(如石库门)、地理特征(如四通八达)及生活习惯(如老虎灶与小食挑子)来设计剧情。

一　民国侦探小说中日常生活的细节

日常生活的细节是民国侦探小说本土化的重要标志,小说家敏锐地利用了新旧交替时期才可能出现的习俗、观念、环境以及人物来设置诡计。例如,民国时期战争频发,俞天愤便利用此点设计了一篇与战争后遗症有关的作品《白巾祸》。《白巾祸》是俞天愤创作的"蝶飞探案"的系列之一,赵苕狂认为俞天愤侦探小说的特色在于"处处完全是本国情形,不带一点西洋色彩"①。但如果是在上海这样的国际都市,完全不带西洋色彩不易做到,所以俞天愤多在邻近的市镇如苏州取材,读者也因此可以透过这篇作品看到 20 年代上海与邻近乡镇的反差,了解到小镇居民当时的日常生活。

故事发表在 1926 年《红玫瑰》杂志,写浙奉战争(1925 年 10—11 月)之后第二年苏州发生的一起盗窃及杀人案,对当时的读者来说颇具实时性。战争之后溃兵扰乱,人们并无闲钱去购买钻戒,罪犯无处销赃,而且交通没有恢复,除非与当地水警有特殊关系,大多数人均无法出境,小说便基于这一特殊时期小城镇的封闭性而产生。报案人贾某随身带有一个用白丝巾包着的钻戒小盒,在元宵节进城看热闹时被窃,七日后仍无音讯,请私家侦探金蝶飞帮助寻找,后来有人在旅馆被杀,身边有个白丝巾,于是贾某成了嫌疑人。蝶飞调查后发现是红连环党所为。故事的侦破过程比较简单,金蝶飞从旅馆的死者的长衫后襟左角上发现了红连环记号,抓获了这个党人组织,并确认死者死于帮派内讧。金蝶飞还发现贾某失窃的钻戒早已被他的邻居调包,因此又顺带破获了一起假冒珠宝案。

---

① 赵苕狂:《红玫瑰》1926 年第 2 卷第 29 期。俞天愤在 1927 年之后便逐渐停笔,他笔下的案件多与帮派活动有关,具有写实色彩。

第四章　民国侦探小说中的日常话语

《白巾祸》的阅读趣味性主要来自借受害人的描述与侦探的调查所串连起的对战后苏州乡镇日常生活的各种写实记录。例如贾某元宵节在城内大操场看到的卖拳、变戏法、弄缸、走索等民间戏法；洪祠堂门前大树底下小贩一边卖膏药与梨膏糖，一边唱着抵制日货；在饭馆吃完饭后的会账；旅店中操着各种口音形形色色的客人；铁青着脸的账房先生；包括旅店伙计、警察、剃头匠、蒙馆先生、卖糖、烧饼、扦脚等遍布各种底层行业的帮会组织；当时装备落后，仍然擎着刀、扛着枪的武装巡警；过年时去青灵山铜佛庵进香的几千妇人……这些丰富的细节生动地刻画了时事，让读者了解到20年代苏州乡镇的战争创伤、社会治安、民众信仰以及年俗风情，并且"这些乡土气息极浓的人文环境、地理环境和民俗环境的描写，并不是仅仅为了增设气氛而刻意放进去的，而是这部小说所必需的情节环节和有机的组成部分"①。

新旧交替时期新旧并存，而且人们对于新事物尚处于适应阶段，有不少疑虑，张碧梧的"家庭侦探宋悟奇探案"系列便以这一特殊时期创作案情，介绍新事物，批判旧习俗。② 以《莲瓣之痕》为例，一个男子来报案家中失窃，有目击证人看到是团伙作案，有男有女。侦探调查后认为盗贼目标明确，时间把握的也很准确，一定是熟人，而且是曾经跟他一起打麻将的玩伴。理由是卧房的地板上有一个清晰的小脚泥印，而这个玩伴是淮安江北人，"淮安僻处江北风气不十分开通，妇女们缠脚的如今仍然很多"③。他的妻子是中年人，而且是前年才从苏北家乡来，必定是小脚。而另一位受怀疑的女士，虽然她每日夜归，举止轻浮，但由于她是天足，故不是罪犯。暂时撇开这个故事推理上的漏洞与隐含的地域歧视不谈，它的情节之所以成立，主要有两点。第一是当时中国各地发展不平衡，女性放足与缠足并存，苏南的女性很多都已是天

---

① 《成熟与争鸣：民国的侦探小说创作》，2017年7月20日，取自 http://blog.sina.com.cn/s/blog_53bd09380102v4p4.html。
② 张碧梧的"家庭侦探宋悟奇探案"系列有五十余篇，先后刊登在《半月》《红杂志》《快活》《侦探世界》《紫罗兰》等杂志上，从诡计设置的角度看来，这里面的故事较为普通，而它们最大的特色在于每个案件的破案关键都与新旧交替的习俗变迁有关。
③ 张碧梧：《莲瓣之痕》，《紫罗兰》1927年第2卷第9期，第10页。

足,而苏北经济落后,缠足风气仍然盛行。第二是当时上海经常戒严,所以故事中的男子出门打麻将后被困在外无法回家,让小偷得以趁虚而入。

除了缠足,迷信与吸毒也是侦探小说中常见的两种旧社会的不良风气。以为是狐仙鬼怪作祟,请道士驱邪,最后发现是家中仆人的鬼伎;或者赌博输钱,用鸡血画符转运等案件屡有出现,可见这种民间信仰之普遍,此类行为在侦探小说中通通被斥为迷信。吸食毒品也是侦探作品中常见的题材,被视为普遍的社会陋习,早在 1906 年 12 月冷血发表的《吗啡案——歇洛克来华第三案》中就涉及了当时上海民众以吗啡来代替鸦片吸食的风气,上文提到的俞天愤的《白巾祸》中也谈到旅馆里的客人有每早九点钟食鸦片后要饮茶的习惯。张碧梧的"家庭侦探宋悟奇探案"系列之《红鬼丸》中指出此风在 30 年代发展更盛。这个故事中经常外出经商的丈夫突然暴死家中,侦探发现他最终的死因是吸毒过量,这名男子旅行途中购买了毒性更强的红鬼丸,同鸦片一起吸食。宋悟奇还特别指出这个信息的来源:"近来我在当地发行的外国报纸上又瞧见有关红丸的记载,那红丸英文名称叫做 Red Devil-pill,译名是红鬼丸,据说是用海洛英吗啡和高跟配合制成的,吸法和寻常吸鸦片烟一样,力量却胜过几倍。"① 显然这种毒品在当时已秘密存在,张碧梧借此案既是猎奇,也是警告读者这种西式毒品的巨大危害。

"家庭侦探宋悟奇探案"系列中还有一类故事关注此时新事物的引进。以《白皮鞋》为例,故事利用当时人们开始追求一些新式的社团娱乐这一现象而创作。② 在这个案件中,平日在银行上班的丈夫突然去苏州出差,妻子在他的箱子里发现了一双新的女性白皮鞋和合影照片,怀疑丈夫有外遇,请侦探核实后申请离婚。宋悟奇调查后发现真相是这位丈夫喜爱戏剧,想用演戏来排遣平时工作的乏味,但遭到妻子反对,所以只好偷偷地到苏州去参加公演,白皮鞋是女演员的道具,照片

---

① 张碧梧:《红鬼丸》,《半月》1924 年第 3 卷第 15 期,第 12 页。
② 张碧梧:《白皮鞋》,《紫罗兰》1926 年第 1 卷第 23 期,第 1—10 页。

第四章　民国侦探小说中的日常话语

里的女性也是演员合影。在这个故事中我们可以看到一些新女性的价值观,如文中的妻子要求婚后丈夫对自己绝对忠诚,不然就决然申请离婚。故事也描摩了这批中国最早的都市工薪阶层对上班感到沉闷,以及他们为了打发这种无聊而投身新型娱乐活动,如成立戏剧社,去外地公演等。

除了这些移风易俗的行为,侦探小说中新旧交替的特色还表现在器物的中西并存上。一些西式家具与门窗逐步被国人所接纳,认为是先进、安全的标志,郑狄克的"大头探案"系列之第一篇《五个失恋者》内,犯案与破案的关键都在于一张旧式大床。故事发生在一座花园平房,新婚之夜新娘突然遭到谋杀,大头侦探狄克展开调查后发现这座建筑物中的旧式房屋和家具给凶手提供了绝佳的机会:"这三室的布置都是老式的红木家具,尤其是新房中的家具,更见古旧。不说别的,单就那只雕花的红木大床,和那顶粉红的绸帐,至少是六十五年前的式样。"之所以要用这个祖传的红木大床,是为了图吉利,但事与愿违,如果这一切都是西式的,这一不幸则可避免,"假使这一次用无帐的新式席梦思床,也许能避免着不幸之事,而现在这只吉利的红木大床并不十分吉利,却被人作为犯罪的根据地,躲在床底下,可以很安全地不被人发现,万一被人发现,只要藉词预闹新房就能掩饰过去。"此外旧式房屋的设计也给凶手提供了隐蔽性:"那只床是沿西墙摆设的,而面对南窗,床后离北墙一尺有半,留有一条走道,旧式房屋是没有浴室或卫生设备,这床后走道内安放便桶是最隐藏,最适宜的处所,凶手便便利地从床后走道爬至床底下匍匐在那里等待时机,绝不会被人发现。"①

论者一致公认,在日常生活的细节上本土化最成功而且能持续严谨地进行创作的,是程小青先生。吴承惠评价他的"霍桑探案""人物、场景、事件,都是中国的'标记',而且又有着旧上海租界的光彩,虽说故事都是虚构的,但在一定程度上反映了当时的社会现实"②。范烟桥

---

① 狄克:《大头侦探探案之一:五个失恋者》,《蓝皮书》1947年第9期,第45页。
② 吴承惠.《程小青和〈霍桑探案〉》,收入于萧金林编《中国现代通俗小说选评·侦探卷》,第18页。

也中肯地总结道:"他的《霍桑探案》,大都暴露资本家及恶势力的罪恶,案中的被损害者是下层人物,舞女、歌女、婢妾及苦力之流居多。以中国都市为背景,一切器物都是中国的,是纯粹的'国产'侦探。"①

程小青的侦探小说有强烈的民族主义色彩,上一章中已指出为了突出霍桑的国产性,程小青让他由头到脚乃至饮食娱乐都爱用国货。国货与洋货的对立不仅仅是当时新旧交替时代的写实,还具有意识形态的功能,对比爱用国货的理想化侦探霍桑,程小青笔下的反面典型一律都是些爱用舶来品、生活品味西化的人物。如《紫信笺》中的死者"他的夹袍是一种青灰而带紫色闪光的外国绸,脚上穿一双深口的新式外国缎鞋,外面套着橡皮套鞋,一双糙米色的丝袜是高价的舶来品。从他的装束上测度,很像是一个在消费和享用上有专长的所谓'少爷'"②。在另一篇《白衣怪》中,程小青对资本家裘日升的形容也是"苍白的瘦脸上的皱纹,无疑的是被一层雪花膏掩护着……他的额发也已到了开始脱落的时期,不过他利用了润发油的膏抹,还足以薄薄地掩盖着他的头皮。他身上穿一件白印度绸长衫,烫得笔挺,背部却已经带些变形。足上一双纱鞋,也是时式的浅圆口……(头戴)重价的巴拿马草帽。"③这里"雪花膏""润发油""时式浅圆口的纱鞋""巴拿马草帽"等如今看来是稀松平常的化妆品与配件在程小青的作品中屡有出现,含有这些特征的人物都一律被贬低为消费主义、西化生活的象征。

除了宣传国货、贬低欧化、反享乐主义及消费主义的态度之外,程小青的"中国侦探小说宗师"地位还来自他擅于从上海民众的日常生活中取材,通过写实的细节来呈现本土探案的特殊性。程小青注意到中西方文化的不同而导致的证据记号的不同,提出要因地制宜,随机应变。《江南燕》中霍桑就告诫包朗"东西文化不同,学术制度也不同,各有长短,现在我们探索西方学术时,应该取其长处而丢弃它的短处,为我所用,绝对不能缘木求鱼,刻舟求剑,盲目的跟随"。霍桑不满包朗

---

① 范烟桥:《侦探小说》,选自1980年香港三联书店《鸳蝴派研究资料》,收录于任翔、高媛主编《中国侦探小说理论资料(1902—2011)》,第243页。
② 程小青:《紫信笺》,《霍桑探案集(六)》,第146页。
③ 程小青:《白衣怪》,《霍桑探案集(四)》,第157页。

第四章　民国侦探小说中的日常话语

学欧美侦探小说中将足印与手印作为唯一的证据,单就脚印而言,他认为国人的鞋子及活动环境与西人不同,脚印只能作为辅助:"洋人的住所,地板上都加油漆,或者打蜡,脚印很容易看到,我们中国人家不同。何况我们穿的鞋子,鞋底柔软,也不像西人的鞋子大小尺寸有规定,因此就很难做凭证,只能作为辅助的证据。"① 范烟桥也曾引用程小青的长篇小说《箱尸》中霍桑对中西衣服与锁匙记号的不同的论述,来赞赏程平日对生活的细致观察。② 在这个故事里,霍桑发现了箱子里的衣物,包朗询问是否可以就此了解箱子主人的地址,霍桑告诉他:

> 唉!包朗,你别玩错了,我们是中国人啊!假使我们是西洋侦探,探得了这些衣服,当然就可以从那制衣铺的招牌,或是洗衣铺的记号上面,追究他们的来历,用不到这样麻烦。但你知道中国人的衣服,是没有衣匠的名号的,莫说衣服,就是帽子里面,虽则也有牌号,可是——

反而,霍桑在箱外的锁匙上找到了线索:

> 我们中国的锁,大半都是铜质,然锁的机关的好歹,大不相同,价格也因而有别。凡机关灵巧而价钱大的锁,锁上都铸着锁铺的铺名……我开锁之后,仔细一瞧,见锁簧的头上,不但有铺名的印记,却还有地名,铸着一个小印道"嘉定源昌"。"源昌"是锁铺的名号,上面横列着"嘉定"两个小字,当然就是那铜器铺开设在嘉定的表示了。③

在这两段引文中多次出现"中国"与"西洋"两词,可见程小青有意对比两者民情的不同,而且这里所用来对比的服装、鞋帽和锁匙均是最日常不过的物件,从这些细微之处程小青观察到了中西日常生活细节的差异,也因此成功地在细节设计上实现了侦探小说的本土化。

---

① 程小青:《江南燕》,《霍桑探案集(二)》,第2页。
② 该篇小说目前已无留存,因此笔者仅转述范烟桥的回忆。
③ 范烟桥:《最近十五年之小说》,选自1927年12月苏州秋叶社《中国小说史》,收录于任翔、高媛主编《中国侦探小说理论资料(1902—2011)》,第133页。

二 新旧交替时期的家庭犯罪

在张碧梧的"家庭侦探宋悟奇探案"系列之《奁具中的毒针》故事中,当客户询问为何宋悟奇最近的生意越来越好时,他答道"本来在现今这种淡薄的世风之中,家庭制度又正在新旧争斗的时候,家庭一方面发生的种种奇异的案件自然很多咧"①。这个回应也正点明了民国侦探小说内容上的共同特点:处理的大多数案件都与新旧交替时期的家庭犯罪有关。这里所指的新旧交替时期的家庭主要有两类,一种是普通家庭的问题,如夫妻、父子之间的矛盾及所面临的外来威胁,内容多为绑票、迷信、毒品、恋爱风波等。第二类则更有本土特色,写杂居在一起的大家族之间的明争暗斗,其中遗产继承是主要矛盾。当时也有评论家不满本土侦探小说只写家庭探案的这种狭小格局,俞慕古就认为:"外国的侦探作家,眼光远大,细琐而沉闷的案件,少有撰述的。因为犯的罪恶越大,案情也越是离奇复杂。那么做侦探的不得不运用他的智慧,绞尽他的脑汁,和罪犯勾心斗角。好像冈峦起伏,波涛汹涌,使读者惊心动魄,捉摸不定,兴味就自然而然的提高了……我国的侦探作家,大概没有考虑到这一层意思,所以罪犯大都鸡鸣狗盗之流,名为侦探,其实一个变相的捕快而已。"②俞慕古虽然准确地观察到了当时中国侦探小说的共同特点,但将此家庭性一味地贬低为鸡鸣狗盗之事只是其一时愤慨之言,细细品味,此时侦探小说的趣味性正在于记录了新旧交替之际家庭这个微小单位所受到的影响。

(一) 普通的家庭案件

当时社会绑票猖獗,一些案件将此现象写入情节,不过既然是家庭探案,最终证明实际的犯罪都与家人有关。仍以张碧梧的"家庭侦探

---

① 张碧梧:《奁具中的毒针》,《半月》1925 年第 4 卷第 21 期,第 1 页。
② 俞慕古:《侦探译稿和创作的两面观》,原载 1923 年 10 月 24 日《侦探世界》第 10 期,收录于任翔、高媛主编《中国侦探小说理论资料(1902—2011)》,第 79 页。

第四章　民国侦探小说中的日常话语

宋梧奇探案"系列为例,《包车中》一个大户人家的儿子在路上被绑票,最终发现是儿子联合绑匪来骗取父亲的赎金,故事藉此来警示父母的溺爱之风不可长。《内外交攻》中丈夫一日突然失踪,妻子报案绑架,后来发现丈夫是自杀,原因是丈夫在交易所亏了钱,而妻子又沉溺于赌博,输光了家产,内外交攻之下走头无路。此类描述女性过度消费而导致家庭悲剧的情节在程小青的"霍桑探案"中也屡有出现,可见当时有一定代表性。

此时的侦探小说不仅揭露了旧社会的不良风气,对新现象也抱持怀疑的态度。例如这一时期女性的独立性比以前增强了,但她们自由出入各种场合之余,所面临的人身风险也相应增加,侦探小说中就经常关注这类女性所遭遇的危险。张碧梧的"家庭侦探宋梧奇探案"系列之《箱中女尸》中,在郊野的一个大木箱内发现了一具无名女尸,有一位男性来认尸,发现是自己失踪了的妻子,后被证明是误杀。① 根据这位丈夫的描述,死者是一位传统女性,平日都待在家中,晚间经常陪丈夫出来散步、逛游戏场或看戏。失踪当日她与丈夫一同出门买衣料,之后独自回家,突然被人绑架,之后遇害。从这个故事中可以看出,当时即使是旧式妇女也开始可以自由出入各种公共场所,但她们独自上路所可能遭遇的不测又像是小说家给女性读者的警告。在另一篇程小青的"霍桑探案"系列之《案中案》中,一位女医生被发现吊死在家中,后证实为自杀,原因是她夜间出诊时被人奸污后羞愤而死。这位女内科医生是一位职业女性,而且是孀妇,平日抱有悬壶济世的理念,颇有医德。霍桑从她家中的出诊记录(挂号簿)里知道了她近日的行踪,然后展开调查。从这份出诊记录上看这位女医生平日非常繁忙,日间与夜间均会出诊。虽然她只看女客,但由于是对方电话预约,所以男性也很容易找人伪装。《案中案》中就是她没有听清楚"沈"和"孙"的发音,误以为是去一家女客家看病,结果在客厅时意图离开,反抗未果后受辱。

自由恋爱当时渐成风气,社会上多有讨论,如女子杂志《玲珑》上的《误解自由恋爱》一文中就引述真实案件,写一位十五岁女子因为恋

---

① 张碧梧:《箱中女尸》,《快活》1922 年第 23—24 期。

爱自由,卷取家中衣饰与情人私奔,结果双双被送往公安局。作者认为两人只是为了品尝自由恋爱的滋味就逃走,对未来毫无规划,根本没有懂得什么是真正的自由恋爱。[①] 侦探小说里虽并不反对自由恋爱,如"霍桑探案"中包朗的婚姻就是自由恋爱的结果,但也经常触及这一现象导致的纠纷。如程小青的"霍桑探案"系列之《鹦鹉声》中自由恋爱的两个人沉溺于恋爱的甜蜜,实际上双方互相并不真正了解,女方从小娇生惯养,因婚后男方无法满足她的经济需求,便要求离婚,男性愤而自杀。《酒后》一文中谈到当时社会上的一些拆白党人专门利用年轻女性追求恋爱的单纯来骗财骗色。包朗发现一位大约十七八岁的女子受了流氓的诱骗,企图带着财产私奔。在回应包朗的质问时,她反问:"是的。不过你总也知道,恋爱是自由的!"包朗回应道:"唔,恋爱自由,我们是应当拥护的。不过你们的恋爱里面有没有夹杂甚么其他成分? 你既然因着恋爱而牺牲一切,为什么还带着这一只皮包走? 这皮包中的东西谅来很值钱吧?"[②]

  类似的对在金钱社会中自由恋爱是否纯洁的质疑在其篇幅更长的作品《紫信笺》中有更加深入的铺陈。在这个三角恋爱的模式中,许志公与汪玉芙从小青梅竹马,经自由恋爱而订婚。但因许的家境渐趋衰败,汪嫌贫爱富,投入了富家子傅祥鳞的怀抱,许愤而杀傅。霍桑感慨这两位年轻男子被一个拜金女性所毁灭,原因就是他们两位将恋爱看作唯一的目的,缺少更大的生活抱负。还有些男性借自由恋爱之名,始乱终弃,如《虱》中的名律师与他的妻子也是自由恋爱,但律师出国后变得看不起原来的发妻,转而跟银行家的女儿恋爱,原来的妻子郁郁而终。这些男性都是出国留学的"新青年",正是有了对个人权利的认知,反而更加利用所谓的"自由""合法"之名玩弄女性。《虱》中太太的遗言里,抱怨丈夫的行为"法律上原无处分可言"。包朗在看过她的信后也不禁感慨,在这种情况下,法律非但不能保护弱者,反而成为了一种帮凶,"自由恋爱"竟会给更多的女性带来不幸:"社会上若干自私

---

① 胡玉兰:《误解自由恋爱》,《玲珑》1933 年第 3 卷第 23 期。
② 程小青:《酒后》,《霍桑探案集(十三)》,第 202—203 页。

的男子把女子当做玩物,究竟是不是根诸天性?教育和智识能不能使这根性导入正轨?还是反足以推波助澜?假使这根性没法改善,那些浅识的弱女子们岂不是也始终处于险境?并且所谓真纯的恋爱岂非也始终使人怀疑?"①

(二) 家族制度的经济纠纷

杂居的大家族是民国侦探小说中案情展开所经常使用的一个场所。吴承惠就指出在"霍桑探案"中:"案子查了好久,线索列出不少,嫌疑犯也不止一个,但闹来闹去,最后还是家里人在闹鬼。这方面的案例,程小青写得很多。在《福尔摩斯探案》中,这类案例也有,但更多的是种种复杂的社会关系所造成的惨剧。程小青可能对中国的家庭结构有他的看法,便从侦探小说的角度来暴露其中的内幕。尤其是所谓大户人家,成员比较多的,更容易制造纠纷,酿成惨祸。"②

家族制度是五四新文化运动批判的矛头之一,自从鲁迅的《狂人日记》引领了中国现代文学中"暴露家族制度和礼教的弊害"的主题之后,中国现当代绝大多数重要作家纷纷以此为题材进行创作,数量之丰,在文学研究上形成了专门的研究"家族文学"的论题。

有关中国传统家族制度的特点,严家炎在《五四新文化运动与中国的家族制度》一文中总结包括"以男性为中心,尊者长者专权,父—子—孙代代传承,妇女在其中完全没有地位……为保证男子血统上的绵延不断,位尊者实行公开的一夫多妻制……为避免兄弟之间争斗、残杀,明确实行立嫡、立长的制度,由嫡长子—宗子优先继位……设祖庙、宗祠共同祭祀祖先……按血缘关系的亲疏远近及战争中功业大小,分配家族享有的权力和财产"③。家族制度历史悠久,有利有弊,利者如严家炎所论,"无论在行政自治、军事防卫、经济互助、文化发展方面,

---

① 程小青:《虱》,《霍桑探案集(十二)》,第 190—191 页。
② 吴承惠:《程小青和〈霍桑探案〉》,收录于萧金林编《中国现代通俗小说选评·侦探卷》,第 19 页。
③ 严家炎:《五四新文化运动与中国的家族制度》,《鲁迅研究月刊》1999 年第 10 期,第 7—8 页。

都有一些很值得重视的成就"①。但弊端如其父权制及一夫多妻制忽视了女性的生存权益,长者本位制容易形成专制,压抑家族其他成员,特别是幼儿的个性发展,同时其封闭性导致在决策上缺乏灵活变通。

自晚清开始,传统的家族制度亦伴随着战争、人口迁徙、法律近代化、社会观念的转型、社会新兴阶层的出现等而逐步衰败。1929—1930年,国民政府颁布完整的《中华民国民法》,至少在文本层面,特别在亲属法与继承法两个领域变革家族制度。具体的条文如确定男女平等,"无论是否出嫁的女子,对于父母的遗产,都有继承权,此外,各种亲属以与被继承人亲等的远近划分,不以性别而有所区别。妾的问题,在民法中没有涉及,虽然事实上还存在,但法律上已不予承认"②。削弱传统家长的权力,"亲属法规定,家长无男女之分;家长可推选,也可以尊长担任。结束了历来以男系血缘关系确认家长地位的规定,废除了父家长身份制度。至于亲权,也基本实现了由传统的统治家属成员向管理家属成员职能的转变"③。

民国侦探小说的篇幅基本上局限于短篇,在透过家族的兴衰来表现社会的变迁方面不免受到限制,艺术性上也远不及五四新文学中杰出的家族文学作品,但由于侦探小说的特殊性,即它与法律的层面关系更为密切,对继承权、亲属权等问题比较关注,通过聚焦大家族之间的复杂关系,并将这一关系与成员各自的生活空间所对应,利用共住一栋楼这样一个狭窄的空间来戏剧化不同成员间的纠纷与瓜葛,从微观的层面给我们提供了检视这一时期家族制度的一些变化的机会。

例如,新民法中已经废除了嫡子、庶子、嗣子及私生子等名称,但在

---

① 严家炎:《五四新文化运动与中国的家族制度》,《鲁迅研究月刊》1999年第10期,第10页。
② 张仁善:《寻求法律与社会的平衡——论民国时期亲属法、继承法对家族制度的变革》,《中国法学》2009年第3期,第133页。有关纳妾制度,张仁善在文中也指出,新型民法在法律上不承认纳妾行为,但并无规定惩罚措施,因此当时社会上纳妾之风仍然盛行,事实上的重婚现象在社会各个阶层仍然普遍。同时,为免社会陷入混乱,新规定对于新民法颁布前的妾的身份仍然予以司法确认,并加以法律保护。
③ 张仁善:《寻求法律与社会的平衡——论民国时期亲属法、继承法对家族制度的变革》,《中国法学》2009年第3期,第135页。

第四章　民国侦探小说中的日常话语

民间的实际操作中嗣子继承的"宗祧观念"仍然存在,程小青便利用这点在《鹦鹉声》中横生枝节,迷惑读者。故事中少爷陈晓光突然身亡,自杀还是他杀成为疑点,嫌疑人之一是他的族弟,因为根据嗣子继承权,晓光死后他是最大的得益人:

> 晓光的父辈,一共弟兄三房。长房的唤做陈孟福,就是现在患病的人;晓光的父亲第二,名叫仲禄,三房的叫做季寿,已经去世。二房三房各有一个儿子,二房的儿子稍长,便是晓光,三房的儿子名叫玉麟,就是那位姜氏的丈夫。大房孟福有几十万家产,却没有子系,因此,照例将二房的晓光嗣了过去。所以晓光是兼祧子,大房孟福的资产,他也有承袭的权。

听到这里,包朗感慨:"这是一篇宗法社会残留的胡涂账,现在新的法律虽已废除了宗祧的观念,可是旧社会间还有嗣续问题存留着,往往弄得枝节横生。"①可见当时家族制度传统力量之强大,民间有法不依的现象屡有出现。

另一方面,新法既然已经颁布,便否认了嗣子继承的合法性,于是一些具有新思想之人便想依靠法律来维护自己的权益,在此新旧交替之下,家族制度的财产纠纷变得更为复杂。如《雾中花》中一位时髦小姐突然在家中被人用石头砸死,霍桑调查后发现她家的关系极为复杂:死者顾玲玲的父亲是股票大王顾祥霖,正月突然中风死了,留下一笔数额相当可观的遗产。顾祥霖原配王氏,生女顾玲玲,又有个小妾,生女顾俐俐。小妾早死,为了追子,原配死后,续娶吴氏,现患疯病,无子。顾祥霖死后,为了争夺财产,他的族弟按照旧制,将自己儿子顾大荣嗣了过来。由于吴氏长年患病卧床,旁落的大权在玲玲与大荣之间争夺。大荣提出分家,玲玲依据新民法反对:"伊说新法律女子也有继承权,立嗣已没有必要,何况大荣是在伊父亲祥霖死后才勉强嗣过来的。如果法律解决,伊将提出大荣退嗣的控诉。"②《雾中花》一文发表于抗战胜利之后,可见自新法颁布后的十年内已经开始逐步深入人心,虽仍与

---

① 程小青:《鹦鹉声》,《霍桑探案集(十)》,第124页。
② 程小青:《雾中花》,《中美周报》1947年第247期,第36页。

旧制共存,但对年轻人,特别是女性确实有一定的保护性。

前文已提到,新法削弱了大家长的权力。在"霍桑探案"系列的《催命符》中,死者甘汀荪是乡绅甘东坪的立嗣儿子,因甘东坪只有一个女儿丽云,没有儿子,便将汀荪立嗣过来。汀荪破坏了东坪给女儿安排的婚姻,又发现了老人的姘妇,以此要挟老人分家产,甘东坪积累了不少怒气,终将汀荪杀害。霍桑搜集了各种人证物证来指明甘东坪预谋杀人,"经过了几次庭审,终于判定了无期徒刑。这老头却还心不甘服,进监不到三天,忽而厌世起来,在一个大雪纷飞的清早,他自己吊死在模范第五分监的工场后面"①。安排甘东坪自杀是程小青让坏人恶有恶报的理想化的处理,文中将甘东坪描述成一个道貌岸然、私底下诱引年轻女仆的堕落腐朽的封建礼教大家长的形象。这样的大家长,如果按照传统的家族制度,多半不会受惩罚,而这里,无论是写实,还是理想化,程小青特意强调了现代的法律制度能够惩处这类大家长,呼应了新民法中改革家族制度的决心。

与传统的家族制度对应的是新兴的小家庭,特别是上海等大都市兴起后,原本是大家族的子女纷纷迁出而组建更小的单位,在一些侦探小说中便有意对比这两种家庭单位,来显示新型理想家庭的现代性。以长川的"叶黄夫妇探案"系列为例,这个系列共七篇,在《大侦探》连载。故事中侦探叶志雄大约二十五六岁,是个警局分局警官,在司法股服务,身体强壮魁梧,精于射击,抗战胜利后从重庆到上海,认识了私家女侦探黄雪薇。黄雪薇,二十一岁,家境富裕,生活西化,烫发、喝咖啡、爱听无线电广播,但也不一味追求时髦,平日穿着不入时的旗袍,圆蛋脸,双眼皮,脸上爱抹能维雅之类的护肤霜,举止端庄谨慎,宛如一个女教师。她自从上海沦陷后就不上大学,在家看福尔摩斯故事,自学侦探术。叶、黄的搭配仍然是模仿福尔摩斯与华生探案的模式,叶志雄是警官,可第一时间介入犯罪现场。夫妻关系使得黄雪薇也能一同在现场搜集证据,叶的角色类似华生医生,他的推论亦真亦假,而真正的推理还是要靠他的妻子黄雪薇。而黄雪薇之所以能破案,除了她的聪颖,也

---

① 程小青:《催命符》,《霍桑探案集(四)》,第 151 页。

第四章　民国侦探小说中的日常话语

得益于她的女性身份：她对于周围女性的神情变化观察得更加细致入微，了解女性的各种生理隐疾，更容易得到女性客户的信任等，例如这个系列的第一篇故事《一把菜刀》中，黄雪薇通过观察丁阿香对周围不同男性的反应了解到她真正的感情归属，推测出这场情杀的真凶；《红皮鞋》里被害者久婚不育，非常焦虑，求助医生，不想遭遇不测；《尾随的人》中艳星遭遇跟踪狂，委托黄雪薇调查等。

　　叶、黄二人在第三篇故事《一碗稀饭丧命》中结为夫妻，婚后去杭州乡下度蜜月，并遇到凶案。这个侦探故事在结构上显得拖沓，三分之一的篇幅都在叙述两人求婚与结婚的过程，但这样的安排也使得叶、黄成立的美满小家庭与后面故事中杭州乡下的罪恶的大家族形成对照，以此来证明现代志同道合的男女形成的家庭比之传统大家族的优越。与繁琐的大家族结婚仪式相比，叶、黄的结婚过程简洁、经济、西式，两个人地位是平等的。女方送了对方一块金表示爱情，然后两人去咖啡馆倾情，男方求婚，简单的订婚礼后，两人均戴上白金戒指来承认对方身份，结婚礼设在丽都舞所宴请宾客。文中特别强调夫妻关系的平等与对旧有的结婚习俗的扬弃，南方叶志雄父母远在故乡未能参加婚礼，二人的婚房还是男方警察分局的宿舍。第二天晚上二人又回到女方家中陪黄雪薇母亲住了一晚，第三天乘火车去杭州度蜜月。叶、黄夫妇智力水平相当，各有所长，又对侦探术有共同的兴趣爱好，经济上相互独立，自由恋爱，婚姻没有受到大家长的羁绊与阻挠，实为作者心目中理想的家庭生活。

　　对比之下大家族的生活则充满了尔虞我诈。叶、黄夫妇蜜月时居住在杭州周边一个乡下的杨姓大屋。杨家大家长已去世，共分四房，按照地位大房和二房住楼上，三房与四房住楼下，各自分食，并不团结。从杨家四房的叙述中可以得知这样的大家族原来人口济济，但现在大部分都已迁出，慢慢凋零，原因包括外出做官、参军、读书等，留下来的基本上都是女性及年幼子女。家族收入有田地及三房、四房共同管理的药店。故事里的案件主要涉及三房。三房的老太太卧床三年，共有三子。一日老太太突然中毒身亡，叶、黄调查后发现凶手是大儿媳妇，想赶在老二、老三结婚之间管理三房的出契家产，因此觉得生病的婆婆是个阻碍。这个案件再次证明了大家族内部金钱与权力的激烈争夺。

与家庭关系紧密还有佣工这一职业,因此仆人也是民国侦探小说中的常见角色与破案关键。晚清时期雇佣关系开始代替了传统的主奴依附,民国期间,即使是一些中等收入的家庭也可以雇得起佣人,程小青的"霍桑探案"系列中霍桑就有一个男仆和一个女仆。以上海的家庭为例,有的仆人是随主人从北方来的,有的则是在当地雇佣。富裕一点的人家会雇用四到五位仆人,包括看门、车夫、厨师、花匠、跟班、婢女及男童等。他们有的是单独居住,如门房、厨房旁边的小房间、亭子间等,还有的是两人居住一间,在主人的卧房隔壁,或者跟主人同房,以方便照顾老人起居。

在民国侦探小说中,仆人的形象主要有三种。一是狡猾的盗贼。由于仆人熟悉主人家中环境,因此往往成为内盗,如程小青的《江南燕》、张碧梧的《鹦鹉绿》等。这些故事透露出时人对仆人也有"地域歧视",如《江南燕》中霍桑发现盗贼是男仆,便告诉报案者:"我曾听朋友说,大凡京都天津一带的仆役很难使唤差遣,这些人表面驯良而心地险恶,往往故意施展狡狯,先骗取主人的信任,就胡作非为。"①第二类是有正义感的忠仆。如程小青《案中案》里孙家的老仆陆全忠于原来的主人,老主人去世后二房嗣过来一个新主人孙仲和,但品行不端,将老主人的家产消费殆尽,又经常侮辱女性,老仆出于正义感将其杀害,程小青出于对他的敬佩与同情,故意在结尾安排孙仲和在他杀之前已死于自杀,来免除陆仆的责任。第三类是情报提供者。仆人的居所或靠门或靠主人卧室,这使得他们对来往人士及主人的平日言行均有所掌握,成为了侦探小说中侦探了解家庭成员间复杂关系及他们出入记录的重要渠道。在程小青"霍桑探案"系列中,这些情报提供者性格也各有不同,有的多嘴,有的贪财,有的念旧胆怯,还有的会替主人说谎,使得侦探误入歧途。

《矛盾圈》中的根弟是程小青作品中一位形象较为鲜明的女佣。根弟十五六岁,口齿伶俐,包朗想通过她来打听隔壁人家里失踪了的女

---

① 程小青:《江南燕》,《霍桑探案集(二)》,第60页。

佣。在包朗眼中,根弟虽小,但已学会了都市女子的"摩登化的派头",包括说话的神态上"伊忽伸着右手的小指的指尖放在伊的牙齿上咬着,眨了眨眼睛,现出一种新式女子寻思的表情",能把握顾客的心理,欲擒故纵,"伊又仰起头来,把合缝的眼睛向我瞧瞧,说道:'这个人曾闹过一次笑话——唉,我不说了!'伊忽又扑嗤的笑了出来,随即用手背掩着嘴唇,低下头急急前进"。爱在公开场合谈论别人的隐私:"这女孩子年纪虽轻,却早已沾染了一般无教育的妇女们所擅长的谈人阴私的习惯,我即使不催,伊自己也耐不住的。"而且上海弄堂的环境更加有利于邻居之间彼此窥探隐私,散播流言。故事中王家为了省钱,采用了"偷丧"的习俗,一大早偷偷找人发丧,但根弟告诉包朗她"那时刚好出来倒垃圾,恰巧见王家里的棺材抬出门来",并且还准确地叙述了她所见的送丧的人数。当包朗询问她是否见过其中一位穿西装的男子时,她说:"有一天我陪着我家的少奶在后门口买橘子,忽见这个穿西装的先生从王家的后门里急忙忙出来……不多一回,我们便听见隔壁王家的大太太拍桌子高声骂起来了。"当包朗继续询问她发丧前一晚王家的情形时,根弟说"我只在前门口张了一张,不曾进去"①。由这些引文可见,弄堂的逼仄及佣人间的流言成为了都市里家庭隐私散播的温床,却也为侦探小说家们提供了安插各种线索的绝佳场景。

三 民国侦探小说中的上海里弄空间

除了利用新旧交替之下家族制度如嗣子、养女、妻妾、主仆等所构成的复杂人际关系来给作品增加戏剧化色彩外,新旧交替之下的日常生活空间亦是另一个民国侦探小说家所着力挖掘的本地特色。汤哲声就赞赏此时的侦探小说:"善用局限的地理空间,在相对狭小的空间里,设计出一条条谜线,写出复杂的人际关系。"②

民国侦探小说所涉及的地理空间以上海为主,也包括周边地区如

---

① 程小青:《矛盾圈》,《霍桑探案集(十一)》,第97—100页。
② 范伯群主编:《中国近现代通俗文学史》,第124页。

苏州、杭州、南京等,建筑上有旧式的大宅院、上海的里弄及花园洋房,利用这些建筑中西兼容、新旧交替的特色,或建筑物中公共空间与私人空间相互交错的特色来布置线索。总体而言,民国侦探小说中写得最好、也最有本地特色的,还当属程小青笔下"霍桑探案"系列中的上海弄堂,因此这一部分亦聚焦于此。

大部分"霍桑探案"故事均发生在上海,弄堂是"霍桑探案"最常见的场景,《怪电话》中,霍桑在前往一座旧宅侦查女优失踪案时就指出弄堂的道路纵横交错,各种出入口众多,便于逃逸:"那吉庆里共有八弄,除了中央一条总弄以外,两边都有侧弄可通,真是四通八达。"①弄堂居住的特点是半公共半私人,住户只能保留有限的私隐,但这有限的私隐却足以构成侦探小说中案件的神秘,例如前文提到的《矛盾圈》中王家内部的秘密。而半公共的性质则便利了他人对住户生活的窥探,如女仆根弟在倒垃圾、购买水果的时候都能够看到或者听到王家的一些变化等。

石库门是上海弄堂中最具特色的建筑。它于1870年前后在上海租界出现,由于人口暴增与都市安全需求,"近代都市民居既须符合占地经济、设计合理、结构坚固、外观整然有序的原则,又需兼顾房屋买主、租户的消费能力"②,正因如此,"里弄住宅成为近代上海民居建筑的最初也是最佳方案",石库门以正门为黑色大门得名,它吸收了江南民居的特色,又借鉴了英国伦敦建筑的特点,在布局与装饰上都中西兼容:"石库门的单体平面及结构脱胎于中国传统院落式住宅,而一般分为上下两层,与江南地面卑湿,小康人家多择楼房而居,求其高爽有关。此外鉴于租界地价昂贵,民居向空中发展较为经济。这种联排式民居与轩朗古旧的传统分布式、院落式住宅不同,给人一种紧凑新颖的感觉。"③虽然石库门是中国现代文学中反映海派文化的重要标志型场景,但真正能将这个建筑物的特点与故事情节紧密结合的文学作品却

---

① 程小青:《怪电话》,《霍桑探案集(二)》,第182页。
② 罗苏文:《近代上海:都市社会与生活》,北京:中华书局,2006年,第52页。
③ 同上书,第53页。

第四章 民国侦探小说中的日常话语

并不多见,在这方面程小青的"霍桑探案"系列有独特的贡献。①

程小青对石库门的变迁非常熟悉,《案中案》里"孙仲和住的松柏里是在海关路的中段。那第三弄内共有五宅两上两下的新式市房"②。《催命符》中提到新旧石库门的不同:"那是一宅旧式的三上三下连两厢的楼房,前面有一个墙门,左右两间下房,中间隔着一方天井,约有十五尺深,三丈光景阔,那些新式的住屋,天井就没有这样的宽大。"③有的石库门是一家独住,有的则是通过二房东再租给别人,《父与女》中被害者住在一个"一宅两上两下的朝南石库门屋……楼上是姓谢的二房东"④。《怪房客》里介绍了石库门的租金。其中的二房东马夫人"租的一上一下的房子,一共有四家租户"。她怀疑其中一个租户做非法勾当,但又不好让他迁出:"他已先付了一个月的租金——那是五元。我若使他搬出去,不但要把原数还他,照规矩还得赔偿他一个月的租金。这样一进一出,就得破费十元。"不同地段的石库门住户经济能力也不同。一般来说较富裕的已不住石库门,而是改住洋房;而那些家境虽然开始衰败但仍有些家底的人则住在地段好一些的石库门,他们普遍有仆人,门前干净,天井里停着自己的包车;中等以下的人家住的石库门"地上污水满积,几乎有不能下足之势。石库门的墙上,又淋漓地晒满了衣裳,人也嘈杂不堪"⑤。

石库门这一建筑前后封闭,自成一体,而且内部有众多房间,特别适合家族居住,它上下前后不同的空间都可以反映出屋内成员不同的阶层地位关系,而且不同房间的不同装修也可以透露出屋主性格的各个侧面。从门窗设计来说,后门比较狭小隐蔽,容易让人偷偷出入,楼

---

① 除了石库门外,程小青的不少作品如《霜刃碧血》《青春之火》《活尸》《舞后的归宿》《紫信笺》等也涉及新式洋房,但相对而言,他的洋房描写并无太大特色,不如其笔下石库门的纵横交错象征了居住在其中的大家族成员的复杂关系,故本书并不就此展开分析。对程小青作品中洋房的描述可参见赖奕伦《程小青侦探小说中的上海文化图景》,第36—38页。
② 程小青:《案中案》,《霍桑探案集(八)》,第54页。
③ 程小青:《催命符》,《霍桑探案集(四)》,第40页。
④ 程小青:《父与女》,收录于任翔、高媛主编《百年中国侦探小说精选(1908—2011)第一卷:江南燕》,北京:北京师范大学出版社,2012年,第183页。
⑤ 程小青:《怪房客》,收录于《霍桑探案集(六)》,第234—240页。

梯的空隙也利于隐匿,两边厢房均有对外与对内的窗户,尤其是对内的窗户通常面朝屋内天井,不同家庭成员间可以相互窥视,凡此种种,石库门确实是一个适合侦探小说书写封闭空间犯罪的上佳场景。下文将先通过程小青的代表作《白衣怪》分析他如何将石库门这一特色空间运用于侦探小说中,并将空间与家族中复杂的人际关系建立对应联系。接下来再以《催命符》与《矛盾圈》为例谈程小青如何利用另外两种代表性的弄堂文化——小食挑子和老虎灶,来安排下层民众信息传播的渠道。

《白衣怪》中程小青首先通过介绍裴家石库门住址的历史巧妙地暗示了这一家由发迹到开始衰败的过程。裴家代表一批由北方迁往上海的富人,从北方迁来时,先是"住在城外市中心",后来迁到城内,购买了这座石库门。石库门本来很大,一共三进(即从前到后有三个天井),"前门在乔家浜,后门通乔家栅的小弄"①。但不到一年裴家便渐趋衰败,只好将前两进五间开的租给别人,自己住第三进三间开的房子,也正因如此,平日只从小弄后门出入,和前面两进住户隔绝。

即便如此,这个第三进的三间开石库门中不同房间的分配仍反映了不同成员的家庭地位。连着小弄后门的是灶房,与灶房相连的分别是柴房与老男仆的披房,非常简陋。灶房出来便是天井,经过天井后是堂屋,堂屋对面的石库门已被闩住,平时不出入。旧式的曲折阔梯在分隔堂室的屏门背后,堂屋两边各是东西厢房与次间。东厢房是书房,次间是客房。而西边由裴家女眷(岳母与养女)居住,厢房与次间没有分隔,可见裴家养女地位一般,没有自己的独立空间。住二楼者的地位最高,中间是憩坐室,面积很大,重要的客人都在此接见。左右两边也是东西厢房与次间,由裴家现存的两兄弟居住。二楼靠楼梯栏杆旁边有一只空虚小榻,供女仆居住。

不同房间的装修也暗示了主人性格的不同侧面。憩坐室里比较简洁,除了红木桌子,就是一些西式的椅子。而东厢房死者的卧室则非常富丽:

> 这室中共有三个窗口。窗上虽都挂着很精致的舶来品窗

---

① 程小青:《白衣怪》,《霍桑探案集(四)》,第175页。

第四章 民国侦探小说中的日常话语

帘……就在这朝西窗的面前,排着一只小小的红木书桌。桌旁有一只白套的沙发。对面靠东壁有一只西式藤制的长椅。书桌的面前,另有一只红木的螺旋椅……放着一只西式的镜台,也是红木质的,雕接得非常精致。有一只宽大的铜床向南排着,和镜台成直角形。不过镜台和铜床之间,还隔开了一两尺光景,排着一只锦垫的沙发。镜台对面靠近室门的一边,另有一个她木镇玻璃门的衣橱。根边的壁上,挂着一幅裸体西女的彩色印画。①

红木镜台上放着许多化妆品,红木书桌上"除了笔砚水盂以外,另有一只金壳的闹钟、一座铜质裸女的台灯,一个银质的花插,插瓶中有两朵红绸制的假花"②。绣花枕头底"是一本西式装订的性书。汪银林把书翻了一翻,里面还夹着几张裸女照片"③。楼下"客堂中的椅桌不很考究,壁上虽有字画的屏条,也都俗不可耐"。东厢房的书屋"也排列着书桌、书橱和沙发等物,但都是廉价的东西,还不及楼上的精致"④。楼上楼下这几个房间的对比暗示了死者的特点:品味庸俗,不好读书,道貌岸然其实情欲旺盛。

程小青还在《白衣怪》中点明石库门安全性差,其中的门窗设计更可造成成员间的相互窥视,并且提供了各种自由流通的渠道。裘家后门是旧式门,里面有两个木栓,还有个电铃,直接通往二楼卧室,这样的设置保证了主人的会客的隐蔽性,但旧式的门也可以轻易从门外推开,外人可以轻易入内,缺乏安全性。一楼除了次间的门可以打开进入堂屋外,两个厢房也有长窗可以出入天井。二楼东西厢房各有一个门和中间憩坐室相连,楼梯处也各有两个小门可通往东西次间。⑤ 养女玲凤所住的一楼厢房虽然与吴氏的次间相通,但仍可通过厢房的长窗偷偷进入天井而不被吴氏发觉。从楼上楼下的窗户观望也可以大致得知

---

① 程小青:《白衣怪》,《霍桑探案集(四)》,第199页。
② 同上书,第200页。
③ 同上书,第202页。
④ 同上书,第213页。
⑤ 另一些霍桑故事如《催命符》中还提到有的厢房与次间是用板窗分隔,并无门锁,而且推开这些画窗,也可以看到各自的房内状况。

其他成员的活动状况：二楼的东厢房共有三个窗口，两个向东朝外，一个向西朝天井。文中养女玲凤就是从西厢房长窗看到楼上东厢房死者的窗户灯光亮着，而且有一个半身人影，而死者对玲凤有非分之想，也经常透过楼上的窗户向她的房间窥探。由以下的配图可以看出，石库门的多门、多窗的结构特点便于隐藏和偷窥，配合了程小青作品中所要反映的大家族成员之间的复杂关系。

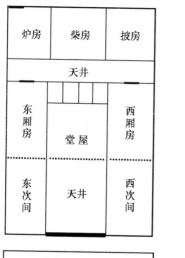

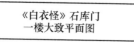
《白衣怪》石库门一楼大致平面图

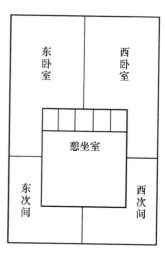
二楼大致平面图

赖亦伦赞赏程小青"以自己的理解和经验将民初上海巨大的历史压缩成一个个图件档案，简化为一个可供侦查的地理空间，他取法于民初上海真实世界的建筑群落，再建构一个'侦探的世界'，这个侦探世界不但挪移了民初上海的部分真实，亦加入作者的想象，从而演绎出一个虚实辉映的文本空间"①。以上对《白衣怪》一文中石库门建筑与故事情节的分析亦证实了这一观察。虚实相映是程小青笔下地理空间的最大特色。他并不像一些侦探小说家一样去虚构一个建筑场景，而是利用已有的石库门建筑中已经暗含的符码如尊卑、公共与私隐等，将这些空间符码文本化、戏剧化，让侦探成为石库门建筑的导游，带领读者

---

① 赖奕伦：《程小青侦探小说中的上海文化图景》，第31页。

第四章　民国侦探小说中的日常话语

反复穿梭在这一空间的局部与整体之间,以一个虚构的案件来将这一空间微观化与陌生化,无论是感觉"故地重游"的民国读者,还是"上海怀旧"的当代读者,这一阅读体验均饶有趣味。

除了石库门建筑本身,程小青还擅于从中延展,将其他的弄堂文化也纳入他的故事中,以小食挑子与老虎灶这两个上海市民日常生活的特色场景为例,程小青特别利用它们的特点,将其设计为下层民众彼此之间交换情报的特殊渠道。

赖奕伦认为程小青作品通过小食挑子、老虎灶、茶馆等对日常生活实践的叙述重拾了老上海的文化记忆。小食挑子指挑着扁担走街串巷贩卖馄饨、豆花等小食的商贩。赖奕伦举例《怪电话》中提到浙江路正丰街口卖水果的小贩,《活尸》中卖绿豆汤的担子,《第二弹》中出现了一个卖红心山薯的小贩,以及《血手印》在妙法路鸿升客栈里吆喝卖货的小食挑子,认为这些作品"连缀链接起一幅走巷穿弄的小食挑子图景"①。《催命符》中卖豆腐花的小食挑子的吆喝声"悠扬而曳长",以致霍桑都赞赏他的无锡口音的声调"倒有音乐性"②,认为"霍桑探案"中的这种街道的吆喝声"标志着动态弄堂空间里无可抹灭的文化记忆"③。

至于老虎灶,正式的名称是熟水店,即公共的开水房,诞生于清朝嘉庆年间,因为煮水的锅很大,像蹲地老虎而得名。普通人去老虎灶打热水,比自己单独在家烧便宜。老虎灶也兼作简易的茶馆,不过通常是茶客自己带茶叶去冲,有的老虎灶天热时还可洗澡。40年代,上海至少有七百家老虎灶。④ 一般去老虎灶饮茶和打水的都是普通人或者仆人,算是另外一个中下层民众的集散地。赖奕伦认为《催命符》和《矛盾圈》中有关老虎灶的描写"勾勒出一幅早期上海的俗趣生活"⑤。

的确,程小青通过这些民俗场景的设置给"霍桑探案"增加了浓厚的上海市民生活气息,但赖奕伦的论述亦有点将这些场景浪漫化及夸

---

① 赖奕伦:《程小青侦探小说中的上海文化图景》,第48页。
② 程小青:《催命符》,《霍桑探案集(四)》,第76页。
③ 赖奕伦:《程小青侦探小说中的上海文化图景》,第49页。
④ 冯绍霆:《石库门上海特色民居与弄堂风情》,上海:上海人民出版社,2009年,第64页。
⑤ 赖奕伦:《程小青侦探小说中的上海文化图景》,第53页。

大化,程小青安排这些特殊空间主要还是为了凸显了本土下层民众信息交换的独特性。在《催命符》中,卖豆腐花的小贩挑着担子走街串巷,而且还发出吆喝声提示自己的地理方位,因此有人便利用他的这一优势给居住两地的人们互传私人信函。相比较邮差、电话、电报等更加现代化的公开的送信方法,小食挑子这种走街串巷的则更加隐秘,被程小青戏称为"青鸟使"。有趣的是,程小青观察到,小食挑子这种传统的食物贩卖方式在当时主要面对的是下层民众,有一定社会地位的人即使想吃,也会差遣手下的仆人去购买。因此当卖豆腐花的小贩看到霍桑穿着西装买豆腐花时表现出诧异,霍桑对这位卖豆腐花的起疑也是源于这种饮食背后暗含的阶级性:有街坊向他汇报每晚有个卖豆腐花的人来到,这个大户人家的小姐总是要亲自出来购买,"伊家里有不少仆人,伊何必亲自出来?这一点自然要引起人家——尤其是那毛老太——的怀疑"①。

老虎灶也是另一个底层民众信息交流的渠道,《催命符》中透露喝一碗豆腐花是五个铜子,而去老虎灶喝一碗老虎汤(茶水),只需"三个铜子一碗,顶便宜"②,可见此处是低层消费场所,三教九流都有,因此去老虎灶不能穿得正式,要换普通的长袍。《矛盾圈》中指出在老虎灶工作的人地位很低,巡警"随便差一个弟兄去传唤,也没有什么问题"③。由于老虎灶是一个公共日常生活的场所,也有人利用此来请伙计送信。《矛盾圈》中大户人家少爷王保盛对自己的妹妹保凤起疑心,就是因为她不喊仆人,而是亲自去一家卖热水的老虎灶,保盛跟踪她后发现伙计跟保凤很熟,两人谈话诡秘。保盛的这个判断背后也暗示了出入老虎灶的阶级性别预设:男性如保盛可以前往打水,而大户人家的小姐如保凤则不应该跟这里的伙计有任何交集。老虎灶伙计在霍桑的询问下承认保凤请他帮忙送信。如卖豆腐花的小食挑子一样,老虎灶的伙计身份普通,不会引起别人的怀疑,而且由于他们收入低,很容易

---

① 程小青:《催命符》,《霍桑探案集(四)》,第 79 页。
② 同上书,第 84 页。
③ 程小青:《矛盾圈》,《霍桑探案集(十一)》,第 122 页。

第四章 民国侦探小说中的日常话语

便可以被人用钱收买，是一种另类的下层民众"信差"。

《催命符》中霍桑与包朗有这样一段有趣的对话，霍桑突然问包朗早上几点睡醒，之后怎样，包朗答道："那自然就梳洗、吃粥，接着又看了几张晨报。"霍桑对这个回答很不满意，连连摇头，"梳洗、吃粥、看报，你说得太笼统了！这里面有好几个动作，你必须依着科学方法，一步一步地说个明白。"包朗只好进一步细化：

> 我醒转来后，便轻轻从床上坐起，瞧了瞧桌子上的钟，便披上浴衣，拖了拖鞋……起身以后，到窗口去站了一站，作了几次深呼吸，就喊王妈倒洗脸水。我随即洗脸、刷牙、漱口。那时我的佩芹已送牛奶上来，我喝完了牛奶，走到镜台前去梳理头发，然后烧着一只纸烟，换去了我身上的浴衣——①

表面上包朗只是平淡地叙述他每日刻板的生活内容，霍桑却在这平常不过的日常性中发现了案件一位证人证词的漏洞：平常人都是先洗脸再梳发，"因为如果先理好了头发，洗脸时仍不免要搅乱头发，那就不免多费一次手续"②。而证人却说她在送给主人洗脸水的时候正好看见"他站在衣橱面前，用生发膏在抹他的头发"③。霍桑因为这个证词不符合正常的日常生活顺序而判断证人做假供，之后成功破案。这段对话正好可以用来作为本章谈民国侦探小说日常话语的脚注。民国侦探小说质量良莠不齐，但一些最优秀的作家如程小青，其作品之所以能得到读者的喜爱，就是因为他们善于观察生活，从普通人的衣食住行处寻找素材。放在民国的大背景下看，这个日常性最大的特点就是新旧交替，在本章中，无论是乡下城镇的风光，还是家族制度受到新的法律制度的冲击，又或者是上海弄堂的杂处空间，无一不体现出此点，读者也跟随着虚拟的大侦探重访大家族或者重游石库门，在虚虚实实中感受民国都市居民日常生活中"惘惘的威胁"。

---

① 程小青：《催命符》，《霍桑探案集（四）》，第122—123页。
② 同上书，第124页。
③ 同上书，第56页。

第五章　民国侦探小说中的正义观

　　歇洛克问华客曰:"我观汝两目垢尚未去,汝起床距来此时必尚未及一点钟是否?"

　　华客曰:"是。"

　　又曰:"汝眼皮尚下堕,昨夜汝睡必未醒是否?"

　　华客曰:"是!"

　　又曰:"汝右手大二两只乌黑色来之前必先吸鸦片烟是否?"

　　华客曰:"是!"

　　又曰:"汝指头又坚肉汝必好骨牌。汝昨夜未睡,必为赌骨牌故是否?"

　　华客曰:"是!"

　　又曰:"汝眉之下目之上皮赤多红筋,两瞳常茫视,汝昨夜必近女色且已受毒是否?"

　　华客曰:"是!"……华客大笑。

　　歇洛克问何故? 且云:"然则汝试一探我?"

　　华客问云:"我知汝是人然否?"

　　歇洛克笑应云:"然!"

　　又云:"我知汝非我中国人然否?"

　　歇洛克又笑应云:"然!"

　　又云:"汝有躯有体有四肢然否?"

　　歇洛克又应云:"然!"

　　……华客至此忽不语。歇洛克问何不语,华客云:"我所问汝者尽然苟同欤?"

　　歇洛克曰:"尽然!"

　　曰:"然则我所探之事已毕,复何语。"

第五章 民国侦探小说中的正义观

歇洛克曰:"否!汝所云乃人生寻常事,何用汝探。"

华客哂然曰:"汝所云独非我上海人寻常,亦何用汝探。"

歇洛克瞠目不知所对。

1904年12月18日,冷血(陈景韩)在《时报》上发表了短篇小说《歇洛克来游上海第一案》,这是现存最早的中国原创侦探小说。1905至1907年,包天笑又接着发表了《歇洛克初到上海第二案》(1905年2月13日)、《吗啡案——歇洛克来华第三案》(1906年12月30日)、《藏枪案——歇洛克来华第四案》(1907年1月25日)。这些故事都借福尔摩斯来华断案失败来讽刺当时上海人日常生活的陋习。如开头所引的,福尔摩斯根据蛛丝马迹所推断出的结论对于当地人来说如吃饭穿衣一样是一种常识,社会风气的败坏、见怪不怪可见一斑。在包天笑续写的故事里,福尔摩斯同样失败在对晚清社会的落后认识不足。《吗啡案》中福尔摩斯欲买吗啡,但到处都买不到,最后才知道在上海,吗啡不是毒品,而是治疗鸦片的药,福尔摩斯感叹在西方鸦片为药,而上海人却吸之成瘾,同时又将有毒的吗啡作为戒烟药,实际上只是以另一种瘾取代鸦片瘾而已,"药欤毒欤,且颠倒而莫能知矣。更罔论其他,从此后我不敢再问华人事矣"。《藏枪案》中福尔摩斯听说某人私藏许多枪支,前往与其当面对质,对方供认不讳,但哪里知道对方的枪并非火枪,而是鸦片枪,而且主人告诉福尔摩斯"况今日中国制所为缙绅华族者大率如此,岂独余岂独余"。

来自西方的神探在落后的中国社会处处碰壁,这一系列最初的中国原创侦探故事也似乎成为了民国侦探小说创作困境的一个征兆:侦探小说是舶来品,古典西方侦探成长在一个科学昌明的法治环境,中国的侦探小说虽然引进了西方的侦探,但社会现实却缺乏侦探生活的土壤,这一困境或可以解释为何侦探小说创作一直无法在中国社会兴盛,也可以说明为何侠盗比侦探更受欢迎。本章借民国侦探小说中的独特现象——侦探的失败与侠盗的兴盛——来讨论此时侦探小说中的正义观。侦探与侠客分别代表着不同种类的正义的执行者,侦探坚持司法正义,法律是其最高标准,而侠客多为民间正义的化身,与传统的公案、武侠作品中侠的精神一脉相承,凸显的是现行政治管制下的漏洞与缺失。民国侦探小说自西方舶来,但面对的却是一个吏治混乱、司法并不健全的黑暗现实,因此,在民国这一文类的发展中,侦探不但不能像西方的侦探小说一样取代了罗宾汉式的大侠,反而屡屡碰壁,侠客则继续履行着维持社会善恶有报的朴素的民间正义观的义务。

  这里所说的侦探的失败主要有三种类型。第一,滑稽侦探小说中的糊涂侦探屡屡判断出错,闹出种种笑话,但最后总能歪打正着,解决案件。这类作品胜在能用戏仿的手法调侃正统侦探小说,针砭时弊,语言俏皮幽默或者自嘲,本章开篇所引的冷血与包天笑的"歇洛克来游上海"系列即属于这个类型,其他更典型的包括赵苕狂的"胡闲探案"系列和滑稽名家徐卓呆创作的侦探作品。第二,不满于西方神探的无敌,为了突出国人的谦虚品质,或者说侦探本身"人"的一面,故意安排侦探有时也会犯错。如程小青的"霍桑探案"系列中《打赌》等短篇专门记录了霍桑的失败史,侦探在此变成了道德完美主义的化身。① 第三,侦探虽然破案,但犯人或者钻司法制度的漏洞躲避惩罚,或侦探因不满腐败的政治而同情犯人,最终犯人成功越狱,这是一种诗学正义(Poetic justice)的结局。这样的安排在程小青的"霍桑探案"系列中屡有出现。至于民国侦探小说中侠盗形象的构成则有两大来源:从《庄子》开始的小说中"窃钩者"与"窃国者"对比的文学传统及清末以来法国作家勒布朗笔下在巴黎都市中神出鬼没、善于变装的侠盗亚森罗苹。孙了红创作的侠盗鲁平系列是民国侦探小说中最有名的侠盗,而40年代中开始,小平在《蓝皮书》上连载的"女飞贼黄莺"系列中的女侠黄莺日后则在五六十年代的香港大放异彩,引发了香港影视文学的"珍姐邦"打女类型。②

---

  ① 张碧梧的《双雄智斗记》系列与孙了红的一些短篇如《木偶的戏剧》中也安排侠盗鲁平与霍桑斗法,霍桑失败的情节,这些主要是模仿法国作家勒布朗笔下亚森罗苹斗福尔摩斯的故事模式,这些故事的重点是表现都市生活的新奇感,将留待至下一章"侦探小说与上海摩登"中分析。
  ② 60年代香港流行占士邦热,本地创作人为了顺应潮流,兴起了"珍姐邦电影"(The Jane Bond Films)热潮,这些电影纷纷采取占士邦模式,但以女侠或者女贼为主角。由于黄莺故事的畅销,黄莺系列电影也成为了这些"珍姐邦电影"的重要一环。市场的需求吸引作家寻找本土的"珍姐邦",如倪匡60年代以"魏力"为笔名创作出的"女黑侠木兰花"系列。有关香港"珍姐邦"类型电影的讨论可见何思颖《珍姐邦:奉旨打男人的女人》,《粤语文艺片回顾(1950—1969)》,香港:香港市政局,1997年,第34—39页。

第五章 民国侦探小说中的正义观

一 侦探的失败

(一) 滑稽侦探小说

"滑稽"一词源自西汉司马迁的《史记·滑稽列传》,指给帝王讲笑话的俳优,而滑稽小说成为一种文学类型,则始于晚清。① 由于针砭时弊,中国现代的滑稽小说本土色彩鲜明。与讽刺小说稍不同的是,滑稽小说更加通俗,语言较为简明、易懂和形象,也经常自嘲。由于"滑稽"一词本身更多地指向一种闹剧式的叙述风格,因此也容易与其他文学类型结合,如滑稽侦探小说。从早期的"歇洛克来游上海"系列开始,这类作品的目的主要是针砭时弊,并不太注重探案,也正因如此,侦探在里面经常犯错,成为被笑话的对象。

民国时期赵苕狂与徐卓呆以写这类滑稽侦探小说著称。赵苕狂的侦探小说主要发表在《侦探世界》与《红玫瑰》。② 他在叙述上具有创新精神,俞依璐就指出过他的作品《匣上指纹》与《黑夜贼眼》均以凶手第一人称自述展开情节,甚至后者中凶手就是侦探本人。③施济群评价

---

① 汤哲声认为中国现代滑稽小说的倡导者及创作者是吴趼人。"吴趼人在他1906年创办《月月小说》时,开了'滑稽小说'的栏目,并刊载了大陆著的《新封神榜》,这是中国第一部标为'滑稽小说'名称的作品。"汤哲声:《说来开笑口葫芦——中国现代滑稽小说论》,《中国现代文学研究丛刊》1992年第3期,第221页。

② 赵苕狂(1893—1953),浙江吴兴人,原名泽霖,字雨苍,别署忆凤、忆凤楼主,早年就读于上海南洋公学,后入大东书局任编辑,是鸳蝴派文人中有名的编辑,主编过《游戏世界》《侦探世界》《红玫瑰》等,也创作过各种类型的白话小说,如《剑胆琴心录》等。或许是由于编辑工作的繁重,赵苕狂创作的侦探小说数量上仍比较有限。

③ 《匣上指纹》发表于《侦探世界》1923年第10期。陈礼斋原是一个大盗,后金盆洗手,但侦探韩必达却找上门来称有人掌握了陈一年前做案的指纹。作品以第一人称自述的方式讲述他在知道这一消息后如何将印有他一年前做案的指纹的匣子拿到并毁灭证据。《黑夜贼眼》发表于《侦探世界》1923年第13期。大律师罗文义被杀,律师黄飞邀请侦探丁立功调查,但丁立功恰恰是凶手,故事以丁立功的第一人称叙述展开,与黄飞对话时:"我此时心中真扰动的了不得,几乎要喊了出来,或是笑了出来,但表面上仍是声色不动。漫应道:'罗文义,这个名儿倒觉得很熟啊。'唉,诸君你们不知道我这句话倒是很对的,原来我刚在数分钟以前曾经到他那里亲手把他害死,怎么好说还和他不熟咧。"赵苕狂:《黑夜贼眼》,《侦探世界》1923年第13期,第2页。

他的滑稽侦探案"可在侦探小说中别树一帜……非常细腻非常熨帖,不过在细腻熨帖之中,总还带着一点滑稽的色彩,这也算是他的暗号吧"①。俞依璐认为:"笔下的滑稽情节往往被某个'巧合'触发而发展至小说的高潮,在出人意料的高潮中达到喜剧的效果,形成讽刺的意味。强烈的反差引起读者一笑,使读者在'笑'中认识到人物好吃懒做、刚愎自用、自大自卑、自吹自擂等等不合理之处。"②

赵苕狂的滑稽侦探小说以"胡闲探案"系列最为人所知,这一系列也称"门角里的福尔摩斯","门角"一词大概指私人侦探胡闲所处理的都是一些普通的家庭犯罪。大概是想要调侃一下主张科学实证学派的胡适,赵苕狂给他笔下的侦探起名"胡闲",字适斋。为了标榜自己与市面上霍桑、李飞探案等系列的不同,胡闲自称"失败大侦探",并声明:

> 我与他们却有不同之点。他们所纪的都是成功的历史,我所纪的偏偏都是失败的事实。何以呢,因为我当侦探足足有十多年,所担任的案子没有一桩不遭失败,从没有成功过的,所以只得就失败一方讲的了。③

从1923年到1948年,赵苕狂大约创作了八篇"胡闲探案",以抗日战争为界限,"胡闲探案"系列可分为两个时期:前期四篇小说均发表在《侦探杂志》,40年代以后在《玫瑰》《新上海》等杂志又相继发表了四篇作品。如陈罡所总结的,早期的创作中"胡闲这个形象显得饶有趣味。在《榻下人》中,胡闲居然连躲在床底下的凶犯都未发现,还误判被吓晕的小姐已是伤重不治,竟连凶犯都嘲笑他。'失败的侦探'的定位使得胡闲的形象很有创造性和真实性,也与'理想国民'相距甚远"。但

---

① 施济群:《编余琐话》,《侦探世界》1923年第10期。
② 俞依璐:《赵苕狂的"侦探世界"》,华东师范大学硕士论文,2014年,第33页。俞以赵苕狂的作品《医贼病》为例,故事中贼人金阿四入室行窃却被两个木乃伊似的怪人抓住,怪人威胁要将金阿四丢入化骨水中做解剖实验,小说高潮处金阿四逃出门口遇到警察,"他从前是最怕警察的,如今却几乎把来当作亲人了"。赵苕狂:《医贼病》,《侦探世界》1923年第14期,第11页。这里小偷在不同境遇下对警察的态度大反转成为笑点。
③ 赵苕狂:《裹中物》,《侦探世界》1923年第1期,第1页。

第五章　民国侦探小说中的正义观

后期作品如《少女的恶魔》中,"胡闲这个人物形象竟然开始向'机智而勇敢'方向转变了……从他说话时微笑的神态,从容不迫的气度,以及对案件胸有成竹的分析过程中,我们已经很难看到当年那个时而自鸣得意、时而神态精魄的'失败侦探'的影子了"①。换句话说,赵苕狂滑稽侦探小说的特色主要体现在早期的四篇"胡闲探案"中。

陈罡准确地指出了赵苕狂前期"胡闲探案"故事中滑稽性的特点在于其叙事中采取的戏仿(parody)手法。② 他引用了艾布拉姆斯对于戏仿这个文体的定义:"模仿某篇文学作品严肃的手法或特征,或某一作家独特的文体,或某一严肃文学类型和典型文体和其他特色,并通过表现粗俗的或滑稽的风马牛不相及的主题来贬低被模仿者。"③认为"'胡闲探案'小说对侦探小说'正统'叙事的反讽与对《福尔摩斯探案》《霍桑探案》'教科书'地位的消解"④。

前文已提及,针对大多侦探小说中记录的都是成功的侦探,赵苕狂故意塑造出胡闲这个屡屡判断失误的侦探,并不忘调侃现实中许多虚张声势的洋博士:

> 于是我在上海极格龙东路租了一个事务所,堂而皇之煊而赫之的把那块大侦探胡闲的铜牌子在门前挂了出来,上面还添了一行小字写道:"某国某某大学校侦探专科博士。"这虽带点儿吹的性质,可在目下这种时代中倒也少不来呢。⑤

模仿福尔摩斯与华生的搭档模式,胡闲也登报招聘助手,但找来的并不是像华生那样的医生或者包朗一样的作家。胡闲选定的助手一个是跛子,一个是聋哑人,理由竟然是跛子跟踪别人时不会引起怀疑,而聋哑

---

① 陈罡:《"门角里福尔摩斯":赵苕狂和他的〈胡闲探案〉》,《湖南师范学院学报》第36卷第11期,第27页。
② 同上书,第25页。
③ 艾布拉姆斯:《文学术语词典》(第七版),吴松江译,北京:北京大学出版社,2009年,第53页。
④ 陈罡:《"门角里福尔摩斯":赵苕狂和他的〈胡闲探案〉》,《湖南师范学院学报》第36卷第11期,第26页。
⑤ 赵苕狂:《裹中物》,《侦探世界》1923年第1期,第2—3页。

人则不会出卖侦探的秘密。在《榻下人》与《谁是霍桑》两篇中,赵苕狂借胡闲的失败讽刺那些阅读侦探小说走火入魔、机械地按照书本探案或者虚拟与现实不分的读者。《榻下人》中胡闲按照普通侦探小说的探案方法一开始就在犯罪现场寻找指纹和头发,却对其他更加明显的证物视而不见:

> 如今只要在室中能觅得案中的一点证据或一点线索就可去找寻凶手了。并且证据不必大,线索不必多,就是稀稀的几根头发小小的一个指印,如能做得全案的关键的,我们做侦探的得到了就可着手了。于是我手足并劳,五官并用的这么过了好一阵,竟找不到一点可以做得证据的,做得线索的,倒不免暗暗地佩服这位凶手起来。想他的手脚真做得干净,我这样精明的勘察竟得不到他一些间隙啊。正在这个当儿,忽听得门外有一个人说道:"那面靠墙壁的地上不是有一柄手枪,怎么这位大侦探在地上猫捉老鼠似的搜寻了这么一会子,竟没有瞧见啊。"我听了脸上不觉一红,暗想这真是惭愧啊惭愧。①

另一个短篇《谁是霍桑》中,有人登报寻找大侦探霍桑,不料四个人写信来,于是委托胡闲确认一下谁才是真正的霍桑。在第一家里,胡闲听到主人在说案情,但发现他是个律师,而且谈论案件的目的是为了给凶手翻案:"那一个人笑道:'但是我恰适得其反,你要知道我是被告律师,须要替那阿侄辩护的。如今案中有了这种强有力的证据,欲辩明他是无罪很为困难呢。'"②胡闲来到第二家听到有人在拉小提琴,想到霍桑也善于拉小提琴,不料这家的主人却是个心理系学生。第三家中也有两人在讨论一桩杀人案,但其实是这两个演员在对戏。在第四家的书桌上胡闲看到了有"包朗"两字的信封,认为案件已破,第四家就是霍桑。当他怀着得意之色报告委托人时,却遭到了对方嘲讽:

> 不但是弄错,实在是根本失败了。我对你说吧,我的教你侦探

---

① 赵苕狂:《榻下人》,《侦探世界》1923 年第 2 期,第 4—5 页。
② 赵苕狂:《谁是霍桑》,《侦探世界》1923 年第 4 期,第 4 页。

第五章 民国侦探小说中的正义观

谁是霍桑原要试试你的本领,故意寻一下子开心的。谁知你连侦探的常识都没有,竟巴巴的当件事干。你要知道霍桑不过是程小青腕底造成的人物,并不真有这个人,你又何从侦探起呢?如今你竟对我说已侦探着了,岂不是大大一个笑话么?

至于胡闲看到了印有包朗名字的信封,赵苕狂借委托人之口调笑鸳蝴派文人:"你末次去的那一处不是哈华街九号么?这是大小说家包天笑的住宅,他的号唤做朗孙,你只在信封上见了上面包朗两个字,下面遮着的那个孙字你却没有知道呢。"①从上面的介绍可以看出胡闲探访的四个人都不是侦探,但他们都在讨论如何破案,不同的职业对案件有不同要求:有的要替凶手辩护,有的要体会案中人的心理,有的是为了模拟表演,还有的就是在讨论虚构小说,由此赵苕狂调侃了侦探小说对于不同读者的不同功能,也嘲弄了侦探小说的虚构性。②

总体而言,赵苕狂的滑稽侦探小说属于调侃主流侦探小说叙述模式的游戏之作,而且数量有限,成就不高,在叙事上更有创新精神的要数另一位滑稽侦探小说家徐卓呆。徐卓呆(1881—1958)早年曾渡日本学习体育,20年代开始创作大量滑稽文学作品,并参与戏剧实践。③在侦探小说方面,徐卓呆曾翻译过勒布朗的亚森罗苹系列之《八一三》。发表于《游戏世界》1923年第20期的《不是别人》是他的第一篇原创。与其他侦探小说家比,徐侧重在叙事形式上创新:"但是我做了两三篇便觉得有一个大毛病了,这大毛病不独我一人犯着,恐怕做侦探小说的人大半犯着,就是格局的没有变化,开场总是什么地方谋死了一

---

① 赵苕狂:《谁是霍桑》,《侦探世界》1923年第4期,第8页。
② 陈罡在解读这部作品时认为这一小说除了"捉弄胡闲来制造喜剧感外,可能还包括了对福尔摩斯探案小说译介过来时曾一度被译者、读者当作实有其人(包括)华生一事的影射与反讽"。陈罡:《"门角里福尔摩斯":赵苕狂和他的〈胡闲探案〉》,《湖南师范学院学报》第36卷第11期,第24页。
③ 徐卓呆,江苏吴县人,原名徐傅霖,号筑岩,别号半梅。李霈指出徐卓呆除了"滑稽大师"的身份外,也创作了不少非滑稽类甚至较为严肃的作品。他晚清时期发表的小说就已关怀社会,并运用了心理描写等新文学技巧,20年代后也仍然有大量的非滑稽作品,如一些具有科幻性质的小说、伦理小说或社会小说,这些作品均关心和新文学类似的社会问题。李霈:《徐卓呆1920年代小说研究》,复旦大学硕士论文,2013年。

个人或是失去了什么要物,由侦探去破案的。"为了突破这种形式上的局限,徐卓呆表示"想做几篇格局特意的侦探小说或者格局之外还可以在性质方面使它含有滑稽趣味倒也很调和"①。

　　从数量看,徐卓呆在20年代创作了不少有一定篇幅的侦探短篇,大多数发表在《侦探世界》上。② 这些作品局部有滑稽的元素,但主要成就更在对侦探小说中"叙事者声音"这一叙事元素的探索上。大部分故事以第三人称限知视角,从贼的角度来展开叙事,例如《犯罪趣味》中的主角觉得生活无聊,一时兴起,在舞场偷取他人项链,后来又巧妙圆谎,但螳螂捕蝉、黄雀在后,最终还是上了一个更大的贼党的圈套。③《犯罪本能》中主角在街上打劫了运钞车,后欲劫持小型飞机逃脱,被捕后在医生帮助下以精神病开罪。④有的作品追求结尾的逆转,如《卖屋广告》中某人告诉一位商人一处地产下面埋藏着宝物,贪婪的商人买下了这块土地,但其实只是某人为了提高卖屋的价格演出的一出活广告。⑤《门外汉乎》以目击证人的证词开篇,他在门外听到了旅馆房间里的争吵和打斗,但最终被警方戳穿了证词中的漏洞,这位证人其实就是真凶。⑥还有的作品以管家甚至是老鼠等旁观者的视角来叙述案件,如《红珠》《鼠侦探》。⑦徐卓呆的大部分侦探小说重点都不在如何侦破案件,而是擅长描写罪犯的心理。例如《出狱后》这篇作品写一个罪犯出狱后打算悔过自新,但警方侦探怀疑他贼心不改,处处与其为难,导致他因有犯罪的前科而屡次求职失败,他虽非常憎恨这个侦探,但仍在一场火灾中出于良心救了侦探,两人和解。这种对犯人出狱后仍不容于社会、找不到出路的社会问题的探讨在香港导演龙刚60年代作品《英雄本色》中再次出现,而徐卓呆可谓这类题材最早的创作者。

---

　　① 徐卓呆:《侦探小说谈》,《小说日报》1923年4月1日。
　　② 亦有一些发表在《游戏世界》《红杂志》等期刊。以《侦探世界》为例,徐卓呆几乎每期都发表原创作品,有二十余篇。40年代后也偶有创作,发表于《新侦探》,但数量很少。
　　③ 徐卓呆:《犯罪趣味》,《侦探世界》1923年第11期。
　　④ 徐卓呆:《犯罪本能》,《侦探世界》1923年第15期。
　　⑤ 徐卓呆:《卖屋广告》,《红杂志》1923年第40期。
　　⑥ 徐卓呆:《门外汉乎》,《侦探世界》1923年第6期。
　　⑦ 徐卓呆:《红珠》,《侦探世界》1923年第5期;《鼠侦探》,《侦探世界》1923年第8期。

第五章　民国侦探小说中的正义观

徐卓呆侦探作品中的滑稽效果有这样几种，第一，通过使用不同的视角来观察人们行为中的荒谬。例如《鼠侦探》这篇作品以老鼠的眼光来叙述一宗女性被杀案。老鼠与一位人家的小老婆同住，小老婆某晚被谋杀，老鼠目睹是街上磨刀的大汉所为，因两人白天时发生争执。行凶后老鼠看到这位大汉："喘喘的在自来水旁用水洗去手上之血然后将腰间挂着的一块脏污手巾拏来揩手指揩脸，他忽然看见那边有一瓶酒，他便去了塞子连饮几口，再回到楼上开抽屉，也用那手巾衬着指头位拉抽屉的环，取出银钱指环表等一齐纳入怀中。"第二日侦探与法医前来收集证据，误将小老婆的情人当作凶手，却对更加明显的证据视而不见：

> 侦探在抽屉环上、刀柄上撒了粉，一看以为凶手的指纹可以看得出了，话虽如此，也是无用，刀柄上全是血，抽屉环上是用手巾衬过的，唉，他把粉撒得太多，将手巾上一种手垢的臭气也要消灭了啊，大家得不到什么，很失望，实在没留心后门处啊，犯人饮酒时手摸到酒瓶的瓶上，一撒粉岂不好呢？我便向地板下的朋友说昨夜吃惊了，你看阴沟处角里有血膏粘着，这许多人一个也没留心到啊，人类真是笨东西。

> 侦探抓住了疑犯后就准备离开，而在老鼠眼中："没有一人去查看后门和酒瓶、剪刀剃刀，侦探们将手上的赃污在自来水旁去洗净，环上的臭气也消灭了，诸人就此退出，我真莫名其妙，来搜查证据的反把证据消灭。"①

表面上侦探们遵照了搜捕的程序，也尊重证据，但根本推理的前提就是错的，作品通过老鼠的叙述嘲笑了办案人的粗心大意。

第二，如之前的"歇洛克来华探案"系列一样，写西方的侦探推理术在华的水土不服。如《小苏州》中遇到一宗抢劫案，英国留学归来的警察署署长与福尔摩斯、亚森罗苹及霍桑们均对贼党的暗号束手无策，而小苏州这个警署跑腿的则根据苏州方言中的反切轻易地解开谜语。

---

① 徐卓呆：《鼠侦探》，《侦探世界》1923 年第 8 期，第 7—9 页。

小苏州在获胜后发表演讲：

> 我能够听懂这盗的密语，其实一点也没有什么道理，乃是我们做白相人的时候应当懂的一种小玩意，不是什么高深的学问，不过这么看来你们用什么外国的新法来侦探，开口科学闭口科学，中国社会上还是不行……从此后你们是要在中国办案子，还是先把中国的习惯研究罢，一定很有趣的。①

在这个故事里，徐卓呆利用苏州方言中的反切来设置谜题，并挑战西洋式的侦探术，尝试了本土侦探法的诡计。

第三类是通过近似荒诞的情节来嘲讽。例如《抄袭家》中冯某屡次被退稿，他的邻居黄病虫却是一位畅销书作家，冯某趁黄酒醉时偷取了他的小说，修改后投稿得以发表，但冯却突然被匪徒绑架。原来黄病虫发表的小说不是普通的作品，而是与匪徒的暗号。冯修改作品的同时也改变了暗号，导致匪徒的首领被捕。冯某在最后关头被警察所救，"有两个警官立着说道：'我们很感谢你，你虽单单抄袭了一篇小说，我们倒把一向横行无忌的强盗团体破获了'"②。而冯某也因此再也不敢抄袭了。这篇作品既讽刺了抄袭行为，也触及了市面上的文学往往会被别有用心的人所利用这一现象。

值得指出的是，徐卓呆滑稽作品的特点在于对小人物甚至是反面人物有着深深的同情，已有研究者评论："在他的侦探小说中，对于罪犯的惩处不是最重要的，他更关注的是其中市民的生活，他将罪犯的犯罪动机更多归为城市的黑暗环境所逼迫，对于他们更多报以同情心和人文关怀。"③在《抄袭家》中，因为抄袭，冯某也是犯罪者，但徐卓呆并没有对他太过苛责，反而将他描写成一个热爱文学但才华有限的青年："他以为书记之职很卑贱，希望自己的姓名由铅字排出来要得到一个文士的头衔。"他在结识作家黄病虫后感慨："我只要有了黄病虫那么

---

① 徐卓呆：《小苏州》，《侦探世界》1923 年第 7 期，第 12 页。
② 徐卓呆，《抄袭家》，《侦探世界》第 16 期，第 13 页。
③ 凌佳：《民国城市小说家徐卓呆研究（1910—1940）》，上海师范大学硕士论文，2014 年，第 21 页。

第五章　民国侦探小说中的正义观

一枝笔就行了,神为什么对黄病虫那么不知感谢的人反而给他文笔之才呢,我这么忠实好好著作的为什么一些不愿呢?他如此懒怠,文名竟极大,他的创作何以会受人欢迎呢?我只消一次也够了,愿我的创作发表出来啊。"①即使冯某将这篇抄袭的小说投入邮筒之时也仍在不停犹豫,在道德上谴责自己。凡此种种,都可以看出,徐卓呆对这样的小人物的不法行为虽安排了惩戒的结局,但也给予了充分的理解与同情,而非一味的闹剧。

(二) 谦虚的侦探

除了滑稽侦探小说中侦探屡屡出错之外,为了宣扬儒家文化中所推崇的谦虚精神,一些严肃的侦探小说也会故意安排侦探出错。不同于福尔摩斯式的无敌,民国侦探小说家在塑造理想侦探时,也强调其作为人亦会判断失误的一面,并把这个特征看作对西方福尔摩斯式人物性格的修正,在《无罪之凶手》中,霍桑与包朗有过这样一段对话:

> "包朗,你和我相处好久了。我的成就往往是凭着偶然的机缘;但我的失败,也不止一次两次,你也是眼见的。只是你抱着替朋友隐恶扬善的见解,常把我的成功的事迹记叙出来,失败的却一笔不提。因此,社会上有一部分人,竟把我当作有'顺风耳''千里眼'本领的神话中神秘人物看待。这实在是大大的错误!现在我请你把我失败的案子发表一两种,使人们可以知道我并不是万能的,更不是什么无稽的神仙鬼怪。我也只是一个'人'罢了。"
>
> 霍桑这一番话,不但使我首肯,银林也越发心折。霍桑的睿智才能,在我国侦探界上,无论是私人或是职业的,他总可算首屈一指。但他的虚怀若谷的谦德同样也非寻常人可及。我回想起西方的歇洛克·福尔摩斯,他的天才固然是杰出的,但他却自视甚高,有目空一切的气概。若把福尔摩斯和霍桑相提并论,也可见得东方人和西方人的素养习性显有不同。②

---

① 徐卓呆:《抄袭家》,《侦探世界》第 16 期,第 2—3 页。
② 程小青:《无罪之凶手》,《霍桑探案集(十三)》,第 133—134 页。

这一感慨亦可看作程小青对"霍桑探案"系列在当时社会上接受史的响应,在《打赌》一文中,霍桑也请求包朗"若能把我失败的经过介绍一二,使人们知道我也只是一个'人'!人的生活史中,有成功,一定也有失败"①。

为了打破柯南·道尔笔下华生不如福尔摩斯的定式,程小青有时还故意安排让霍桑输给包朗,对此,他曾这样解释:

> 有不少聪明的读者,便抱定了成见,凡为华生或包朗的见解,总是不切事实和引入歧途的废话,对于他的见解议论特别戒严,定意不受他的诱惑。假如真有这样聪明的读者,那我很愿意剖诚的向他们进一句忠告,这成见和态度是错误的!因为包朗的见解,不一定是错误的,却往往"谈言微中"。案中的真相,他也会得一言道破,他的智力与眼光,并不一定在霍桑之下,有时竟也有独到之处!但我既不愿把霍桑看做是一个万能的超人,自然他也有失着,有时他也不妨不及包朗。譬如那《两个弹孔》等案②,便是显著的例证。读者们如果抱定了前述的成见,读到这样的案子,难免要怨作者的故作狡猾。那我也不得不辩白一句,须知虚虚实实,原是侦探小说的结构艺术啊。③

其实以上列举的三篇作品中,霍桑也只是局部失败,并不影响整个案件的侦破。例如《无罪的凶手》中霍桑找到了第一个凶手,但忽略了另外一个,他将自己的失败归结为过早得出结论:"至少我的结论是过早的,下得太迅速。这就违反了科学态度。包朗,我决不能宽恕我自己,你如果要把它发表出来,应得列入失败的一类中。"④而《第二弹》里霍桑受到他人影响而放弃了自己原先正确的判断,未仔细检查现场,并采取守株待兔的方式等待凶手归来,他事后自省道:"这案子险些儿失

---

① 程小青:《打赌》,《霍桑探案集(十二)》,第 105 页。
② 《两个弹孔》后修改为《第二弹》,收录于《霍桑探案集(十)》。
③ 程小青:《侦探小说的多方面》,选自 1932 年 1 月上海文华美术图书印刷公司《霍桑探案汇刊》第二集,收录于任翔、高媛主编《中国侦探小说理论资料(1902—2011)》,第 153—154 页。
④ 程小青:《无罪之凶手》,《霍桑探案集(十三)》,第 162 页。

败,我委实不能宽恕我自己的粗忽和侥幸!"①通过霍桑的失败故事,程小青也是在将侦探小说作为通俗化的科学教科书的一部分,借机向读者宣传正确的科学精神。

虽然程小青等侦探小说家努力挖掘侦探作为"人"也有弱点的意图值得嘉许,但也正是这种文以载道式的价值观使得程小青笔下的霍桑显得个性不足,变成了一种理想的道德完美主义的极端,例如抵制消费、愤世嫉俗,而忽视了表现"人"的一面的另外一种可能性,如日后日本的社会派推理中所发展出的展现侦探本身的情感羁绊、恐惧与野心等写法,因此从这个角度看,这类出于宣传美德的目的故意表现侦探的失败的作品并不成功。

(三) 诗学正义的结局

"失败的侦探"这一主题的第三类形态就是诗学正义的结局:侦探虽然成功破案,但基于司法漏洞,无法逮捕真凶,而真凶最终都伤重不治;还有的凶手是为民除害的英雄,虽被逮捕入狱,但不久就成功越狱逃脱。选择这种诗学正义的处理方式主要是因为民国侦探小说家面对黑暗的司法现实的无力感。姜维枫就曾这样总结道:"中国侦探小说存在法律与传统伦理道德显隐两条正义判断标准的冲突。"由于正义和当时法律的矛盾,"程氏侦探小说的结局多为'行善者解脱''作恶者有恶报'……","当现行法律不足以维护正义时,程小青便会以自己独有的方式来锄强扶弱,给无权无势的平民百姓找寻一线生机,表现出他同情弱小、藐视权贵的思想意识"②。

民国时期的上海犯罪猖獗,被西方记者形容为"东方的犯罪中心"。根据魏斐德(Frederic Wakeman)统计的数据,"1922 年,据报道在公共租界内共发生 47 起武装抢劫。两年后,这一数字翻了四番,达到 204 起;到 1926 年这种重罪共发生了 448 起——在五年中这一数字增加了九倍半。在这一时期,被捕的抢劫犯的数目却只翻了三番,这与这

---

① 程小青:《第二弹》,《霍桑探案集(十)》,第 109 页。
② 姜维枫:《近现代侦探小说作家程小青研究》,第 106—107 页。

一时期抢劫案的发生率大相径庭"①。租界的存在增加了执法的难度，有的租界干脆实行以华治华、以贼捉贼的统治策略。以法租界华捕捕头黄金荣为例，罪犯们通过私下的贿赂，可以"请求黄直接向巡捕房要求特殊的恩惠，或是撤销控告；或是由黄出面帮助安排巡捕房去突击搜查竞争对手的赌场"②。而华界的警察越界搜捕犯人需要有租界警务处的特批，外国人乐意看到中国警察维持治安的失败，这样可以给他们充分理由去继续要求治外法权和保留租界内的自己警察部队。由于党派纷争，国民政府与流氓结盟，官方认可帮派头目的毒品垄断，犯罪合法化。

警匪一家的社会现实导致官方侦探声名狼藉。程小青所塑造的霍桑探案实为一种现实中并不存在的理想主义，现实中神探与法治的缺乏使得这一时期的中国侦探小说成为一种纸上谈兵。秦瘦鸥在《关于侦探小说》一文中有过一语中的的观察："这在我们中国，因为司法制度和警察教育都没有健全发展的缘故，实在谈不到什么侦探不侦探，无论军政界中或是一般平民社会里，如有什么罪案发生，都不必斤斤于人证物证的搜集，只要有些嫌疑的人，当局就可以把他们拘押起来，经过几番审讯，案子也就定下了。这并不是说他们是冤枉的，正相反其中倒是十九是正犯，那可不是太神奇了吗？不，一些也没有什么神奇可言！因为在中国，犯罪的人多半是毫无知识的中下阶级，经验有余，知识不足，即使有几个很聪明的知识分子，却又是知识有余，经验不足，所以犯了罪案，就无法掩饰自己的证据……因此，不但一切罪案的构成都非常简单，就是它们的结果，也永远是很平淡的一套。"③

因此，在侦探小说创作中，有的作家虽然也宣传科学探案，但时时流露出对这种科学精神在中国是否有用武之地的怀疑。如前一节曾提到的天虚我生所创作的《衣带冤魂》这个短篇中，尽管侦探在田间用石膏制模的方法辛苦地采集脚印，判断凶手的外貌特征，抓获了凶手，但

---

① 〔美〕魏斐德：《上海警察，1927—1937》，第 2 页。
② 同上书，第 28 页。
③ 秦瘦鸥：《关于侦探小说》，原载 1940 年《小说月报》创刊号，收录于任翔、高媛主编《中国侦探小说理论资料(1902—2011)》，第 182 页。

第五章 民国侦探小说中的正义观

在结尾处天虚我生又质疑究竟这般科学的侦破法在中国当时的司法环境中是否有效,并点名当时的冤狱无处不在:

> 然而我又疑心那个贼,说不定是金瑞云买出来的,不然何以有这等凑巧,但是这个案子连死者自己也不明白,何况是我做小说的呢,我因想这两人大约都是冤死,所以我这部书就叫做衣带冤魂。①

程小青曾在其作品中借包朗之口赞赏赞赏东方草莽式的侠义精神:

> 东方民族的浪漫思想素来是很浓烈的。我以为因着近代物质文明的影响,一切都趋于平淡枯燥的理智化,这种丰美热烈的浪漫情绪已渐渐儿消归乌有。不料我的观念是错误的。这种崇高热烈的侠义精神,至今还留存在我中华民族的血液里面。②

霍桑探案系列的第一篇为《江南燕》,江南燕是江南地区的侠盗,武功高强,劫富济贫,在这个案件里,真凶假冒江南燕的名义行窃,霍桑在抓获犯人的同时,也为江南燕洗刷冤名。这里程小青以《江南燕》开启整个霍桑系列颇有讲究:既借助传统侠盗故事来吸引读者,又暗示了霍桑和传统侠盗形象的暧昧关系。江南燕在整个故事中都没有出现,这代表了霍桑这个新型的科学侦探对传统侠盗的取代,在故事结尾,江南燕寄信给霍桑表示感谢,警方侦探问霍桑可否用此信作为线索将江南燕抓获,而"霍桑没有回答,把信放在脚膝上,目光灼灼,对着信纸望,咬着嘴唇,低着头,很久没有说一句话"③。霍桑的沉默代表对江南燕所象征的传统侠盗式诗学正义的同情,霍桑与江南燕的并置正是代表了程小青的小说中法律与传统伦理道德这显隐两条正义的标准并存的特色。

顺着这个线索,我们可以发现程小青的霍桑小说里经常使用的两

---

① 天虚我生:《衣带冤魂》,《礼拜六》1915年第60期,第4页。
② 程小青.《浪漫余韵》,《霍桑探案集(二)》,第259页。
③ 程小青:《江南燕》,《霍桑探案集(二)》,第69页。

种情节公式。当施害者是为了公义而违法时,虽然不免被捕,但最后都能成功越狱。例如《断指团》中一群热血青年成立的断指党专门绑架一些为富不仁的社会贤达,先是断指给予警告,如果这些富人继续做恶,则将其暗杀。他们的宗旨就是"凭借牺牲的决心,用暴烈的手段,谋社会的根本改造"。当霍桑质问他们为何要采取暴力的手段时,他们的首领回答:

> 我国的所以积弱不振,主因虽是吏治不澄清,法令等于具文,和一般领袖人物的私而忘公,溺职失察……但是现社会中教育不普及,舆论不健全,丧失了清议的权威。一般人对于他们,只有容忍默认,没有相当的制裁……我们没力量推进上层的政治,只有从底层着手,使社会间孕育一种制裁的力。换一句话说,这是一种釜底抽薪的办法,斩断这班害物的退路,不许他们在社会上容身。如此,他们觉得既没有了归路,积了钱也不能在社会上作威作福,自然会敛迹一些。①

结尾时霍桑成功破案,断指党的领袖主动伏法。但最后一段又补充了这位领袖最后的结局:"南京的地方监狱中最近盛传着一件逃监事件,逃走的是一个新近进监的少年盗犯。有个管监的法警一起失踪,是否得钱卖放,或是出于同情,传说得不清楚。"大家都很希望这个人就是这个断指党的领袖,就连霍桑得知消息也很高兴。②

另外一种公式是受害人罪有应得,施害者出于义愤想为民除害,霍桑最终调查的结果发现这些受害人其实是自杀,施害人无罪。如《案中案》中,纨绔子弟孙仲和强暴了一位出诊的女医生并导致其最终羞愤自杀,孙家的老管家看不过孙一贯的恶行,决定替天行道,布局杀了孙仲和。霍桑揭穿了老管家所布疑阵,但之后话锋一转,根据倒在桌上的孙仲和尸体背后的伤口丝毫没有血迹这一点,证明他早在老管家刺杀他之前已经因为钱财两失而自杀而亡,老管家无罪。《白衣怪》中上一代的兄弟为了股票利润合谋致死了大哥,多年后,这一对兄弟也在一

---

① 程小青:《断指团》,《霍桑探案集(五)》,第77—78页。
② 同上书,第98页。

第五章　民国侦探小说中的正义观

所闹鬼的老宅里离奇暴毙。霍桑虽然发现了假扮白衣怪的真凶,但却证明这兄弟俩其实死于心脏病发,而且霍桑还为凶手出庭辩护,让他可以缓刑后出国留学。《倭刀记》(又名《血匕首》)中表面上是两位男学生之间的情杀案,但霍桑证明受害人其实死于自杀,他是一名叛变革命的学生,因叛徒身份被揭穿前途尽毁,加上情场失意,羞愤之际自杀,并企图嫁祸给自己的情敌。程小青在设计此类情节时,受害人一般都是社会上的达官显贵,由于不义之财致富成名,施害者都曾蒙受不白之冤,出于义愤行凶。为了给此类施害者法外开脱,既要表彰他们行为的正义性,又不能违背霍桑要维护的法律,安排受害者其实死于自杀便成为了最便利的处理手段。不过此类有钱人做亏心事而"被自杀"情节的频繁出现也给人故事雷同的印象,破坏了霍桑探案的可读性。

还有一类故事广义上也可归入这个公式:施害人罪有应得,但懂得钻法律的漏洞,逃脱惩戒,程小青故意在结局中安排这类凶手惨死。例如《活尸》中的罪犯留学生徐之玉始乱终弃,虽然因杀人罪被逮捕,但他的叔叔是律师,一直帮他求情。之后他的伤势"因着沾染了某种微菌,不但不能愈合,而且逐渐蔓延开去,从脸部展开到颈项"①,最终伤重而死。在这些例子中,程小青某种意义上都扮演了隐性的道德伦理正义的角色,为这些恶人安排了罪有应得的下场。

如此诗学正义的结局安排,一方面如前文所指出,基于当时司法腐败的现实,小说家不得不受限而提出另外一些更加理想化的处理手法,另一方面也与鸳蝴派所代表的惩恶扬善的传统文学道德观有关,某种程度上继承了传统公案小说中朴素的因果报应式的正义观,但不足之处是这种是非观念也导致了民国侦探小说很大程度上沾有如仇富、同情底层民众等人物设计上的脸谱化倾向。

也需指出,尽管当时的警界腐败,但民国侦探小说对这种腐败也仅点到为止,并没有发展出如美国四五十年代开始硬汉派小说里一样侦探作为孤胆英雄的犬儒主义式的处世态度。民国侦探小说继承的仍然是福尔摩斯古典探案中的警方与私人侦探的相处模式,即两者之间既

---

① 程小青:《活尸》,《霍桑探案集(八)》,第351页。

合作又竞争的关系。案件发生后警方允许私人侦探介入探案,故事中的警方都显得比较无能,扮演了红鲱鱼(red herring)一样的误导读者的角色,但并不像现实中官方侦探那样腐败黑暗。又或者如程小青等抱有将侦探小说作为科学教科书的文以载道式的创作态度的作者,还会安排一些正直、善良的警察辅助霍桑,来为社会的司法公正树立一种希望,这种折中主义,即对社会不公一面有限性的揭露,不免局限了民国侦探小说的深度与广度。

二 侠盗的盛行

侦探们的纷纷失败也带来了侠盗的盛行。侠盗文学也属于诗学正义的解决方法,一直是中国传统通俗文学中极受欢迎的主题,代表了一种独立于官府的、民间正义的伸张。民国的一些侦探小说将侠盗与侦探这两种形象糅合起来,侠盗既采取了西方侦探式的理性推理方式解决案件,又保留了传统的劫富济贫的价值观,他们游离于司法之外的身份更使得作者在书写时游刃有余,不必太顾及维护法治的限制,反而可以尽情嘲讽社会的不公及黑暗。侠盗侦探们的宗旨,正如小平在"女飞贼黄莺"中所点出的:"我要你们行侠仗义,劫富济贫,在这政治紊乱,民不聊生的时局下,富贵的愈富贵,贫穷的更贫穷,所以你们应该帮助这些可怜的人。我们的行为虽无益于国家,至少不危害社会。"①

孙了红的"侠盗鲁平"系列及小平的"女飞贼黄莺"系列是这一类型的代表作。前者模仿勒布朗的亚森罗苹故事,设计出东方侠盗鲁平,并与程小青的"霍桑探案"系列齐名,鲁平也成了侦探霍桑最难处理的对手。后者捧红了黄莺这位女侠盗,50年代随着上海环球出版社南迁,在香港继续大红大紫,不仅被改编为香港本地电影,还影响了一批香港通俗文学创作,如倪匡六七十年代的"女黑侠木兰花"系列。

---

① 小平:《黄莺出谷》,《蓝皮书》1948年第17期,第16—17页。

第五章　民国侦探小说中的正义观

（一）孙了红的侠盗鲁平系列

1922年，《侦探世界》连载了一篇上海年轻作家孙了红的故事《傀儡剧》。故事中，一位虚构的上海帮派首领鲁平计划从大侦探霍桑的客户那里偷走一张名画。在孙了红的笔下，狡猾的鲁平善于伪装，又熟知大上海的地理，让霍桑吃尽了苦头：他会假扮百货商店橱窗里的人偶，透过化妆镜的反射来监视霍桑的行为，安排党徒在街头制造车祸来拖延霍桑的调查，利用替身骗的霍桑团团转，最后假扮霍桑骗走了名画。《傀儡剧》是号称"东方亚森罗苹"的侠盗鲁平与"东方福尔摩斯"的名侦探霍桑的首次对决，也是孙了红版的鲁平的首次登场。① 至此之后，在上海的侦探小说文坛上，霍桑与鲁平成为最出名的两位人物。

我们关于孙了红的身世知之甚少。他原名孙咏雪，1897年出生于上海吴淞，祖籍浙江宁波，中等身材，"生相落拓，过分不修边幅"②，经济拮据，患有慢性肺炎，主要靠创作鲁平侦探小说及翻译小说维生，是个亭子间作家，作品多在《红玫瑰》《万象》《春秋》等杂志发表，40年代曾短暂主编过侦探杂志《大侦探》。《万象》的主编陈蝶衣曾将他与美国作家爱伦·坡的生活作风相比，指他们均开销奢侈，为人慷慨。孙了红是个佛教徒，曾经结婚但无子。③ 自称"野猫"，独来独往，没有加入任何文学社团。1949年以后他虽仍然留在上海，但不再创作侦探小说，转而改编历史剧，如讲述太平天国忠王李秀成的《万古忠义》。1958年孙了红因肺炎去世。不同于程小青通过侦探小说给民众科学启蒙的写作态度，孙了红称自己的故事是"十字街头的连环图画"，并否认他们有任何教化的功用，他曾声称："我并没有一个确定的人生观——甚至根本不知道什么叫做人生观。"④

孙了红笔下的鲁平是一个上海帮派的首领，行踪诡秘，总是带一个

---

① 鲁平并不是孙了红的独创，在他之前，何朴斋和张碧梧也创作过零星的东方鲁平的故事，但孙了红的鲁平故事比较持续且有系统。
② 沈寂：《孙了红这个人》，《幸福世界》1947年第1卷第6期，第48页。
③ 孙了红·《生活在同情中》，《万象》1943年第3卷第2期，第201页。
④ 同上书，第203—204页。

红色的领结,左耳有一颗痣,抽土耳其雪茄。《傀儡剧》中提到他结过婚,并有孩子,住在租界的一所大洋房里。他的夫人是一位崇尚西式生活的女子,爱演奏钢琴爵士乐。他的儿子也擅于伪装,《傀儡剧》中,曾假扮一个无辜的走失儿童诱骗霍桑上当。1924—1946 年,孙了红共发表了二十余篇"侠盗鲁平"系列侦探小说,鲁平的性格也在这些小说中得以发展。① 概括而言,鲁平形象的来源主要有两类:法国勒布朗的亚森罗苹故事及中国传统中庄子"窃钩者诛,窃国者为诸侯"的强盗哲学。

1. 法国亚森罗苹侦探故事原型

鲁平的原型来自法国作家勒布朗(Maurice Leblanc)的绅士侠盗亚森罗苹。根据勒布朗的设定,亚森罗苹是一个花花公子式的玩世不恭的侠盗。他本名 Raoul d'Andrézy,父亲是一位拳击和体操老师。亚森罗苹精通包括拉丁语和希腊语在内的多种语言,早年学习法律和医学,曾在皮肤科实习,学会换脸的技术。他是巴黎帮派首领,击败过多个国家的警察。对于亚森罗苹而言,犯罪并不是为了牟利,而仅仅是兴趣的需要:"如果他盗窃一幅画,多半是因为他真心喜爱。如果他故意勾引一位女子,也是因为她将要嫁的人不是她的真爱。他的伪装,虽然迷惑了警察,但通常都是为了追求一种欺骗的乐趣本身。"②勒布朗本人后来为巴黎警察局提供咨询服务,这一身份上的转变也影响了他笔下的亚森罗苹,在最后一卷故事中,罗苹经常公开站在法律和秩序一边,与警察合作破案。

从欧美侦探小说史看,勒布朗的亚森罗苹故事延续了法国作家维多克(Eugène François Vidocq,1775—1857)的犯罪小说的特色。根据维多克的《回忆录》,他本人年轻时曾经是一名罪犯,被判入狱,后来决定改过自新当警察,依靠在监狱里卧底将功赎罪,维多克在官方有意安

---

① 与霍桑故事的完整性相比,鲁平在不同故事中的性格并不完全一致,这与不同的作者有关。例如在一篇孙了红与别人合写的故事《黑骑士》中,鲁平是一个叫做"祖国之魂"的爱国青年,从一位汉奸那里偷走了一份中日密约;但在中篇小说《蓝色响尾蛇》中,他却差点爱上了一位日本间谍。

② John M. Reilly, *Twentieth Century Crime and Mystery Writers*, London: Macmillan, 1978, p.424.

第五章　民国侦探小说中的正义观

排越狱后以新的身份被任命创办法国保安部,而且募集的情报员都有犯罪前科,可谓"以贼抓贼"。五十岁左右时维多克创办了私家侦探社,并写作一些犯罪学的书籍。维多克对犯罪文学影响最大的地方在于他是欧美反侦探小说的原型,"他是一个罪犯,但同时也是一名英雄"[1]。朱利安·西蒙斯认为"警察和罪犯的相互渗透,对故事中一个人是英雄还是恶棍的怀疑,是犯罪小说的一个基本特征,而维多克是这一切的真实化身"[2]。维多克非常善于伪装,据说甚至可以将身高缩短好几英寸后正常走路和跳跃。因此,他也开启了法国侦探文学中"善于伪装的侦探"这一文学传统。

亚森罗苹的故事有直接向维多克致敬的情节,在《八一三》故事中,亚森罗苹失踪了四年,后来才发现他竟然当了四年的保安局局长,"他当了四年保安局长!实实在在的、合法的局长,享有这个职务所赋予的一切权利,得到上司的器重,政府的偏爱,万民的敬佩"[3]。与福尔摩斯故事相比,亚森罗苹的故事不注重如根据指纹、脚印等科学推理的细节,而主要是突出亚森罗苹及其团伙的神出鬼没。故事多发生在监狱、古堡、旅馆等地点,亚森罗苹的主要逃脱方式之一就是各种地下通道。故事里出现的真正罪犯多为王公贵族的夫人或者仆人,而他们要盗窃的也多为与拿破仑有关的各种器物或者法国与其他国家签订的机密文件。亚森罗苹经常扮演爱国者的角色,与德国皇帝、军机大臣等会晤,维护法国的利益。故事的主要悬念在于这次亚森罗苹又假扮成了哪位人物及怎样被识破。

亚森罗苹故事最早由杨心一翻译到中国,发表在 1912 年 4 月的《小说时报》第 15 号,题目为《福尔摩斯之劲敌》(译自 1907 年出版的 "Arsene Lupin, Gentleman-Cambrioleur")。1914 年 1 月徐卓呆和包天笑合译《八一三》,连载于《中华小说界》第一至十一期。周瘦鹃也是亚森罗苹故事的主要译者,1914—1915 年,他陆续翻译了六篇亚森罗苹

---

[1]　Julian Symons, *Bloody Murder*, p. 31.
[2]　Ibid., p. 32.
[3]　〔法〕莫里斯·勒布朗:《八一三》,管筱明译,《亚森·罗平探案全集(三)》,北京:群众出版社,1998 年,第 178 页。

小说。① 1917年亚森罗苹故事开始结集出版,从翻印次数上看,市场反应热烈。②期间一些短篇还先后在《半月》《心声》《侦探世界》等杂志连载。1925年4月至1933年8月,上海大东书局出版了白话文译的二十四册《亚森罗苹案全集》,包含了十部长篇小说和十八个短篇,孙了红、周瘦鹃均为主要译者和编者。1928年4—8月,《紫罗兰》杂志也连载了由周瘦鹃和张碧梧翻译的"亚森罗苹最新奇案",共八个短篇。1939年10月至1947年3月,上海的春明书店出版过"亚森罗苹侠盗案"系列丛书,由库川、吴鹤声等翻译。

由现有数据看,1925年大东书局的《亚森罗苹案全集》是该类故事一次规模较大的出版,邀请了多人作序,包括包天笑、程小青、胡寄尘、周瘦鹃等。从他们的序中可以一探时人对这个故事系列的理解,风格上评者都认为它胜在"波谲云诡、离奇变化、令人不可捉摸"③,主题上包天笑评价:"福尔摩斯藉其智慧,使人无遁行。而亚森罗苹,遁人于无行。"④包天笑在这里准确地对比了福尔摩斯与亚森罗苹故事的本质不同,前者始终在强调一种社会秩序的控制和稳定性,而后者则在探索"都市生活的匿名性"特征,反对一种具体的、一成不变的社会身份的定义。恰恰是这种都市空间的隐匿性构成了亚森罗苹故事对孙了红的鲁平系列的最大影响。

侦探小说鼻祖爱伦·坡曾创作过一篇《群痴》("Man of the Crowd"),叙述者"我"坐在伦敦的咖啡馆里观察街上的男男女女,故事的前半篇仿效侦探分析,"我"认为通过这些人不同的身材、服饰、神

---

① 这六篇分别是《亚森罗苹之劲敌》(《礼拜六》1914年第11—12期)、《网中鱼亚森罗苹》(《游戏杂志》1914年第3—11期)、《亚森罗苹之失败》(《礼拜六》1915年第40期)、《侦探家之亚森罗苹》(《中华小说界》1915年第2卷第9期)、《十九号》(《香艳杂志》1915年第8期)、《亚森罗苹之妻》(《游戏杂志》1915年第14期)。

② 如周瘦鹃译,以《小说汇刊》形式由中华书局出版的《犹太灯》,1917年初版,1921年第3版,1928年第5版。由常觉、常迷翻译的《水晶瓶塞》,1918年中华书局初版,1930年第5版。《亚森罗苹奇案》,1918年初版,1931年第7版。

③ 周序,选自1925年4月上海大东书局《贼公爵》,收录于任翔、高媛主编《中国侦探小说理论资料(1902—2011)》,第111页。

④ 包序,选自1925年4月上海大东书局《贼公爵》,收录于任翔、高媛主编《中国侦探小说理论资料(1902—2011)》,第109页。

第五章　民国侦探小说中的正义观

态、步伐、面容和表情,可以归纳出他们属于哪个特定的社会阶层,例如殷实行号的高职人员都"身穿黑色或棕色的西装,剪裁适于坐姿,外加黑色领结与背心、宽阔踏实的鞋子、以及厚袜子或绑腿。他们全都有点儿秃头,而头上的右耳,长久习于挟铅笔,都有一种竖立向外的古怪习惯。我注意到,他们无论脱或戴帽,恒用双手,而且必佩怀表;表上的短短金链子,款式结实而古雅"①。然而不久之后"我"注意到一位无法被归类的老人,他的面部表情非常奇怪,无法被分析。小说中"我"立刻跟踪起这位老人,但一整晚都一无所获,老人不停地走到人群中,在伦敦的热闹的地方来回穿梭。"我"最终放弃了跟踪,结论是:"这个老人,是那种高深莫测罪恶典型的人。同时是个鬼才,不肯孤独。他是个'趋众附群之徒'。跟着他是没有好处的;因为我绝不会对他的人及他的行为有进一步的了解。"②

勒布朗的亚森罗苹故事正是对这种爱伦·坡笔下都市观察的进一步发挥:都市里的人是否真的可以被准确地归类?这些表面上的服饰、神态、面容是否也可能是一种伪装?无论是工人、骑马的先生还是无所事事的年轻人,表面看上去属于某一类阶层,但都有可能是具有另外一些身份的人扮演的。都市里的任何身份都不是固定的,所有的人都只是人群中的人。例如《亚森·罗平智斗福尔摩斯》一文里,福尔摩斯来到巴黎,亚森·罗平两日内派人三次袭击他:第一次是当福尔摩斯和华生走路时,险些被从街边六楼落下来的半袋沙子砸伤。当时,几个工人正在六楼阳台的脚手架上干活,等他们冲上去,工人早就消失了,据楼里的仆人称,工人们是早上才来的新伙计。第二次他们正坐在昂利-马尔坦大街的一条长凳上,一位先生骑的马险些撞断福尔摩斯的肩膀。第三次是在一条窄巷里,三个青年工人手挽着手并排走过来,故意挡住了福尔摩斯的去路。③ 这里建筑工人、骑马先生以及窄巷里的青年都

---

① 《群痴》,选自爱伦·坡《黑猫、金甲虫:爱伦·坡短篇杰作选》,杜若洲译,台北:志文出版社,1996年,第100页。
② 同上书,第107页。
③ 〔法〕莫里斯·勒勃朗:《亚森·罗平智斗福尔摩斯》,龚晓庄、言乐译,北京:中国文联出版公司,1986年,第89—92页。

是亚森罗苹的同伙假扮的,同样的人可以在不同的场合以不同面貌出现,扮演不同的身份角色。

这个关于都市匿名性的观点在孙了红的鲁平故事中也有体现。在《木偶的戏剧》中,鲁平假扮成时尚橱窗里的木偶;《鬼手》中他冒充大侦探霍桑;《血纸人》中假扮医生的助手。同样,鲁平的党羽也无处不在。《木偶的戏剧》中,面对霍桑的追捕,鲁平让他的党羽都化装成他的模样:"料想他在这一座商场而兼旅馆的大厦之中,一定预伏若干党羽;——那些羽党们,有的穿着和他相同的服饰。——以便在各种不同的形势之下,随时给予支持。"①鲁平不但伪装自己、伪装同伴,更夸张的是,还会让敌人伪装自己。在《囤鱼肝油者》中,奸商余慰堂被鲁平的团伙下了迷药,余原来一直是典型的旧人物的样子,五十多岁,八字须、长袍马褂,但他醒来时发现镜子里的人脚穿十分摩登式样的皮鞋:

> 身着一套浅色的西装,剪裁得入时而配身。洁白的衬衫,配上一条鲜艳的领带;一个梅花形的小钻针,扣在这领带上,在闪烁发光。再看头上,一些稀疏而带白星的头发,却已梳得很光亮,看样子是很花费了些美发浆。这个时髦家伙的年岁,看去顶多只有四十岁。最主要的是:镜中人的小白脸,又光又洁,你拿显微镜来照这整个的颜面上面,你也不会找到半根胡子星。②

这种彻头彻尾的差异使得余慰堂完全认不出自己,产生了某人借尸还魂的念头。暂且忽略这个故事中情节上的些许不合理之处,孙了红在这里想表达的是:每个人在当时社会上的地位完全是由外在的打扮、神态与经济地位决定的,这些状态一旦改变,连本人都无法认清自己的面目。这里的讽刺性不言而喻。

暗道之多是亚森罗苹故事的另一个特点,《亚森·罗平智斗福尔摩斯》中亚森罗苹以为客户安装采暖设备为名,在十一户房屋中开凿了暗道,这些暗道有的通过煤气管相连传递声音信息,有的出口在壁炉后面的大理石墙板。亚森罗苹就依靠这些暗道与他的同伙秘密联系,甚至

---

① 孙了红:《木偶的戏剧》,《侠盗鲁平奇案》,北京:文化艺术出版社,1989年,第252页。
② 孙了红:《囤鱼肝油者》,《侠盗鲁平奇案》,第204页。

第五章　民国侦探小说中的正义观

在警方的追捕下堂而皇之地利用暗道在市中心的旅馆里居住了五年。除了暗道，电梯也是逃跑的方式。勒布朗写作亚森罗苹时，电梯刚刚开始普及，小说里也描写了电梯这种新的电子装置的危险和不可控，《亚森·罗平智斗福尔摩斯》中当亚森罗苹被逮捕时，他要求坐电梯下去：

> 加尼玛尔让人把电梯开上来。大家小心翼翼地把亚森·罗平放在位子上。加尼玛尔站在他旁边，吩咐手下："你们同时下去，在门房等我！明白吗？"他去拉电梯门。门发出刺耳的尖叫声关上了。电梯一跳，像断线的气球似地飞上去了，亚森·罗平爆出一阵嘲弄的大笑。"妈的！"加尼玛尔吼道，在黑暗中乱摸下降的电钮。可是，他摸不到，只好又大喊："六楼！守住六楼门！"警察们冲上楼。可是，发生了怪事，电梯穿过最后一层楼的天花板，在他们眼前消失了，又在阁楼仆人住的房间里冒了出来。守在上边的三个人打开梯门，两个人制服了加尼玛尔。另一个人背出亚森·罗平。加尼玛尔晕晕乎乎，动作都很困难，更不用说自卫了。[①]

从这一段引文中可以看到，电梯作为都市新技术的象征，既为人们的日常生活提供了便利，又充满了危险和不可测，提供了新的逃匿的手段，俨然成了亚森罗苹的一名同伙。

孙了红的鲁平故事《木偶的戏剧》里也出演了这样一出电梯逃亡戏码。霍桑发现鲁平进了左边上楼的电梯，他连忙登上右边的电梯追赶，但霍桑弄错了电梯的顺序而下楼了，当他重新换了部电梯上了六楼时，被告知鲁平已经坐另外一部电梯下楼了。看着霍桑在电梯里来来回回，电梯司机"疑惑这一位服饰庄严而神气不很镇静的绅士，已发明了一件都市中的新型消遣，他是不是已把电梯当作了汽车，而在举行夏季的'兜风'呢？"[②]在这里孙了红巧妙地利用两部电梯上上下下的神经喜剧的桥段，呈现了电梯这一新兴都市建筑工具可以使人突然出现或者消失的魔术效果。如果没有电梯，而是传统的楼梯，鲁平不一定能摆

---

① 〔法〕莫里斯·勒布朗：《亚森·罗平智斗福尔摩斯》，萧竹译，《亚森·罗平探案全集（二）》，第79页。

② 孙了红：《木偶的戏剧》，《侠盗鲁平奇案》，第236页。

脱霍桑的追捕。在这个故事的后半段,电梯这个装置又出现了一次,这次霍桑始终紧跟着鲁平,两人之后进行了一段楼梯赛跑:

> 想念之间,前面那个家伙,已经跳上第四层梯的梯级。在这第四层楼的梯级上,那家伙的步子跨的更大,差不多每一举足,一跃就是三四级。这木偶的机器开得快,霍桑的步子不得不随之而加快。但是,前面的木偶,穿的是西装,后面的绅士,穿的是长袍,以旧式的国产和摩登的洋货相比赛,不问可知,后者却要遭遇必然性的失败,稍不留神,霍桑的袍角让他自己的足尖践踏了一下。我们的老绅士,身子一晃,险些立刻落伍。①

这里孙了红用调侃的笔调,将鲁平比做机器、摩登的洋货,而霍桑则是旧式国产,在赛跑中,洋货轻易地甩开了旧式的传统,这也代表了孙了红对新型都市生活中速度感、现代感的一种羡慕与赞赏。②

2. 庄子"窃钩者诛,窃国者为诸侯"的强盗哲学③

庄子"窃钩者诛,窃国者为诸侯"的强盗哲学亦深深影响了侠盗鲁平的人生观、社会观。周瘦鹃在介绍亚森罗苹故事时已经将之纳入了庄子式的"盗亦有道、大盗窃国"的比喻逻辑中,认为他"虽为盗为贼,而生平未尝杀人,时且出其才智,剪除凶残,以匡官中之不逮,而为无辜者一伸冤抑,其行事往往有侠气……今吾国之盗贼亦多矣。神奸窃国,挟群小以自豪,其所作为,不啻盗贼。武人用事,雄踞各方,拥兵以自重,亦何异于盗贼之啸聚?……亚森罗苹虽身为盗贼,而有时不为盗贼之行,以视吾国之非盗贼而行同盗贼者,其贤不肖之相去为何如哉?"④

---

① 孙了红:《木偶的戏剧》,《侠盗鲁平奇案》,第249—250页。
② 与亚森罗苹的故事主要集中于古堡、现代旅馆等空间不同的是,孙了红的鲁平故事中对新的都市空间的探索更为广泛,百货公司、博物馆、游泳池、电影院等都曾出现在不同的鲁平故事中,下一章"侦探小说与上海摩登"中还有更加详尽的关于这类新型都市空间的讨论。
③ 由于《庄子》被奉为道家的经典,因此作为大盗始祖的盗跖也与道家建立了联系,在后世,特别是唐代的一些叙述中,一些盗贼都是道家,其武功也有道家的痕迹。这种联系逐渐在后来的侠盗故事中演化成盗贼飞檐走壁的技艺来源。
④ 《周序》,1925年4月上海大东书局《亚森·罗平案全集》第一册,收录于任翔、高媛主编《中国侦探小说理论资料(1902—2011)》,第111页。

第五章　民国侦探小说中的正义观

孙了红的鲁平系列故事中继承了周瘦鹃的这一观点，认为在黑暗的社会现实里，真正的大盗都是一些掌握实权的社会既得利益者，而鲁平式的窃贼反而是锄强扶弱的英雄。

《庄子》中的盗跖故事可谓中国侠盗文学的起源。盗跖为春秋鲁国大夫柳下季的弟弟，是当时有名的大盗，"从卒九千人，横行天下，侵暴诸侯。穴室枢户，驱人牛马，取人妇女。贪得忘亲，不顾父母兄弟，不祭先祖。所过之邑，大国守城，小国入保，万民苦之"。其为人"心如涌泉，意如飘风，强足以距敌，辩足以饰非。顺其心则喜，逆其心则怒，易辱人以言"。孔子不满他的行径，规劝其改过自新，反而遭到盗跖的嘲笑，他指责孔子"今子修文武之道，掌天下之辩，以教后世。缝衣浅带，矫言伪行，以迷惑天下之主，而欲求富贵焉。盗莫大于子，天下何故不谓子为盗丘，而乃谓我为盗跖？"①

盗跖的故事对后世侠盗文学的影响主要有三点。首先，侠盗的品质。第十篇《胠箧》中盗跖与同伙对话时提到强盗也要具有出色的观察力、身先士卒的勇气与关照下属的义气、对结果的判断力及公正的态度："故跖之徒问于跖曰：'盗亦有道乎？'跖曰：'何适而无有道邪！'夫妄意室中之藏，圣也；入先，勇也；出后，义也；知可否，知也；分均，仁也。五者不备而能成大盗者，天下未之有也。"②这里将强盗行径道德化、突出大盗的机智与义气的特点在后世的侠盗小说中一直保存下来。

其次，小盗与大盗的辩证思考。盗跖认为盗窃普通人财物的只是一些小盗，而真正的大盗则是一些弑君窃国的诸侯，他们不但窃取国家，而且连支撑国家的法律、仁义道德一并窃取，以便维护自己的统治，所以最初制定礼教法律、典章制度的圣人则成了大盗的帮凶，因此"圣人生而大盗起"。庄子认为解决问题的办法就是无为："掊击圣人，纵舍盗贼，而天下始治矣。"③

这种对乱世的抨击在孙了红的鲁平故事中体现得尤为明显。例如

---

① 《庄子·盗跖》，陈鼓应注释：《庄子今注今译》，北京：中华书局，1983年，第776—778页。
② 《庄子·胠箧》，陈鼓应注释：《庄子今注今译》，第255—256页。
③ 同上书，第256页。

《蓝色响尾蛇》中,鲁平不同于其他普通盗贼的地方是他"爱好体面,很注重修饰"。因为"他有一种哲学,认为这个世界上要做一个能够适应时势的新型的贼,必须先把外观装潢得极体面;虽然每一个体面朋友未必都是贼,可是每个上等贼,的确都是体面的"。穿着笔挺的西装,打着红色的领带,鲁平正想到自己像个神气活现的官,他忽然又想:"为什么世上有许多人,老想做官,而不想做贼?一般地说,做官、做贼,同样只想偷偷摸摸,同样只想在黑暗中伸手,目的、手段,几乎完全相同。不同的是做贼所伸的手,只使一人皱眉,一家皱眉,甚至要使一国的人都大大皱眉!基于上述的理论,可知贼与官比,为害的程度,毕竟轻得多!这个世界上,在老百姓们看来,只要为害较轻,实已感觉不胜其可爱!那么,想做官的人又何乐而不挑选这一种比较可爱的贼的职业呢!"①

另一篇《眼镜会》对时局的讽刺更加明显,鲁平假扮巡警,即使有人识破了他的身份,也忌于他事后可能的报复而不敢声张,眼睁睁地看着他将宝石调包。②

《庄子》之后,侠盗主题的故事在各个朝代均有出现,例如《史记》中的游侠列传、唐传奇、宋元时期的《水浒传》、明代的拟话本小说、清代的《三侠五义》等,孙了红的鲁平故事对这一传统既有继承,也有变化。与大多数侠盗一样,鲁平选择做案的对象也往往都是曾经获得过不义之财的富人,例如《囤鱼肝油者》里面的余慰堂是一个奸商,在战争期间"囤过米,囤过煤,囤过纱,囤过一切一切生活上的必需品"。或者是《血纸人》中曾靠说谎而杀人劫货的资本家王俊熙。虽然劫富济

---

① 孙了红:《蓝色响尾蛇》,《侠盗鲁平奇案》,第38—29页。
② 与《庄子》里大盗与圣人的辩证逻辑相比,孙了红的鲁平故事中对当时社会黑暗秩序的嘲讽显然更加有写实的一面。当时社会的头面人物或多或少都有黑道的背景,以上海为例,魏斐德就曾指出,1927—1932年,金融与银行在被国民政府接管的过程中,"上流"士绅与流氓分子融合起来。1932—1937年间,"更是进一步将流氓与上流社会整合起来:即促使犯罪官方化和政府犯罪化的官方毒品专卖的建立与合作"。例如杜月笙进入市政会,帮派团体在政府的合法注册等,这些社团"容纳了一批中产阶级商人、掮客、娱乐业人员和探员等……但是,这些人与普通的青帮有着关键性的区别:这些社团旨在排斥无业的帮会成员或是流氓之类,而吸收较高层次的成员"。〔美〕魏斐德:《上海警察:1927—1937》,第271—272页。

第五章 民国侦探小说中的正义观

贫这一公式并不在所有的侠盗文学中出现,例如《水浒传》中的英雄不少都是利己的,但侠盗从事某种行为的合理性与正当性的描述则贯穿始终,由此带来如惩恶扬善等伦理上的合理性。但在孙了红笔下,鲁平也不过是一个"都市流氓",他的所做所为固然帮助了一些弱小势力的人群,但在一个黑暗的制度下,鲁平的任何改变都是渺小和无力的,这流露出孙了红在乱世求存的无奈感:

> 该声明的是:他的为人绝对没有什么伟大的所谓"正义感",他并不想劫了富人们之富而去救济贫人们之贫;他只想劫他人之富以济他自己之贫。痛快地说:他是和现代那些面目狰狞的绅士们,完全没有什么两样的!①

《紫色游泳衣》中,鲁平成功阻止了一个流氓对女主角的经济勒索,但在之后与律师的对话中,他却拼命否认自己的侠客身份:

> 我在这件事里,无条件把她拉出了泥潭,在她心目之中,必定以为我是一个大大的好人,或是什么"侠客"之类了。假使她真这样想,那又是大大的错误了。事实上我到她家客串车夫,也为听得她家用不了的钱太多,所以想混进门去变点戏法。结果,我见她家囤积了两代的孀妇,使我不忍下手,所以才不曾下手。你看,我是一个好人吗?你看,这个世界上具有什么好人吗?……②

孙了红这种对鲁平的个人主义及利己主义一面的反复强调使其区别于传统侠盗劫富济贫时的道德正义感,正如有评论者指出的,"孙了红笔下的'侠盗'鲁平并不是一个形象高大的英雄,作者把他塑造成一个玩世不恭的带着一些城市流氓习气的社会叛逆者,他把侦查破案看作是一种'生意',他信奉的教条是'一切归一切,生意归生意',(《血纸人》)。而这一切,正构成了孙了红侦探小说别具一格的魅力"③。

---

① 孙了红:《囤鱼肝油者》,《侠盗鲁平奇案》,第405页。
② 孙了红:《紫色游泳衣》,《侠盗文怪:孙了红代表作》,南京:江苏文艺出版社,1996年,第182页。
③ 冯金牛:《孙了红和他的侦探小说》,收录于萧金林编《中国现代通俗小说选评·侦探卷》,第27页。

中国传统的侠盗文学中主要是借助动作描写来突出侠盗出神入化的本领，鲜少对话或者心理描写。而孙了红的鲁平故事则重视心理描写，特别是罪犯的心理变化。例如《窃齿记》这个故事发生在舞厅的一晚，靠对话展开，鲁平破案完全是利用凶手恐慌的心理。他故意选择坐在一堆漂亮男女的桌子旁边，跟朋友讲述一个米店老板的离奇死亡案件。鲁平对这个案件是谋杀而不是自杀的分析吸引了隔壁这对男女的注意，原来这一对男女里女方是米老板的六姨太，男方是牙医，他们利用补牙的机会在米老板的牙齿里嵌了慢性毒药。其实鲁平并没有实质的证据，也没有接触过尸体，只是听人说过米老板生前曾补牙的事件后产生这样的假设。为了证实他的推断，鲁平以朋友的名义邀请这对男女来舞厅，又假装准备了一颗带毒的牙齿，"我特地把我的理想，高声说给他们听，想看看他们的反应。不想，他们竟会这样容易的中了我的计"①。

最后，与古代的侠盗相比，鲁平无论是穿着还是思维，都是一个现代化的上海都市市民的形象。他不再有飞檐走壁的技巧，亦不同于福尔摩斯或者霍桑故事里对指纹、手印、脚印、弹道学的精密测量的热衷，鲁平故事主要以推理解谜为主，而且密码往往由麻将、纸币、鱼缸等日常用品或者都市的新奇对象构成，因此鲁平作品的一个很大趣味性在于对当时上海市民日常娱乐活动的描绘。

以《三十三号屋》为例，故事讲述鲁平想探察夜明珠的下落，搬进了一个据说经常闹鬼的三十三号屋，却发现对面四十三号的阳台上每天都出现奇怪的暗号。第一件是一个印有白雪公主和七个小矮人的日历，"原来，在这时期内，本埠的大小各电影院，正先后放映着那位华德狄斯耐德卡通新作'白雪公主'。因之，在这新颖的广告物上，却把那些'喷嚏''哑子''老顽固'等等的应时的矮人，全部礼聘了出来"②。第二件陈列品是一个长方形的玻璃热带鱼箱。鱼箱内养着一对神仙鱼："这小小的一对鱼，约有四寸长的圆径；滴溜圆的身子，圆得像一枚

---

① 孙了红：《窃齿记》，《侠盗文怪：孙了红代表作》，第252页。
② 孙了红：《侠客鲁平》，北京：中国广播电视出版社，1991年，第99页。

月饼;而又扁薄得像用纸片剪成的一样。这的确是一种新奇有趣的小动物。当时,这种鱼,曾经在本埠一家最大的百货公司中陈列过,竟标着每对一千元的惊人的高价。"①第五天阳台上出现了纸牌贴成的谜语,分别是5A33、57A33、K433、33A5。鲁平破解了这些谜题,原来都是两个恋爱中的年轻人的暗语。男孩子想要吸引一个名为姗姗的女子注意,于是用迪士尼的影画、热带鱼等新奇的事物诱使女孩子走上阳台露面,而纸牌也都是"吾切爱姗姗""Kiss 姗姗""姗姗爱吾?"的谐音。当时上海的时髦娱乐消费成为创作该故事的主要灵感与阅读趣味。这类上海摩登都市性的特征在下一章"侦探小说与上海摩登"中还会有深入讨论。

(二) 小平的"女飞贼黄莺"系列

黄莺是民国侦探小说中女性侠盗侦探的代表,她由小平在40年代创作,发表于《蓝皮书》侦探杂志,当时反应平平,却在50年代随着环球出版社杂志南迁香港后复刊的《蓝皮书》杂志上大放异彩,引领了香港五六十年代通俗文化中的女侠热。有关"女飞贼黄莺"系列在五六十年代的香港深受好评的原因我另有撰文探讨,这一部分主要聚焦于40年代《蓝皮书》上连载的文本。②

40年代的"女飞贼黄莺"系列连载于《蓝皮书》侦探杂志1948—1949年第17—25期,共九篇。③ 与孙了红的"侠盗鲁平"系列相比,黄莺故事的情节和人物塑造更加接近中国传统的侠盗故事。第一篇《黄

---

① 孙了红:《侠客鲁平》,第101页。
② 可参见魏艳《女侠形象的流变——以"女飞贼黄莺"与"女黑侠木兰花"及其影视改编为例谈四〇到六〇年代间侦探通俗文学从上海到香港发展的一些变化》,《现代中文文学学报》2016年第13卷第1—2期,第131—155页;容世诚《从侦探杂志到武打电影:"环球出版社"与"女飞贼黄莺"(1946—1962)》,收录于姜进编《都市文化中的现代中国》,上海:华东师范大学出版社,2007年,第323—344页;吴昊《暗夜都市:试论五〇年代香港侦探小说》,《孤城记:论香港电影及俗文学》,香港:次文化有限公司,2008年,第201—240页。
③ 分别为《黄莺出谷》(1948年第17期)、《除奸记》(1948年第18期)、《一〇八突击队》(1948年第19期)、《铁骑下的春宵》(1948年第20期)、《二个问题人物》(1948年第21期)、《陷阱》(1949年第22期)、《三个女间谍》(1949年第23期)、《川岛芳子的踪迹》(1949年第25期)及《血红色之笔》(1949年第26期)。

莺出谷》交代了黄莺作为女侠盗的身世：黄莺等学员均为孤儿，成长于四川涪陵。而在当地有许多飞贼学校，绝大多数培养的都是小偷强盗之流，只有黄莺成长的这所学校培养的是侠盗。校长卢九妈共招收六个女弟子，均以鸟为名，其中黄莺、白鸽、绿燕、紫鹃考试合格，准许毕业。毕业后四人在重庆居住了一年，拟定了适宜社交的姓名，黄莺成为王茵，白鸽成为柏克，绿燕成为吕忆，紫鹃成为朱怯，并制定了劫富济贫的规矩：偷的财物中提取5%做生活开支，其余均捐给社会平民。黄莺与白鸽一起生活与行动，从《铁骑下的春宵》开始，加入了黄莺在杭州的表妹阿香这个人物。在最后一篇《血红色之笔》中，黄莺等人识破川岛芳子的替身后，敌伪已获悉黄莺从杭州到上海活动，要逮捕她，所以她不能再用原来的姓名与人交际，也不能和师妹住一起，于是自己另住，改名邢凤，柏克和阿香也改名为葛波、向遏，如把这三个名字倒转来读，声音仍然与原名相近，因此在50年代的香港连载版本中使用的仍是这三个名字。

　　作者虽有意地将黄莺故事与传统的武侠故事划清界线，安排黄莺在《除奸记》中一度面临现代化的武器束手无策："她屡次想用空手夺刃的手法将小胡髭的手枪攫下，或用擒拿手扣住他的脉门，使枪不堕自落。可是这些功夫用于古旧的兵刃上，确有百分之百的把握与安全，用于这科学武器手枪上，根本没有用武余地。"①也将黄莺赋予些现代化的形象，如黄莺有高中毕业同等的教育程度，学使用各种机械化武器及跳交际舞，也善于利用服装易容，如打扮成传教的老太婆等。连故事中的匪徒，也都是"吃着三明治，喝着葡萄酒"。

　　但是，黄莺探案过程中依赖的仍然是古典小说中侠盗的一套武器——黄布袋里的飞贼配备，"有了这一配备，要不经扶梯或点题，上

---

①　小平：《除奸记》，《蓝皮书》1948年第18期，第54页。《黄莺出谷》中作者还特意加入一段旁白来批评传统武侠小说中侠客飞檐走壁的种种不切实际，强调黄莺故事的现实性："这一段王茵越狱的描写，好像她的本领不够惊人，一切武侠小说中的角色都能飞檐走壁，如履平地，纵身一跃，就是十余丈，为甚么把王茵的本领写得这样不济呢？我的理由：写小说过于夸大，就离开事实太远，读者会感觉不到一种亲切意味。这王茵的故事是现实的故事，必须与现实不脱节。"小平：《黄莺出谷》，《蓝皮书》1948年第17期，第26页。

纽约摩天楼的屋顶,也并非难事"。黄莺最擅长使用箭头上涂有麻药或毒药的小箭,她行侠留名,箭尾画有黄莺,大部分侦查行动都在屋檐上,而且打斗都基本上以击术为主。外型上也显得有些不中不西:"紧身黄色短袄,黄色马裤,长统黄色皮靴,头上包一块黄布,脸上用一只黄色面具,布袋扣在腰间皮带上。"① 叙事方面,尤其是最初发表的故事中,还保留了说书人的口吻。故事中保留传统侠盗小说的情节,如《一〇八突击队》命名仿造水浒一百零八将的设置,将抗日队伍比做水浒英雄,匪徒的暗号也多为戏曲里的唱词。

与侠盗鲁平相当犬儒主义、利己主义的处世态度不同,此时黄莺系列的大部分故事都与抗日间谍活动有关,黄莺本人虽然不属于任何政治党派,但协助国民党军统抗日除奸,充满了爱国思想。如《除奸记》是关于黄莺等人在重庆帮助军统特务詹卫国歼灭川岛芳子所组织的间谍站。故事交代了明确的时代背景:"今晨九时半上海日军开始向我军攻击,中日战争正式揭幕。此后的局势,谁也未能预料。"②《一〇八突击队》的故事发生在 1938 年,南京沦陷,日军大屠杀的暴行激怒了黄莺来杭州驱敌,在杭州舒家村以百余人歼敌七百余人,日后又在上海闸口施家村成功歼敌七百余人。《铁骑下的春宵》里黄莺在杭州保护被日伪追捕的抗日女青年,故事中特意追加了一段国民党正面战场的胜利消息,来说明现实比文学虚拟中的胜利更加振奋人心:

> 王茵不久以前,在舒家村以百余人之突击队,歼敌七百余人,虽说是极大胜利,但较之我国正规军在台儿庄之大捷,歼敌七千余人,伤敌四千余人,生俘敌军万余人,依然是小巫见大巫。③

《三个女间谍》中黄莺等三人伪装间谍加入杭州的敌伪站进行破坏;《川岛芳子的踪迹》里黄莺在上海成功杀死了川岛芳子的替身;《血红色之笔》里的一个日籍反战新闻记者,在东京用种种方法窃得机密文件,摄成极小照片,装入一支血红色冒牌真空管帕克笔中,设法交给

---

① 小平:《黄莺出谷》,《蓝皮书》1948 年第 17 期,第 26—27 页。
② 小平:《除奸记》,《蓝皮书》1948 年第 18 期,第 60 页。
③ 小平:《铁骑下的春宵》,《蓝皮书》1948 年第 19 期,第 82 页。

了上海的军统特务,但遭到日伪的破坏。黄莺等人追回了笔,看到底片里"偷珠""南略"及"大共"等字,欲回去放大时特务赶到,搏斗时底片燃烧,功亏一篑。三年后才知道完整的句子是"偷袭珍珠港""南进战略"和"大东亚共荣圈","笔内蕴藏之秘密,终于成为二次世界大战史上最重要一页"①。虽然这些故事加入了不少真实的军事时政背景,将故事中小人物的命运与国家政治的发展结合起来,但黄莺故事作为侦探小说并不成功:故事整体上较为简短粗糙,主要是以间谍情节为主,歌颂侠盗精神与爱国情感,没有太多侦破的技巧,黄莺往往在故事中间才出场,而且大部分的线索都靠她在梁上窃听所得,大量打斗的描写、对敌人的刻画也往往流于漫画式的讽刺,缺少真实性。

第七篇《川岛芳子的踪迹》的故事中,黄莺们的活动空间开始集中于上海,故事里也出现了细致的上海真实地理刻画,如徐家汇路、祈齐路、狄思威路、北四川路、江湾路、虹口游泳池、黄莺在环龙路的住宅、辣斐德路贝当路交界等案件常发生的地点等。这一特点日后在香港继续连载的故事中得以保留,增强了故事的写实性,也继续吸引 50 年代香港的新移民在这些上海故事中满足思乡的回忆及想象。② 此外,与程小青的霍桑故事中故事之间关联不大相比,小平的黄莺故事自成体系,故事中的人物具有一定连贯性,如《黄莺出谷》中狡猾的米仓老板郝谅仁在《血红色之笔》中再次出现,反面角色小霸王周自明也在《陷阱》中再次陷害黄莺。另一角色军统特务詹卫国则在《除奸记》《陷阱》《三个女间谍》《川岛芳子的踪迹》四个故事中出现,并与黄莺保持着暧昧。故事中作者也在反复提醒读者某个人物曾经在第几期的黄莺故事中出现等,这些都增强了"女飞贼黄莺"系列故事的整体性。

《蓝皮书》于 1950 年随环球出版社南迁至香港,"女飞贼黄莺"系

---

① 小平:《血红色之笔》,《蓝皮书》1949 年第 26 期,第 95 页。
② 试列举 50 年代香港《蓝皮书》中连载的"女飞贼黄莺"系列中出现过的部分地名,如忆定盘路、南贝当路、徐家汇路大木桥、徐家汇小茶馆、龙华、青沪公路边的柳村、海格路、静安寺、杨树浦路、拉斐德路、外滩花园、虹桥路段的钢铁活动住宅、毕勋路、斐辣德路咖啡馆、扬子江口浏河镇等,由此可见,作者对上海及周边地区的生活非常熟悉,这样的处理方式不仅增强了小说的临境感,相信当时许多 1949 年后去往香港的新移民读起来会倍感亲切。这种上海情意结某种程度上使得"女飞贼黄莺"系列在 50 年代的香港畅销。

列则成为复刊后的《蓝皮书》中的畅销版面,由仍留在上海的小平继续供稿,环球出版社更是定期将这些故事以单行本的形式出版,每本均多次再版,受到香港读者的热烈欢迎。在环球出版社的老板罗斌"一鸡三吃"的商业运作下"女飞贼黄莺"系列的部分故事还被仙鹤港联电影公司翻拍成电影,在香港实地取景,"黄莺"们也成了说粤语、穿梭九龙新界的香港文学新移民。

  以上便是通过"侦探的失败"与"侠盗的兴盛"现象对民国侦探小说中正义观的初步梳理。在"侦探的失败"中,我们看到本土的小说家如何利用滑稽侦探小说的类型来探索侦探小说写作形式上的多样化,也有的故意安排侦探的失败以彰显他们"人"而非"神"的一面,这种对侦探谦虚品质的强调使得国产的侦探在道德上变得更加完美。面对现实中吏治腐败、犯罪盛行的局面,侦探小说家们也不得不采取诗学正义的笔法,将为富不仁者写成死于非命,或给监狱中的侠士画上一扇天窗助其逃逸,还有的干脆安排侦探本人成为侠盗来惩恶扬善。此时的侠盗侦探们亦有男有女,既模仿西方亚森罗苹式的行踪不定,在现代上海都市中神出鬼没,又葆有传统侠盗文学中庄子式的强盗逻辑,抨击大盗窃国、真假难辨的荒诞现实,还有的抱着爱国情怀,投入到三四十年代的抗战中为国歼敌,成为香港的"南来女侠"。

第六章　侦探小说与上海摩登

场景一　博物院内新进运来了两座大标本,一座是非洲黑猩猩,另一座是巨型北极熊,可不到两个星期,白熊就失踪了,一位警士在黎明路口的法国梧桐树边上看到一个白色的影子:

一头遍体如雪而直立得象一个人一样的庞然巨兽,探出两个巨爪,张开那只大嘴,姿势正象要乘他不备猛扑过来而一口把他吞下去的样子![1]

场景二　红舞女张丽一日被几位暴徒化身的舞客骗上汽车,用麻醉品灌倒,歹徒不但劫去了她随身所有的饰物,还:

把这位姑娘的一只长统丝袜,从脚上脱下,绕在她的颈项里面……一般的解释,或许当时,暴徒们怕她从麻醉状态中突然苏醒,因之,他们准备在必要时用这丝袜把她勒死,以禁止她的声张。这解释从表面上看,似乎也相当合理。可是实际这一只丝袜绕在那位姑娘的项颈里面,除了怕她声张之外,其中另有更秘奥的理由。[2]

场景三　圣诞夜,上海个一化装舞会的现场:

化装舞将开始于一点以后,参加的人,为了增加会场的兴趣,多半预先化好了装杂坐在会场以内。所化装的人物,自出生于科西嘉岛的炮兵大皇帝起,到平剧《小放牛》中的牧童为止,历史的、戏剧的、小说的、形形色色什么都有。把古今的时间,浓缩为一瞬,把中外的人物,拉扯成一堆,虽然不伦不类,却也是奇趣横生。[3]

---

[1] 孙了红:《夜猎记》,《侠盗鲁平奇案》,第161页。
[2] 孙了红:《张丽的丝袜》,《翰林》1944年第1期,第27—28页。
[3] 孙了红:《真假之间》,《侠盗鲁平奇案》,第5—6页。

第六章 侦探小说与上海摩登

以上三个场景均摘自侦探小说家孙了红的"侠盗鲁平"系列,巨型的北极熊标本、绕脖的丝袜、中西人物大荟萃的化装舞会……种种光怪陆离的上海都市摩登生活成了孙了红侦探故事引人入胜的标签与卖点,连孙的好友、《万象》主编陈蝶衣在给程小青的《霍桑探案袖珍丛刊》作序时也"项庄舞剑,意在沛公":"'侦探小说是化装的科学教科书',我认为这诠释还不够;应该再加上一句'同时侦探小说也是化装的冒险指导书。'因为侦探小说不但随时随地告诉你平时所不知道的科学内涵,同时还领导你进入最阴森最恐怖的境域中去——侦探小说的背景,都是些诡秘神奇的镜头——这是一种独特的风格,是其他小说中不能有的。"①

"侦探小说是化装的科学教科书"是"侦探泰斗"程小青的名言,重视侦探小说的教化功能;而称自己的侦探小说是"十字街头的连环画"的"文坛侠盗"孙了红,则将"侦探小说是化装的冒险指导书"的法国亚森罗苹式的侦探文学传统发扬光大,侦探小说成了未出国门的读者"叹世界"的方式:"在无法遨游北极的冰岛与非洲的森林的今日,取一部侦探小说消磨一下时间,正是最好的'精神上的探险'"②。自晚清开始,侦探小说译本即成了国人了解西方的法律、地理、种族与风俗人情的桥梁。上海的新型都市文化兴起后,咖啡馆、游泳馆、博物馆、百货公司及电影院迅速进入了本土侦探小说的创作场景,电话、照相机、留声机、报纸广告、电梯、飞机、火车、轮船等现代媒体与交通工具成为了侦探与盗贼角智的工具,读者在阅读小说中了解了保险诈骗、信用诈骗等现代都市生活的种种陷阱。侦探小说家们不但以同人小说的形式让福尔摩斯与亚森罗苹在英法继续斗法,还邀请他们(还有陈查理)来到中国参加万国侦探大会,甚至设计了两位本土代言人霍桑与鲁平在上海你追我逃,甚是热闹。以这些方式,本土的侦探小说家和读者们将自己想象成属于一个世界侦探小说里的都市共同体,实践着一种上海式的

---

① 《陈序》,《霍桑探案袖珍丛刊》二集,选自 1944 年上海世界书局《紫信笺》,收录于任翔、高媛主编《中国侦探小说理论资料(1902—2011)》,第 201 页。

② 同上。

世界主义。

一 上海的世界主义

"上海的世界主义"这一定义最早源自李欧梵的《上海摩登》。书中李欧梵将三四十年代中国作家在上海租界里对西方文化的积极接受视为一种上海的世界主义的表现,并认为它是"中国现代性的另一侧面"①。这一"上海的世界主义"的特点是将"世界主义"视作"'向外看'的永久好奇心","世界主义者"承担着"联结中国和世界的其他地方的文化斡旋者",这些"上海的世界主义者"在"生活方式与知识趣味上属于最'西化'的群体",又同时坚持以中文写作,对自己中国人的身份充分自信,"正是也仅是因为他们那不容置疑的中国性使得这些作家能如此公然地拥抱西方现代性而不必畏惧被殖民化"②。换句话说,李欧梵定义的这批"上海的世界主义者"身份认同上是中国人,但抱有积极的对外文化开放及求知态度。

按照这个定义,鸳蝴派的这批民国侦探小说家大部分也可算作此类的"上海的世界主义者"。虽与《上海摩登》一书中讨论的更加洋派的新感觉派及张爱玲的世界主义的程度存在差异,但民国侦探小说家或多或少都是西方侦探小说的翻译者及福尔摩斯的拥护者,作品中也积极探讨新型都市生活的诱惑性及潜在危险性,对创作本土侦探小说

---

① 李欧梵:《上海摩登(增订版)》,毛尖译,香港:牛津大学出版社,2006 年,第 328 页。世界主义(cosmopolitanism)一词,站在不同立场会有不同的理解。例如在 50 年代群众出版社出版的《论"世界主义"》一书中,按照冷战思维,将"世界主义"定义为"资产阶级的世界主义",认为它本质上是帝国主义,不同于无产阶级的国际主义。也有学者认为中国儒家传统中的大同主义本质上就是一种世界主义,如 Joseph Levenson, *Revolution and Cosmopolitanism: The Western Stage and the Chinese Stage*, Berkeley: University of California Press, 1971。还有一些看法,如政治哲学家阿皮亚就主张"世界主义"既不同于"全球化"这样一种经济文化现状,也不是"多元文化主义"中简单的各类价值并存,而是不同人群之间的对话与相互学习,是一种在抽象的人类关注与保持个体特色之间的调和。可参见安东尼·阿皮亚《世界主义:陌生人世界里的道德规范》,苗华建译,北京:中央编译出版社,2012 年。在种种"世界主义"的不同解读中,李欧梵在《上海摩登》一书提出的"一种上海的世界主义"与本节所涉及的民国侦探小说里的"叹世界"功能最为接近,故本章主要聚焦于此种世界主义的特征。

② 李欧梵:《上海摩登(增订版)》,第 324—330 页。

第六章　侦探小说与上海摩登

充满自信。当然这一作家群体内部对都市摩登现代性的看法也存在着差异,正如前几章所分析的,如程小青等人的作品民族主义色彩比较浓厚,坚持文以载道的价值观,对现代社会的消费风气多持批评态度,而孙了红、徐卓呆等作家则更像一个通俗文学版的新感觉派,他们擅长心理描写,多从"贼"的角度体会现代都市中的流通性、匿名性及价值的相对性,文笔更加俏皮风趣(有时也偏向油滑!)。

本章从"侦探小说与上海摩登"的角度,并结合李欧梵提出的"上海的世界主义"的概念,来分析侦探小说中对上海都市的摩登现代性书写。李欧梵在《上海摩登》一书中提出的中国现代性有三个特点。第一,从物质层面看,消费娱乐环境、印刷及影视文化接近西方现代化的城市生活。第二,从心理层面看,文学作品中呈现的对都市怪诞的探究及快速无情的都市生活使人产生焦虑感。第三,这种现代性是虚实交加的,既有实际层面的物质体验,也有影视广告、印刷媒体、跨文化翻译等提供的现代性生活的文化想象:"'现代性'既是概念也是想象,既是核心也是表面。"①本书"侦探小说与科学话语共同体"一章中已分析了现代性中科学及其作为人生观后形而上的层面,而本章中则拟聚焦现代性中都市摩登的一面,承继《上海摩登》一书中提出的这三个现代性的特征,按照李书中提出的一个核心命题:"这些公共空间,常常是西方产物,不知中国作家是用甚么方式在他们的实际操作或想象中把它们据为己有,而且在营建中国现代性的文化想象中把它们作为背景?"②来分析民国侦探小说中如何建构一种新型的都市生活,又是如何在跨国想象中将自己融入世界(主要是西方)侦探小说想象共同体中。

本章分为两个部分,第一部分"重绘民国侦探小说中的上海摩登图景"中,以三类民国侦探小说中出现的都市空间,包括如现代化的马路、舞厅、咖啡厅、游泳池等公共建筑空间,报纸广告的印刷空间,以及影院这一新的视听媒介空间,来勾勒出民国侦探小说中的上海新型都

---

① 李欧梵:《上海摩登(增订版)》,第75页。
② 同上书,第38页。

市特征,并分析侦探小说家如何利用这些空间背景来营建中国现代性的文化想象。第二部分"民国侦探小说中的跨国想象"着重讨论两个文本:程小青的福尔摩斯与亚森罗苹斗法同人小说《潜艇图》及施蛰存的侦探小说《凶宅》。两部小说的主角都是外国人,前者发生在伦敦,后者涉及上海公共租界及各种新闻媒体。程小青从未出国,施蛰存则精通法文。两位作者均是西方侦探小说的忠实读者,并在作品中与柯南·道尔、爱伦·坡等小说家展开对话。究竟这两篇作品中是如何想象外国,上海在跨国想象中扮演了怎样的角色,与西方侦探小说的互文关系怎样等都将是这部分的分析重点。

二 重绘民国侦探小说中的上海摩登图景

从文体上看,侦探小说与都市现代化的发展息息相关,小说中的常用情节,如利用不同的交通工具产生的时间差诡计、依靠目击者或照片等制造在场或不在场证明等都是受现代都市生活中精确的时间观、充满速度感的出行方式、发达的技术媒体的启发产生,现代事物如电话簿、购物存根、摄像头、车牌号码等都使得都市个体得以被精准定位。另一方面,物质技术的进步也为造假提供了便捷手段,假的报纸广告、合成照片……犯罪者借此得以隐匿、伪造身份及勒索。以勒布朗的亚森罗苹首篇故事《怪盗亚森·罗平》为例,亚森罗苹在一艘法国驶往美国的轮船上被捕,狱中他与外界联系的主要方式是寄信和发电报,作为当地报纸《法兰西回声报》的匿名合伙人,亚森罗苹不仅通过该报上的广告,和同伙发暗语联系,而且还在报纸上宣扬他的神奇事迹。亚森罗苹擅长模仿任何笔迹和易容,获得开释后他向警探炫耀:

> 你很清楚,我到圣路易医院跟阿尔蒂埃大夫学习了十八个月,并不是因为我爱好艺术。我当时想到,以后有幸被称为亚森罗平的人,应该掌握改变外貌和身份的法则。外貌?它是可以随意改变的。你要想让一块皮肤隆起,在那块皮下注入石蜡就行了。用焦棓酸能使你变为莫希干人。大白屈菜汁能使你身上长满丘疹和肿块,效果极佳。这些化学方法,能使你长胡子和头发,那些化学

方法能改变你的声音。我在二十四号牢房饿了两个月,以便配合。为了让嘴这样咧着,让头这样歪着,让背这样佝着,我练了上千次。最后,为了让目光充满惊疑不定的神色,我往眼睛里滴了五滴阿托品。这样,模样就出来了。①

福尔摩斯与亚森罗苹的对立其实代表了侦探小说这种文体本身具有的内在矛盾,汤姆·冈宁在对世纪初法国侦探电影与诡计电影(trick cinema)的研究中就准确指出:"科学与逻辑推理代表了侦探文体的一面,而另一面则与庆祝罪犯逃脱拘捕、身份的模糊与视觉的混淆辩证相关。隔离任何一面都会最终使得文化批评家的视野变得贫瘠,这两个辩证的层面是线索,证明了这一文体中既控制又幻想反叛的纠缠的历史。"②在民国侦探小说家笔下,上海这个摩登都市也表现出"秩序"与"魔力"这样的双重特质,从这点出发,这一部分仿照了李欧梵在《上海摩登》中采取的文化史的范式,从"公共建筑及空间""报纸广告"及"电影"这三个方面来探讨侦探小说中如何建构上海现代化的都市想象。

(一) 公共建筑及空间

大部分的民国侦探小说均发生在上海,"民国侦探小说中的日常话语"一章已详细介绍过"霍桑探案"系列中如何利用上海的里弄空间设计案情,而本章则聚焦在摩登性一面的上海公共建筑及环境,选取了现代化的马路、舞厅与咖啡厅及游泳池等三种特色空间加以讨论。

1. 现代化的马路

马路是侦探小说中不可或缺的地理空间,赖奕伦在《程小青侦探小说中的上海文化图景》中认为马路、特别是租界的马路修建承载了民初上海的都市现代文明图像。他回顾租界的马路修建史,指出19世

---

① 〔法〕莫里斯·勒布朗:《怪盗亚森·罗平》,平静译,《亚森·罗平探案全集(一)》,第270—271页。
② Tom Gunning, "Lynx-Eyed Detectives and Shadow Bandits: Visuality and Eclipse in French Detective Stories and Films before WWI", *Yale French Studies*, 108, 2005, p.77.

纪中叶上海租界开辟后,"工部局和公董局以西方都市的标准在租界内拆毁城墙、修筑马路,开辟了两条南北向(界路、沿江大道)和一条东西向(花园弄)的道路,这三条呈'工'字型的干道,架构起上海新都主要的现代化通衢大道的骨干。一九二五年,租界内已有上百条道路,码头、桥梁、沟渠及排水系统等建设,与旧县城相较,租界的市容遂成为鲜明的对比……在租界内,通过马路和街道的分隔,传统城区局促狭窄的格式被大刀阔斧地修整,不但成为颇具规模的上海都市道路网络,也形构笔直而秩序的现代方格型街区。"①赖举例"霍桑探案"系列中的种种细节,如城市内部街道的距离已经完全可以用时间及速度来量化——"从警厅往金山路,照汽车的速度,只需十分钟光景"②,街道上定点有警察巡逻,包括夜晚路灯的开启时间——"六点一刻时,电灯已经通明",环卫工人的工作时间——"扫垃圾的时间规定在每天早晨九点钟以前"③,认为这些不但作为剧情为还原案件提供了准确的时间定位,还在抽象意义上证明了"马路在《霍桑探案》里的铺排,成了一种理性化与秩序化的象征"④。

程小青的另一篇作品《舞后的归宿》中也有类似的例子:

> 这时刚交七点三十分钟——四月十九日的早晨,星期一。从霍桑寓所到青蒲路,汽车的途程,只有七分钟。霍桑的汽车在二十七号门前煞住的时候,有一个派在尸屋门口看守的九十九号警士,忙走过来开车厢的门。⑤

这里的引文精准地呈现了一整套数字式的现代都市管理系统。"七点三十分钟""四月十九日早晨""星期一"等西历记时方式代表了全新的时间体认方式,"二十七号门"显示了都市居住的密集性及地理定位的准确性、"九十九号警士"这一职业编码称呼则将人也符号化。七分钟的汽车行驶距离以及汽车这一交通工具本身都在时刻提醒着读者一种

---

① 赖奕伦:《程小青侦探小说中的上海文化图景》,第16—17页。
② 程小青:《活尸》,《霍桑探案集(八)》,第265页。
③ 程小青:《矛盾圈》,《霍桑探案集(十一)》,第140页。
④ 赖奕伦:《程小青侦探小说中的上海文化图景》,第27页。
⑤ 程小青:《舞后的归宿》,《霍桑探案集(三)》,第9页。

第六章 侦探小说与上海摩登

全新的空间量化方式。民国侦探小说中路名的设计有虚有实,这里的地名均为虚构,霍桑的寓所在爱文路 77 号,现实中可能对应的是英美租界的爱文义路(Avenue Road,现为北京西路),案件发生在青蒲路与大同路的交叉,但现实的上海并无此地标,因此以上一系列看似写实的准确描述,又可看作程小青对于现代上海交通管理的理想建构。

霍桑驾车,每逢红灯必停,马路在程小青的笔下是秩序的体现,而在孙了红、张碧梧的想象中则是陌生及神秘的象征。孙了红的《囤鱼肝油者》中富商余慰堂被人从车上扔下,他走在路上:

> 四面看看,路灯是那样的暗。树影横在地下,显着一种可怕的幽悄。身前身后,"禿,禿,禿",有些稀零的脚步声送到耳边,使他引起一种异样的感觉。每一个路人的影子,在他身旁闪过,都像憧憧的鬼影! ①

余试着拦黄包车,但每次均被人捷足先登,他觉得身后"像有什么东西正在追逼他;至于追逼他的那是什么东西?他却完全说不出来"②。追逼余的其实恰恰是一种都市生活中对人身安全的焦虑,而这种焦虑在树影斑驳的街道环境中被放大和加剧。张碧梧的"双雄斗智记"系列中则想象了汽车在围墙下突然消失的都市神秘感。③当大侦探霍桑快要追上大盗罗平的汽车时:

> (鲁平的)两部汽车停在一座高墙下,而罗平站起来身子向前弯着伸出右手在前面高墙上撤了一撤,说也奇怪,耳听得哗喇一响,墙上立刻出一个大洞,并垂下一块广阔的木板,一头搁在洞沿上,一头正撑到地上,这两部汽车就一先一后从这块板上走进这个大洞。我又见罗平用手在墙上一撤,又哗喇一声,我急忙回头看时墙上并没有洞,两部汽车却安安稳稳的停在一间大房屋中。④

---

① 孙了红:《囤鱼肝油者》,《侠盗文怪:孙了红代表作》,第 256 页。
② 同上书,第 258 页。
③ 张碧梧创作的这一系列从 1921 年开始由《半月》创刊号开始连载,写霍桑与大盗罗平的斗法,第一章中张碧梧交代创作动机是受周瘦鹃委托,为了能使两人不断斗智,所以"不得不誉扬东方亚氏之能而稍抑东方之福氏"。
④ 张碧梧:《双雄斗智记》第十九章,《半月》1922 年第 1 卷第 21 期,第 4 页。

张碧梧的这段描写貌似指自动停车库的前身,现在看来并不稀奇,但在20年代当自动化装置仍是新生事物时,这种描绘大概很能吸引读者的兴趣,街道上能使汽车消失的围墙也可看作现代化马路的另一种隐喻:通畅的马路固然加快了追踪的速度,但它的四通八达、整齐划一以及两边建筑物的迷惑性亦增加了逃匿的渠道。

2. 舞厅及咖啡厅

作为最有特色的西式娱乐的代表,咖啡馆、社交舞与赛马也被迅速纳入民国侦探小说中的布景。先谈舞厅,社交舞于1850年左右在上海居住的西方人所举办的舞会中出现,国人对西人慈善舞会的方式颇为赞赏,并于1897年出现了第一次由中国官员举办的以招待西人为主的舞会,当时著名的舞场之一就是张园里的一栋名为 Arcadia 的洋楼。①20年代开始已有西人向国人教授社交舞,杂志上也刊登介绍西方舞蹈和交际舞的文章与照片,据统计,1912—1927年大约开设了一二十家有固定营业时间的跳舞场,其中以静安寺路15号的新卡尔登(New Carlton)最为知名。②

舞厅在不同侦探小说家笔下反映两极。程小青对物质文明有着复杂的态度,他认为儒家传统对物质的态度是压抑与轻视,这样的取向固然阻碍了经济发展,但也减少了社会间的纷争,而现代化之后,都市人都热衷享受,社会更见混乱,国力也逐日消损。③ 在程小青看来,中国社会的这种经济基础与上层建筑的不对称使得许多西方文明传到中国来后迅速变质,例如作为高尚娱乐的交际舞在中国则成为"出卖色相的所在":

> 舞场老板大半是些恶霸流氓之类的所谓"闻人",他们用金钱诱骗的手段,勾引一些穷困家庭里的美貌姑娘,来舞场充当舞女,专供那班凭搜括剥削发了财的大亨和他们的子侄们玩弄和泄欲。

---

① 马军:《舞厅市政——上海百年娱乐生活的一页》,上海:上海辞书出版社,2010年,第28—30页。
② 同上书,第47—60页。
③ 程小青:《舞后的归宿》,《霍桑探案集(三)》,第209页。

第六章 侦探小说与上海摩登

舞场老板便从这些变相妓女身上来挣钱发财。所以舞场顾客,男的自己带了女伴去跳的固然也有,那只是少数,绝大多数都是不带舞伴专门来玩舞女的单身男客。①

借霍桑之口,程小青表达了他对舞场的憎恶,在他笔下,舞厅"是个销金窟、迷魂场,也是使青年一落千丈的无底深渊!"②舞女固然有值得同情的身世,但由于在这个染缸中的原罪,最后都免不了被谋杀的命运。

> 伊有一个瓜子形的脸儿,颊骨部分红得刺目,一双灵活乌黑的眼睛,罩着两条细长的人工眉——原来伊的天然眉毛,时时遭受理发匠的摧毁,已不留丝毫影踪……那张小嘴本来是伊的美的主因之一,可是因着涂了过量的口红,使我见了觉得有些儿"凛然"。③

从这段对舞女较为负面的描写中可以看出程小青对女性的审美仍然是中国传统式的,崇尚自然、健康。程小青对于消费文化的保留态度使其描写都市摩登的一面时有明显的贬义价值判断,李欧梵认为这正是他的"霍桑探案"系列的败笔所在。对比程小青与新感觉派文人笔下不同的舞女形象,李认为程小青的故事中的女人"鲜有'尤物'(femme fatale)的造型,不像刘呐鸥和穆时英小说中的玩弄男人于股掌之中的'洋味女人',所以'色情'的成分也绝无仅有。即使描写舞女——如《舞后的归宿》和《舞宫魔影》——也不够泼辣性感,而且用笔显得很笨拙,有点不知所措"④。

那么舞厅在另一位侦探小说家孙了红的笔下又是如何呢?孙了红侦探小说的一个特点在于基本上每一个故事选择一个新奇的都市场景,如百货公司、博物馆、舞厅、化妆舞会、咖啡厅、游泳馆等,跟舞厅有关的是《窃齿记》这篇故事。故事梗概在第五章中已有交代,这里主要分析他笔下舞厅的叙事功能。在孙了红看来,舞厅是都市生活中人工性的一种:"轩敞的广厅中,乐队奏着诱人的节拍,电灯放射着惺忪的

---

① 程小青:《活尸》,《霍桑探案集(八)》,第 243 页。
② 同上书,第 244 页。
③ 程小青:《舞后的归宿》,《霍桑探案集(三)》,第 3 页。
④ 李欧梵:《福尔摩斯在中国》,《当代作家评论》2004 年第 2 期,第 14 页。

光线,许多对池以内的鸳鸯,浮泳在舞池中央,推涌着人工的浪涛。"①对于舞女,孙了红并没有详细地描写她们的外貌,只是认为她们"由于过火的化妆,反而失却了真美"。但不同于程小青的是,孙了红还加上了舞女自己的内心描写以表达对这一职业女性的同情:

> 音乐又响了,这少女的心弦,随着洋琴台上的节奏,起了一种激越的波动。如果有人能观察内心的话,就可以见到她的心里,是那样的矛盾:在没有人走进她的座前时,她似乎感到空虚,失望;但,如果有人站立到她的身前,她的稚弱的心灵,立刻又会引起一种害怕的感觉。②

程小青笔下的霍桑大概是不会跳舞的,但孙了红的鲁平则主动邀舞,并调侃舞女的感情,玩世不恭的性格可见一斑。舞厅在这个故事中的作用并不是程小青借霍桑之口来表达对上流社会挥金如土的不满,而是利用它作为谣言是非之地这一公共场所的信息传播的特性,故意让凶手听到自己的分析,借心理战获得胜利。在舞厅里,鲁平故意安排自己的党羽讨论社会问题,"他们由社会的动荡不安,谈到了暗杀事件;再由暗杀事件谈到了舞后程茉莉的被枪杀"③。孙了红用"传染性"一词来形容信息在舞厅中的传播,鲁平在接到话题后,高声对同伴演讲自己对另外一宗谋杀案的看法。孙了红利用舞厅的灯光来配合鲁平说故事的节奏加强叙述的视觉性:"全场的灯光,又进入了朦胧的睡态,乐声正奏得紧张。""场内的灯光,突然又亮了,这使一切人们在黑暗中构成的种种丑恶容色,完全无所遁形。""一种震颤使她手指上的几颗巨钻,在半明灭的灯光之中放射出了多角度的闪烁。"④故事的结尾,当鲁平破案后,他对同伴说:"这里是没有明天的!喂!孟兴,我们怎样度过这长夜?再跳一回好不好?"⑤长夜暗喻着社会的黑暗气氛,不同于霍桑的洁身自好,鲁平选择无可奈何地投身于舞厅自我催眠,这两个文学侦

---

① 孙了红:《窃齿记》,《侠盗文怪:孙了红代表作》,第 228 页。
② 同上书,第 229 页。
③ 同上书,第 233 页。
④ 同上书,第 244—246 页。
⑤ 同上书,第 252 页。

第六章　侦探小说与上海摩登

探的不同性格也反映了程小青与孙了红对于侦探小说功用的理解差异。

对咖啡馆的态度也体现出两人的这种差异性。程小青的故事中只有茶楼，偶尔有西餐馆，也给予其高档消费的负面评价。咖啡馆在上海的出现于20年代以后，多由外国人经营，亦是为了服务外国侨民。30年代以后在咖啡馆喝咖啡成为了华人洋行职员以及文艺青年的潮流，甚至其宁静与私密性也成了党派人士协商密谈的去处，如左联筹备会议多次在公共租界边缘的一家挪威人经营的"公咖"咖啡店举行。李欧梵认为咖啡馆是欧洲，特别是法国文化的代表，是一个充满政治和文化意味的公共空间。上海的作家把这里作为朋友聚会的场所，"这种法国惯例加上英国的下午茶风俗在当时成了他们最重要的日常仪式"，"和电影院，汽车一起看成是现代性的重要标志"[1]。饮咖啡的行为本身成为了西方现代主义文学作家想象共同体的重要途径。

咖啡馆出现在孙了红的鲁平系列之《囤鱼肝油者》中。富商余慰堂在被人下迷药从车上扔下来后昏昏沉沉地走进了一座咖啡馆，"一个孩子，穿着整洁的制服，恭敬地替他拉门……一些像凤凰那样美丽的女侍应生，穿着一式的服装，在柔和的灯影下，穿花一样在忙碌"[2]。咖啡馆"装饰瑰丽"："一座长方形的大广厅，四角列着四只大方柱；柱的周围，镶嵌着晶莹的镜子。"[3]不同于海派作家喝咖啡时所体会到的文艺气氛，咖啡馆里的镜子加剧了余慰堂的眩晕感，让他觉得"四周有许多人在汹汹然地向他注意"。从镜子里他看见了一位四十岁的时髦家伙，"镜中人的面貌，在他略带近视的眼光里，轮廓还有点像他；而镜中人的样子，却已经绝对不像是他！"原来的余慰堂是一个"素向穿中装而很旧派的人物"，而镜子里的是"一套浅色的西装，剪裁得入时而配身。洁白的衬衫，配上一条鲜艳的领带；一个梅花形的小钻针，扣在这领带上，在闪烁发光"。进而余慰堂产生了对自己身份的怀疑，并出现了幻听，觉得有个离奇突兀的声音清楚地在说："你的危险来了！还不

---

[1] 李欧梵：《上海摩登》，第25—26页。
[2] 孙了红：《囤鱼肝油者》，《侠盗文怪：孙了红代表作》，第259页。
[3] 同上书，第260页。

赶快留意吗?"但当他寻找说话的人时,只看到"隔座那个穿深色西装的人,正自低着头,在把一些糖块,用心地调在一杯咖啡里"①。

孙了红的这篇《囤鱼肝油者》改自他1925年在《红玫瑰》杂志上连载的作品《燕尾须》。② 不同的是,《燕》文中杨小枫(即《囤》文中的余慰堂)其实是走进一家广东菜馆,而《囤》文则改为咖啡馆。这一改动的优点有二,一来咖啡馆本身比广东菜馆更能让读者感到新奇与摩登,二来咖啡馆内部四面环绕的镜子(广东菜馆中只有一面墙上挂着镜子)、繁杂的音乐以及其不同于传统中国饮食文化的异质感更加符合小说里余慰堂的眩晕、不真实的生活感受。咖啡馆这一西式的布景也配合了余慰堂换装后的洋派装扮,让他对自己的身份产生怀疑。因此这一改动无疑是非常巧妙且更加适当的。

从以上对舞厅与咖啡馆的分析可以看出,特别是在孙了红的笔下,这两个场所都与谎言、欺骗、眩晕、怪诞等都市感受关联起来,如《窃齿记》中鲁平破案的方式就是在舞厅中说一个更大的谎来试探真相,而《囤鱼肝油者》中余慰堂完全对镜子中自己的身份感到陌生与恐惧。这里面固然有对上流人士伪善一面的批判③,但孙了红的讽刺手法比程小青更加圆滑与自然,对都市娱乐空间与叙事情节的结合也比程小青的霍桑系列更加巧妙,充分配合了其鲁平系列想要传达的庄子式的真假之间辩证关系的嘲讽世风主题。

3. 游泳池

游泳池是孙了红的鲁平故事中另一个运用得十分巧妙的公共空间,这一系列中的《紫色游泳衣》(1946,原名《劫心记》),讲述了缪女士在游泳时丢失心形项链后被人勒索,后在鲁平的帮助下避免了丑闻的故事。中国最早的公共泳池于1887年在广州建造,最初只对外国人开放。而上海最早的游泳池建于1892年,最初也只是洋人的私人会所。

---

① 孙了红:《囤鱼肝油者》,《侠盗文怪:孙了红代表作》,第265—267页。
② 孙了红:《燕尾须》,《红玫瑰》1925年第2卷第12—13期。
③ 有关孙了红作品中社会批判的分析可见孔庆东:《抗战时期的侦探滑稽等小说》,《涪陵师专学报》1999年第15卷第2期。

第六章　侦探小说与上海摩登

1909 年上海出现了首座对国人开放的泳池,1929 年成立了"中国游泳会",30 年代后游泳变得流行,出现了多处公共及私家游泳池。① 当时的报刊上经常刊登一些女性游泳健将的消息,例如青岛游泳女将卓逸瑜,杨秀琼和她的游泳家庭等。男女混泳还引起了不少社会争议。②

《紫色游泳衣》开篇即建立了游泳池的人工性与上海都市性特点的关联:

> 上海,虽是一个海滨的大都市,实际上这大都市中的人却并不亲近海。上海人非但不亲近海,而且也并不亲近水。上海人所见到的水,除了黄浦江中的浊流与浴室内的波涛以外,连喷水池也是奇迹,上海人因为并不亲近水,大都过着一种太枯燥的生活,而一些爱好游泳的人们,每当游泳的季节,他们也只能踏进游泳池去,去浸一浸枯燥的身子。③

孙了红将泳池比做一个鱼缸,而里面游泳的人则是被观赏的热带鱼。这里鱼和鱼缸的比喻一带三关:首先,它顺应了之前提到的都市生活的圈养性及人工性的特点。其次,故事的女主角缪英婚前是一个不亚于杨秀琼的女游泳家,可谓一个自由新式的女性,而婚后则处处受到保守的婆婆的制约,连看电影时的着装都有严格的规定。因此她婚前婚后的变化也如鱼进入了鱼缸,处处受到限制与监视,成了一条热带鱼,只能在特定的环境下生存。再次,这个比喻还点出了都市生活中人与人之间处处都是观看与被观看的关系:当缪小姐换上泳装在水中游泳时,"许多目光从不同的角度里集中到一个旋转着的水晕上",而且被观看者也非常享受众人的这种目光:"她也时时抬头,举起得意的眼光,飘送到看台边上。"④

---

① 《盛暑游泳的狂热》,《摄影画报》1932 年 7 月 16 日第 375 期。
② 例如广州就曾明令禁止男女混杂游泳,"在各公共游泳场所,均须划分男游泳瑜女游泳场,并在两间,施以隔离,使不可蹦,亦不可望"(《广州禁止男女混杂游泳》,《人言周刊》1934 年第 1 卷第 1 期)。北平在 1935 年也在某些泳池划分男女区域(《平市府决取缔男女同池泳泳》,《妇女月报》1935 年第 1 卷第 6 期)。
③ 孙了红:《紫色游泳衣》,《侠盗文怪:孙了红代表作》,第 126—127 页。
④ 同上书,第 145 页。

缪女士在游泳池边丢失的是一个印有她丈夫头像的照片心形项链。① 缪的丈夫因为婚后婆媳矛盾离家出走：

> 郭先生出走的前夕，有一个很特殊的情形：他把他平生所摄的照片，尽数带走，不留一页，甚至连粘在几种出入证上的照片，也都特地加以销毁。单单留着一个从德国带回来的金制的心形照相盒，其中藏着一个珐琅做成的绝小绝精致的小像，因为一直悬挂在缪小姐的胸口，使他无法把它带走或销毁。这方使郭先生在人世间，留下了一个唯一的纪念。②

这里照片的细节代表了都市中的一种新型人与物的关系：一个人可以突然消失不留下任何痕迹，但照片取代了个体的人成为了流通的象征。正如罗纳德·托马斯所指出："照片肖像通过在公共空间中的展示使得身体摆脱了空间与时间的局限，而之前身体的展示通常只通过传统的油画或者肖像画出现在亲密的、家庭内部的空间。"③对于缪女士来说，这张照片既是对丈夫的怀念，也是一个时刻提醒她婚姻存在的警告。歹徒也利用了照片的流通性去勒索她，在缪女士在公共泳池更衣后偷走了照片项链。

因此游泳池在这篇小说情节上的功能在于它作为公共空间的特殊性。歹徒利用这个场所需要更衣的特点邀请缪女士前来，并以游泳衣来诱惑她，缪女士更衣时将心形项链也临时摘了下来后放在皮包托人保管，不料之后被窃。这里公共泳池与缪女士脖子上的项链巧妙地形成了个公私领域的对立。故事的精彩之处在于展示了不同公共空间的流动性对个人隐私的影响这一辩证关系，歹徒既利用了游泳池这个公共空间偷走了缪女士的随身之物，之后鲁平也是利用了照片的这种流通的特性，将计就计，用报纸这个公共媒体反击了歹徒的勒索，有关于

---

① "以相片勒索当事人关于过去的一段丑闻"这个情节是西方侦探故事里常用的桥段，例如福尔摩斯故事《波希米亚丑闻》（"A Scandal in Bohemia"）中福尔摩斯帮助国王，从一位歌手那里获得一张以前的合照，避免了一桩政治丑闻。金介甫也提出这个情节可能归功于亚森罗苹故事《结婚戒指》（"The Wedding Ring"）。Kinkley, *The Chinese Justice*, p. 200.
② 孙了红：《紫色游泳衣》，《侠盗文怪：孙了红代表作》，第134页。
③ Ronald R. Thomas, *Detective Fiction and The Rise of Forensic Science*, p. 180.

第六章　侦探小说与上海摩登

报纸这一印刷公共空间在这篇作品中的功用将在下一部分继续分析。

(二) 报纸广告

作为与都市性关系最为密切的文类,侦探小说很早就把报纸广告纳入叙事的手段中,例如被称为是"侦探小说之父"的爱伦·坡的第二篇侦探小说《玛丽·罗杰奇案》("The Mystery of Marie Roget",1842)中,安乐椅侦探杜宾就是完全通过对报纸上关于玛丽·罗杰的所有报道的分析推断出凶手的身份。福尔摩斯侦探案中福尔摩斯也善于从拼贴的匿名信的字体推断写信者所使用的报纸来源。在程小青的"霍桑探案"系列中,报纸上刊登的案件消息是霍桑卷入案件的主要渠道之一。霍桑与包朗每日都有读报的习惯,根据包朗的描述,上海的不同报纸的语言和内容也各有特色,其中《上海日报》的"言论比较公正",《国民日报》与《申报》和《时报》相比"比较新派""销量较小",《上海新闻》在报导上的语言"比较铺张",《每日电讯》《时事报》《申报》的论调都"比较地略而不详",而《日日电讯》上的同一段新闻"不但是恶意的讽刺,而且凭空捏造,简直有公然诽谤的性质,可是它的措词又非常狡猾,处处带着疑问和不负责的口气。若要正式交涉,他们又尽可更正了事"①。赖奕伦认为,霍桑对这些报纸不同报导风格的掌握也是他拨开迷雾、了解真相的一个环节。②程小青借此既批评了小报的低俗取向,也赞赏了霍桑与包朗的独立判断能力。

报纸不仅仅是霍桑得知案情的消息来源,也是人们交换信息的渠道。前一章中曾提及徐卓呆的小说《抄袭者》中的作家就利用连载小说的形式向另一位黑社会的首领打暗语。霍桑探案的《双殉》一文中,霍桑也收到匿名来信,要求他调查一名女子的死因,"若是自杀,请你在《国民日报》上登一个'是'字;悄然被杀,可登一个'否'字"。匿名信是用《国民日报》的报纸包起来的,霍桑借此判断寄信者经常阅读这份报纸,加上《国民日报》的新派风格,这个委托人想必也是一位新派

---
① 程小青:《活尸》,《霍桑探案集(八)》,第 191—193 页。
② 赖奕伦:《程小青侦探小说中的上海文化图景》,第 93—97 页。

人士。《父与女》中，霍桑故意在《上海日报》上刊登了一段案件已破的新闻，真正的凶手看报后放松了警惕，自投罗网，包朗感慨："报纸上的新闻不但不实在，还是一种策略！"正如赖奕伦所评论的："一般读者多是从'被动/接收者'角度阅读报纸，但霍桑却并非固着于'被动/接收者'的位置，反而一跃成为'主动/发言者'，这不可不归功于霍桑的主动介入侦查，从而有可能补充、改动，甚至主导新闻的报导。"①

而在"主导新闻"这方面更加成功的要算孙了红的鲁平。上一部分关于《紫色游泳衣》的分析中谈到歹徒从游泳池偷走了缪女士的随身照片项链，并利用报纸的公众性来威胁她的名誉，如果不付赎金，就在报纸上刊登她将随身项链赠予情人，捏造她婚姻不忠的丑事，"倘过期不来接洽，则鄙人等唯有如法办理，完全将此事登报，以凭大众公论。以后女士身败名裂，咎由自取，切莫后悔可也"②。而鲁平也同样利用了新闻报导的实时性特点，让缪女士带着一条假项链，并安排自己的党羽故意制造一场汽车路劫案，随行郭母目睹并认定是劫匪将缪女士脖子上的项链抢走的，而后鲁平立刻登报宣布这个马路劫案中缪女士丢失项链的事实：

> 本埠海格路，于前晚九时许，曾发生路劫案一起，被劫者为本埠著名富户郭大钊之母与其妻缪氏（按郭系德国留学生，于五年前离家外出，至今未归。）时郭氏姑媳，由同孚路住宅，乘自备汽车外出拟赴某处，不料车经海格路，突然道旁跃出匪徒数名，持枪喝阻车行，登车恣意搜劫，当时计被劫去贵重首饰数件，及现款若干，即刻郭宅已将经过情形，报告警署请求追缉矣。③

其实歹徒与鲁平都是利用新闻表面上的公正性来达到各自的目的，在鲁平刊登的消息中，新闻媒体更是具有了见证者的效果，原来拥有项链的勒索者反被警方认为是劫匪，再也无法以旧有的说法勒索缪女士了。

由以上的各种例子可以看出，报刊媒体的出现开创了人际交流的

---

① 赖奕伦：《程小青侦探小说中的上海文化图景》，第93页。
② 孙了红：《紫色游泳衣》，《侠盗文怪：孙了红代表作》，第152页。
③ 同上书，第169页。

现代方式,在侦探小说中更成为了侦探与罪犯隔空交锋的虚拟空间,报纸广告的信息既面向公众,也有针对性地指向特定人群,这些侦探故事揭示了信息在生产者与消费者之间相互建构的现代性特点。

(三) 影院

大多数侦探小说家都与电影有密切联系,例如担任影视编剧、组织电影放映、撰写影评等,从他们的侦探作品中也可看出西方电影的影响。例如模仿银幕上的人物形象:陆澹安"李飞探案"系列中的李飞"不过二十左右年纪,戴一副罗克式的玳瑁边眼镜"[1],孙了红笔下的鲁平"脸部的轮廓,很像银幕上的'贝锡赖斯朋'"[2]。小说模仿侦探长片中机关的设置,并积极探索恐怖片对都市人心理焦虑与恐惧的诱导和影响。

与翻译的侦探小说热一样,侦探长片也是电影刚进入中国后非常受欢迎的一个类型。张碧梧曾回忆道:"几年以前上海凡是开演影戏的场所都是争先恐后的开演侦探长片,只须名称刚在报纸上发表,观众又都是争先恐后的赶去观看,真有轰动全城万人空巷的气概。便是一般人在闲谈之中不提起影片便罢,提起了影片十有八九都是谈论侦探长片,侦探怎样勇武,情节怎样奇突,宝莲姑娘更是深深印在观众的脑中而为观众常常道及的,好似影片当中除掉侦探长片以外别无佳片,值不得观看的一般。"[3]周瘦鹃也回忆说:"夕阳影里,我和慕琴、常觉往往到南京路上兜个圈子,又随时约了小蝶,到北四川路武昌路口倚虹楼去吃五角一客的西餐,餐后更到海宁路爱伦影戏院去看长篇侦探影戏,所谓《挖掘机》《紫面具》《三心牌》等,都是那时欣赏的好影片,并且一集又一集,没有一部不看完的。"[4]周瘦鹃、常觉、小蝶都是侦探小说的主要翻译者,由此可见当时的侦探小说作者与西方侦探长片的密切关系。

根据张碧梧文中的介绍可以得知当时侦探长片的一些放映情况。

---

[1] 陆澹安:《夜半钟声》,收录于萧金林编《中国现代通俗小说选评·侦探卷》,第8页。
[2] 孙了红:《窃齿记》,《侠盗文怪:孙了红代表作》,第229页。
[3] 张碧梧:《侦探长片之失败》,《侦探世界》1923年第15期,第5—6页。
[4] 周瘦鹃:《礼拜六忆语》,《礼拜六》1933年第502期,第28—29页。

侦探长片类似当代的电视剧,"每部都有十五六集,每集分为上下两本,便是三十多本"。通常每星期一、四放映四集,每一部放完需要一个多月。内容上大多演"一个孤独的弱女子因承袭到丰厚的遗产以致引起贼党的觊觎设计陷害,幸亏有一位侠义的侦探挺身援助。经过重重的艰险,才把贼党战败。这弱女因感念他的大恩便和他结为夫妇。"张碧梧指出,因为每部的放映周期太长,情节雷同,主角"不死鸟"的设定等,这类侦探长片慢慢就不怎么流行了。而且他认为此类的片子虽然最后写党贼伏法,但从叙述篇幅上看,影片的大部分时间都是在写坏人是如何作恶,只有结尾部分以很少的时间写他们最终接受法律的制裁,因此这类影片本质上仍然是教人作恶的诡计,"观众只觉得贼党设计之奇巧,并不能感想到贼党受刑的痛楚"①。

　　进口的侦探长片中,宝莲(Pearl White)是当时家喻户晓的女星。《影戏杂志》中就提到:"美国到中国来的侦探长片,要算宝莲最多。像《宝莲遇险记》《是非圈》《黑衣盗》《德国大秘密》都是妇孺皆知的。"②与其他电影相比,侦探长片以机关精巧取胜,特别是电影刚进入中国时,需要看屏幕上的西文说明,因此动作片观众较易理解,潘毅华就曾观察到当时"凡著名影片中所谓表演细腻,熨贴入理等,则长片视为无要页。而小贩走卒妇孺之辈,取其不假思索,领悟较易,且多英雄美人,故视长片为唯一之电影。"③周瘦鹃以《怪盗》(The Phantom Bandit)为例,说明当时长片中的机关运用之巧妙,影片里侦探突袭赌场,群盗立即从墙壁中的机关中隐匿,"长案上所散纸牌,一一隐去,所有案椅杂具,不径自走,忽互相配合,或成琴台,或成乐谱之架,或成会场中之客座,井井排列,疾如电笑。群盗亦易装而出。或为宾客,或为琴师,歌乐之声既作,俨然一音乐会矣。"侦探片里机关设置的巧妙更是影响了中国的旧剧:"如演空城计时,忽平地现城墙一座。不必更用布墙为代。而诸葛亮之一琴一扇,亦能不翼而飞。"④

---

① 张碧梧:《侦探长片之失败》,《侦探世界》1923年第15期,第5—6页。
② 《影戏杂志》1921年4月第一卷创刊号,第3页。
③ 潘毅华:《近年电影观众之趋向》,《电影杂志》1924年第1期,第1—2页。
④ 周瘦鹃:《说侦探影片》,《电影杂志》1924年第1期,第1—2页。

第六章　侦探小说与上海摩登

侦探长片的流行,特别是其中机关的运用,自然也影响了中国侦探小说。如张碧梧的《双雄斗智记》中,霍桑与包朗闯入了鲁平的大宅,掉入了陷阱中:"(鲁平)在右侧侧门里面设了一个陷阱,上面铺着翻板和地面一般无二,只要有人踏上,就会翻转掉到地下。陷阱里面装好一个小电池,虽是用的干电,电力却很充足,有一根电线直通到罗平房间,就是那边衣架后面的一只电铃。电池上有一根电针受到这压力就发出电浪,这电力就顺着那根电线传到电铃上。"霍桑因此被擒,被关在一张有机关的椅子上,"椅上装有弹簧,只要弹簧一受压力,两旁的扶手就从前面包抄过来把坐在椅上的人拦腰抱住。"①

侦探长片的流行也诞生了侦探"影戏小说"这一文类。"影戏小说"即将电影画面以小说的形式译写,与电影同步推出,并经常插入电影的配图,创作过程如海上漱石生评价陆澹安所著《毒手》时所概括:"(陆澹安)于是奋起颖悟之脑筋,轻灵之手笔,每睹一集,翌日即跨译成文,登诸《大世界报》,积百有数日,得六万余言,全剧竣而全书亦竣。"②作为电影的替代品,此类"影戏小说"填补了某些读者无法观影的遗憾,又给观众提供了回味的方式,因此在当时十分流行,在侦探杂志、报刊以及电影画报上均有连载,侦探小说家陆澹安就曾写过不少此类作品。③房莹在分析陆澹安的侦探影戏小说中就指出此类作品与古典侦探小说相比最大特点是借鉴电影中快速切换镜头的方法叙事,结构紧凑,节奏快速,也能注重用拟声词来仿真影片中的音效,现场感强,并且更侧重打斗场面的动作描写。④

除了借鉴侦探长片的机关及打斗的情节,如孙了红等侦探小说家还善于利用西方恐怖片对观众心理的刺激这点来挖掘上海观众的精神焦虑,恐怖片情节成为与其侦探故事相得益彰的文本互涉的重要手段。

---

① 张碧梧:《双雄斗智记》,《半月》1921 年第 1 卷第 3 期,第 6—8 页。
② 海上漱石生:《〈毒手〉序》,《毒手》,上海:新民图书馆,1919 年。
③ 陆澹安 1918 年曾将侦探长篇《毒手盗》改编为影戏小说《毒手》,连载于《大世界报》,非常受欢迎,并出版单行本,之后又陆续译写了《黑衣盗》《红手套》《金莲花》《老虎党》等影戏小说。
④ 房莹:《陆澹安及其小说研究》,华东师范大学博士论文,2010 年。

《科学怪人》(Frankenstein,1931)是最早引入中国的恐怖片之一,其主演卡洛夫(Boris Karloff,1887—1969)因该片为广大中国观众所知,他的其他几部影片,如《古屋怪人》(Old Dark House,1932)以及《古国艳乘》(The Mummy,1932)都曾在中国放映,孙了红的作品中就多次提及卡洛夫的恐怖片对于上海观众的影响。例如《鬼手》讲述一个妇人在看完《返魂香》(The Mummy's Hand,1940)后觉得夜里睡觉时有一只手触摸她的脖子周围,她的丈夫请了鲁平假冒的霍桑前来解惑。①经过鲁平的调查,原来凶手真正想偷的是妇人丈夫脖子上的钥匙项链,可以用来打开一个祖先留下来的宝箱,但因为夫妇两人那日睡前调换了位置而弄错。从情节上看,这篇故事只是一个普通的寻宝类的都市传奇,但对这个妇人的心理描写,特别是对都市生活所带来的刺激性与危险性的感觉有细致描摹。

　　故事里的女主人佩华从小生长在乡间,"思想原很简单",恐怖片成了她都市刺激生活的第一个启蒙者,"这片子叙述一个埃及金字塔中的僵尸,借着一种神秘的能力,竟把它可怕的生命,维持到了二千余年之久……意思,当然谈不到,可是全片的布景、音响、摄影的角度和那僵尸的化妆等等,确能给人一种相当的刺激"②。第二个启蒙者则是都市怪谈(Urban Legends):她的侍女跟她说了个恶讼师死后发现胸口有手印的鬼故事。受到这些刺激后,她晚上不敢入睡,"那张恐怖影片与那段恐怖谈话,似乎已化成液体而注射进了她的静脉,使她全身每一滴的血液之中,都像混杂了恐怖的成分"③。佩华无奈之下吃了安眠药,睡梦中发现胸口被一只手抚摸:

　　　　她清楚地自觉到那只手的手指那么冰冷,僵硬,并且指尖还附有锋锐的指爪。恐怖的回忆,立刻联系到了一起,那金字塔中的僵尸的面庞,在她眼前晃荡,那只击毙过恶讼师的可怕的鬼手,似乎已贴近了她的胸口,她全身冒着冷汗,想喊,只是喊不出声来。这

---

① 影片 The Mummy's Hand 是1932年影片 The Mummy 的续集,但并不是卡洛夫演出。
② 孙了红:《鬼手》,《侠盗鲁平奇案》,第453页。
③ 同上书,第455—456页。

第六章　侦探小说与上海摩登

　　是梦魇着呢？还是一件真实的事情呢？①

在这里"鬼手"不仅仅指的是故事中欲偷项链的凶手的手，也可以当作佩华这样一个乡村女性对于都市生活的初体验，一种梦魇式的刺激，甚至是性意识的暗示。孙了红利用读者对僵尸电影的已知，加深了文字的可视化效果，营造了文本恐怖的气氛，将都市人对刺激欲拒还迎的心态描摹得非常准确："李瑞麟夫妇，一向胆子小，尤其是佩华，怕鬼更怕得厉害。只是人类都有一种需求刺激的天性，他们越是怕鬼，越要寻求恐怖性的刺激。"② The Mummy's Hand 这部恐怖片讲的是僵尸复活，而故事中李瑞麟祖先留下的宝箱里除了有钻石，还有一本兴建海军计划的书。原来李氏的祖先参与了李鸿章训练海军的过程，他提出一些建军主张当时不为李鸿章采纳，愤而著书，希望子孙可以继承他的遗志，将建军的计划贡献朝廷，用钻石作为筹建海军的军费。贼人假扮鬼手想偷项链的目的就是为了这个钻石。故事的结尾鲁平取走了钻石，将这本小册子留给了男主人。而男主人只关心吓唬他们的"鬼手"的身份，对这本小册子毫无兴趣，"因此那铜像，钻石，以及那鬼手的最后目的，他也始终一无所知"③。如果说祖先的遗愿像僵尸一样，那么在无能的子孙手中，这个僵尸始终没能复活。这里电影和故事的结局也似乎形成了某种程度的反讽，嘲笑了当时的都市人整日醉生梦死，不关心国家社会的现状。

　　《血纸人》是另外一篇与卡洛夫的恐怖片有关的故事，虽然也有讽刺上海的资本家为富不仁、罪有应得的主题，但故事的特色更在于描绘上海都市中的资本家在种种的都市刺激下的精神衰弱的表现。小说采取倒叙手法，写一位资本家名叫王俊熙，本名王阿灵，是一个浙江偏僻小镇旅店的店主。一日他偷看到一位投宿的旅客携带了大量财富，于是设计以白莲教的罪名报官将他处死。利用这笔财富，王阿灵到上海成为了一个成功商人，并娶了一位青楼女子为妻。一日王参加了一场

---

① 孙了红：《鬼手》，《侠盗鲁平奇案》，第456—457页。
② 同上书，第453页。
③ 同上书，第475页。

佛教讲演,其中的因果报应引起了他的恐慌,接下来他又看了一场恐怖电影,受到更大刺激,在家中的楼梯过道及花园似乎都看到了十二年前被他害死的旅客的鬼魂。鲁平早就在那次佛教活动中注意到王的异常,觉得有机可乘,便假扮成医生到王的府上调查,结果发现王的太太竟然是十二年前王害死的旅客的女儿。原来王一次酒醉时说出了过去的部分真相,王的太太便联合她的哥哥假扮鬼魂继续恐吓他,她的情人更是在王的饮食中加入慢性毒药,王最后在惊恐中毒发身亡。

孙了红在故事中以多个心理学的术语来形容王的精神衰弱,如歇斯底里、梦游症、忧郁性的刺激等,并且说明了都市的刺激,特别是卡洛夫主演的《再世复仇记》中的恐怖镜头是触动王神经衰弱的重要导火线。《再世复仇记》也是讲述一个人被冤死,医生使用了科学手段使他复活后复仇的故事。王俊熙看后印象最深刻的都是一些感官刺激的镜头,例如被冤枉的人踏上电椅服刑时的悲愤道白声音,配合着提琴的音乐以及牢狱背景,"使观众们的每一支神经上,不期而然都受到一种针尖挑刺似的感觉",蒙冤者复活后注视着仇人的视线特写:

> 在这短短的特写镜头中,他简直把人世间所具有的最凶锐最怨毒的神情,尽数攒聚到了两颗眼球上面,而尽量向对方放射了出来!于是,不但银幕上的坏蛋们,面上表现了极度的紧张;在黑暗中的观众们的情绪,也随之而发生了相同的紧张。①

王俊熙因此回忆到当年他害死路人时,死囚在众人的围观中也发出了类似的呼喊:

> 在他发出这最后的毒誓的瞬间,他的眼珠,变成两颗怒红的火球;他的冤泪已被烧而干涸。他把他毒蛇般阴冷的视线,在观剧群众的脸上,沉着地,逐一徐徐搜索过来,最后,却粘滞到了王阿灵(王俊熙本名)的脸上——这在这死囚,还不知是出于有心为呢?或是出于偶然的?——可是,在王阿灵的眼内,却感觉到这临死的家伙,简直已把人世间最凶锐最怨毒的神情完全攒聚到了两颗眼

---

① 孙了红:《血纸人》,《侠客鲁平》,第8页。

第六章 侦探小说与上海摩登

球上,而向自己这边尽量放射了过来!①

以上引文将观众在银幕前的观影感受与他们的现实经历连接起来,观影者的某种内心欲望被勾起,觉得镜头直指人心。这种阴毒的眼神在后文中又出现了一次,当王俊熙已经陷入良心不安、整日惶惶不安时,在楼梯上又看到了那双眼睛:

> 在日色与灯光的交织中,照见那人一张死白的脸,绝无半丝血色,像抹上了薄薄的一重石灰浆一样。这一个熟识而可怕的面貌,正是他进来在睡梦中也不易忘却的面貌!尤其是此人一双阴冷的眼珠,像毒蛇似的透着碧森森的光,正迅速地在向自己怒射过来!

见此情景,王俊熙觉得"整个儿的躯体,似被推进了冰窖。一阵阵的冷汗从他的每一个汗毛孔中分泌出来,粘住了他的内衣"②。之后王俊熙多次见到幽灵与种种灵异事件,故事中有大量关于他的恐惧的感官描写。在这个故事中,恐怖片与王俊熙自己的恶行互相观照,产生了人生如戏、戏如人生的效果,是孙了红的鲁平故事中官能描写最强烈的一篇,也充分反映了鲁平故事如何将都市的声光化电、官能娱乐与故事情节巧妙交织,阅读故事就如观看电影一样,充分调动读者的感官体验。其他民国侦探小说作家往往对此类感官描写有所顾忌,怕因此掉入了诲淫诲盗的陷阱③,经常在故事紧要处刹车,加入些道德教化的字眼,而相比他们,孙了红虽在探案逻辑上不如程小青严谨,但在探索现代都市刺激对都市人心理衰弱的影响以及对都市怪诞的主题表现上,显得传神的多。

1964 年香港的中联电影公司将《血纸人》这部小说改编成电影,由

---

① 孙了红:《血纸人》,《侠客鲁平》,第 17—18 页。
② 同上书,第 22—23 页。
③ 例如痴萍在介绍张石川导演的《女侦探》中也提到对侦探作品诲盗的顾虑,解决办法就是多集中描写侦探的智勇,少描绘盗贼:"侦探剧未易也。欲状侦探之智勇,必先状盗党之奸恶以衬之。奸恶愈着,智勇愈显。此钩心斗角之一布局,无形中遂受诲盗之嫌。虽然国家当板荡之秋忠良乃见,家庭遭危疑之境孝义以传。因果之律固如是。故侦探制盗者也,有盗而后有侦探,盗非以有侦探而始生也,惟就描写之际着力于侦探之摘奸发伏,而于为盗之方法则略,使见者咸能晓然于盗之能力终不免于覆败,斯劝惩之旨矣,诲盗云何哉。"痴萍:《谈女侦探》,《电影月报》1928 年第 7 期。

李铁导演,冯凤谓编剧,吴楚帆、张活游、白燕等主演,算是中联接近尾声的作品。除删去了鲁平这个角色以外,中联版本的最大改动就是将故事的背景由上海都市改为岭南某个小城里的一个封建大家庭,将原作中对都市人在娱乐刺激之下神经衰弱的心理分析改为封建大家庭中由于母亲的过度溺爱造成子女贪财犯罪、官僚腐败、屈打成招等常见的批判旧社会主题与"弱女丧亲后饱受悲情命运""军人强娶民女等豪强迫婚等常见的粤语文艺片剧情"①。两者对照来看,则更显孙了红原作中"具有一点'上海性'的故事"的精彩。

三 民国侦探小说中的跨国想象

从文体发展史上看,侦探小说是一个起源于欧美、并以欧美为中心,但迅速向全球扩散、并在全球的图书市场上都非常成功的一种类型文学。爱伦·坡、柯南·道尔等所确立的侦探小说的基本叙述公式以及福尔摩斯这样一个经典的侦探形象至今仍然是全世界侦探小说的一个奠基,来自任何地区的侦探小说家写作前都一定阅读过一定数量的侦探小说,而且写作时都不可避免地会与前辈作品进行对话与比较,因此可以说侦探小说是一个世界范围性的、自成体系的文类,即使作品的内容是内省式的,不涉及任何外国的地名或者人物,但阅读与写作过程中的跨国想象,即将归属于世界侦探小说创作的共同体这点却不可避免。下文便以程小青所著福尔摩斯同人小说《潜艇图》与施蛰存的《凶宅》为例来分析民国侦探小说中的跨国想象。②

(一) 程小青的福尔摩斯同人小说《潜艇图》

1917 年,借着福尔摩斯与亚森罗苹故事的翻译热潮,因不满勒布

---

① 曾肇弘:《李铁与中联电影》,《紫钗、凶影、小市民:李铁的电影艺术》,香港:香港电影资料馆,2013 年,第 93 页。

② 总体而言,民国侦探小说中涉及境外的侦探案件寥寥可数,除了文中所分析的程小青与施蛰存所作侦探篇目外,还有徐卓呆的《信用证》中以两个美国人在上海伪造信用证进行诈骗,以及龙骧的《金雀花》故事发生在新加坡到上海的邮轮上。但徐文更多是取材信用证诈骗这个新骗术,而龙文则零星地以新加坡与英文来作为异国情调的渲染,并无其他特别之处。

第六章　侦探小说与上海摩登

朗所作的亚森罗苹与福尔摩斯对决的故事中"蔑视了福尔摩斯的历史和身份,把他写的不但不像一头虎,简直是'笨如蠢豕'!"①,尚是侦探小说新手的程小青在包天笑主编的《小说大观》第九至十期上发表了同人作品《角智记》。其中包括两个案件:钻石项圈及潜艇图,内容为福尔摩斯与亚森罗苹分别在巴黎及伦敦的两次对决,结果均以福尔摩斯的胜利告终。1942年程小青和他的女儿程育真又重新将此两篇用白话文译写并命名为《龙虎斗:福尔摩斯与亚森罗苹的搏斗》,发表在《紫罗兰》杂志的1943年创刊号至1944年第12期。

程小青所作的这两篇同人小说有两个主要特点,一是与柯南·道尔、勒布朗的侦探故事的互文性,叙事角度上程小青的这两篇同人作品均模仿柯南·道尔的福尔摩斯系列,以华生医生的角度展开论述,作为欧美侦探小说的翻译家,程小青在这两篇作品中表现出对这一文体的叙事技巧以及伦敦地理的熟稔。二是作品中对欧洲的想象,小说中出现了各类欧洲人,分别来自荷兰、挪威、俄国、法国、英国和德国。程小青本人并无出国经历,其生平简历中也只记载过他曾在苏州东吴大学跟一位美国人学习过英语,此外并无与其他外国人交往的记录,因此他在这个作品中对欧洲各国人的描绘应该来自其外国小说阅读与翻译经历,不过也正因如此,程小青对外国人的想象也继承了柯南·道尔的福尔摩斯故事中英帝国中心的逻辑,将非英国人描写得或粗鄙或狡黠。《钻石项圈》的故事发生在法国巴黎,伦敦一位公爵的钻石项圈被亚森罗苹偷走,福尔摩斯收到挑战书,前往巴黎破案,获得了罗苹团伙的秘密地图,罗苹被警方抓获。《潜艇图》中罗苹已成功越狱,来到英国伦敦向福尔摩斯报复。两者相比,作为福尔摩斯故事资深译者的程小青显然对伦敦的地理及习俗更加熟悉,情节上也设计得更加跌宕起伏,因此以下分析便集中于发生在伦敦的《潜艇图》这个故事文本。

《潜艇图》写一个俄国军事专家打算把设计的潜艇图卖给英国,各国的间谍都觊觎这幅图,亚森罗苹绑架了这位专家,又易容成该专家将

---

① 程小青:《龙虎斗:福尔摩斯与亚森罗苹的搏斗·序》,《紫罗兰》,1943年创刊号,第181页。

文件副本卖给英国政府,福尔摩斯最后成功识破了亚森罗苹的伪装并在飞机场将他捕获。从侦探小说的谱系来看,故事中涉及的间谍及各国军事纷争等情节很容易让人联想到其福尔摩斯故事原型《海军密约》("The Naval Treaty"),而《海军密约》(中华书局文言版)的译者正是程小青,当然如果进一步追溯,这类"所谓失窃的文件其实一直放在最显眼的地方"的故事最早的原型是爱伦·坡的《窃信记》("The Purloined Letter")。程小青版的故事中有这样两句话,华生担心一旦福尔摩斯输给亚森罗苹:"伦敦——不,全英伦,全世界人们对于我友将有怎样的反应?"以及苏格兰警员雷斯忒拉特评论:"罗苹是一个全社会的害敌,而且是有国际性的。"但看勒布朗故事中的亚森罗苹,很难说他有怎样国际性的危害,程文中的"全世界""国际性"等用语暗示了程小青在写这篇同人作品时已自觉将自己作为侦探小说的世界读者的一员来承认,并试图维护福尔摩斯在这一领域的经典地位。

这篇同人作品逻辑上其实有不少漏洞,例如文中虽然出现了海军部、参谋部等名词,但文中英国政府花巨款购买潜艇图的决定太过草率,这大概是因为程小青对英国的政府运作并不熟悉。但作为福尔摩斯故事的翻译者,程小青对英国伦敦的地理却了然于胸,文中对街道及旅馆都有清晰的注明,以增强逼真的效果。正如李欧梵指出的,程小青"把福尔摩斯和华生从西区的贝克街带到北区的佰定吞街又回到西区,即使在真正的伦敦地图上都没有错误"[①]。程小青从未出国,但多年的福尔摩斯小说翻译及阅读经验令他对伦敦的地名如数家珍,这种纯粹依靠翻译经验来想象伦敦、想象欧洲的书写,可谓晚清以来中国文人一种独特的跨文化、跨地域的交流方式。

推理上程小青也有意模仿柯南·道尔笔下透过人物衣着言行细节推测其身份经历的写作特色。例如故事中初次在旅馆中遇到亚森罗苹假扮的俄国人时,福尔摩斯根据俄国人那双尖头的黑皮鞋,推断他肯定在巴黎停留过,因为这种皮鞋款式只在巴黎流行。故事中还依靠一系列的新事物:汽车、飞机、报纸上的航班表、航空公司工作人员制服等来

---

① 李欧梵:《福尔摩斯在中国》,《当代作家评论》2004年第2期,第13页。

设计剧情。福尔摩斯之所以判断亚森罗苹会选择坐飞机离开伦敦是因为他听说穿着航空公司制服的人员去旅馆给他送票:

> 杜纳尔也给我一个线索。那是一个最重要而又最直接的线索,他告诉我今天十一点光景有个穿黄制服戴红边帽的人,送一封硬纸物的信给那个叫毛根的人。华生,你可知道这样打扮的是什么机关里的人?就是欧洲飞航公司的信差啊!那末,他送去的不是飞机票是什么?①

接下来福尔摩斯回忆起罗苹住过的旅馆桌子上摊着一份《泰晤士报》,展开的一版正是车船一类的广告,他从中找到了航班信息,判断亚森罗苹会选择当日离开:

> 今天两点钟,有一班跟罗马对航的飞艇——那是一星期三次,二、四、六,(我得声明一句,那时候飞航还在尝试时期,航线还有限。)要是罗苹错过了这一班,就得等到下星期二;他得在伦敦留三天,未免太危险。②

此时已经是一点三十五分,程小青赋予了福尔摩斯驾驶"七汽缸的公事车"的新本领,飞车来到了机场并在与亚森罗苹同伙枪战后将他抓获,"轧轧的机声刺破了高空,那延迟的飞机终于飞了起来"③。程小青在1917年写此作品时,飞艇等在中国非常少见,但在故事中,破案的关键恰恰是报纸上的飞机时刻表,这似乎反应了中国的本土作家在文学想象中建构现代性的实时性。

程小青的《潜艇图》中充满了对欧洲各国人等的描绘。他杜撰了一个苏格兰场警探杜纳尔"是个肌肉结实而身材并不怎样高大的人,一个赭石色的鼻子和两条粗黑的眉毛,可算是他的棕色脸上的特点标记"④。

---

① 程小青:《龙虎斗:福尔摩斯与亚森罗苹的搏斗(续)》,《紫罗兰》1944年第12期,第169页。
② 程小青:《龙虎斗:福尔摩斯与亚森罗苹的搏斗(续)》,《紫罗兰》1944年第11期,第179—180页。
③ 同上书,第156页。
④ 程小青·《潜艇图》,范伯群主编:《中国侦探小说宗匠——程小青》,南京:南京出版社,1994年,第144页。

两位被怀疑是日耳曼间谍的德国女性,"一个叫奥格妮夫人,今年二十四岁,她的已故的丈夫是汉堡的钢铁大王。一个是舞台明星佛萝丝,年纪还只有十七岁"①。一个忽然失踪的自称挪威籍的病人,"口音牵强,很像是日耳曼人"②。鲍浪登旅馆主人约翰生:"既矮且小,年龄在六十以上的老头儿,头发已秃剩数得清的几根,却还用油膏涂抹着。一个猴子形的瘦脸,配着两粒焦急而含些诡秘意味的眼珠。"③住202号房的俄国人毛罗希洛夫:"身材相当高大,一头浓厚的深栗壳色头发,乱蓬蓬地显得起身后还不曾理过。脸色是黝黑的,腮颊上长满了乱草般的胡子,显得斯拉夫族的特别标志……穿一套黑衣服的式样,在伦敦市上不大瞧见,一望而知是个异国的旅客……好像不大懂的英国人的礼俗。他并不请教杜纳尔和我的姓名,也不请我坐下,自顾自地向我友答复。"④203号房据称住了个日耳曼绅士,201号房住了一位荷兰人,"红发黑脸的少年,他的五官很粗陋,一双没神的眼睛,好像还没有睡足……操的英语比俄国人更不像腔……更不懂礼貌"⑤。迈逊公寓的女房东"六十左右皱皮白发",她眼中的罗苹的同伙、法国人毛根"年纪很轻,有一个白皙的脸儿,一双黑眼珠般的俏眼,一头黄金色的美发"⑥。苏格兰场的稽查长雷斯忒拉特"钩鼻方脸,穿一件鼠色薄呢的外衣",奈特伯爵"头发灰白躯干高硕""右手白软多肉"等。⑦

从这些引文中可看出,程小青想象的欧洲人涉及不同国家、年龄、性别及阶层,程小青也注意从口音上区分不同国籍,但外国人、未受教育的老年人、权贵阶层及女性普遍显得较为负面,他们或者是形象邋遢、不懂英国的礼节、说不标准的英语、爱赌博、住医院,或者是生性狡黠、会演戏及容易轻信他人。汤普森(Jon Thompson)曾分析过福尔摩斯小说中反面人物的刻板形象,认为在柯南·道尔的侦探小说中,一旦

---

① 程小青:《潜艇图》,范伯群主编:《中国侦探小说宗匠——程小青》,第147页。
② 同上书,第148页。
③ 同上书,第150页。
④ 同上书,第152—154页。
⑤ 同上书,第168—169页。
⑥ 同上书,第173—174页。
⑦ 同上书,第188—190页。

第六章　侦探小说与上海摩登

个体因为外国人、底下阶层或者女性的身份被设计成文化上的他者,就基本上会被刻画得非常刻板,这背后代表了柯南·道尔的英帝国意识。① 汤普森的这一观察也适用于程小青这篇同人作品中的人物定位,可以说程小青在这篇小说中的人物描写显示了他在设计故事时亦全盘接受了柯南·道尔故事中"以劣等性的假设来代替性格刻画的(characterization is replaced by an assumption of inferiority)"帝国价值观。

但与柯南·道尔的《海军密约》所不同的是程小青对国际政治的回避,在程的故事中有这样的细节,一开始罗苹假扮的俄国人声称因为本国政治腐败,所以他才带着潜艇图逃出:"那些掌权的人都给自私忌才的观念支配着,什么事都搅得一团漆黑,我起初也曾把我的九年心血的结晶送到自己的政府里去。可是谈判还没有开始,先要我付出一笔相当大的贿赂。"②这段看上去似乎是程小青在用潜艇图的例子批评本国的政治腐败,但后文当真正俄国人出现时他又否认了这一社会批评:"他的出卖潜艇图的动机和罗苹假造的不同。他说他本国政府中有一个有力的人,企图用阴谋劫夺他的发明品,他才带了图逃出来。"③这一真相将集体性的政治腐败转化为个人发明权上的争斗,而且亚森罗苹抢夺潜艇图也只是因为与福尔摩斯的私人恩怨,这些处理都回避了国际政治的复杂性,降低了这个作品的深度与广度。

故事中当福尔摩斯领悟到旅馆里 202 号房住的俄国人其实是亚森罗苹假扮时,他喘息着说:"是的!……刺鼻的酒气!……牵强的英语!……下着的窗帘!……像头痛似地低着头!……都是巧妙的烟幕……"④这里假扮的俄国人与真的俄国人的对比似乎也可看作程小青的仿作与福尔摩斯原著的区别。程在模仿原著中的人物设计、地理方位甚至是现代性的设施时惟妙惟肖,对原著中的帝国价值观也全盘接受,但在民族性及政治的刻画上也故意回避,而且因为对英国政府的

---

① Jon Thompson, *Fiction, Crime, and Empire*, p.69.
② 程小青:《潜艇图》,范伯群主编:《中国侦探小说宗匠——程小青》,第 161 页。
③ 同上书,第 202 页。
④ 同上书,第 176 页。

运作并不了解,情节上也产生了些许不合理的地方,不如他后来的本土霍桑故事那样贴地。

(二) 施蛰存的《凶宅》

"想利用一段老旧的新闻写一点的刺激的东西来"①,1933年施蛰存创作了《凶宅》,并收录在其短篇小说集《梅雨之夕》。故事叙述了1919年上海公共租界戈登路上的一座西人租住的别墅中三个西人女子先后自缢的案件及真相,是施蛰存唯一的全部以西人为主角的小说。与一般侦探小说不同,这篇故事中的侦探十分边缘化,只有第三节出现过一个听众角色式的哈尔滨勒布朗律师事务所的老律师,案件的真相来自不同的罪犯以日记、供状等形式的自白。施蛰存曾自评:"读者或许也会看得出我从《魔道》写到《凶宅》,实在是已经写到魔道里去了。"②这里固然有面对左翼作家批评其作品缺乏社会关怀压力下的自省,也点出了他的这类作品"为艺术而艺术"的特点:侧重叙述形式上及心理上的探索创新。

郭诗咏以"印刷的现代性"来概括这篇小说特色,认为"整篇小说主要由报纸推进,至少有三种不同地区、不同语言的新闻:《英文沪报》《巴黎晚报》、美国警察厅的供状,被组织到小说里来……透过'征引'不同的大众媒介,小说的空间想象被扩大了——这个空间以上海为中心,延伸至世界各主要国际城市,以至形成跨文化与跨地域的联系"③。《凶宅》共分四节,第一节以1919年《英文沪报》的"一段像小说一样有趣味的记载",叙述当年上海戈登路上的小别墅中一年之内三个妇人自缢而死的事件。第二节跳跃到1928年7月,俄国人佛拉进司基在哈尔滨被发现贩卖赝品珠宝,以欺诈罪被捕,四个月后就病故了。这位俄国人曾是戈登路上这座凶宅的房东,而且第一个自缢的女性就是他的

---

① 施蛰存:《〈梅雨之夕〉自跋》,施蛰存、陈子善、徐如麒编:《施蛰存七十年文选》,上海:上海文艺出版社,1996年,第807页。
② 同上。
③ 郭诗咏:《印刷的共同体——重读施蛰存的〈狮子座流星〉及〈凶宅〉》,《现代中国》第十一辑,北京:北京大学出版社,2008年,第213—214页。

第六章　侦探小说与上海摩登

夫人。一位旅行到东亚的巴黎某小报记者从监狱管理档案的小官吏处获得了俄国人的日记中戈登路凶宅的记录,译成了法文,在巴黎发表,这篇报导又被作者翻译成中文。第三节讲述1928年2月,一位巴黎歌剧院的意大利籍音乐指挥巴赛里尼在看到《巴黎晚报》转载的日记后,来到哈尔滨勒布朗律师事务所,要求起诉俄国人佛拉进司基,原来他从日记中得知当年因为俄国人卖赝品给他夫人,导致她知道真相后羞愤自缢。第四节的开篇已是1930年5月的美国旧金山,一位美国人被捕后的供状中谈到自己是如何在1919年的上海利用凶宅的传闻谋杀了他的妻子,并伪造她自缢来谋取财产。

　　空间上,小说的四节以上海的凶宅为中心,连接起香港(文中俄国人所卖的赝品来自香港)、大马斯克、哈尔滨、巴黎、旧金山等不同中西空间。时间上第一节与第四节之间的跨度有十一年,显示出过去的上海记忆时刻萦绕并影响着不同旅行者的现在。形式上案件背景与真相逐步由"像小说一样"的新闻报导、转载日记的小报及供状揭示出来,而这些文字来源的特点都充满了主观性,例如第二节中俄国人的日记与第三节中意大利人的叙述里关于这位俄国人的真实性格就有很多矛盾之处,让人不禁怀疑俄国人的妻子究竟是死于自杀还是谋杀,这些主观性报导恰恰又显示出最终真相的不可知。主观文字在不断被转述、被翻译成他国语言的过程中则又可能发生删减与扭曲,可信性不断降低,这种对主观性叙述的强调,以及信息在跨地区、跨文化中传播时的变形、被传说化等都使得《凶宅》这篇小说在普遍"内省式"的民国侦探小说中独树一帜。

　　《凶宅》不同于其他民国侦探小说的另一点是对犯罪本能一面的探索。类似施蛰存作品中的一贯风格,这篇作品亦有意借助弗洛伊德的死亡本能、利比多理论来解释犯罪心理。故事故意采取西方人在上海的设置,让人也联想到施蛰存的一些以古代为背景的小说,目的都是"能够追溯爱欲的主题而不必受现实主义或道德检查的牵制"[1]。小说中有两位罪犯,他们的变态心理均以自白的形式来说明。俄国人佛拉

---

[1] 李欧梵:《上海摩登》,第171页。

进司基的妻子喀特玲患有肺病,搬到凶宅时就已经病情恶化,佛拉进司基经常在房间里看到一个头上有绳影的女人身影,"完全像个自缢的女人,一条绳从上面垂下来,一直勒在颈项里。连结痕都好像可以看得很清楚的"①。此后,他还经常在屋中发现各种草绳,"我厌恶地拾起来,我给它撕细了,丢在纸篓里"。二日后,佛拉进司基的妻子自缢身亡。文中这一自缢事件是令人生疑的,佛拉进司基不断看见的头上有绳影的女人的幻觉以及草绳都可以理解为他杀妻前的一种心理暗示,而他的妻子死的前一日,佛拉进司基的日记上也记录了"她还劝我不要再做人造珠宝的生意,她说这是造孽的"②。这些蛛丝马迹暗示了佛拉进司基因担心妻子对外说破自己赝品生意的秘密而将她杀害。喀特玲死后,一对意大利夫妇租户住入楼上,佛拉进司基对巴赛里尼夫人产生欲望,为转移注意力,他先是"把那头脑简单的中国女仆侮辱了",之后不断用假珠宝来诱惑巴赛里尼夫人,甚至认为是女方主动引诱自己:

> 上帝,饶恕我吧!在这样的不可避免的情况里,我实在不能自己禁止了。她为什么不跟随他到音乐会去?她为什么下楼来问我借书看?她为什么借了书不立刻就走?她什么说说怕风,要我把临对着大路的窗关闭起来,并且放下了窗帘?……在当时的情状里,我似乎不能不安慰她,是的,我似乎不能不对她显示一点爱情了。③

如果俄国人佛拉进司基的日记中记录男性的谋杀欲望及性冲动的文字仍属含蓄,另一位美国人詹姆士的供状中则更加直接展现了痴迷于死亡本身的犯罪本能:

> 每当我抱着她吻她的时候,我心中就会升起一阵血腥味……不必想到我要谋占她底财产,就是为了热烈的爱情,我也应该扼死她。这样的欲念,在我心中逐渐地浓厚起来,我就不自觉地变成了

---

① 施蛰存:《凶宅》,《梅雨之夕》,哈尔滨:黑龙江人民出版社,1997年,第109页。
② 同上书,第111页。
③ 同上书,第114页。

第六章　侦探小说与上海摩登

一个恋爱与金钱的杀人魔了。①

为了追求犯罪的刺激，詹姆士专门带妻子从美国来到上海，租住了这个传说中的凶宅，在他准备展开罪行时：

> 从玛丽底天真的睡姿中看到了以前的两个妇人的凶相，于是，一个斗牛士底血在我每一个脉管中迸激着了……当我第二次觉醒的时候，我完全是很后悔了。玛丽是真心地恋爱着我的，而我，……我也是，但为什么我不能禁止我底恶行的呢？②

从民国侦探小说创作的谱系中看，或许是出于对"诲盗"的警惕，此类以罪犯的角度详尽描绘自己犯罪本能的变态心理的作品极少，而讲述自己情欲心理的则只有施蛰存的这篇《凶宅》。③ 李欧梵已指出施蛰存的短篇小说与西方作品的互文特色："他的绝大部分实验小说不仅受他所阅读的西方作品的启发，有些还是藉原文进行构思的。"④《凶宅》中也多次点名了这篇作品与西方侦探小说的联系："柯南·道尔勋爵的有鬼论，最近在上海，因为那戈登路之鬼屋的第三次鬼祟案而得到了一个却是的证明。"⑤"她坐在一个矮臂椅上，她在看些什么，Arsene Lupin? Edgar Wallace?"⑥哈尔滨勒布朗律师事务所……小说中最后一位女性死者的名字玛丽及利用新闻报导拼接案情的手法也让人联想到爱伦·坡的侦探小说《玛丽·罗杰奇案》。施蛰存将此类爱伦·坡式的

---

① 施蛰存：《凶宅》，《梅雨之夕》，第 122 页。
② 同上书，第 124—125 页。
③ 赵苕狂、徐卓呆的一些侦探小说均尝试以罪犯的角度展开叙事，但赵的作品仍葆有谴责罪犯的态度，没有探索犯罪冲动的心理描述。徐卓呆的作品很少说教，有一篇《犯罪本能》写一个人突然在路上劫持了一辆运钞车，后来又劫机潜逃，结尾处发现自己在精神病院，原来这都是他车祸后的妄想，医生解释道："心泉君在路上与汽车一撞，但心泉君正见那边有银车过来便刺激了犯罪本能——这是什么人都有的本能——于是这结果便生出奇怪的空想来，就是想这对面来的送银车，不知一个人在白昼能否去劫夺，因此由发作的放心向马路中央走去，突然被背后一辆汽车撞倒了，从此以后的事乃推理中断之时，心中宿着的思想被潜在意识引导到论理的结论上去了，这是在是精神学上一个极好的例。"徐卓呆：《犯罪本能》，《侦探世界》1923 年第 15 期，第 17 页。
④ 李欧梵：《上海摩登》，第 168 页。
⑤ 施蛰存：《凶宅》，《梅雨之夕》，第 106 页。
⑥ 同上书，第 112 页。

葆有一定哥特小说痕迹的侦探小说移植到上海语境,并吸收了爱伦·坡作品中对死亡着魔的怪诞色彩。

虽然这篇作品利用上海作为国际大都会的地理特色创作了一部西方人在上海的"怪诞的哥特罗曼史"小说①,但除了报纸的运用外,作品中上海的都会感并不明显,或许是因为施蛰存为了要配合日记体等体例,以外国人的眼光看上海,他笔下的上海代表了一个西人惯有印象中的荒凉、堕落、欺骗、犯罪天堂式的东方中国,而且中国人的形象也显得愚蠢脆弱。凶宅虽然位于租界,但地处偏远,四周均是荒地,"戈登路还是一条未铺上沥青的马路呢。出进的时候,觉得很不方便……一下雨这条路简直不容易走,全是松泥"②。意大利人巴赛里尼觉得此地没有艺术,并染上了赌博尤其是赌马的恶习。美国人詹姆士杀害自己的妻子后,利用一般观念中东方妖魔化的印象,到处渲染灵异传说,轻易地逃避了审讯:

> 这样,我每隔几日总对报馆里的同事讲述一点这屋子底怪异事件。他们全都知道了,并且没有一个人怀疑这是杜撰出来的。甚至有人说中国这个地方是充满了鬼怪和各种不可思议的神秘的,若不是为了生活,他是不愿意到这随时可以遇险的东方来的。

小说中的中国人表现为:易骗——"一个妓女模样的中国女人带了一个情夫来,花四百块钱买了两小块翡翠去。她也不会梦想到这是人造的。"软弱——"把那头脑简单的中国女仆侮辱了。我给了她十块钱,但是她今天一早就走了。"迷信——"那女仆就很相信我对于玛丽的自杀是一点也不想到的,她就是我最好的证人。她说在中国,自缢而死的鬼魂是很远去的,他必须要得到一个替身,才能转世。"或许可以说,这篇小说在模仿殖民者的口吻进行创作时,也与西方侦探小说中的帝国思维不自觉地实现了互文。

本·辛格(Ben Singer)在《现代性、过度刺激和大众感官主义的兴

---

① 李欧梵:《上海摩登》,第196页。
② 施蛰存:《凶宅》,《梅雨之夕》,第108页。

起》("Modernity, Hyperstimulus and the Rise of Popular Sensationalism")一文中曾如此说明现代性的摩登一面:"现代性意味着一个现象世界——特别是都市的——与之前人类文化的阶段相比显得更快、更加杂乱、碎片及无序。在大城市里交通、噪音、广告牌、街道标语、拥挤的人群、百货公司的橱窗陈设以及广告等带来的史无前例的混乱中,个体面对着一种感官刺激的新强度。都市使得个体被密集的印象、震惊、变动不断轰炸。生活的节奏也变得更加狂暴,被新形式的迅捷交通工具、现代资本主义中紧迫的日程安排以及不断腾飞的生产线节奏所加速。"①本章"侦探小说与上海摩登"的分析正好也展示了侦探小说家如何将此类表征为新奇、怪诞、神秘、刺激的都市现代性体验转化为阅读历险,让侦探与盗贼们在崭新的都市建筑空间、媒介空间甚至是跨国空间中巧妙角智,让都市的读者们度过一个个"恐怖而又兴味的一夜"。另一方面,虽然民国侦探小说的创作以内省式为主,但侦探小说家也通过翻译、创作影戏小说、同人作品等方式将自己想象成世界侦探小说的阅读共同体,本章特别以程小青与施蛰存的两篇作品为例说明二者在与西方侦探小说的互文中,既建构了物质现代性的想象,又或者模仿弗洛伊德梦魇式的心理体验,两人均以西人为主角设计跨境探案作品,在模仿柯南·道尔或者爱伦·坡时,也不自觉地吸收了对方作品中的帝国思维来想象上海、想象世界。

---

① Ben Singer, "Modernity, Hyperstimulus and the Rise of Popular Sensationalism," Leo Charney, Vanessa R. Schwartz eds., *Cinema and the Invention of Modern Life*, Berkeley: University of California Press, 1995, pp. 72-73.

第三部分
狄公案的中西互动

近些年，在知名度与出镜率上，狄公的风头远远盖过了包公，由原本唐代武则天时期的一位政治名相变成了家喻户晓的神探，这主要归功于影视宣传，如电视剧《神探狄仁杰》(2004—2015，共四部加上一个前传，计百余集)，以及徐克的电影《狄仁杰之通天帝国》(2010)、《狄仁杰之神都龙王》(2013)，而且这一热潮似乎还有源源不断之势。① 狄仁杰成为名探的契机始于荷兰汉学家高罗佩(Robert van Gulik, 1910—1967)所作的"狄公案"系列。高罗佩博士毕业后任荷兰驻日大使，1942年太平洋战争爆发，在离开日本之际，他挑选了一些中国小说作旅途消遣读物，其中一本晚清石印本公案小说《武则天四大奇案》给他留下了深刻印象。1946年他将该书的前三十回译成英语，并于1949年在日本自费出版了1200册，名为 *Dee Goong An: Three Murder Cases Solved by Judge Dee*，据说六个月内销售一空。受此激励，高罗佩鼓励中日作家利用本国的古代公案材料创作西方式的侦探小说，但无人响应，于是决定自己动手。1949年他用英文写成了第一部狄公案作品 *The Chinese Bell Murders*(《铜钟案》)，并在接下来的十八年间，共创作了这一系列的十四部小说和八个短篇。这些作品在英语世界广受好评，有多国译本，两次被改编成电视剧，由西人扮演狄公。② 著名侦探小说家阿加莎·克里斯蒂看完《迷宫案》后表示该书充满少见的魅力与新鲜感。③ 不少西人对汉学的兴趣由此引发。④ 政府机关也将此书作为外交官员认识中国文化的读物。⑤ 从2004年开始，西语图书市场上

---

① 如钱雁秋编导的《狄仁杰之秋官神探》、网剧《名侦探狄仁杰》(2015年播出第一季)等，徐克也打算将狄仁杰故事制作成一系列的中国奇幻大片的代表。

② 分别是1969年由Howard Baker给Granada TV制作的六集黑白片，由Michael Goodliffe扮演狄仁杰；和1975年由Gerald Isenberg根据小说 *The Haunted Monastery* 改编的电视电影 *Judge Dee and the Monastery Murders*，由Khigh Dhiegh担当狄公角色，其余角色由亚洲演员扮演。

③ 〔荷〕C. D. 巴克曼、H. 德弗里斯:《大汉学家高罗佩传》，施晖业译，海口:海南出版社，2011年，第157页。

④ 汉学家伊维德(Wilt Idema)曾回忆道，20世纪五六十年代，他正在荷兰读高中，非常热衷阅读狄公案小说，进入大学前对中国的所有了解都是基于高罗佩的狄公案故事与赛珍珠的小说。伊维德:《高罗佩与狄公案小说》，《长江学术》2014年第4期，第5页。

⑤ 某个时期美国国务院规定调往中国的外交官都必须读高罗佩的狄公小说。《大汉学家高罗佩传》，第214页。

又出现了多本英语或法语创作的同人小说,可见受欢迎程度不减。

在中国,赵毅衡最早将高罗佩的狄公案系列介绍进来。70年代末,尚在中国社科院读研的赵毅衡偶然在图书馆读到了高罗佩创作的狄公案系列小说,为其深深吸引,撰写了《脍炙人口的西洋狄公案》一文,发表在1981年1月的《人民日报》上。文章简明介绍了高罗佩的生平和他的狄公案故事梗概。接着1981年《天津演唱》杂志的第6—8期连载了高罗佩的狄公案故事之一《四漆屏》。① 由于读者反映良好,该杂志陆续连载了其余三个狄公案故事短篇——《断指记》(*The Morning of the Monkey*,1963)、《红丝黑箭》(*The Red Tape Murder*,1959)和《除夕疑案》(*Murder on New Year's Eve*, 1958)。从1981年到1986年,高罗佩的狄公案小说共在全国十四家期刊上部分选载。1986年后被陆续出版成册,其中2006年海南出版社出版的《大唐狄公案》(四册)是最完整的一部,收录了高罗佩创作的全部狄公案故事。这些故事都由陈来元与胡明翻译,而且不少地方有删节或意译。2011年海南出版社又将这些故事重新修订出版,部分故事前增加了原来英文小说中包含的作者前言、后记及插图。中国台湾方面,2000年脸谱出版社邀请多位译者,出版了一套共十六本的全译本。与海南出版社的版本相比,脸谱的译本由多人翻译,风格并不统一,但内容上无删节,更忠实于原著。

伴随着民间的狄公热,近年来学界对狄公案的流传演变也发展出不少独特的研究视角。我2009年曾撰写《论狄公案故事的中西互动》一文,介绍狄公案这部小说由晚清公案到西方侦探小说,再重新被翻译介绍回中国后本土化的文本跨境旅行历程。② 在此之前,台湾的陈翠琴与林俊宏已分别对高罗佩的狄公案系列《御珠奇案》与《迷宫案》的

---

① 《天津演唱》以介绍中国传统曲艺作品为主。这一连载反映了中国读者最初是将高罗佩的狄公案故事与包公戏传统联系在一起的,编者称他们欢迎评书艺术家将高罗佩的狄公案故事改编为舞台表演。

② 魏艳:《论狄公案故事的中西互动》,《中国比较文学》2009年第1期,第80—92页。

中英译本作出详尽比对。①此外,大陆学者如施晔以《迷宫案》为例说明高罗佩的狄公案故事是跨文化语境中改良中国公案小说的示范,王宏印用"无本回译"的概念解释海南版的狄公案中有的部分为译者自行创作、并无相应底本的特色。②台湾学者陈珏的《高罗佩与"物质文化"——从"新文化史"视野之比较研究》一文虽未涉及高的狄公案小说,但他从"物质文化"的角度重新审视高罗佩的汉学成就,认为高罗佩的汉学研究看似博杂,但实际上却是围绕琴、砚、书、画、动物(包括马与猿)、春宫与悉昙等至少七项"物质文化"展开,开启了"新史学"界中"新文化史"研究的先声。③施晔也从这种"物"的角度分析高罗佩的狄公案系列,认为它的一大亮点在于每一本以如屏风、砚台等一个或两个主题物作为小说的文眼,既渲染了悬疑气氛,也传播了中国文化。④台湾的潘芊桦在其硕士论文《中国推理小说新尝试:高罗佩〈(新)狄公案〉析论》中特别留意到高罗佩外交官的流动生涯与故事中狄公在不同地方担任县令的相似性,并认为狄公案系列中描述汉族与外族之间文化冲突的国际视野是传统公案小说中所不具备的,将之归功于高罗佩作为外交官与汉学家的独特经历。⑤在高罗佩传记方面,2011年海南出版社出版了巴克曼(Carl D. Barkman)所著荷兰文版 *Een man van drie levens: biografie van diplomaat, schrijver, geleerde Robert van Gulik* (1993)的中译《大汉学家高罗佩传》,书中详细记录了高罗佩的仕途变

---

① 陈翠琴的学位论文《高罗佩〈御珠奇案〉之中译研究》比较了脸谱与海南出版社关于本书的两个翻译版本的得失。而林俊宏的硕士论文《追寻旧中国:由 The Chinese Maze Murders 看翻译的运作》则侧重梳理迷宫案的英文版与两个中文版之间中国形象塑造的差异。参见陈翠琴《高罗佩〈御珠奇案〉之中译研究》,高雄:高雄师范大学硕士论文,2004年;林俊宏《追寻旧中国:由 The Chinese Maze Murders 看翻译的运作》,台北:台湾师范大学翻译研究所硕士论文,2007年。
② 施晔:《跨文化语境下中国公案小说的西传与回溯——以荷兰高罗佩〈迷宫案〉为例》,《社会科学》2011年第6期,第167—176页。王宏印:《朝向一种普遍翻译理论的"无本回译"——以〈大唐狄公案〉等为例》,《上海翻译》2016年第1期,第1—9页。
③ 陈珏:《高罗佩与"物质文化"——从"新文化史"视野之比较研究》,《汉学研究》2009年第27卷第3期,第317—346页。
④ 施晔:《高罗佩小说主题物的汉文化渊源》,《文学评论》2011年第6期,第202—208页。
⑤ 潘芊桦:《中国推理小说新尝试:高罗佩〈(新)狄公案〉析论》,高雄:中山大学中文系硕士论文,2015年。

迁、人际交往及其本人的大量日记。基于这些新的数据与研究视角，本部分对狄公案的讨论分为三章：第七章讨论高罗佩狄公案系列的来源，即晚清公案小说《武则天四大奇案》，并借此说明中国传统公案小说与西方侦探小说的区别。第八章分析高罗佩所作狄公案系列之四大特色。第九章谈高罗佩的狄公案系列自 80 年代后被引进中国后的接受与影响。

第七章　高罗佩与《武则天四大奇案》

荷兰人高罗佩的一生充满了传奇色彩。作为外交家,他在日本、中国、美国等许多地区任过职。作为汉学家,他在汉学中的一些冷门领域相继发表了开创性的研究著作,如《琴道》(*The Lore of the Chinese Lute: An Essay in Ch'in Ideology*, 1940)、《明代春宫彩印》(*Erotic Colour Prints of the Ming Period, with an Essay on Chinese Sex Life from the Han to the Ch'ing Dynasty, B. C. 206-A. D. 1644*, 1951)、《中国古代房内考》(*Sexual Life in Ancient China: A Preliminary Survey of Chinese Sex and Society from ca. 1500 B. C. till 1644 A. D.*, 1961)、《长臂猿考》(*The Gibbon in China: An Essay in Chinese Animal Lore*, 1967)等。作为侦探小说家,他的狄公案系列享誉世界。

高罗佩于1910年出生于荷兰,因为父亲在荷属东印度殖民地担任军医,高罗佩的幼年时期在印度尼西亚爪哇度过。据他自称,在阅读了凡尔纳的《环游地球八十天》后,他对其中的中国部分产生了浓厚兴趣。1923年高罗佩回到荷兰读高中,之后在荷兰东印度政府的资助下,于1930年开始研究东方法律以及中日语言与文学,博士毕业后担任荷兰政府驻日大使。太平洋战争的爆发促使高罗佩于1942年离开日本,在经历了东非、埃及和印度的短暂任期后,于1943年被调往重庆,并与江苏名媛水世芳结婚。二战结束后,他于1946年被调往华盛顿,并于1948年再次任荷兰驻日大使。四年后,他又先后任职于新德里、东非、马来西亚和韩国。在完成了最后一本学术著作《长臂猿考》后,高罗佩因肺癌于1967年9月在荷兰去世。

1942年,在离开日本之际,高罗佩挑选了一些中国小说以供途中消遣,其中便包括了一本小开本平版印刷的《武则天四大奇案》。[①] 来

---

① 〔荷〕C. D. 巴克曼、H. 德弗里斯:《大汉学家高罗佩传》,第81页。

到华盛顿后,不满市面上西方袖珍本侦探小说质量的低劣,出于练习的目的,高罗佩将《武则天四大奇案》的前三十回译成英语,名为 *Dee Goong An: Three Murder Cases Solved by Judge Dee*(《狄公案:三起狄公解决的杀人事件》)。① 1948 年年底,高罗佩再次任荷兰驻东京大使,"发现书市上有大量的日本年轻作家写的关于芝加哥和纽约的三等侦探小说时,我决定发表我的《狄公案》的英译本,以向那些作家展示古代中国侦探小说中有非常多的好题材"②。高罗佩将该书在日本自费印刷了 1200 册,六个月内不但收回成本,还赚到一笔可观的利润。

《武则天四大奇案》为一部六十四回的清代公案小说,作者不详,无名氏的序中又称其为《狄梁公四大奇案》,现存的最早版本始于 19 世纪晚期。③ 苏兴认为这部小说套用了不少《龙图耳录》及它的原型《龙图公案》的情节,例如狄仁杰扮医生私访的一段模仿了《龙图耳录》第八回中公孙策的查案方式,毕顺案中假造阴曹地府吓犯人招供的场景模仿了《龙图耳录》第十九回中的审郭槐等。至于将唐朝的都城长安误写为北宋都城汴梁,或第二十七回中狄仁杰称自己"日作阳官,夜为阴宰"的语句都来自《龙图耳录》中的地理及包公特征。因此该书的成书时间也必然在《龙图耳录》之后,大约是光绪初年。④ 伊维德注意到以武则天为背景的小说,如《镜花缘》《绿牡丹》和《薛刚反唐》等,大量出现于 18 世纪末及 19 世纪初,可能是当时知识分子借武则天的篡位来模拟汉人对满清统治的不满。⑤ 苏兴则认为《武则天四大奇案》一书中的字句如"眼见得这唐室江山送于妇人之手"实际上是在讽刺当时慈禧的垂帘听政。⑥

---

① 〔荷〕C. D. 巴克曼、H. 德弗里斯:《大汉学家高罗佩传》,第 151 页。
② 同上书,第 155 页。
③ 现存最早版本为上海书局 1890 年的石印本。其他版本还包括 1902 年上海耕石书局版、1903 年上海广益书局出版的六卷本袖珍版与 1913 年文光书版版。苏兴认为根据小说中有些词语为吴语而判断该小说作者可能来自吴语区,而且作者似乎对中国北方地区地理并不了解,时有地名、唐宋不分等地理历史错误。苏兴:《〈武则天四大奇案〉散论》,《大连大学学报》2006 年第 1 期,第 39—40 页。
④ 苏兴:《〈武则天四大奇案〉散论》,《大连大学学报》2006 年第 1 期,第 40 页。
⑤ 伊维德:《高罗佩与狄公案小说》,谭静译,《长江学术》2014 年第 4 期,第 5—12 页。
⑥ 苏兴:《〈武则天四大奇案〉散论》,《大连大学学报》2006 年第 1 期,第 41 页。

第七章　高罗佩与《武则天四大奇案》

　　这本书标题中所称的四大奇案指的是狄仁杰在地方县令的任内破获的三起杀人案件以及后来被调往朝中时打败武则天私党的事迹，均为文学虚构。狄仁杰，字怀英，生于唐贞观四年(630)，卒于武则天统治晚期。① 正史上对其评价大致都是敢于直谏、体恤民情、能提拔人才、帮助日后光复李氏江山等。② 至于他的破案才能，《旧唐书》中只有一条笼统的记载："仁杰，仪凤中为大理丞，周岁断滞狱一万七千人，无冤诉者。"③ 除此之外，狄仁杰死后的10世纪内并无相关的破案纪录或文学传说。北宋范仲淹撰文《唐相梁公庙碑》。以此为蓝本，又有话本《梁公九谏》，以笔记的形式记录了狄仁杰与武则天之间的九次对话，狄仁杰最终使武则天感悟，遣使往房州召回她的儿子卢陵王并立为皇太子。④ 16世纪时出现了《如意君传》《素娥篇》等以武则天、武三思等为主角的色情小说。其中狄仁杰在《素娥篇》的末尾登场，《素娥篇》写武三思与侍女素娥的种种房中术，文末"忽狄梁公排其户而造其堂，稔闻素娥殊色，再三请出之。素娥倏忽不知所在，俄闻壁间语曰：'吾乃花月之妖，梁公正人，不敢见'"⑤。这似乎是写狄公的正气可使花妖现型。至于18世纪的三部以武则天的统治为背景的小说《镜花缘》《绿牡丹》与《薛刚反唐》中，狄仁杰只是配角。因此可以说，《武则天四大奇案》是第一部以狄仁杰为主角的、并具有相对跌宕的故事情节的公案小说。

　　结构上《武则天四大奇案》分为两部分，小说的前三十回叙述了狄

---

①　有关狄仁杰的卒年，宋代司马光《资治通鉴》记载为武则天久视元年(700年)，但亦有争论。《旧唐书》卷八九《狄仁杰传》记载武则天欲建大佛，被狄仁杰谏止，"是岁九月，病卒。则天为之举哀，废朝三日，赠文昌右相，谥曰文惠"。王京阳与袁宪认为武则天拟建大佛的时期为长安四年(704—705年)左右。参见王京阳、袁宏《唐狄仁杰卒年考辨》，《故宫博物院刊》1995年第1期，第49—50页。
②　有关狄仁杰在正史中形象的研究，可参见 David McMullen,"The Real Judge Dee: Ti Jen-chieh and the T'ang Restoration of 705", *Asia Major* 3.6, 1993, pp.36-81。
③　《旧唐书》卷八九列传第三十九。
④　章培恒指出鲁迅的《中国小说史略》中将《梁公九谏》归为宋话本的说法有纰漏。他认为此本的钞写时代不迟于明嘉靖，早至宋、元的可能性也存在，但难以肯定就是宋、元。章培恒：《关于现存的所谓"宋话本"》，《上海大学学报(社会科学版)》1996年第1期，第19页。
⑤　邝华生：《素娥篇》，收录于陈庆浩、王秋桂主编《东方艳情小说珍本》，台北：台湾大英百科股份有限公司，1997年。

仁杰在任昌平县令时解决的三起案件,三十一回开始的后半部分写狄仁杰因为工部尚书阎立本的保荐,入京任河南巡抚,先后铲除了武则天的宠臣张昌宗、薛怀义、薛敖曹、武承业与武三思,迫使武后将皇权还位给太子李显的故事。两个部分合在一起构成了一个狄仁杰在朝野上下均智勇双全的完整形象。高罗佩按照西方侦探小说的标准只翻译了前三十回,在译者后记中他这样解释自己将这部小说拦腰斩断的理由:

> 该书六十四回,第一到三十回(之后简称为第一部分)写狄仁杰的早期职业生涯,尤其是他解决的三宗案件。第三十一到六十四回(之后简称为第二部分)描述他在朝堂之上的经历。这两部分在风格与内容上差异颇大。第一部分结构紧凑,布局巧妙。第二部分的风格则相反,罗嗦冗长,情节笨拙,新引入的人物也刻画得相当差。还有,第一部分控制得相当节制,第二部分则出现了各种色情段落,例如武则天与她的和尚宠臣怀义的关系。①

以西方侦探小说的眼光,高罗佩对这部小说的前后两个部分作出了褒贬不一的评价,但其实这一看法不无偏见,小说的前半部分遵循着传统公案小说的套路,并无太大新意,而后半部分变成了宫斗题材,狄仁杰及李氏的旧臣、武后私党及武则天这三股势力之间的权力博弈书写得颇为精彩。武则天在书中虽是一位淫荡的君主,而且对狄仁杰一步步铲除自己亲信的做法恼羞成怒,但她并未被贬低为一个暴君,她碍于礼法、帝王声誉与国家社稷,因此当男宠薛敖曹提议将狄仁杰罢职时,她却回答:

> 寡人岂不想如此。只因朝中现无能臣,所有官僚皆是寡人的私党。设若有意外之事,这干人皆不能办理,所以将狄仁杰留在朝中。一则是先皇的旧臣,外人也不议论,说我尽用私人,二则国家之事他可掌理,因此不肯将他罢职。②

---

① Robert van Gulik, "Translator's Postscript", *Dee Goong An: Three Murder Cases Solved by Judge Dee*, pp. 225-226.
② 佚名:《狄公案》,台北:台湾古籍出版有限公司,2006年,第189页。

第七章　高罗佩与《武则天四大奇案》

与武则天宠臣的骄奢淫逸相对的是狄仁杰及李氏旧党对李氏皇权的忠诚。小说中有两处令人震撼的自戕描写，第四十五回中狄仁杰等人在淫僧薛怀义的庙中地室解救了被骗的节妇李氏，她虽表明自己仍是清白之身，但认为已遭此羞辱无颜返家：

> "今日大人前来，正奴家清白之日，一死不足惜，留得好名声。"说罢，对定那根铁柱子拼命的碰去，早把狄公吃了一惊。赶命马荣前去救护，谁知又是一下，脑浆迸裂，一命呜呼。①

与节妇以死来保全自己名节相类比的是忠臣自杀直谏来维护太子李显的无辜。第五十七回武承业诬陷太子谋反，朝堂之上太常工人安金藏向武后剖心以明太子不反：

> 说罢，只见他拔出佩刀，将胸前玉带解下，一手撕开朝服，一手将刀望胸前一刺，登时大叫一声，"臣安金藏为太子明冤，陛下若再不信，恐江山失于奸贼了。"说罢，复将刀往里一送，随又拔出，顷刻五脏皆出，鲜血直流，将众臣的衣服，溅得满身红血。②

此外，小说第四十七回"众百姓大闹法堂，武三思哀求巡抚"中对"百姓"功能的描绘亦耐人寻味。这一回中刑部尚书武承业企图偷偷将狱囚薛怀义送往武后宫中庇护，狄仁杰发现后便借机让死者的丈夫带许多百姓在刑部衙门哄闹，武承业被百姓围攻之下只得请狄公共同前往刑部审案。文中出现三股力量，狄仁杰、武三思兄弟与百姓。"百姓"一词在这一回中出现了十五次之多，这些人无名无姓，自称为"百姓"："他不顾我们百姓，百姓要这狗官何用？"③而且令读者亦有深深的代入感："那些百姓听了此言，无不齐声说道：'世上有如此坏官，一味偏看情面，不照顾百姓，我们也是民不聊生，不如到刑部将武承业揪出打死，拼做死罪。'"④一方面，这些"百姓"是民间正义的化身，并在执行正义的同时罔顾法律。另一方面，背后操纵这些暴民政治的正是狄仁杰，他

---

① 佚名：《狄公案》，第184页。
② 同上书，第235—236页。
③ 同上书，第193页。
④ 同上书，第192页。

为了避免武则天指责他越俎代庖,干预刑部断案,故意借"百姓"的力量,逼迫武三思立下字据,请狄仁杰共同审案。这样来看,"百姓"们其实是被蒙在鼓里,他们简单的正义感成就了狄仁杰完成更大政治抱负的工具,这一公案小说中的公式日后在革命文学中一再出现。

从以上所举例子可见,《武则天四大奇案》的后半部分虽延承了色情小说如《如意僧传》,或白话通俗小说中淫荡的僧侣与道婆等原型,在阉割薛敖曹的描写上也有不少民间文化的低级趣味,但结构铺成上却并非如高罗佩所认为的是如此粗糙。① 它不但在小的细节处理上自有精彩之处,而且在整体结构上通过狄仁杰由县令到朝堂文官,再到最后带领军队平反武承业策划的叛乱这一职位上的升迁,成功塑造了他能文能武、能屈能伸、智勇双全的完美形象。

小说的后半部分里,狄仁杰消灭武则天宠臣的手段其实相当暗黑,例如操纵民意、伪造证据、离间、激将法等,在维护李氏正统江山的名义下这些"不法"的行为有了正义化的动机。狄仁杰虽然总能提供确凿的证据让武后基于礼法无可奈何,但他获得这些证据的方法很多是靠恐吓、私刑、欺骗、反口等。往往狄仁杰或其下属都会许诺疑犯一旦供认便可免除一死,但实际上当疑犯因此招认后很快就会身首异处。因书中预设了武后私党淫乱滥权的反面形象,读者也就容易支持狄仁杰这种以为民除害名义使用权谋的合理性,而不太会质疑他为了达到这一目的所使用手段的暴力性与欺骗性,而当代读者则更能留意到小说后半部分中狄仁杰的这种正义形象的解构。例如伊维德就首先注意到了小说前后两部分中狄公形象的反差,他指出:"同一个狄仁杰,在小说的前一部分里,他洞穿有根有据的怀疑,查找真相,建立了声望;到了后一部分,却成为一个公然操纵证据和民众意见的人……一个特别有趣的对比是,小说的两部分所体现出来的假象和现实之间的不同关系。在小说的前一部分,狄仁杰洞穿了看似合理的怀疑和有意为之的伪装,并破坏了这些人为的假象来重建事实。如此一来,无辜的人被释放,真

---

① 高罗佩甚至认为这部小说的后半部分来自另一位作者,是伪作。"Translator's Postscript", *Dee Goong An: Three Murder Cases Solved by Judge Dee*, p. 226.

第七章　高罗佩与《武则天四大奇案》

凶得到惩罚。在小说的后一部分,事实与虚构之间的关系颠倒了过来,因为此时的狄仁杰要迫使现实遵从假象。有时,这些假象是他自己制造的(虚假供词和莫须有的谋杀罪),有时他利用别人制造出来的假象(假扮太监和假装反抗)。"①

这里也许可以稍微修正一下伊维德的看法,小说的两个部分的狄公形象并不尽然是反差,第一部分中以公案小说中常用的审案桥段铺垫了第二部分中狄仁杰制造假象的手法。小说第二十八回"真县令扮作阎王,假阴官审明奸妇"的标题与伊维德所指出的"假象"和"现实"之间不断转换的发现不谋而合。这一回中,由于周氏熬刑,不肯供认自己杀夫的罪名及手段,狄公假扮阴曹地府:

> 命马荣在各差里面找了一人,有点与毕顺(注:毕顺为周氏死去的丈夫)相同,便令他装作死鬼。马荣装了判官,乔泰与洪亮装了牛头马面,陶干与值日差装了阴差。其余那些刀山油锅,皆是纸扎而成。狄公在上面,又用黑烟将脸涂黑,半夜三更又无月色,上面又别无灯光,只有一对绿豆似的蜡烛,那种凄惨的样子,岂不像个阴曹地府?②

从而骗得了周氏的口供。苏兴指出这段假扮阴曹地府的桥段来自《龙图耳录》中的包公审郭槐一案。在高罗佩翻译的《狄公案:三起狄公解决的杀人事件》中,他认为西方读者会觉得这一场景可笑而非可怖,便缩写了这一节的内容。但事实上,这一回的假扮阴曹地府来操控疑犯交代,铺垫了后半部分朝堂之上的狄公同样依靠不断制造假象来获得真实口供的手段及性格,并不是小说闲笔。

高罗佩对小说的前半部分评价颇高,认为"前三十回接近于西方的侦探小说,罪犯的身份到结尾才得以揭晓;全篇并没有太多迷信解释,出场人物有限,并无与故事不相关的细枝末节,而且故事的内容相对短小"③。这一评价也有拔高之嫌。《武则天四大奇案》的前半部分

---

① 伊维德:《高罗佩与狄公案小说》,《长江学术》2014 年第 4 期,第 11 页。
② 佚名:《狄公案》,第 111 页。
③ Robert van Gulik, *Dee Goong An: Three Murder Cases Solved by Judge Dee*, p. 227.

也是典型的中国公案小说,具备了明清侠义公案小说中的大部分桥段,例如狄公的助手来自绿林好汉,狄公通过宿庙,依靠签语与梦境中的线索确定凶手的身份,一开始就对疑犯使用酷刑等。因此,与其把它理解为一部接近西方侦探小说的作品,不如用它来对比传统公案小说与西方侦探小说的根本区别更有意义。

与明清时期动辄上百回的侠义公案小说相比,《武则天四大奇案》胜在较为精简,却又保留了大部分公案小说的基本特征。从狄公的断案方法看,一般是先有结论,然后再找各种证据印证他判断的正确,这背后体现的是人治的精神。以这篇小说中的宿庙与酷刑为例,这两点在公案小说中素为今人诟病,但如果按照小说中的人治的逻辑,则自有其合理性。小说第十回末与第十一回详细描写了狄公宿庙的整个过程:

> 将表章写好,然后斋戒沐浴,令洪亮先到县庙里招呼,说今晚前来宿庙,所有闲杂人等,概行驱逐出去……早有主持迎接进去,在殿上点了香烛。狄公命他出去,自己行礼已毕,将表章跪送一遍,在炉内焚去。命洪亮在下首伺候,一人在左边,将行李铺好,先在蒲团上静坐了一会,约至定更以后,复至神前祷告一番……祷毕,方到铺上坐定,闭目凝神,以待鬼神显圣。①

从狄公宿庙的一系列礼仪说明了办案官员只有通过诚心正意才能取得天人感应,因此审案官员的正直与正义感是解决案件的必要条件。至于破案的具体经过则有点类似于西方侦探小说中的解谜类环节,是一种文字游戏,例如狄公梦到"寻孺子遗踪,下榻传为千古事。问尧夫究竟,卜圭难觅四川人"这样一副对联,这正是解开两个案件的哑谜。狄公事后解释,孺子的典故指徐孺子,尧夫姓邵,是四川人,因此让手下多留意这两种姓氏的疑犯。而这两位疑犯在之前的案情交代中从未出现,狄公也从未听说过他们,后文中一旦出现便被认定是凶手或帮凶,狄公的梦境中还看到了一条赤练蛇,而此时小说中的第三个毒蛇杀人

---

① 佚名:《狄公案》,第38—39页。

第七章 高罗佩与《武则天四大奇案》

事件尚未发生！这些未卜先知的前提就是办案的官员诚心正意,贯彻着中国公案小说中一贯的对清官流的崇拜。

与这种"人治精神"有联系的还有酷刑的使用。《武则天四大奇案》的前三十回里有不少对酷刑的描绘,例如小说第七回狄公还未验尸,便断定周氏谋杀亲夫,周氏稍加顶撞,"便怒道:'你这淫妇,胆敢当堂顶撞本县! 拼着这一顶乌纱不要,任了那残酷的罪名,看你可熬刑抵赖。左右,先将他拖下,鞭背四十!'"[①]第十九回狄公抓获了谋杀丝绸商人的疑犯,但他拒绝招认,于是狄公"随即命左右取了一条铁索,用火烧得飞红,在丹墀下铺好,左右两人将凶犯绰起,走到下面,将磕膝露出,对定那通红的链子,纳了跪下。只听哎哟一声,一阵青烟,痴痴的作响,真是痛入骨髓"[②]。类似的还有小说第二十七回对徐姓学生及周氏的行刑,暂不一一列举。

这些酷刑的描绘固然残暴,但它们的共性是读者一开始便被告知该人就是真凶,因此酷刑的身体暴力可谓罪有应得。如周氏这个角色,她的婆婆本以为自己的儿子急病身亡,并未报官,狄公扮成游医时听说了这个案件,登门拜访时发现周氏:"虽是素妆打扮,无奈那一副淫眼露出光芒,实令人魂消魄散。"再加上她待人无礼,"狄公见了这样的神情,已是猜着了八分:'这个女子必不是好人,其中总有缘故'"[③]。后来狄公在坟场遇到死者显灵申冤,于是在第七回中就决定给周氏施刑问供。这里狄公一开始就笃定周氏是有罪的,因此施加在她身上的一切刑罚,都只不过是她罪有应得的惩罚,酷刑所带来的暴力便如此被合理化了。与之形成对照的是第三个案件中狄公认为被告无辜,因此即使原告要求严刑审讯,狄公仍百般推托。这里我们可以发现,决定用刑与否依赖审案官员自己的判断力,而传统公案文学作品中往往夸大他们的慧眼,又用鬼神显灵的方式证明他们得到上天认可的权威性,但现实中不同官员的质素不一,不免酿成不少冤案,直至《老残游记》,中国

---

① 佚名:《狄公案》,第 27 页。
② 同上书,第 73 页。
③ 同上书,第 14 页。

的公案小说才真正反思这种清官崇拜的弊端。

　　除了对人治精神的推崇,公案文学的另一个特点就是强调审案官员与罪犯之间的博弈,高罗佩在翻译《武则天四大奇案》时已经注意到这点。在《狄公案》一书的"译者前言"中,高罗佩曾作出了一个十分形象的比喻,他将读中国的公案小说比作观看下棋,敌我双方的力量均在棋盘上展露无疑,观看的乐趣在于了解侦探的每一步进攻的举动之下罪犯又是如何防守,直至游戏完结将军的高潮。① 这种博弈论的看法又可以给我们理解狄公宿庙的情节提供一个新的视角。在宿庙的过程中,狄公已经得知了三个案件中凶手的姓氏、居住地点,甚至有的还是动物的身份,于是故事的悬念就转变为如何将他们缉捕归案。在第一个案件"丝绸商人之死"中,狄公早就确定了凶手为蒲其寨寨主邵礼怀,接下来的四回都是关于狄公的手下如何联合其他绿林好汉设计将邵从山寨中引出并抓获。第二个案件"周氏杀夫案"中,狄公在第四回已认定周氏有罪,整个案情就发展成为狄公与周氏之间的斗法。狄公依靠探墓、用刑、宿庙等方式一步步获得破案线索,而周氏的奸情虽然被步步揭穿,但她通过熬刑等手段硬挺,并威胁要以反坐的罪名上诉。叙事者也在故事中不断穿插狄公与周氏之间的心理活动,双方之间的张力直到第二十八回狄仁杰假扮阎王引诱周氏道出实情后才得以化解。也正因如此,古代公案小说在描写人物外貌时通常就已经暗示了罪犯的身份,例如《武则天四大奇案》的第一回诬告者胡德初次登场,在狄公的眼中就是"满脸的邪纹,斜穿着一件青衣"。小说回目标题也屡次将周氏称为"恶淫妇"等。反观西方古典侦探小说,则更强调人物的迷惑性,通常案件涉及的所有人物在故事开篇均已登场,阅读的乐趣来自识别叙事者安插的种种红鲑鱼(red herring),最终判断出罪犯的真正身份。②

---

　　① Robert van Gulik, "Preface," *Dee Goong An*, p. II.
　　② 为了照顾西方读者的阅读习惯与保留悬念,在高罗佩的《狄公案》英译本中,他特别改写了一些原书的回目,例如第十回"恶淫妇阻挡收棺,狄太爷诚心宿庙",因为第十回时并没有通奸的任何证据,高罗佩将带有贬义的"恶淫妇"改以周氏称呼。第二十三回"访熊人闻声报信,见毒蛇开释无辜",为了避免过早泄露凶手身份,高罗佩将"毒蛇"改为"秘密"("Judge Dee sends his visiting card to Doctor Tang; In the Hua mansion he reveals the bride's secret")。

第七章　高罗佩与《武则天四大奇案》

最后简单谈一下高罗佩的译本。除了原作的前三十回,高罗佩译本的前后还包括了"译者前言"与"后记"。前言中高罗佩指出,在西方已有的具备中国因素的犯罪文学中,中国人的形象常被歪曲,例如萨克斯·罗默(Sax Rohmer,1883—1959)的傅满洲系列、艾尔·德尔·毕格斯(Earl D. Biggers,1884—1933)的陈查理系列,但事实上中国人有自己悠久的公案文学传统。从西方读者的角度,高罗佩总结了中西侦探犯罪文学的五大区别:中国侦探小说中罪犯及其动机往往在小说开篇就已说明;经常充斥超自然的因素;小说中的大量细节往往与案情无关,只是出于阅读的闲适;人名与家族关系又多又复杂;最后一定要详细说明犯人如何得到惩处。在简要说明《武则天四大奇案》一书的内容与特色后,序言中高罗佩还简单为读者们介绍了中国古代的审讯制度、地方县令与西方侦探的区别及他的助手侠义英雄的特色。至于"后记",高罗佩补充了《武则天四大奇案》全书的内容介绍,解释了自己翻译上的五处主要改动,给章节里的文化细节作出批注,并为读者推荐了一些其他公案文学读物。

有关高罗佩所译这三十回的具体改动,可参考他本人在英文版的"后记"中的详细说明,以及张萍所著《高罗佩:沟通中西文化的使者》一书中对这一译本翻译上的细致梳理。[①] 简单来说,高罗佩的翻译基本忠实原著,保留了中国传统公案小说中每回的标题,但为照顾西方读者的阅读习惯,也作出了相应改动或删节,如省略或改写了某些角色的姓名,为了保留悬念修改了部分回目标题的内容,省略了中国传统小说每章末尾处常见的"欲知后事如何,请听下回分解"等常规句式。除了这些格式方面的修改,内容上高罗佩有时会嵌入一些语句以解释中国文化惯例,例如为何县令外出打听案情时多半要化装成游医等。前文也提到,原作中狄公为了吓唬周氏招供,将刑堂假扮成地狱,并让手下扮演牛鬼蛇神。高罗佩认为西方读者会觉得这一场景可笑而非可怖,便缩写了这一章节。此外,为了使狄公的侦探形象更加集中,高罗佩删去了原作第一回中跟武则天有关的历史内容。最后在插图方面,小说

---

① 张萍:《高罗佩:沟通中西文化的使者》,北京:中华书局,2010年,第52—71页。

中的六幅图片都是高罗佩自己的手绘。因此,高罗佩翻译的《狄公案》并不是一个单纯的翻译文本,而是译者按照西方侦探小说的要求选择相应内容,并按照西方读者的阅读习惯适当改编的创作与翻译相结合的作品。

第八章　高罗佩的狄公案系列

英文本《狄公案》出版后虽然反应热烈，但并未激发中日作家创作类似的作品，"他们坦诚地说，对他们来说，那个主题缺乏'异国情趣'"①。因此高罗佩决定亲自试验，1949 年他出版了第一部狄公案作品 The Chinese Bell Murders（《铜钟奇案》），并在接下来的十八年间，共创作了十四部小说和八个短篇，形成了一个完整的狄仁杰侦探小说系列。

高罗佩在这些故事中虚构了狄公的早期任职历史和破案纪录，并将背景安排在唐高宗时代（649—683 年），与武则天无关。② 出于对明代文化的特殊兴趣，故事虽然发生在唐朝，但其中的服饰习俗等却是仿照明代，其中的一些犯罪组织如"白莲教"也是来自明代。早期的四部作品还在开篇安排一个生活在明代的人遇到一些神秘事件后穿越到狄仁杰生活的唐朝的引子。

以出场人物的多寡及与传统中国公案小说关系的远近划分，高罗佩的狄公案系列可分为前后两个阶段。从 1949 到 1958 年，高罗佩完成了以"The Chinese X Murders"统一命名的五部狄公案小说，分别是 The Chinese Bell Murders（《铜钟奇案》，1949），The Chinese Maze Murders（《迷宫奇案》，1950），The Chinese Lake Murders（《湖滨奇案》，1952），The Chinese Gold Murders（《黄金奇案》，1956）和 The Chinese Nail Murders（《铁钉奇案》，1958）。故事虽以英文写成，但按照高罗佩最初的

---

① 〔荷〕C. D. 巴克曼、H. 德弗里斯:《大汉学家高罗佩传》，第 155 页。
② 按照高罗佩的设计，33 岁的狄仁杰于公元 663 年任山东蓬莱县令（《黄金奇案》），665 年任汉源县令（《湖滨奇案》），668 年任江苏浦阳县令（《铜钟奇案》），670 年任西北边陲的栏坊县令（《迷宫奇案》），676 年调往北境任北州县令（《铁针奇案》），同年升任大理寺正卿，所有的故事均发生在唐高宗时期，只是在《广州奇案》中，狄公在调查某一忠臣之死时提到了当时皇后与朝臣的权斗及她的政治野心。

构想,为了让中日作家重视他们的传统文学,他的狄公案系列最终要译成中文和日文,因此 The Chinese Bell Murders 与 The Chinese Maze Murders 的英文草稿仅仅作为日后用于中、日文出版的底稿。①

这五部小说分别讲述了狄仁杰在五地担任县令时发生的离奇案件,高罗佩模仿了《武则天四大奇案》前三十回,每部小说中狄公均同时解决三个案件,格式上也采取了中国传统章回小说中的对仗标题。除了《黄金奇案》之外,其余四部小说均包含一个引子式的小故事,讲述一个明朝人遇到一系列神秘事件后,或穿越到狄公时代,或从南柯一梦中听说了狄公的破案故事,小说的正文部分便记述了此人的所见所闻。② 例如《铜钟奇案》的开篇讲述一个明代的茶商在古董店里戴了一顶狄公用过的官帽而昏迷过去,醒来后回忆了梦中所见的狄公在浦阳地区处理的三个案件。这样的安排模仿了中国古典小说如《红楼梦》《镜花缘》等叙述者在开头利用梦境总结正文情节的形式。这一阶段的狄公案系列无论是材料还是办案方式都与中国传统公案小说特别是《武则天四大奇案》有密切关系,狄公及他的四个助手均来自《武则天四大奇案》,情节上,如《铁钉奇案》中的"陆氏杀夫案"仿效了《武则天四大奇案》中的"周氏铁钉杀夫案",《黄金奇案》中"汪县令茶水中毒案"的诡计来自《武则天四大奇案》中的"屋檐毒蛇案",《铜钟奇案》中的"晋慈寺淫僧案"虽来自《醒世恒言》之《汪大尹火焚宝莲寺》,但其中淫僧及寺庙机关也近似《武则天四大奇案》后三十回中的薛怀义情节,同样,《迷宫奇案》中写当地恶霸钱牧强抢民女的情节也类似《武则天四大奇案》后三十回中张昌宗的"亲戚地霸曾有才"一案。高罗佩认为中国传统的父母官有别于西方职业侦探,他们同时要处理不同案件,而且除了司法责任外还有大量的行政工作,因此他在故事中安排狄公同时处理三个案件,并有不少琐碎的民政官公务。断案时狄公偶尔也

---

① Robert van Gulik, "Postscript 2", *The Chinese Nail Murders*, p. 226. 1951年东京讲谈社出版了《迷路の杀人》(*The Chinese Maze Murders*),日本汉学家鱼返善译,日本著名侦探小说家江户川乱步曾为该书作序。1953年新加坡南洋出版社又出版了这部小说的中译本,名为《狄仁杰奇案》,译者为高罗佩本人。

② 这四部的引子日后在海南出版社的中译本中被删去。

第八章　高罗佩的狄公案系列

使用鞭打等酷刑,并保留了行刑这一传统公案小说中惯用的结尾。

由于这五部小说在市场上反应良好,从 1958 到 1967 年,高罗佩应书商要求创作了新狄公案系列,包含九部小说和八个短篇。这些故事穿插在早期五部小说中设置的狄公的五个不同任期之内。与旧的五部相比,新狄公案系列较少严格模仿中国传统小说风格,人物更加简洁,每部作品中狄公通常只携带一个助手展开调查,案件从发生到解决也只在几日之内,而且每部小说的三个案件多为相互关联,凶手常为同一人。① 传统公案故事中经常按照介绍凶手犯案及身份、审案官出场、犯人被抓、行刑这四个步骤的叙事顺序进行,而西方侦探小说的典型叙事结构则是报案、侦探调查犯罪现场、重构犯罪过程并点明凶手身份这样的三段论,高罗佩的新狄公案系列试图调和这两种不同的中西犯罪文学文体,在这些故事的第一章会勾勒出凶手在犯罪现场的言行,但不泄露他们的身份,狄公及其助手则在第二章登场破案。至于传统公案小说结尾处的审判及行刑过程,则在新狄公案系列中被删去,结局通常是狄公与凶手当面对质并揭穿其身份时,凶手病亡或自杀。

一　狄公案系列中的主要人物

高罗佩的狄公案系列中,狄仁杰及他的四个助手原型均取自《武则天四大奇案》,但原作只是在第一回以两段文字简要叙述了马荣、乔泰及陶干的江湖背景以及洪亮作为家臣兼心腹的历史,而高罗佩则进一步参考《水浒传》中如林冲、时迁等人物形象,补充了这四个助手过去的历史,描写了他们在遇到各种危险或诱惑状况时的心理状态,洪亮

---

① 高罗佩在日记中解释过自己新狄公案系列的创作动机及特点:"当我对早先写的小说的评论和我收到的信件(包括中国和日本朋友寄来的)进行研究时,我注意到了,许多读者觉得,书里的故事人物太多,读这种书使他们感到头疼。按照中国风格设计的每章的标题(两行互相对应的句子),也有点夸张。因此我决定以另外的形式写出五部小说构成的第二个狄公小说系列。我安排了在狄公办案时,他仅仅由一个助手陪则。我还尽量地减少其他人物的数量。我也决定去掉每章的标题,还对开场白的段落进行了修改,让它们直截了当地与故事本身相衔接。我发现,通讨这种方式,我能用更多的篇幅描述人物的性格。"〔荷〕C. D. 巴克曼、H. 德弗里斯:《大汉学家高罗佩传》,第 223 页。

与乔泰甚至还在执行任务时遇刺身亡,这就比传统公案作品中往往只突出武艺高强、生活中不近酒色、较为脸谱化的助手形象有了更多自己独特的音容笑貌。① 探案上虽以狄公为主,但他的助手每位都有自己独特的经历、特长与性格缺陷,有时独立侦查,有时出谋划策,有时还会互相嘲讽,五位人物共同形成了一个男性风格强烈的探案团队。比起传统的公案小说甚至是福尔摩斯与华生配对模式的西方侦探小说中性格相对单一的侦探性格,高罗佩的这一群体侦探的处理方式显得更加多样化和具有互补性。高罗佩曾总结过狄公与他的助手们都有自己的部分特征:

> 在狄公身上,我把中国关于公道和文化修养很高的学者型官吏的传统理想,与我自己关于西方理想的国家公务员的概念,相结合起来了,我父亲是一个极好的例子。参军洪是忠实的"华生医生",我借鉴了这位医生,这并不是出自我对这个人物的深刻喜爱,而是因为在中国任何一个侦探故事里都有这样的人物。马荣代表我的有点缺少道德的一面,在这一方面,对女人的兴趣和波希米亚生活方式占据主导地位。乔泰代表我家族中潜伏的军国主义病毒。陶甘使我有机会表达自嘲法②,因为,在他们内容丰富的工作生涯中,所有外交官都会有这类看法。③

至于主角狄公的形象,高罗佩解释是"一个介于中国传统中'超人式的'法官和一个更加人性化角色之间的人物"。他有传统与侠义的一

---

① 有关高罗佩笔下几位助手的详细性格及来历分析,可见潘芊桦《中国推理小说新尝试:高罗佩〈(新)狄公案〉析论》,第31—39页。潘芊桦指出,在原有的《武则天四大奇案》中马荣与泰萧面目模糊,彼此区别不大,但在高罗佩的狄公案系列中两人性格不同,马荣乐观正面,不断追求情欲但一再重蹈覆辙,所接触的女性均是对案件有正面辅助的角色,而乔泰则被塑造成沉默寡言的悲剧英雄,所爱上的女性都与罪犯或阴谋有关。洪亮的塑造略显单薄,他在作品中的存在感除了如华生医生一样帮狄公出谋划策,还衬托了狄公性格中人情的一面,陶干善于偷盗欺骗、听唇辨音、伪造文书的特性则与狄公较为正直的性格形成互补。

② 此处海南出版社的中译本《大汉学家高罗佩传》将 Tao Gan 译为"陶甘",其实应为"陶干",高罗佩从《武则天四大奇案》中借用了这个角色,在其自译的《狄仁杰奇案》中也写作"陶干"。

③ 〔荷〕C. D. 巴克曼、H. 德弗里斯:《大汉学家高罗佩传》,第215—216页。

面,是儒家学派的信奉者,对底层民众亦抱有同情。① 高罗佩还按照中国传统的婚姻制度,给他安排了三房夫人。但当法律无法惩治所有罪犯时,狄公也有自己实施正义的手段,例如《朝云观奇案》中,孙天师虽然承认了自己的罪行,但仗着自己朝中势力洋洋得意,狄公将他骗入一间密室而被里面的黑熊咬死。狄公并不否认鬼神的存在,在《黄金奇案》的结尾甚至暗示死者的魂灵可能真的出现过,但鬼魂的出现只是给故事增添神秘的氛围,并不为断案提供任何线索。查案方式上,高罗佩笔下的狄仁杰体现出现代西方侦探收集证据、理性推理的一面。他很少用酷刑来拷问囚犯,而是善于从细节处找到蛛丝马迹,分析人物行为举止的前后漏洞,从而得出正确的推论。与包公等较为文弱、要依靠手下保护的文官形象不同,高罗佩设计的狄仁杰如福尔摩斯一样精通剑术、棍术和搏击,关键时可以自我防身。此外,狄公对于行政与探案的态度也与高罗佩本人的外交官生涯及其对汉学的兴趣有巧妙的对应,从而注入了不少高罗佩本人的情感投射与自我认同。②纵观高罗佩的一生,他始终以外交官的身份为主业,为人谦逊,特别是他对中日文化的渊博学问及文化造诣,使他善于结交各个阶层、文化背景及政治立场的朋友,包括不少江湖人士。作为外交官,高罗佩对汉学研究的热衷有时让上司抱怨他"不肯从事实际工作"③。而在狄公案系列中,狄公也很善于从底层民众或江湖人士中得到消息,《黄金奇案》的开篇狄仁杰坚持要离开京城去任蓬莱县令,理由就是要找机会"摆脱枯燥乏味的抄抄写写的案头事务……可亲自断案,惩处恶人,昭彰公理,以遂我平生之愿!"④狄公案故事中的插图也多为高罗佩所作。由此可见,狄公案系列不仅是高罗佩对外宣传中国传统文化的一种尝试,也是他本人借由文学实践"穿越"到古代中国的一种方式。

---

① 例如《朝云馆奇案》中狄公不满道观的酬神戏,当道士以"卑下的戏子"称呼优伶们的戏团表演时,"狄公不快地撸了撸鼻子。世人对优伶的评价大都认为戏子是一种不名誉的职业,因此不论男女优伶,或多或少都被世人遗弃了。他期望道长能对戏子有更多的同情"。高罗佩:《朝云观奇案》,印永清译,台北:脸谱出版社,2001 年,第 61 页。
② Robert van Gulik, *The Chinese Nail Murders*, p. 228.
③ 〔荷〕C. D. 巴克曼、H. 德弗里斯:《大汉学家高罗佩传》,第 75 页。
④ 高罗佩:《黄金奇案》,陈海东译,台北:脸谱出版社,2000 年,第 22 页。

二 狄公案系列的主要特色

对比中国传统公案小说与西方侦探小说,高罗佩的狄公案系列主要有四个特色:第一,以侦探小说中的理性推理改写公案小说,特别是梦境、鬼魂、预言等超自然因素,但也在不影响探案的情况下适当保留某些灵异成分,使之也有别于西方侦探小说。第二,情欲犯罪占很大比例,高罗佩能以同理心分析女性罪犯的婚姻出轨行为,在犯罪动机上利用现代心理学的术语对同性恋、不伦恋、心理变态等作出分析。第三,受高罗佩外交官生涯的影响,有一些故事发生在边陲,小说家能从国际政治的角度思考不同文明之间的接触与冲突,而且还突出了女性在不同种族与阶级之间游走的柔软性。第四,在侦探小说的新奇性上,高罗佩反其道而行,以古代的一个或几个传统文化器物,如屏风、古董漆盒、棋谱、八卦图、瓷瓶、七巧板等贯穿整部作品,并成为破案的关键,他小说中大量的物质文化细节描写得益于其汉学家身份,特别是在一些冷门领域,高罗佩有着渊博的知识,对器物的选择也表现出明显的文人色彩。

(一) 对梦境、鬼魂、预言等公案小说中常见因素的改写

前一章提及高罗佩选择翻译《武则天四大奇案》前三十回的其中一个原因,是他认为这一部分比较接近西方侦探小说的标准,而且他在翻译的过程中,为照顾西方侦探小说读者的阅读习惯也缩短了神怪的场景,或改写章节标题以保留悬念。但毕竟《武则天四大奇案》是一本中国的公案小说,翻译上不免受到种种限制,无法作出太大改编,因此当高罗佩自己创作狄公案系列时,他便获得了自由,可以完全按照西方侦探小说的要求来重写中国的传统公案。正如他在中译本《狄仁杰奇案》的"自序"中的说明:

> 盖宋有棠阴比事,明有龙图等案,清有狄彭施李诸公奇案;足知中土往时贤明县尹,虽未有指纹摄影以及其他新学之技,其访案之细,破案之神,却不亚于福尔摩斯也。然此类书籍,间有狗獭告

状,杯锅禀辞,阎王指犯,魔鬼断案,类此妄说,颇乖常识,不足以引令人之趣。故光绪末年,吴趼人首以九命奇冤一书改编作警富新书,曾见赞于世;① 惜后起乏人,致外国侦探小说仍专擅文坛也。是以不佞于公余之暇,于历代名案漫撰三件,删其虚而存其实,傍摭宣和遗事以下诸书故事而编辑此书,一以唐朝显宦狄仁杰为主,故名曰狄仁杰奇案。并择旧藏明末版书为底本,略参新义,画制为插图。茹古咀新,其能否和芍药以成羹臛,仍待博识君子之雅鉴尔!②

高罗佩在每本作品的后记中都注明所利用的材料来源,他对中国传统公案材料的改写主要集中于其狄公案系列第一阶段的五部作品,参考的公案文学材料来自《棠阴比事》《龙图公案》《醒世恒言》《喻世明言》《武则天四大奇案》《九命奇冤》《古今小说汇编》等。③ 高罗佩对西方侦探小说非常熟悉,因此他虽然利用了这些原始的公案文学材料,但"删其虚而存其实",完全按照西方侦探小说的结构、悬念与理性分析模式重新改编。潘芊桦与张萍曾分别对《铁钉奇案》"铁钉案"及《迷宫奇案》所利用的《龙图公案》中《扯画轴》的原型故事等材料作过详尽比较。④ 本章的分析主要集中于探究传统公案小说中梦境、鬼神、预言等因素出现的意义及高罗佩如何以侦探小说的理性方式改写公案小说。所举例子分别来自《黄金奇案》的第十六回狄公与助手洪亮去城隍庙观戏一段及《漆画屏风奇案》中的"葛员外投河自杀案"。⑤ 在这些改写中,

---

① 应是根据《警富新书》作《九命奇冤》,高罗佩这里记录有误。
② 高罗佩:《自序》,《狄仁杰奇案》,新加坡:南洋印刷社,1953年,第4页。该书是高罗佩自己根据其 The Chinese Maze Murders 的自译。
③ 这些具体作品的材料来源整理,可参考潘芊桦的列表,潘芊桦:《中国推理小说新尝试:高罗佩〈(新)狄公案〉析论》,第39—43页。
④ 潘芊桦:《中国推理小说新尝试:高罗佩〈(新)狄公案〉析论》,第45—49页。张萍:《高罗佩:沟通中西文化的使者》,第92—111页。
⑤ 海南出版社的版本内容有删节,特别是本章着重讨论的《黄金奇案》中狄公看街头表演一段完全被删除,而笔者认为高罗佩恰恰是用这种方式重写传统公案小说中判官的梦境,不应当视作无用情节而省略。此外原作中有不少充满诱惑的关于女性身体的描写,海南版中也都缩写或省略,这些改动削弱了对女性心理的刻画,所以这里对高罗佩狄公案系列的讨论与引文都使用台湾脸谱出版社的版本。两版的人名与书名有所出入,例如《漆画屏风奇案》在海南版中名为《四漆屏》,葛员外海南版中姓柯,冷青在海南版中写为冷虔等。

高罗佩一方面按照西方侦探小说中的理性原则,将中国传统公案文学中断案时出现的超自然因素重新给予合理的解释,另一方面,在不影响探案的情况下,他又适当地保留一些灵异元素,以增强小说古老神秘的气氛,这也使得他的狄公案系列有别于其西方侦探小说同僚,独具特色。

1. 从做梦到看戏:《武则天四大奇案》中的宿庙梦境与《黄金奇案》中的城隍庙观戏

上一章在分析中国传统公案小说与西方侦探小说探案方式上的区别时,已指出"宿庙""做梦"等是传统公案中的常见桥段,通常古代的审案官员在苦无头绪时就以斋戒沐浴、宿庙的形式请求上天在梦境中给予指引,而他们总能得到启示恰恰证明了这些正直的官员们具备天人感应的资质。现代读者再来看这些行为,不免会觉得荒诞,尤其是故事中的某公们醒后对梦的启示深信不疑,完全按照解梦的方式来缉凶,甚至有的凶案尚未发生,或该人在之前的叙事中从未出现,某公们便可根据梦中的诗句推断他们的姓名及住址,这便完全不合情理。《漆画屏风奇案》中一段狄公教育乔泰的对话正好可以用来批评古代清官们这种按图索骥式的探案弊端:

> 无论如何,办案者不能一成不变地相信一种推断。那家伙的聪明之处就在于观察,他对于我们外貌的推断还是非常正确的。不过,一旦他做出一种推断,就把后来所有的情况往里套,而不理会是否应该根据这些情况形成新的判断。①

高罗佩的《黄金奇案》中通过安排狄公去城隍庙观戏得到启发这一情节,做出了如何改写这些梦境,使其既保留原有的公案小说中梦境的氛围,又符合西方侦探小说的理性要求的巧妙示范。《黄金奇案》出版于1956年,属于狄公案系列第一阶段作品,虽然它不是高罗佩最早的狄公案故事,但却是高罗佩虚拟的狄公案系列谱系的开端:这个故事的开篇,狄公厌倦了京城的案牍生涯,主动要求去山东蓬莱担任地方县令,他赴职的路上收编了马荣、乔泰这两位绿林英雄做助手,并在蓬莱县解

---

① 高罗佩:《漆画屏风奇案》,黄禄善译,台北:脸谱出版社,2001年,第45页。

决了三个不同的案件。这三个案件各有出处,其中"汪县令被毒杀案"取自《武则天四大奇案》,原作中新娘突然中毒身亡,狄公调查后发现是烧水时的蒸汽惊动了屋梁上的毒蛇,毒液滴落茶壶,高罗佩删去了毒蛇,改为凶手在汪县令烧茶的固定位置的上方屋梁钻孔放置毒药,烧茶的蒸汽熏化了孔洞上的蜡珠,毒药落入茶水。第二个案件"失踪的新娘"来自《古今奇案汇编》(上海:广义书局,1921)"误杀奇案"中的一则,写一位女子轻伤后趁凶手离开时逃离现场,高罗佩认为这个记载并不可信,把它改为更为复杂的情杀案。第三个案件"高丽军火案"则是高罗佩的原创,其中高丽与大唐的贸易数据参考了爱德文·瑞绍尔(Edwin O. Reischauer)所著 Ennin's Travels in T'ang China(New York:Ronald Press Company, 1955)。第一个"汪县令被毒杀案"与第三个"高丽军火案"有一定联系,汪县令之所以被毒杀,是因为他发现了罪犯自高丽购入廉价黄金并运往京城倒卖的阴谋,汪县令临死前留下了一个价格昂贵的古董漆盒,里面的纸条写了罪犯的姓名,但事后纸条被盗,狄公最后发现汪县令留下指认凶手的真正线索其实是漆盒上的绘画。

  狄公之所以发现古董漆盒的秘密是受他在城隍庙看的一出戏剧启发。小说第十六回"清风楼用膳知情,城隍庙观戏悟理"中,狄公一开始虽有怀疑的对象,想捉拿归案用刑逼供,但"又感手中缺乏足够证据,尚不能动用如此厉害手段"。无奈之际,他与助手洪亮去清风楼用膳,之后两人走在街上,洪亮听到了城隍庙方向传来的锣鼓声,他是个戏迷,便央求狄公一同去城隍庙看戏。狄公平时不爱看戏,也听不懂唱词,只能观察台上演员的表情,并依靠洪亮帮他说戏。他们一共看了三出,其中第二出《郁公断案记》则直接启发狄公破解了汪县令遗留的古董漆盒的秘密。① 按照高罗佩的虚拟,郁公是汉代名臣,断案第一高手。一日公堂上来了兄弟二人,兄长告其弟弑父之罪。老父临终前留

---

① 前两出戏应为高罗佩的杜撰,第一出名为《一指春宵》,演原告的孪生兄弟奸淫了原告之妻,事前他故意截去了食指,因此原告之妻错认其为自己的丈夫。这个调包案与狄公已经解决的"失踪的新娘"一案有些相似。第三出内容来自《棠阴比事》的一个兄弟争产案,与《黄金奇案》中的三个案件无关,也许是高罗佩尝试用这种方式将古代材料融入作品中。

下一枚杏核,兄长称核内的纸片中有其父所书谋害自己性命之案犯名姓。弟弟否认这个指控。郁公仔细端详了他们两人的表情,闻了闻兄长的口鼻处,断定兄长才是凶手。且引一段狄公观戏的描写:

> 随着高亢的笛声,台上那兄弟站起身,昂首高唱,述说自己并未弑父。于是郁公端详那兄长又看那兄弟,摇头抒须,像是心焦如焚之状。忽然间乐声停止,台下观众亦静谧无声,只见那郁公探身向前,伸手抓住二人衣襟,将二人拉至面前,先是在那兄弟口鼻处嗅了一嗅,又去那兄长口鼻处嗅了一嗅,随之便将兄长猛地一推,然后一掌击在案桌之上,以雷霆般的嗓音喝斥那兄长。此时乐声再次响起,台下观众亦爆发出一片喝彩之声。前排那胖汉则兴奋得狂叫不止。

"那郁公究竟如何断案?"狄公未听明白,乃问洪亮道。

洪亮情绪激动地对狄公道:"那郁公说那兄长口中有股杏仁味!其父事先知晓其长子不怀好意,意欲谋害自己,故欲留下线索,又怕长子销毁或窜改,于是有意将次子名姓写了藏在杏核之中,但此并不意味次子便是弑父之人。长子以为可藉此诬陷兄弟弑父,而其实那杏核本身才是真正线索,因那兄长有食杏仁的嗜好,口中总有股杏仁味!"①

回到府中后:

> 狄公自茶盘内端起一杯热茶呷了两口,继续道:"如今我方知你为何如此钟爱于戏剧了。日后我等可常去观戏,从中受些启发。有些事初看似乎颇为复杂,一旦点破,顿时便觉豁然开朗,如同明镜一般。但愿我等亦能如此!"②

狄公从戏中所领悟的就是汪县令留下的古董漆盒如同郁公断案中的杏核,真相就在漆盒本身,盒上绘有一对醒目金竹,暗示了凶犯每日不离手之名贵双杆斑竹手杖。这出戏的内容应是高罗佩自己的杜撰,但如果对比一下《武则天四大奇案》中的第十一回狄公宿庙做梦的场景,会

---

① 高罗佩:《黄金奇案》,陈海东译,第269—270页。
② 同上书,第273页。

第八章 高罗佩的狄公案系列

发现有许多相似之处。同样都是发生在城隍庙,而且人物都只有狄公与洪亮。《武则天四大奇案》第十一回狄公在庙中先是无法入睡,求得一签:"不见司晨有牝鸡,为何晋主宠郦姬。妇人心术由来险,床笫私情不足题。"之后狄公逐渐入梦,先是看到一个白发老者,将他领到一个茶坊,看到门上的对联"寻孺子遗纵,下榻专为千古事;问尧夫究竟,卜圭难觅四川人"。之后:

> 忽然自坐的地方,并不是一个茶坊,乃变了一个耍戏场子,敲锣击鼓,满耳咚咚,不下有数百人围了一个人……中间有个女子,年约三十上下,睡在方桌上,两脚高起,将一个头号坛子,打为滚圆。但是她两只脚,一上一下。如车轮相似。正耍之时,对面出来一个后生,生得面如傅粉,唇红齿白,见了那妇人,不禁嬉嬉一笑。那妇人见他前来,也就欢喜非常,两足一蹬,将坛子踢起半空,身躯一拗、竖立起来,伸去右手,将坛底接住。只听一声喊叫:"我的爷呀,你又来了。"忽然坛口里面,跳出一个十二三岁的女孩子,阻住那男孩子的去路,不准与那女子说笑。两人正闹之际,突然看把戏的人众,纷纷散去。倾刻之间,不见一人,只有那个坛子,以及男女孩子,均不知去向。①

接下来狄公又随老者来到一个荒凉地方,看到一条赤炼蛇从一个人的鼻孔钻出。惊醒后狄公将签文与梦境告诉洪亮,两人一起破解。

这段梦境描写中也出现了狄公梦中看戏的一段,而且是梦中唯一合理的地方,因为狄公早就怀疑周氏行为不检,将女儿药哑,所以戏中见到的女子、白面小生及阻挡二人的女孩子均可视作狄公潜意识的体现。但梦中茶坊门上的对联及后来看到的赤炼蛇则毫无依据,赤炼蛇是第三个案件的凶手,但此时第三个案件尚未报案。狄公破获第一和第二个案件主要靠破解茶坊的对联。第十二回中他告诉洪亮"孺子"指徐孺子的典故,洪亮听完连忙答道:"大人不必疑惑了,这案必是有一姓徐在内,不然,那奸夫必是姓徐,惟恐这人逃走了。"接着狄公告诉

---

① 佚名:《狄公案》,第42页。

洪亮下联"尧夫"也是人名："此人姓邵叫康节，'尧夫'两字乃是他的外号。此乃暗指六里墩之案。这姓邵的，本是要犯，现在访寻不着，不知他是逃至四川去了，不知他本籍四川人。在湖州买卖以后，你们访案，若遇四川口音，你们须要留心盘问。"①狄公与洪亮都相信梦中的预言性，按照这个方向展开调查，公案小说正是要强调狄公包公们具有天人感应的预言能力，但以现代侦探小说的角度看，这种破案方式毫无事实理据，不免荒唐。

高罗佩的《黄金奇案》第十六回中狄公与洪亮的行动路线与《武则天四大奇案》中狄公的梦一致，也是先去了茶坊，再去城隍庙看戏，两部作品中，狄公都只看不说，强调影像本身的启发，而且洪亮都担任了解释者的角色，这些都证明了《黄金奇案》的第十六回改写自《武则天四大奇案》第十一回。高罗佩保留了观戏这一可以有合理解释的安排，并将它从梦境中抽离出来，作为狄公与洪亮的现实行为。他删去了茶坊处的对联，改为茶坊的伙计向狄公报告了某位常客的可疑之处。在观戏的内容上，《武则天四大奇案》中狄公看到的妇人与后生杂耍、遭到小女孩的阻挡这段是刻意的个体经验，而高罗佩的《黄金奇案》中让狄公通过观看郁公断案得到启发的安排则更加合理自然，由观看戏剧来启发对现实的反思这一普遍经验也更容易得到读者的共鸣，并且，狄公看郁公断案这一情节也模拟了高罗佩写狄公案时在中国古代的公案资料上汲取灵感这一过程。所有梦境中字谜等预言性的成分都在高罗佩的改写中被删去，他笔下的狄公完全是按照已有的线索和证据进行推断，符合现代侦探小说的探案模式。

2. 侦探与算命先生：《漆画屏风奇案》中的"葛员外投河自杀案"与《警世通言》第十三卷《三现身包龙图断冤》

前文分析了以梦境、字谜形式构成的预言性是中国古代公案小说的一大特点，象征着包公等所代表的"日审阳、夜审阴"的天人感应的能力，背后是人治精神的推崇，从这个宿命论的角度来看，中国古代的

---

① 佚名：《狄公案》，第44页。

第八章　高罗佩的狄公案系列

审判官与算命师具有不少相似性：两者都是根据字面符号或外貌对事物将来的发展作出准确推断或预言。这个命题在公案小说《三现身包龙图断冤》中表现得尤为明显，小说开篇的算命先生与中段才出场的包公形成了一种对称，前者从诗谶中预言了大押司的死讯，而后者则破解了鬼魂留下的谜语后找出真凶。高罗佩新狄公案系列《漆画屏风奇案》(1958)中的"葛员外投河自杀案"则改写了这个故事，取消了原有的以鬼魂、预言等形式象征的宿命论色彩，还融入了一些硬汉派侦探小说的模式，叙事的重点从鬼神现身、包公解谜变为狄公依靠仔细观察发现了尸体的藏匿地点，并详细说明了犯罪动机。

《三现身包龙图断冤》来自明代冯梦龙的拟话本《警世通言》，讲述了一个在县衙当差的大押司被一个算命师预言将会身亡，晚上在妻子与女儿的目睹下突然跳河自杀。之后他的女儿三次看到大押司的鬼魂显灵申冤。一年后包公就任，他破解了鬼魂留下的诗谜，原来凶手正是大押司的夫人。她在屋内杀死大押司后将其尸体藏在灶台下的水井里，并安排其情人伪装大押司造成跳河自尽的假象。通常中国公案小说开篇即点名罪犯身份和犯案手段，但《三现身包龙图断冤》却与此顺序不同，读者在开头并不清楚罪犯的诡计，韩南将其归为早期公案小说中的特例。[1]

这篇小说耐人寻味之处在于将算命先生与包公平行模拟。故事以金陵术士"听橹声知灾福"作为入话，该术士眼盲，但耳朵灵敏，自称"某善能听简饬声知进退，闻鞋履响辨死生"。大卿为测试他，让他听江中画船，术士回答："橹声带哀，舟中必载大官之丧。"[2]这里具备敏锐的观察力与判断力成为了术士与侦探的第一个相同之处。接下来正文部分的开篇还是在写算命先生：

> 那边曾能听橹声知灾福。今日且说个卖卦先生，姓李名杰，是东京开封府人。去兖州府奉符县前，开个卜肆，用金纸糊着一把大

---

[1] Patrick Hanan, *The Chinese Vernacular Story*, Cambridge, Mass.: Harvard University Press, 1981, p.40.
[2] 冯梦龙编撰：《警世通言》，马冰点校，北京：中华书局，2001年，第121页。

> 阿宝剑,底下一个招儿,写道:"斩天下元学同声。"这个先生,果是阴阳有准。精通《周易》,善辨六壬。瞻干象遍识天文,观地理明知风水。五星深晓,决吉凶祸福如神;三命秘谈,断成败兴衰似见。①

此时正好大押司前来问卦,算命先生就卦象写下四句"由虎临身日,临身必有灾。不过明旦丑,亲族尽悲哀",预言了他死亡的准确时辰。包括大押司在内的众人一开始不信:

> 转来埋怨那先生道:"事先生,你触了这个有名的押可,想也在此卖卦不成了。从来贫好断,贱好断,只有寿数难断。你又不是阎王的老子,判官的哥哥,那里便断生断死、刻时刻日,这般有准,说话也该放宽绥些。"先生道:"若要奉承人,卦就不准了;若说实话,又惹人怪。此处不留人,自有留人处!"叹口气,收了卦铺,搬在别处去了。②

由此可见,作者对这位算命先生抱有敬重的态度,再联系这篇小说的入话诗:"甘罗发早子牙迟,彭祖颜回寿下齐,范丹贫穷石崇富,算来都是只争时。"可见作品流露出强烈的死生有命的宿命论色彩。算命先生被暗示成可与鬼神沟通的能人,能读懂卦象诗句的预言。这种"解签"的能力就又与传统公案小说中某公们的天人感应具有了第二个相似之处。

小说的对称结构也暗示了算命先生与包公的相似。文中接下来叙述了大押司之死及死后的三次现身,包公直到故事的后半部分才登场,这时事件已过了一年,他梦到了一句对联"要知三更事,拨开火下水",原来这正是大押司的鬼魂留下的谜语中的一句,完整的诗文是:"大女子,小女子,前人耕来后人饵。要知三更事,拨开火下水。来年二三月,句已当解此。"包公在看到全文并听过鬼现身的描述后便立即有了判断:

> 包爷将速报司一篇言语解说出来:"'大女子,小女子',女之

---

① 冯梦龙编撰:《警世通言》,第121页。
② 同上书,第122页。

第八章　高罗佩的狄公案系列

子,乃外孙,是说外郎性孙,分明是大孙押司,小孙押司。'前人耕来后人饵',饵者食也,是说你白得他的老婆,享用他的家业。'要知三更事,拨开火下水',大孙押司,死于三更时分,要知死的根由,'拨开火下之水',那迎儿见家长在灶厂,披发吐舌,眼中流血,此乃勒死之状。头上套着井栏,井者水也,灶者人也。水在火下,你家灶必砌在井上。死者之尸,必在井中。'来年二三月',正是今日。'句已当解此','句已'两字,合来乃是个包字,是说我包某今日到此为官,解其语意,与他雪冤。"喝教左右:"同王兴押着小孙押司,到他家灶下,不拘好歹,要勒死的尸首回话。"①

诗文中的"来年二三月,句已当解此"再次强调了预言的命定性,而包公解字谜的方式也与算命先生测字的方式无异,其中反复出现的"必"字更是表达了对自己判断不容置疑的自信,也呼应了文首算命先生对自己预言的肯定,再次将这两种职业的相似性联系在一起。包公的破案过程除了解谜之外并没有其他任何去现场调查取证的行动,至于凶手作案的缘由及手段,只是在文末以一段简单带过。因此整个故事的主题是宿命,而并不在破案。结尾处的诗句再次警告读者要敬畏上天的正义:"寄声暗室亏心者,莫道天公鉴不清。"

高罗佩虽利用了这个素材,但消除了原文中的宿命思想。在他的"葛员外投河自杀案"的版本中,狄公在案发之后就很快出现,因为葛员外投河后一直打捞不到他的尸体,无法验尸结案,为了能早日处理他的财产,葛员外的生意伙伴冷青请求县令早日作出判决,于是在牟平县的公堂上狄公听取了冷青叙述的葛员外投河事件的来龙去脉。一个月前葛员外被算命先生预言本月十五号午时有灾,引起了他的不安,但午时过后并无事发生,葛夫人建议他宴请宾客庆祝。期间葛员外去房内服药,不久宾客们看到满脸血污的他翻过石墙跳入河中。

与原作相比,高罗佩删去了三次见到鬼魂的女儿这个角色,增加了葛员外的生意伙伴冷青这个人物作为葛员外死因迷惑性的线索。狄公在调查中发现冷青一直偷偷挪用葛员外的钱财,所以葛员外的死因可

---

① 冯梦龙编撰:《警世通言》,第129页。

能是其发现账目真相后无法接受好友的背叛而自寻短见,但最终狄公发现真凶原来是葛夫人,她犯案的原因与《三现身包龙图断冤》中大押司的妻子相似,都是情欲得不到满足。

高罗佩版的葛夫人最早出现在小说的第七回,狄公助手乔泰无意中透过竹篱笆在一个偏僻小街的大宅院中看到了她。当时乔泰尚不认识葛夫人,看她穿得十分轻佻,以为她是一位高级妓女,二人共度春宵。这样的安排有点类似美国硬汉派侦探小说经常出现的情节:侦探在探案过程中遇到一位神秘女子(femme fatale),与她有一段感情,事后发现她就是凶手。狄公发现葛员外的尸体一段来自唐代女诗人鱼玄机的故事。《三水小牍》中记载,868 年,鱼玄机在盛怒之下将其女仆绿翘鞭打至死,后将其尸埋藏于后花园。在她的一次宴会中,一个宾客在花园散步时留意到某处地面上的苍蝇挥之不去,接着发现了地上的血迹和空气中的腐臭味,官府展开调查并处死了鱼玄机。① 高罗佩的版本中狄公来到葛府调查,先是在卧室发现少了一只放夏天衣物的皮箱,接着发现葛夫人驱赶苍蝇行为的异常,之后撬开苍蝇聚集的地砖看到了皮箱中藏着的尸体。在第十三回中,高罗佩细致刻画了狄公与葛夫人在卧室谈话时他的观察、行动及神态:

> 狄公蹲身看花格地砖。他从围领取出一根牙签,戳了戳砖缝,然后对潘师爷说道:"这几块地砖最近松动过。"他转身大声吩咐丫鬟:"快去厨房拿菜刀和火铲。不许声张,马上回来,听见了吗?"
>
> ……
>
> 丫鬟拿着菜刀和火铲回来了。狄公蹲下身子,用菜刀撬起了两块松动的地砖,只见下面的泥土很潮湿。狄公拿起火铲,将其余松动的地砖一一取出,迭在旁边。他发现,下面刚好形成了一个五尺长、三尺宽的口子。接下来,他卷起衣袖,开始铲下面的松土。
>
> "大人,您不能干这样的活!"潘师爷吃惊地喊道,"我去叫几个奴仆来!"

---

① 《鱼玄机笞毙绿翘致戮》,皇甫枚:《三水小牍》,北京:中华书局,1958 年,第 32—33 页。

第八章　高罗佩的狄公案系列

> "别嚷!"狄公厉声喝道。他的火铲已经触碰到某样柔软的东西。随着土不断地被铲出,洞口冲出一股令人作呕的气味。不久,一只红皮箱开始露了面。①

这种审判官亲身参与、现场取证的行为在西方侦探小说中很常见,但在中国传统公案小说中却少有,大多数情况下,公案小说中的某公们只类似"安乐椅侦探"(armchair detective),基于原告与被告的陈述加以判断,再施以酷刑取得供词。至于实地勘探、验尸等过程一般留待其助手或仵作进行。

除了强调侦探的亲身参与,原作中算命先生的角色也有所改变。高罗佩版的故事对算命的态度含糊。一方面,算命先生虽然预言了葛员外午时有灾,但什么也没有发生。凶手在招供时也指算命先生的话是一派胡言:"几天前,她对我说,算命先生断言本月十五日她丈夫有难。当然,这完全是胡言,不过我们倒可以利用它来实施我们的计划。"②而且早在算命先生之前,葛夫人和她的情人已经暗中将砒霜偷偷加入葛员外的茶中计划将他除去。这样原作中以算命先生的预言作为大押司之死及包公破案的注定性的宿命论色彩则荡然无存。算命先生的话只是凶手实施犯罪计划的一个借口。

另一方面,高罗佩也并未否定算命先生的预言。狄公安排乔泰去调查看他是否行骗。乔泰报告狄公"他的确是算命先生,一点也不用怀疑。这位老先生举止庄重,对自己的职业很虔诚……然后,我请他也给我算一卦。他看了看我的掌纹,说我将来会死于刀剑之下"③。后来乔泰在《广州奇案》中为保护狄公而死,高罗佩一开始就设定了这个人物悲剧性的结局,他在好几部作品中都以不同方式暗示过乔泰最终的死亡,例如《黄金奇案》中乔泰在欣赏狄公的雨龙宝剑时也自语道:"若是我命该丧于剑下,我愿以血洗剑,死于此剑之下。"④因此,算命先生

---

① 高罗佩著:《漆画屏风奇案》,黄禄善译,第187—189页。
② 同上书,第233页。
③ 同上书,第198页。
④ 高罗佩著:《黄金奇案》,陈海东译,第41页。

对于乔泰命运的预言是正确的,铺垫了乔泰作为悲剧英雄的宿命色彩。通过以上分析,我们可以看出高罗佩在处理预言元素时的特色:在与案件有关的内容上,他否认了预言的超自然因素,将一切原因归结于人为;但在不影响探案的前提下,他又适当保留这些传统民俗信仰中的古老与神秘性,这使得他的狄公案系列也有别于西方侦探小说中的绝对理性。①

(二) 犯罪情欲的心理刻画

鲁德才认为《三现身包龙图断冤》中的大押司妻子是全书中描写最佳的人物。从她安排女儿作为大押司投河的目击证人,到大押司死后在河边号天大哭博得众人同情的表演,再到从女儿口中听说大押司鬼魂现身后的种种对女儿的处理,都显示出这个女性"沉稳、老练、敏感而又有心计"②。与传统的公案作品不同,这篇话本小说只是在叙述案件,并未从字句上批评大押司妻子的行为不端,因此也保留了叙事的悬念,可惜这样的女性形象在故事第二段包公出场后就没有再得到进一步发展,只在结尾处一句话带过了大押司妻子犯案原因的说明:

> 元来这小孙押司当初是大雪里冻倒的人,当时大孙押司见他冻倒,好个后生,救他活了,教他识字,写文书。不想浑家与他有事……押司和押司娘不打自招,双双的问成死罪,偿了大孙押司之命。③

---

① 潘芊桦在分析高罗佩作品中的灵异元素时,也观察到高罗佩的狄公案故事中并非所有鬼魅灵异之事都有合理解释,例如《黄金奇案》的结尾狄公真的遇见了汪县令的鬼魂,《铜钟奇案》与《铁钉奇案》中明朝人穿越回唐代,《玉珠串奇案》中狄公梦见死者披发向自己扑来。"但是这几则'没有适宜且符合心智的解释'的灵异事件,却与案件的解谜没有任何关联、影响,仅作为阅读上的娱乐,不牵涉谜团本身。"潘芊桦:《中国推理小说新尝试:高罗佩〈(新)狄公案〉析论》,第56页。高罗佩本人对算命先生十分敬佩,他的传记作者巴克曼也认为高罗佩的思想是"神秘主义和清晰的逻辑的奇特混合物,既有东方的,又有西方的……他的周围总是被一种神秘化的气氛笼罩着。他丝毫没有打算消除这种神秘性,而且还好像有意识地加强它,比如高罗佩夫妇有时会征求一个算命先生的意见。看到了与托马斯(注:高罗佩的第四个孩子)的前途有关系的兆头后,他们又一次请了一位算命先生来。"〔荷〕C. D. 巴克曼、H. 德弗里斯:《大汉学家高罗佩传》,第190—191页。
② 鲁德才:《鲁德才说包公案》,北京:中华书局,2008年,第24页。
③ 冯梦龙编撰:《警世通言》,第130页。

第八章　高罗佩的狄公案系列

这个故事在清代中叶发展为根据浦琳的扬州评话笔录而成的《清风闸》四卷三十二回。中篇小说扩充了拟话本《三现身包龙图断冤》中各个出场人物的背景及遭遇,其中大押司妻子在《清风闸》中名为强氏,作者将潘金莲的出身加在她的身上:强氏原是一家乡宦人家的小妾,大太太嫉妒她,老爷死后将她重新嫁给五旬老翁孙大理。《清风闸》的版本中,强氏出身卑微,言语粗俗,生性淫荡,最终抵不过包公的酷刑而招供,作者一开始便对其持贬低态度,将其写成了一个母老虎式的荡妇,尤其是她强行要嫁给孙小继(注:即原话本小说中的孙小押司)的一段更是近乎闹剧。

《清风闸》中的孙小继是孙大理的养子,他常出入烟花场所,欠下大笔债务,所以强氏以帮他还债为名引诱了他。高罗佩的《漆画屏风奇案》版中保留了这一情节,将孙小继改为一个名叫徐梁的童生,他因赌债而入室行窃,反而遭到葛夫人的引诱。葛夫人这个人物塑造得比原有的公案小说更加饱满,既延续了话本中大押司妻子的神秘感,又补充了她的犯罪心理。先是借乔泰把葛夫人当成高级妓女的一段奇遇道出她情感的空虚,接着透过狄公与潘师爷的对话交代了葛员外老夫少妻的婚姻状况。在小说第十三回她才第一次真正以葛夫人的名义出场,狄公前往葛府调查案发现场时:

> 看见左边墙壁倚着一个穿白衣的高个子妇人。她年约三十,椭圆形的脸蛋,五官俊俏,宽松的孝服也无法掩盖她标致的体型。狄公一边看着这个双眼低垂、相貌出众的妇人,一边想,乔泰好眼力。这家伙不像他的拜把兄弟马荣,只喜欢打情骂俏的粗俗女子。他上前行了个大礼,葛夫人也欠身回礼。①

这里我们看到,狄公虽早知葛夫人行为不检,但对她并无任何道德上的批评,反而将其看作一个知书达理的高贵女子,这已不同于传统公案文学中对"淫妇"的刻板描写。葛员外的尸体被发现后,公堂之上并未用刑,葛夫人一开始说谎,后当狄公找到徐梁与其对质,徐梁出

---

① 高罗佩:《漆画屏风奇案》,黄禄善译,第182页。

言侮辱她时：

> 她抓住身后的桌沿，以便支撑自己的身子，然后继续说道："你应该知道，我是爱你的……"她的声音渐渐低了下去。过了一会儿，她柔声说道："不过，我也许感觉到了……是的，我一直有这种预感……但我不想承认，总以为你其实也是爱我的……"突然，她发狂似的大笑。"甚至刚才，我还以为你会为了救我而牺牲自己呢！"笑声变成了啜泣。她抹了一把眼泪，抬起头来望着狄公，一字一句地说道："这个男人是我的相好。他杀了我的丈夫。我是他的同谋。"她再次看着童生，此时他完全惊呆了。葛夫人柔声说道："徐梁，咱俩……终于……走到一起了。"
>
> 她靠着案桌，闭上眼，不停地喘气。①

葛夫人在小说中虽是一个典型的蛇蝎美人，但在以上引文中，高罗佩通过她动作、语气、表情的变化写出了她在遭到情人背叛后的失望、愤恨及对真挚情感的渴望。这种从女性情欲角度出发来理解她的出轨行为的同理心是中国古代公案文学所欠缺的。

同样，《铁钉奇案》中陆氏与郭夫人的"铁钉杀夫案"是几个古代公案故事杂糅而成。"铁钉杀夫"这一情节在中国公案文学中曾被多次改写，最早可追溯到南宋桂万荣编辑的诉讼断案集《棠阴比事》中的《庄遵疑哭》，原文很短，故抄录如下：

> 庄遵为扬州刺史，巡行部内，闻哭声惧而不哀，驻车问之。答曰：夫遭火烧死。遵疑焉，因令吏守之，有蝇集尸首，吏乃披髻视之，得铁钉焉。问知此妇，与奸夫共杀其夫，按伏其罪。②

庄遵生活时代不详，宋代郑克所编《折狱龟鉴》中怀疑他是汉人。这则记录中并无鬼神因素，完全是庄遵依靠敏锐的听力及观察力发现了案情的疑点及凶器的位置。明末《龙图公案》中的《白塔巷》在此基础上演绎。故事的前半段与《庄遵疑哭》类似，写包公听得一妇人的哭声半

---

① 高罗佩：《漆画屏风奇案》，黄禄善译，第182页。
② 桂万荣辑、吴讷删正：《棠阴比事原编》，北京：中华书局，1985年，第6页。

悲半喜,继而生疑,命仵工陈尚三日破案。后半段中陈尚的妻子杨氏建议他检查死人鼻中是否有铁钉。结案后包公对杨氏能如此迅速知道其中的蹊跷产生了怀疑,得知她也曾是寡妇,便命她去乱葬岗打开前夫的坟墓验尸。杨氏本想乱认一个坟墓了事,但一个神秘老人突然出现,向差人指出真正的坟墓位置,开棺后果然将杨氏定罪。晚清小说《武则天四大奇案》也采取了这一乱葬岗认尸的情节,第五回"寻坟墓默祷显灵魂"中狄公在浴室听到"毕顺之死案"后生疑,前往乱葬岗,默祷后一个黑团将他指引到毕顺的坟前。至于杨氏这个人物,《武则天四大奇案》中将其删除,把发现铁钉的方法改为狄公假扮阎王,毕顺之妻周氏惊恐之下招供自己原来是用一根纳鞋底的钢针钉入丈夫的头心致死。① 高罗佩的《铁钉奇案》综合了以上三组材料,删去了其中的灵异场景,并侧重对女性犯罪的动机给予同情性的理解。他仿照福尔摩斯故事中《波希米亚丑闻》里福尔摩斯对其中一个智力匹配的女罪犯心生仰慕的设定,在"铁钉案"中将《白塔巷》中的杨氏改为郭氏,狄公对她的智慧及善良心生爱慕,郭夫人谋杀前夫的原因是他的残暴,狄公发现真相后在情与法之间难以取舍,郭氏选择跳崖以免去他的烦恼。

"铁钉案"中的陆氏与郭氏可作为高罗佩狄公案系列中女性人物的一种代表,高罗佩笔下的女性描写有着相互矛盾的两面。一方面,女体是一种诱惑,是观看的对象,而且处于弱势,经常受到凌辱、鞭打,如《黄金奇案》中乔泰在船舱底下见到"玉姝姑娘赤身露体放倒于桌上。那满脸横肉的王八用力捉住其双手,另一人则捺住其双腿,那老鸨正挥动一根藤棍,上下击打玉姝臀部"②。《朝云观奇案》中凶手将女受害者伪装成雕像,"躯体上涂满了白色粉料,青面鬼手中的三叉戟尖正刺入女像裸露的胸口,一滴滴鲜红的血滴滴答答往下落"③。《柳园图奇案》中马荣在一老者的皮影戏中看到一男子"身披黑绸长袍,右手执一长鞭,正一鞭接着一鞭地抽打一名女子。那女子赤裸着身子,披头散发,

---

① 佚名:《狄公案》,第110页。
② 高罗佩:《黄金奇案》,陈海东译,第93页。
③ 高罗佩:《朝云观奇案》,印永清译,第214页。

直挺挺地趴在一张矮榻上,长发直垂落到红砖地上,背脊、臀部布满鞭痕,向外渗着血珠子"①。类似的女性受虐的文字几乎在高罗佩每一本狄公案故事中都可找到,不免有津津乐道之嫌。不但这些可视化的女性受虐的文字中强化了男权的支配性地位,书中由高罗佩手绘的女性裸体插图也使读者具有了这种"男性凝视"(male gaze)的权力,甚至可以作东方主义式的解读。O'Donnell McKoughlin 就指出,在这些插图中,女性出于"被凌辱的姿势,或吊起,或双腿分叉等待着鞭打,或者卑屈地跪在地上、双手被缚。另外一些时候她们被描绘成面对着男性观众跳舞,这些男性的正装与女性近乎裸体的装扮形成了鲜明对比,从而进一步强化了女性的脆弱感"②。

但另一方面,高罗佩在写女性时,也不完全是站在男权的制高点将女性作为臣服消费的工具,他笔下对女性也充满同情,反复出现女性在父权制的传统社会中情欲受到压抑以及将谋杀作为对这种压抑的反抗这一类情节,这些女凶手们虽然有的残暴狡诈,但高罗佩并未对她们的出轨行为作太多道德上的评断,反而是从凶手的角度揣摩女性心理,让读者对她们这种激烈的反抗有些许同情。例如"铁钉案"中的陆氏,她认为丈夫陆明是一个乏味的男子,将她当作传宗接代的工具,"我和他生了一个女儿,可他说还要个儿子。我再也忍受不了了"③。验尸官匡大夫以此要挟陆氏,"为了得到他的帮助,我只得做他的情妇。他以为他知道魔术的秘密,但他不过是个无用的初学者而已。他一签好死亡证明,我便切断了与他的关系,终于,我自由了……"④

从陆氏的供词中可见,她被塑造成一个追求自由意志的女性,而且爱憎分明。她爱上拳师蓝涛奎是因为他在雪地中对她的关怀,而蓝则有厌女症,认为要达到拳术的超高境界就要清心寡欲、不近女色,因此陆氏在遭到拒绝后毒杀了他。郭氏在与狄公的对话中,交代了铁钉与

---

① 高罗佩:《柳园图奇案》,金迪、李振宇译,第 36 页。
② O'Donnell Maryann McKoughlin, "West Meets East: The Judge Dee Mysteries", *Clues: A Journal of Detection*, 1995, pp. 48-49.
③ 高罗佩:《铁针奇案》,张宏译,第 242 页。
④ 同上书,第 243 页。

第八章 高罗佩的狄公案系列

深闺女性日常生活的压抑之间的联系:

> 每日操持家务,缝补不值得再缝的衣物,纳磨破了的旧鞋底,就这样,我们不停地操劳着。我们懒散地想知道……这是否便是生活的一切。磨破的鞋底很硬,而我们的手指则在发疼。我们用长而细的铁针,拿木槌一个一个地在鞋底上敲针眼……我们将针顶进拔出,顶进拔出,我们伤感的思绪也在其中进出,如那怪异的灰鸟般茫然无绪地围着废弃的巢穴扑腾……然后,一天晚上,主意来了。她停下针线活,拿起长长的针,看着它……仿佛以前从未见过似的。这使她手指免于遭罪的忠臣铁针,这陪同她度过许多悲伤思绪的孤独时光的忠诚伙伴……

铁针作为犯案的工具是闺阁女性独有的知识,代表着她们日以继夜的婚姻生活的单调,因此最日常的铁钉也代表了女性最激烈的反抗,所以郭氏才会对狄公说:"女人有男人永远无法弄懂的自己的秘密,也难怪大人不能发现陆氏的秘密。"[1]

以上例子都显示了高罗佩狄公案系列侧重从同理心的角度理解女性犯罪动机,此外,这一系列犯罪心理描写还有一个特点,即基本上每部狄公案小说中的三个案件中总有两件与情欲犯罪有关,而且不少都涉及性虐待、偷窥、同性恋、兄妹或母子不伦等解释。例如《湖滨奇案》中的父亲刘飞坡爱上了一个酷似自己女儿的妓女,而且每当他与这个妓女通信时,都会伪造自己女儿男友的笔迹和签名。狄公是如此分析刘飞坡的这种"恋女情结":

> 诸位,我毫不讳言,对于男女情欲中不可捉摸的妄念,我无法理喻也无力剖析。我只敢说,刘飞坡对其女儿的关爱里夹杂着一点暧昧的情感。他对女儿强烈的爱,是他冷酷内心里敏感和脆弱的反映。他对这种感情深感内疚并苦苦挣扎,但他女儿对此却一点儿也没有察觉。这种感情会不会影响他与妻子的关系,或者说影响到何种程度,我无从妄测,但我肯定,他的婚姻生活一定紧张

---

[1] 高罗佩:《铁针奇案》,张宏译,第232—233页。

而不幸。因此,无论如何,他与范荷依的私情是他内心痛苦的解脱,也给了他在别的女人身上体验不到的欢愉和深情。①

这段狄公的分析中透过"敏感""脆弱""内疚""解脱"等心理学术语仔细讨论了刘飞坡移情的心理机制。类似的例子还有《铁针奇案》中富商楚大远的性压抑,他将之转移到对某种特定物质的偏执喜爱:

> 一个健康强壮的男子,有八名妻室却无儿无女,这说明他应该有身体上的缺陷,并且是个有时会对人的性格产生危险影响的缺陷。从戒指上取走宝石证明他对红宝石有癖好,以及夜盗潘家,拿走手镯,皆为我对楚大远的画像增添了重要的笔触:那是一个心智扭曲的男人。促使他杀害廖姑娘则是因为对她狂躁的憎恨……她在楚大远自己家里给了一个男人欢乐,而这种欢乐,楚大远被造化剥夺了。我可以想象到廖姑娘对楚大远来说是他压抑的象征,而他觉得占有她是唯一可以让他恢复男子能力的办法。②

这里"压抑的象征""人格缺陷"等分析完全是现代的心理学分析,另外如《漆画屏风奇案》"县令夫人被杀案"中的罪犯孔山面貌丑陋,儿时曾被女子嘲笑并虐待,这导致他对淫荡的女子充满憎恨。当他发现被药昏的县令夫人一丝不挂地躺在床上时,觉得受到羞辱,断然拔刀杀死了她。这种"长大后的行为受儿时创伤所决定"的解释也是依据弗洛伊德心理学。中国古代公案小说中虽然也不乏通奸、强暴等案例,但如此心理扭曲的情欲犯罪是少有的,因此高罗佩的狄公案系列实际上是以现代的心理学观念包装下的仿古侦探小说。

这些变态心理学的分析可能也与高罗佩对古代中国情色文化的研究有关。在他的自传稿中提到当狄公案的第二本故事《迷宫案》在日本出版时,因为"日本裸体崇拜正在兴起,甚至有一种特别的'肉体文学'正在形成",出版商坚持要做有裸女图像的彩色封面。为了保证书中插画符合历史,高罗佩考证后发现了中国15—16世纪流行的春宫

---

① 高罗佩:《湖滨奇案》,季振东、康美君译,第334—335页。
② 高罗佩:《铁针奇案》,张宏译,第189—190页。

图,"这个发现促使了我开始研究中国情色艺术和中国人的性生活,其结果是我写作了《秘戏图考》和后来的《中国古代房内考》问世"①。《秘戏图考》主要是高罗佩对自己收藏的明代春宫画的展示与说明,《中国古代房内考》则侧重介绍中国从西周到明末的两性关系史及传统宗教中对性行为与养生关系的说明。这些研究开拓了"此前从来没有一个西方汉学家进入过的一个领域"②,尽管观点上高罗佩可能对中国古代的性生活充满了乌托邦式的美化。在《中国古代房内考》一书中,高罗佩曾简要讨论了若干种在中国色情文学中出现的情欲现象,包括虐他与自虐心理、同性恋、自慰和兽交等,同时他也强调这些记录非常稀少,不足以说明其在古代中国性生活中普遍存在。然而在他的狄公案系列中,则基于这些稀少的历史记录做出文学虚构与夸张,这里固然给人一种中国古代充斥着此类异色情感的不实印象,却也造就了其狄公案故事在世界推理小说中的独特印记。③

(三) 族群之间的交往与冲突

由于全球化的影响,当代的仿古类侦探作品经常涉及汉族与异族之间的疆域冲突及其背后的阴谋,但这一情节在中国古代公案小说中并不存在,古代的公案小说重点在为民伸冤,处理的都是汉人内部案件,因此,从这个脉络上看,高罗佩的狄公案系列是最早的背景为中国古代并涉及民族或国家之间政治文化冲突的侦探小说。高罗佩将其作为一个荷兰外交官的独特经历代入到其狄公案系列,利用中国古代官员的不断迁徙性,安排狄公在不同的边疆任职,将高丽、鞑靼、回鹘、阿拉伯等族群或国家与汉族的交往和冲突纳入其侦探故事体系内。

高罗佩所虚构的狄公早期生涯中,其五次任期内有三次都身处边陲,按照他的设定,狄公最早就任蓬莱县令,蓬莱地处山东,为大唐与高丽国、日本国商贸往来之枢纽海港,《黄金奇案》中虚构了一段高丽人

---

① 〔荷〕C. D. 巴克曼、H. 德弗里斯:《大汉学家高罗佩传》,第156—157页。
② 同上书,第157页。
③ 有关高罗佩狄公案系列中异色情感的分析,还可见潘芊桦《中国推理小说新尝试:高罗佩〈(新)狄公案〉析论》,第97—102页。

与当地商人偷运黄金,为了取得高丽妓女的帮助,向她谎称要倒卖军火复兴高丽国的故事。《迷宫奇案》中狄公来到大唐西北边陲栏坊,故事写汉人勾结回鹘部落郡主意图叛乱建国。①《紫云寺奇案》也是发生在栏坊的一个案件,此地鞑靼、回鹘人原本信仰密宗,后来官府将其归为邪教,明令禁止,但仍有受众秘密皈依。《铁钉奇案》中狄公被调往大唐北境的北州,凶手冒充鞑靼青年毒死了一名汉族拳师。最后,当狄公升任大理寺正卿时,在《广州奇案》中前往广州调查刘大人失踪事件,发现通商口岸的广州有汉人、阿拉伯人及当地原住民三股势力的角逐。

狄公案系列中对民族国家之间政治的敏感来自高罗佩作为外交官的独特经历,且不说他20世纪40年代在东亚地区经历过的战火以及在非洲、中东地区与当地阿拉伯人的交往,就是在写狄公案系列的过程中,高罗佩也总在不断地迁移流动。他最初的两本狄公案故事《铜钟奇案》与《迷宫奇案》在日本东京完成,在印度新德里期间开始写作第三本《湖滨奇案》。1956年,高罗佩被派往中东地区黎巴嫩当公使,1958年黎巴嫩爆发了基督教教徒和阿拉伯人间的内战,荷兰公使馆正好处于造反者的射程范围内,附近时有炸弹袭击,而高罗佩则是在这一政治局势紧张的阶段,相继完成了《湖滨奇案》《黄金奇案》与《铁钉奇案》这三部作品,奠定了狄公案系列的整体格局。他曾这样回忆这些小说的创作过程:"我的两部小说大部分是在夜晚写成的,此时我单独在大宫殿里待着,外面枪声不停地响着,火药味通过窗户飘进来。在那两本书里,可以略微感觉到那个可怕的气氛。"②新狄公案系列的《朝云观奇案》《红阁子奇案》也创作于高罗佩的黎巴嫩时期,1959年他被调往马来西亚,在那里写作了《漆画屏风奇案》《御珠奇案》《广州奇案》等作品。1965年高罗佩重新回到日本担任大使,完成了《紫云寺奇案》《玉珠串奇案》与《黑狐奇案》。

---

① 栏坊为高罗佩虚构的地点,在他自己用中文写成的《狄仁杰奇案》中用的是"栏坊"二字,故这里也用"栏坊"来保留高罗佩的原意,海南版与脸谱版的中译本都写作"兰坊"。

② 〔荷〕C.D.巴克曼、H.德弗里斯:《大汉学家高罗佩传》,第219页。

第八章　高罗佩的狄公案系列

因为这些特殊经历,高罗佩的狄公案系列便具备了中国传统公案小说中所不具备的"国际视野"与文化比较。例如《广州奇案》中狄公向当地商人打听广州贸易状况时所了解到的广州到波斯湾的国际航线:

> 狄公惊愕地得知,广州的阿拉伯侨民数量比他想象的还要多。梁福说,大约有一万人左右分布在城内和郊区。然而,他补充说,他们的数目随着季节有增无减,因为大唐和阿拉伯的船主们都要在广州等待冬季季风来临,才能开船去安南和爪哇,然后,他们去锡兰,从那里再穿过印度洋到波斯湾。①

以及通过阿拉伯人所了解的西方:

> 姚员外提议再喝一巡,然后问道:
> "哈里发领地的西边真的住着白皮肤、蓝眼睛、黄头发的人吗?"
> "不可能有那样的人!"乔泰不以为然地说,"那一定是妖魔鬼怪!"
> "确实有,"曼苏尔严肃地说道,"他们对打仗也很在行,还能写字,不过方式不对,是从左向右。"
> "那就对了!"乔泰满意地说,"他们是鬼!阴间的一切与阳间恰恰相反。"
> 曼苏尔喝干了杯中的酒。
> "有的还长着红头发。"②

又或者是狄公助手马荣及乔泰道出的文化差异:

> 乔泰哑声道:"你离不开你那族范围,喜爱穿着自己的服装。但为何你们国家的女子总要穿着白色衣裙呢?在我国,白衣可是丧服……"③

---

① 高罗佩:《广州奇案》,韩忠华译,第61页。
② 同上书,第75—76页。
③ 高罗佩:《黄金奇案》,陈海东译,第214页。

在这些故事中,高罗佩模仿了华夷之防的思维,无论是狄公还是他的助手的言辞都肯定了汉族文化殖民的正当性,例如《黄金奇案》中马荣与乔泰评论大唐征战高丽的历史时:

> 途中,马荣忽问:"兄弟,我有一事不明。为何我们总要去攻打那些番邦?为何不让那些胡人、蛮子自生自灭?"
>
> "兄弟,这你就不明白了,"乔泰在一旁答道:"我们那是去救助。那些蛮子未曾开化,需教化他们懂得人伦习俗。"①

《广州奇案》中,狄公发现城中有许多阿拉伯人,建议当地都督采取种族隔离的监管制度:

> 所有这些阿拉伯人、波斯人以及其他什么人都要放在一个居民区里,用一堵高墙围起来,只留一个门,在日出与日落之间开放。我们可以指派一个阿拉伯人当管事,向我们负责里面所发生的一切。这样,我们就可以管住他们,同时他们也可以遵循自己那些粗野的风俗而不致冒犯大唐百姓。②

前文中已提到,高罗佩的狄公案系列虽然背景发生在中国唐代,但故事中的主要人物塑造也受西方文化概念的影响,以上两段表面上是汉族中心论,背后也与西方的殖民思想吻合,这或许与高罗佩本人幼时在荷属东印度殖民地的生活经历有关。③

这五部"涉外"作品中,《广州奇案》是最集中反映了不同文化身份间冲突的。书中广州城大致有三种人:汉人居住在主城区,区内有寺庙、宝塔、道观等建筑;阿拉伯人祖上多为海员,他们都集中在城北,围绕着清真寺形成了一片穆斯林居住区;当地的原居民被称为"蜑民"或"水户",只被允许住在附近江面的船上,不准上岸或与汉族人通婚。

---

① 高罗佩:《黄金奇案》,陈海东译,第77页。
② 高罗佩:《广州奇案》,韩忠华译,第106页。
③ 高罗佩的父亲在1897年至1909年作为皇家荷属东印度军队医疗团上尉被派往荷属东印度,高罗佩在五岁到十三岁期间也是在爪哇度过的。高的父亲属于"维护殖民主义的一派","荷属东印度殖民地社会等级森严,社会划分为各种集团,人们虽互相打招呼,但并不经常来往"。〔荷〕C.D. 巴克曼、H. 德弗里斯:《大汉学家高罗佩传》,第3页。

第八章　高罗佩的狄公案系列

高罗佩写这个故事时所处的马来西亚,也许是作品中这种多民族、多宗教杂居状况的原型。通过三种居民的言谈,高罗佩又交代了他们与其他文化的交往和冲突,例如历史上阿拉伯人与波斯人的战争,中东地区再往西的欧洲人等。这三种居民本身也因为秘密的通婚产生盘根错节的联系,故事中有若干人物都是混血,有的被歧视故而极力想改变身份。在后记中,高罗佩解释了创作该故事的动机:

> 在公元七世纪世界上有两大领导力量,东方是中国大唐,西方为阿拉伯哈里发的伊斯兰领域,它征服了整个中东、北非和南欧。但令人好奇的是,这两个文化与军事上的巨人很少了解彼此的存在,他们接触影响的范围仅限于少数分散的贸易中心……在这部狄仁杰小说中我想把狄公放在一个全新的环境,故事发生在广州,中国与阿拉伯世界接触的其中一个海港城市。①

高罗佩对伊斯兰文化相当熟悉,1942 年他在非洲期间就参加过当地阿拉伯农庄主的聚会,通过英国人俱乐部的资料馆研究阿拉伯语及书法,在埃及开罗时也访问了当地的阿拉伯文化研究机构。1956—1959 年又被派往中东黎巴嫩任荷兰公使,经历过苏伊士运河危机、黎巴嫩内战等事件。《广州奇案》中对阿拉伯文字、宗教、饮食、服饰、建筑、舞蹈乃至武器都有细致刻画,并借狄公之口设想了中国与阿拉伯两种军事力量一旦相遇会对世界格局产生的影响:

> 狄公小心翼翼道:"看来,阿拉伯各部落已经团结在一个他们称为'哈里发'的首领周围,此人的骑兵队已经基本上踏遍了那些贫瘠的西部地区。当然啦,那些愚昧无知的国度里所发生的事与我们无关,那个哈里发还没有显贵到敢派出进贡特使来向陛下乞求封侯。但是,他将来可能会跟我们西北部边境外的主敌鞑靼人建立联系;而且,在南方,这儿的阿拉伯船只也有可能会向安南的叛军提供武器装备。"②

---

① Robert van Gulik, *Murder in Canton*, p. 207.
② 高罗佩:《广州奇案》,韩忠华译,第 55 页。

这一段狄公对阿拉伯地区势力扩张的路线判断颇具世界眼光，正如潘芊桦所指出的，"高罗佩自己身为外交官的特性，使他拥有观察国际局势的眼光与机会"①。这一从国际政治的角度思考不同文明之间的接触与冲突，也构成了高罗佩狄公案系列中的另一个现代性特色。

除了对国际局势的预测，狄公案系列中更加具体的文化互动象征是狄公的汉族男性助手与异族女性的情爱关系。对于西方读者来说，这些都可以笼统归为东方主义式的异国情调，但从故事中的汉人角色以及东方读者的角度来看，这些最远不过阿拉伯地区的女子却又充满了西方女性的挑逗，形成了书中有别于古老中国的另一层异国情调。高罗佩笔下的这些异族妓女，都是袒胸露乳、毫无东方女性的矜持、敢于直接表达自己的爱恨与欲望，与汉族女性相比，她们缺乏心机，容易被欺骗，周旋于不同族群的男性恩客之间，最终成为族群冲突的牺牲品。这其中最典型的是《广州奇案》中的朱姆茹德，她是阿拉伯水手与当地原住民的混血儿，乔泰在一场阿拉伯宴会上第一次见到她时这样形容：

> 其身材中等偏高，全身赤裸，只有臀部系了一条有流苏的黑色窄带子。带子很低，整个腹部全暴露在外，清楚得让人发窘，光滑圆润的肚皮映衬着嵌在肚脐眼那颗闪闪发光的绿宝石。她的细腰使得一对丰满的乳房显得很大，两条妖媚的大腿也显得太粗。她的皮肤是漂亮的金棕色，脸蛋虽然表情丰富，却并不符合中国美女的标准。她的眼圈涂有一种黑颜料，使眼睛显得太宽，而猩红的嘴唇又太丰满，闪亮的蓝黑色头发打着一些稀奇古怪的结。这些非汉人的特征令乔泰反感，却同时又奇怪地让他着迷。②

这一段对朱姆茹德的身体描写中的文化视角颇为独特，这里高罗佩作为一个西方作家模拟了汉人乔泰的视角，去"凝视"一个中西两种文化的共同他者——阿拉伯女性的身体，并在观看的过程中不断进行着文化间的审美比对，这种复杂的文化间相互折射是高罗佩的狄公案所独

---

① 潘芊桦：《中国推理小说新尝试：高罗佩〈（新）狄公案〉析论》，第97页。
② 高罗佩：《广州奇案》，韩忠华译，第77—78页。

有的,文字描绘上固然容易被批评为从男性角度对女性身体的观赏与把玩,但如果我们从性别与族群的角度来看,狄公案系列中不同族群的男性在各种阴谋论背后是互相敌视与轻蔑他者文化的,而这些异族女性却在不同的文化交往中有着独特的柔软性,能够游走于不同种族与阶级之间,结成各种友谊。这样的设定似乎又暗含了对女性的文化包容能力的赞赏与尊敬。

(四) 器物与文化再现

《铜钟奇案》的第一章中,明朝人"我"来到一个古玩店,发现了一个狄仁杰任蒲阳县令时用来束发正冠的帽镜,镜子下面的抽屉里是一顶官帽:

> 我小心打开这件破旧的丝织品,灰尘自接缝处抖落。除了些蛀洞之外,帽子还算完整无损。我以颤抖的双手虔诚地举起这顶官帽,因这正是著名的狄大人在公堂问案时所戴之官帽。
>
> 也许唯有老天知道,是何等的奇思异想令我不自量力,拿起此珍贵遗物扣到自家的头上。我往镜中瞧了瞧,欲知我戴此帽是否得体。久经岁月侵蚀,令此帽镜原本精致的外表失去了光泽,只射出暗淡之影。可突然间,模糊之影成了个清晰之像,只见一张异常陌生憔悴的脸浮现在镜中,双目炯炯,逼视着我。
>
> 刹那间,雷鸣电闪,天旋地转,一切俱已变暗,我好似掉入一无底深渊,脑海中空荡恍惚,不知年月,也不知自己身在何处。①

这个明人在古玩店穿越到唐朝的一幕也可以类比荷兰人高罗佩借写狄公案系列穿越回中国古代的行为。引文中的"我"对狄仁杰的官帽十分迷恋与崇拜,借助官帽这个物品回到过去的时空,甚至化身为唐人狄仁杰去体验他的生活。现实中高罗佩身为外交官,经常接触各国政要,向荷兰政府报告亚洲实时局势,但他私下却深深迷恋古代中国,陈之迈就回忆过高罗佩在中文书写方面的保守看法:"尽管白话文在中国已

---

① 高罗佩:《铜钟奇案》,甲霞、姜逸青译,第23—24页。

经有几十年被用作书写语言,他拒绝用白话文写作,甚至不肯在自己著作中使用现代的标点符号。不言而喻的是,他后来也强烈反对中华人民共和国推行的简化汉字。"①

中国传统器物是高罗佩进入古代中国的方式,他在这方面的收藏包罗万象,既有磅礴精美的晚明漆屏风,也有古董香炉,甚至还有古人的情趣用品!② 为了使自己成为一个传统的中国式学者型官员,高罗佩从30年代中期开始学习弹奏七弦古琴、印刻图章及书法艺术,60年代中期,他在吉隆坡还豢养了几只长臂猿。③就连外交官这个职业本身,高罗佩也将其看作成为中国式官员的一种方式。④作为一个汉学家,高罗佩亦与传统研究经史子集的学者不同,他的好友外交官卡尔·巴克曼指出:"在他心目中古典文学多半是很枯燥的,对他来说,比它更具吸引力的是中国文人们活动的其他领域,例如,书法、诗歌、印章、古琴、绘画、青铜器、瓷器以及享受大自然。"⑤以研究中国古代律法著称的荷兰汉学家Hulsewé(1910—1993,中文名何四维)也认为高罗佩一定程度上是一位"天才的业余学者",因为"他偏离了哲学家们关注的关于中国历史和社会的重大问题的'中心传统'。他寻找了没有人走过的小岔路,找到了对他来说同样重要的,甚至因为是鲜为人知的而更加重要的东西"⑥。

这些鲜为人知的领域包括"琴、砚、书、画、动物(包括马与猿)、春

---

① 〔荷〕C. D. 巴克曼、H. 德弗里斯:《大汉学家高罗佩传》,第103页。
② 同上书,第165—166页。
③ 高罗佩1935年时对一位明朝时期前往日本的中国和尚东皋产生兴趣,他认为东皋推动了日本的古琴文化,1936年高罗佩第一次访问北京,在那里他对古琴更加着迷,回到东京后继续拜师学习,并阅读大量古籍,写了《琴道》《嵇康与〈琴赋〉》这两本至今在这一领域仍具有先导性价值的研究论著。"他准确地知道哪种古琴是用哪几种木头制成的,使用了哪种清漆,琴弦是用什么样的丝线制作的,它们的粗细如何,弹奏者应该采取什么样的坐姿,有哪几种指法等。"〔荷〕C. D. 巴克曼、H. 德弗里斯:《大汉学家高罗佩传》,第55页。高罗佩在古琴方面的造诣使得他成为中国40年代古琴协会天风琴社成员中唯一的非中国人。
④ 巴克曼曾指出,高罗佩认为学者、艺术家和公务员都是中国式官员的组成部分。〔荷〕C. D. 巴克曼、H. 德弗里斯:《大汉学家高罗佩传》,第123页。
⑤ 〔荷〕C. D. 巴克曼、H. 德弗里斯:《大汉学家高罗佩传》,第123页。
⑥ 同上书,第164页。

第八章　高罗佩的狄公案系列

宫与悉昙等至少七项"①。汉学家柯律格(Craig Clunas)曾将高罗佩推崇为西方研究这类明代物质文化文本的第一人。② 陈珏提出高罗佩的这些汉学著作的特色,在于透过"物质藏品"看到"文化再现"。以高罗佩的《秘戏图考》为例,陈珏认为在此之前对中国春宫图的研究主要集中在美学的角度,而高罗佩则"从晚明的实物出发,佐之以文献,讨论其设色、构图、装裱与流传,处处落实到社会脉络中的'物质性'(materiality)。在实证性研究基础上,高罗佩又进一步将春宫画这一特定的类别(genre),置之于社会史与文化史的背景中来考察,超越了传统的'艺术史'角度的春宫画研究,而与上世纪末刚刚在西方兴起的'性史'的'物质文化'研究,跨越时代,遥相呼应"③。

高罗佩的狄公案系列也同样体现了这一"从物质藏品中再现文化"的特色。侦探小说自晚清引入中国以来,一直在强调其"新"的一面,包括新科技、新空间、新职业、新制度、新的思维方式等,而高罗佩的狄公案系列则是利用侦探小说这个文体本身所擅长的将最小的物质细节文本化的特色,从"旧事物"中重建古代中国生活,通常每部作品都会以一到两个传统器物作为主题,通过它将官府、商铺、庭院、寺庙、妓院、酒楼、船舶等空间与各式人等串联起来,再现古代中国风俗人情文化的方方面面。④ 这种从真实的物质细节入手再现古代中国时空的手法在当代中国侦探小说中非常流行,从这个角度看,得益于其汉学家的造诣,高罗佩可谓开创此类仿古侦探小说写作手法

---

① 陈珏:《高罗佩与"物质文化"——从"新文化史"视野之比较研究》,《汉学研究》2009年第27卷第3期,第322页。
② Craig Clunas, *Superfluous Things: Material Culture and Social Status in Early Modern China*, Urbana : University of Illinois Press, 1991, p.9.
③ 陈珏:《高罗佩与"物质文化"——从"新文化史"视野之比较研究》,《汉学研究》2009年第27卷第3期,第331页。
④ 以狄公案系列中的《黄金奇案》与《紫云寺奇案》为例,这两部小说中都出现了古董盒子,有趣的是,盒子中的字条是用来迷惑读者的,盒子本身的图案才是破案的关键。这似乎也可以作为高罗佩狄公案系列中聚焦器物本身、从器物的物质性来重建历史时空这一叙事特色的批注。而且这一系列的几部小说都出现了古董店这一空间,古董本身就是一种以器物来连接古老时空的方式。

的第一人。[1]概括来讲,高罗佩狄公案中的器物呈现出这样三个特色:物质细节的堆砌、文人性以及有意为之的中国风安排。

1. 物质细节的堆砌

《柳园图奇案》中叶府老爷被杀,狄公一行人前往其府邸见叶老夫人时有这样一段描写:

> 镏银枝形烛台边有一极大的乌木镂刻台座,台座上放一张宽敞的坐榻,由整块紫檀木雕刻而成,并饰着金粉,坐榻上铺设着猩红丝绒坐垫,极尽奢华。一个形如槁木的老妇人直挺挺地坐在榻上,纹丝不动,就如泥雕木刻一般。狄公惊讶地打量着她,仔细看去,只见她鸡爪般惨白的双手放置膝上,拨弄着一串琥珀念珠,身着华丽的黄缎锦袍,袍子上绣着大红大绿的百鸟朝凤、攒芯牡丹图案。她灰白的头发精心挽成一个朝天髻,两鬓插满镶嵌珠翠钿的玉簪金钗。坐榻之后,挂有一幅几尺宽的幛幔,但见五彩幛幔上祥云缭绕、鸾凤和鸣,乌木台座两边的立桩上分设两柄龙凤呈祥宫扇。[2]

凤凰图案只有皇后才能使用,龙凤呈祥宫扇也是皇家摆设,高罗佩故意设计这些细节让狄公得出叶家目无王法,在服饰、摆设上以帝王贵胄自居的结论。暂且不论高罗佩的这一安排是否符合唐代礼法,单看这一段描写中大量家具、摆设、饰物、服装、发型等物质细节便很容易联想到《红楼梦》中的物质铺陈。现代作家中如张爱玲、白先勇等人的作品中经常可以见到此类《红楼梦》式的语言,高罗佩在文字上虽然无法与这

---

[1] 高罗佩希望他的狄公案系列可以纠正一些对中国古人的偏见,他的每一本新狄公案系列的后记中都重复提醒读者唐朝人并没有辫子,只有发髻,而且室内外都要戴冠,不吸食烟草或鸦片。在解释自己写小说的动机时,高罗佩曾说过:"就这样,写小说成为了我工作中必不可少的第三个内容,它是一种放松自己的活动,使我能够保持对外交和学术工作的兴趣。除此之外,我发现人们对中国人和他们的生活方式很缺乏理解,缺乏得令人吃惊。我觉得,我的狄公小说也能促使这个问题受到广泛注意。因此我一直竭尽全力把这些小说,直到最小的细节,写得尽可能逼真。"〔荷〕C.D. 巴克曼、H. 德弗里斯:《大汉学家高罗佩传》,第214页。一些当代中国侦探小说如冶文彪的《清明上河图密码》(2015年)、马伯庸的《长安十二时辰》(2016年)等都非常注重在细节上还原宋、唐时期地理、官制、消费文化的真实细节。

[2] 高罗佩:《柳园图奇案》,金迪、李振宇译,第65—66页。

第八章　高罗佩的狄公案系列

些作家媲美,但他的独特之处在于其知识结构:他在这里营造的唐代贵族生活图景完全来自他作为汉学家关于古代中国的丰富的物质文化知识,而且这些冷门知识得以让他在不同作品中展现文化的不同侧面,例如《紫云寺奇案》中的一段密宗信徒的居室描绘便体现出不同于中土文化的风情:

> 女巫身后,靠墙摆着一张粗木板床,床左右是两张竹几,其中一张竹几上放着一个铜手铃,有把长长的精工铸造的手柄。床后的上方墙上,有一尊比真人还高的色彩斑斓的神像,给人印象最深的是一对怒睁的圆目,兼之面貌可怖,长发直立,颈缠长蛇,赤裸着红色的身躯,只在腰间系了块虎皮,一手持着形状古怪的护法兵器,一手举着人头骷髅做的酒杯。①

高罗佩 1952—1953 年间在印度工作过两年,在那里他开始研究悉昙梵语的书写,并出版了专书。② 高罗佩注意到密宗最兴盛的时期是唐朝,当时悉昙字被用作书写护身符和魔咒。"除此之外,该教派引进的复杂的送葬仪式,为死人念经以及举办驱鬼仪式,也使它受到普通百姓的欢迎。"③《紫云寺奇案》中的这位女巫被设定为密宗兴盛时紫云寺的女祭司,密宗被斥为邪教后,她便以算卦为生。密宗的神像让人感到可怖可畏,不同于中原佛像的慈眉善目,高罗佩的这一段细节描写既渲染了故事的神秘氛围,又展示了当时民间密宗的信仰习俗。

2. 器物选择上的文人性

中国古代的公案小说特别是宋元以后作品中,与破案有关的多为日常性与世俗性的道具。例如《龙图公案》第四十四则"乌盆子"中,生意人李浩旅途中被歹徒谋杀,骨灰被制成乌盆,被王老买了打算用作尿盆,不料晚上乌盆突然请求王老代为向包公申冤。这里乌盆也称"瓦盆",《三侠五义》第五回"墨斗剖明皮熊犯案,乌盆诉苦别古鸣冤"中将

---

① 高罗佩:《紫云寺奇案》,张弘译,第 92 页。
② Robert van Gulik, *Siddham: An Essay on the History of Sanskrit Studies in China and Japan*, Nagpur: International Academy of Indian Culture, 1956.
③ 〔荷〕C. D. 巴克曼、H. 德弗里斯:《大汉学家高罗佩传》,第 188 页。

这个故事稍加改编,王老改名为张三,当他去赵大家讨债时,看到屋内"只见一路一路的盆子堆的不少",可见是当时民众寻常的日用品,故事中将其作为尿盆的安排也流露出一种民间的恶趣味。又《醒世恒言》第十三卷《勘皮靴单证二郎神》中,有人假冒二郎神骗贵妇人与其幽会,被法师以棍棒击中腿后遗落了一只皮靴。皮靴是成对之物,缺少一只便无法继续穿着,王观察的手下便打扮成收废品的小贩,从一位少妇处找到了另一只皮靴的下落进而破案。这里贯穿整个故事的皮靴也是民众日常装扮,所谓"二郎神"穿的不过是普通人的鞋,也讽刺了当时有人装神弄鬼的现象。由此可见,无论是乌盆还是皮靴,都与普通人衣食住行的日常生活有关,具有世俗性的特点。

相比之下,高罗佩狄公案系列中的器物则高雅许多。施晔曾将狄公案系列中的十七种主题物分为家居用品、御用物品、寺庙祭器、建筑物、文娱用品、武器及动物七类,家居用品类如屏风、瓷器、香炉、算盘、葫芦、戒指等,而文娱类则指古琴、毛笔、七巧板、棋谱、古画、画轴等,还有些如蟋蟀、长臂猿、黑狐狸、青蛙等动物。① 从这里我们可以发现,这些物品或多或少都与文人有关,它们或是文人书房的典型装饰,或是文人的风雅嗜好。高罗佩直接从自己的古玩收藏中获得创作灵感,将自己渊博的艺术史知识转化为小说破案的线索,狄公案系列也成为他学术之余一个文人的消遣与学术知识的通俗演绎。

以《迷宫奇案》中"隐藏的遗嘱案"为例,这个故事的原型来自《龙图公案》中的《扯画轴》和《喻世明言》中的《滕大尹鬼断家私》等,写兄弟争产,父亲在画轴中暗藏真正遗言。高罗佩在此基础上增加了一个新的迷宫的安排,在该书的后记中他这样写道:

> 据我所知,迷宫,尽管偶尔在中国宫殿的叙述中提及,但从未出现在古代中国公案小说里。这个故事中迷宫的设计实际上来自一个中国香炉的盖子。古代中国有这样一种习俗,在香粉的容器上放一片镂空雕花的薄铜片。当香末在这个图案的一端被点燃时,它就会慢慢地像一根导火线一样沿着图案燃烧。在过去的几

---

① 施晔:《高罗佩小说主题物的汉文化渊源》,《文学评论》2011年第6期,第203页。

第八章　高罗佩的狄公案系列

个世纪,中国出版了不少这类设计的书籍,通常设计代表了一些吉祥的文字,而且经常十分精巧。这个故事中的图案借用于一本1878年出版的这一题材的图书——《印香图稿》。①

印香又称香印,最初是寺院诵经时点燃焚烧、用来计时的方法,后世变成士人在家中的一种生活品味与人生态度:"不论回旋刻时还是缭绕作字,香模的制作总要有很多设计的巧妙,即须使它无论怎样徘徊旋转都能够焚烧不断。香篆燃尽,其文却仍以灰存,它残留着'生'的美丽实在又已死灭,对此作冷看作热看,做无情看作有情看,其中的感悟自然因人因事因时而异。"②因此,印香炉为古代文人熏香的工具,无论是篆香、印香模、炉盖均有讲究。高罗佩收藏过此类印香炉③,在另一个狄公案短篇《五朵祥云》中也安排了一个梅花形的印香炉,"铜盘上的香圈俗称'五朵祥云',可用来计时焚熏"。故事中凶手故意利用燃香开始的时间到香被茶水浇灭的位置来伪造死亡时间。《迷宫奇案》中则利用了《印香图稿》中的"虚空楼阁"一式设计迷宫,并配上自己所绘一山水画。狄公从余夫人处获得其夫死前所赠一幅山水画图:

> 此乃一幅彩画,中等尺寸,以白绢作底,画的是山水风景,悬崖之间白云缭绕,山中林木茂密,房舍隐现。画之右侧,一眼山泉顺坡而下,整幅画内不见一人。
>
> 画之上方,余大人用隶书作题:虚空楼阁。
>
> 余大人未署姓名,只是盖了个朱红印鉴。
>
> 画之四边均裱以锦缎。画之下方有一木轴,画之上方有根细线,细线上系个活扣,供悬画之用。但凡悬挂之画,均须如此裱糊。④

---

① Robert van Gulik, "Postscript," *The Chinese Maze Murders*, pp. 319-320. 原文写的是Hsiang-yin-tu-kao, 应指光绪年间丁月湖所著《印香图稿》。有关这部作品与《印香图稿》的关联,可见宋希於《高罗佩的迷宫图,丁月湖的印香炉》,《掌故》第一集,北京:中华书局,2016年。
② 扬之水:《香识》,香港:香港中和出版有限公司,2014年,第88页。
③ 施晔:《高罗佩小说主题物的汉文化渊源》,《文学评论》2011年第6期,第207页。
④ 高罗佩:《迷宫奇案》,姜汉森、姜汉椿译,第90页。

这段对古代山水画裱糊文化的介绍与剧情关系不大,纯粹是高罗佩借此来普及古代绘画的"物质文化"知识。① 狄公从"虚空楼阁"四字注意到此画的特殊之处在于右上角的亭阁无路可通,而且其他树木画得随意,只有松树画得十分仔细,而且多寡数目依次变化。靠着他高超的读图能力,狄公找到了迷宫里这一石亭中藏着的余大人的真正遗嘱。在石亭桌上便刻着根据《印香图稿》所设计的迷宫图:

> 狄公低头细看,说道:"这便是迷宫之图。瞧,那曲折官道恰成四字古篆:'虚空楼阁',与那山水画之题一字不差。'虚空',便是按察使大人辞官退隐后常思常想之二字。"②

《印香图稿》中四字古篆"虚空楼阁"一式的炉盖设计本身就十分巧妙,"虚空楼阁"这四个字表达的是一种超越境界,配合这一意义,文字本身的形象构成了一幅楼阁弯曲环绕的画面,而且焚香时的烟雾缥缈与香味缭绕更是增强了这一空中楼阁的视觉效果与想象。高罗佩利用这一图案,并取其文字的双关之意,将这四字实体化成山水画中的一座与周围隔绝的亭台,还采取松树这一山水画中常出现并表现文人精神的景物作为迷宫路线的标志,整个安排别致且充满创意。

这种将汉字图像化的设计还出现在《紫云寺奇案》中。狄公在古董店购买了一个紫檀木盒,打算送给他的夫人祝寿。这个木盒的盒盖上镶着的绿玉被雕刻成"寿"字的古篆体图案。事后狄公领悟到这一木盒的图案实际上暗示了紫云寺中一处地下室的位置。

> 玉片雕成一个篆体的"寿"字,有人在"寿"字一侧用刀刻了个"入"字,另一侧则刻了个"下"。后来我见到古刹大殿的平面营造图,才发现那个"寿"字和大殿的平面构造十分巧合地完全一致。

---

① 巴克曼曾这样形容:"高罗佩对各种东西的技术和手工艺特征有着强烈的兴趣,他有极强的动手能力,这在其他领域都有所表现。为了自己的书法,他细心寻找砚台、毛笔和宣纸。漂亮的滚动条画能够使他兴奋,对他来说,一幅画是否被正确地装裱,尺寸是否恰当,绸缎是否合适,几乎同画本身一样重要。高罗佩还写了一些学术文章,探讨这些问题。他一再提出,制作一本书,选择字体,划分内容,绘制插图,设计封面等,都能够给他带来与写作几乎同样的快乐。"〔荷〕C. D. 巴克曼、H. 德弗里斯:《大汉学家高罗佩传》,第55页。

② 高罗佩:《迷宫奇案》,姜汉森、姜汉椿译,第334页。

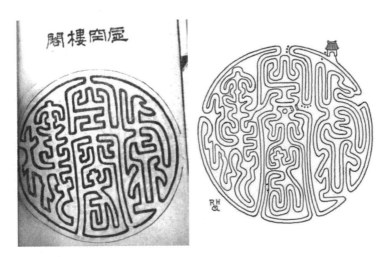

上图为《印香图谱》中的"虚空楼阁"设计(左)与高罗佩据此设计的《迷宫奇案》中的迷宫(右)。

下图为高罗佩自己创作并手绘的"虚空楼阁"山水画,英文版(左)与高罗佩自译的中文本《狄仁杰奇案》中的插图(右)也略有不同。

中间的长方形空间代表大殿，两旁凹下去的线条则是僧人的修炼房，两个方块是两座塔。这木盒被选中明显是因为二者的相类似，它补充了纸条传递的信息。纸条讲的是时间，木盒告诉的是地点。旁边刻的"入"字精准地暗示了大殿后墙的地方，"下"字则明确地指示着供桌下面的地窖。①

高罗佩懂得篆刻中国印章，而且每日均坚持练习书法，巴克曼在介绍高罗佩60年代在东京的官邸时专门提到他书房里的书法作品收藏，其中最引人注目的是写着"福""寿"二字并盖有乾隆皇帝印章的作品。"这两个大字挂在镶嵌着珍珠、配有大理石饰板的巨大中国式檀木床榻上方。在床榻上放着用深红色绸缎包裹的褥子。在褥子的一头摆着同色的长筒形枕头，书法家、学者疲劳时就会枕着它休息。"某种意义上，狄公案系列不啻为高罗佩本人的"枕中记"。②

3.《柳园图奇案》(*The Willow Pattern*) 与中国风 (Chinoiserie)

《柳园图奇案》是狄公案系列中比较特殊的一部。其他作品中的器物在古代中国中都有原型，唯独"柳园图"这个图案却是来自18世纪英国工匠的中国风设计，高罗佩在该书的后记中有这样的说明：

> 这个狄公案故事中柳园图的引入是一个故意的时代错误；正如大家所知，这个青花瓷的装饰性主题产生于十八世纪的英国。我可以选择一个属于狄公时代的正宗的中国图案，但我偏爱柳园图的原因是，尽管它是英国最流行的瓷器图案之一，但在中国却鲜少人知。因此，我希望西方读者会因为能够识别这样一个频繁出现在英器皿上的主题而满意，同时，也可以令中国读者对这样一个受西方发展影响的中国装饰图形产生兴趣。③

17—18世纪，中西贸易兴起，中国的瓷器、家具等在欧美广受欢迎，由于进口数量相当有限，当地工匠便在欧洲的工厂中仿制中国器具，这种

---

① 高罗佩：《紫云寺奇案》，张弘译，第268页。
② 〔荷〕C. D. 巴克曼、H. 德弗里斯：《大汉学家高罗佩传》，第260页。
③ Robert van Gulik, "Postscript", *The Willow Pattern*, p. 181.

第八章 高罗佩的狄公案系列

The Willow Pattern 柳园图

仿制品被称为"中国风",这些装饰性的图案设计一部分来自原有中国器物上的典型元素,但更多的则是加入了不少工匠们对中国的幻想与解释,其中青花瓷中的柳园图便是一个典型的中国风设计。由于当时无专利保护,柳园图的起源尚无定论,早在1760年左右,柳园图中的若干元素已经在一些英国的工厂中流通①,这一图案的真正出现一般认为来自18世纪80年代左右英国Caughley工厂的工匠托马斯·敏顿(Thomas Minton),1790年敏顿前往Josiah Spode的陶器厂工作,进一步完善了这一设计。②柳园图是典型的中国花园式景观,大致包含四个要素:"画面正中的一棵柳树;三个人正在过桥,打算离开画中的主建筑物;一个弯曲的栅栏;水上飞着两只小鸟。"③高罗佩在《柳园图奇案》中曾借狄公的视角详细描绘了这一设计图案:

>但见乡间河边有一幢精致的别墅,亭台楼阁,飞檐画梁。河岸上杨柳依依,右边有一顶窄窄的拱桥,伸向水阁。三个极小的人物站在桥上,细细分辨之下,可见两人依偎在一处,另一人似在追赶他们,手中还挥舞着拐杖。空中两只燕子搧动长羽,穿花拂柳而来。④

为了让柳园图给人更深的印象,英国人还编了一个古老的爱情故事。故事有不同的版本,基本情节是有一位在海关做事的清朝权贵,家中有一个书僮。书僮与该权贵的女儿相恋,两人偷了珠宝私奔,权贵发现后拼命追赶,他们便是图中桥上的三人,其中一人拿着女红,一人拿着珠宝盒,还有一人挥动着鞭子。有时桥下还画上一艘船帮助二人逃走。两人最后逃到了一座岛上,过上了幸福富有的日子。权贵的女儿之前已被父亲安排与一位王爷订婚,这个王爷派人到岛上追捕二人。小岛着火,两人死后化成了桥上的一对飞燕。⑤

---

① Robert van Gulik, "Postscript", *The Willow Pattern*, p. 183.
② John R. Haddad, "Imagined Journeys to Distant Cathay: Constructing China with Ceramics, 1780-1920", *Winterthur Portfolio*, Vol. 41, No. 1, 2007 spring, p. 63.
③ Ibid.
④ 高罗佩:《柳园图奇案》,金迪、李振宇译,第58页。
⑤ 有关这个故事更加详尽的描述,可见John R. Haddad, "Imagined Journeys to Distant Cathay: Constructing China with Ceramics, 1780-1920", p. 65。

第八章　高罗佩的狄公案系列

　　这则故事的情节有不同角度的诠释。当时这种英国制的中国风瓷器在北美非常畅销，因此有人认为故事是为了讨好消费者而传达反精英主义的讯息：贫穷书僮与权贵女儿的结合暗示了美国杰克逊总统（Andrew Jackson，1767—1845）时代普通人也可以获得成功。① 也有人认为故事中女儿通过反抗父亲的婚姻安排、与人私奔来选择幸福，代表了女性对父权制度的反抗，为消费这些瓷器的家庭主妇们至少提供了一个安全的反抗父权制的幻想。②柳园图的故事大约在1838年已有出版③，1849年《家庭之友》(*Family Friend*) 杂志发表了一个更加详尽的版本"柳园图碟子的故事"("The Story of the Common Willow-Pattern Plate")，其中有不少关于中国海关及法律的说明。由于这个版本产生在中英鸦片战争之后，有学者还认为故事中的腐败权贵代表了英国人眼中的清朝海关官员，这一对年轻人出逃到一座小岛似乎在暗示着当时的英国殖民地香港。④

　　这个英国维多利亚时期版的中国风传说包含了西方言情文学中的典型冲突元素——世代冲突、浪漫爱情与家庭责任的矛盾等⑤，尽管原图中更可能表达的只是桥上三人的闲适的春游。⑥高罗佩在《柳园图奇案》后记中谈到桥上一人手中的棍棒时，也风趣地评论说这可能是一种文化误译："据我所知，一个别墅与另一个水中亭子用桥连接，并且一个人挥舞着棒子追赶另外两个人的过桥画面从未在真正的中国瓷器上出现。尽管，有两人过桥，下一页中他们带着一个七弦琴的画面却是

---

① John R. Haddad, "Imagined Journeys to Distant Cathay: Constructing China with Ceramics, 1780-1920", pp. 65-66.
② Ibid., p. 66.
③ 由 Mark Lemon 所撰，名为"A True History of the Celebrated Wedgewood Hieroglyph, Commonly Called the Willow Pattern"的文章曾发表在狄更斯主编的 *Bentley's Miscellany* 杂志。O'Hara, Patricia. "'The Willow Pattern That We Knew': The Victorian Literature of Blue Willow", *Victorian Studies*, Vol. 36, No. 4, Summer, 1993, pp. 423-424.
④ O'Hara, Patricia. "'The Willow Pattern That We Knew': The Victorian Literature of Blue Willow", pp. 424-427.
⑤ Ibid., p. 426.
⑥ Joseph J. Portnova 认为故事中"手拿珠宝盒的人"可能只是拿着一种乐器，另一位手中的鞭子也更像是一个钓鱼竿。"Porcelain, The Willow Pattern, and Chinoiserie", p. 8, 2017年7月20日摘自 http://www.nyu.edu/projects/mediamosaic/madeinchina/pdf/Portanova.pdf。

一个常见的中国主题,我怀疑英国的设计者将琴误认为是一个棍子或一把剑,这才产生了有关这幅图的此类传说。"①

高罗佩的《柳园图奇案》借用了这一传说,并把故事的背景从清朝移植到唐代。故事发生在京城,此时狄公已升任大理寺卿,据说有歌谣"梅、叶、胡、失其床、失其眸、失其头",梅、叶、胡指京城三大家族,后来梅老爷与叶老爷果然都如歌谣中所唱的方式死去。狄公在调查时发现梅夫人看到瓷盘上的柳园图后脸色奇怪,在叶老爷遇害现场又发现了一只被打碎的柳园图青花瓷花瓶,并发现胡家的宅院也与柳园图如出一辙……

原有的柳园图传说的主题是歌颂浪漫爱情、反抗权威,高罗佩的改写则是以故事中三位人物的各自视角来写人性的黑暗。《柳园图奇案》中柳园图的故事发生过两次,第一次是胡家的曾祖父买了妓女宝石蓝,对她百般疼爱,但宝石蓝却与梅家人私通,"曾祖父当时已年过六十,尚体力过人,挥舞着手杖在后面紧追不舍,从花园一路追赶到木桥上,终因过于激愤,颓然晕倒在地……这以后,曾祖父又勉强度过六年光阴,已然如行尸走肉一般,寝食全废,每日由下人喂他进食,苟延残喘"②。第二次是胡家的现任主人胡鹏,他也买了位名为宝石蓝的妓女,两人欢娱了几载后宝石蓝嫌胡家家道中落,嫁给了更富有的梅老爷。在拥有金钱后宝石蓝感到情感空虚,重新与胡鹏私会。梅老爷发现后同情他们,主动让其离开,宝石蓝认为这种施舍是一种侮辱,胡鹏也将之看作梅老爷的假仁假义,一时激愤而杀了梅老爷。

在这两个柳园图故事中,高罗佩改写了原有的传说中对浪漫爱情的一味肯定,认为浪漫的爱情也敌不过人性中的贪婪、嫉妒与自卑。其次,原有传说赞扬了年轻一代对年老一代的反抗,而高罗佩的版本则对老一代充满同情,他把原作中的女儿身份改为妓女,从而删去了原作中爱情与孝道的矛盾,集中写年轻一代的暴力对老一代的伤害。《柳园图奇案》另一个谋杀案中的死者叶老爷是一个荒淫无度而且有点虐待

---

① Robert van Gulik, "Postscript", *The Willow Pattern*, p.182.
② 高罗佩:《柳园图奇案》,金迪、李振宇译,第103—104页。

狂倾向的变态,一位叫蓝白(Bluewhite)的女子行刺他时,叶老爷推翻花瓶企图留下指认凶手的线索,原来他的意思不是花瓶上的柳园图,而是青花瓷本身蓝白的颜色。如果将这两个案件并列,可看出善良的梅老爷与暴虐的叶老爷是互补的,女性中贪慕金钱的宝石蓝与贫穷却侠义的蓝白也形成对比,这就将人性的复杂面加入柳园图这一单纯的爱情传说中,增加了叙事结构的层次感与对称性,连画面本身的蓝白颜色也构思成为新的情节,实为一部出色的故事新编。

重新回到柳园图这个图案的产生上,高罗佩之所以故意挑这样一个中国风的欧洲设计来作为这部狄仁杰侦探故事的主题,大概是觉得自己的狄公案系列也是一种中国风的产物吧。它利用了《武则天四大奇案》的人物原型,并吸取了不少典型的中国传统公案数据,在细节上也尽量还原古代中国人的"物质文化",但它又糅合了不少高罗佩这个荷兰人对古代中国的幻想或美好愿景,例如文中古代女性的万种风情、千般挑逗,以现代的心理学知识来解释古人的犯罪动机,重新塑造了一个凭理性调查探案的狄公形象……这两种特征加在一起,构成了高罗佩狄公案系列在中西侦探小说史上不可复制的独特性。

第九章　狄公案之后

高罗佩在《柳园图奇案》的"后记"中写道:"在这些英国制的柳园图器具被送回中国后,中国的陶匠们为了出口西方又再次模仿了它,费劲地用他们的笔复制这个从英国转移印刷来的图案。其中最有名的有柳树装饰的是广东或南京式样(Canton or Nanking pattern)的青花瓷,一种19世纪早期(或更早)用来出口的产品。它的图案经常比较粗糙,有时甚至粗陋,而且自诞生后一直被不断生产。"①

柳园图这样一个英国设计的中国风图案在中西瓷器史上辗转流动的路径,似乎也与高罗佩的狄公案系列在中西侦探小说史中的角色有异曲同工之妙。英文版的狄公案系列自80年代始被陆续译成中文介绍到中国,中国的译者更是故意模仿宋元白话,使得高罗佩的狄公案更显得古色古香。1986年开始,这些狄公案故事被改编成中文电视剧,越来越多的作家或剧作家开始创作以狄仁杰或者唐代为背景的侦探小说,包括美国朱小棣英文出版的 Tales of Judge Dee (《新狄公案》,2006),钱雁秋编剧的"神探狄仁杰"系列,徐克导演的狄仁杰系列电影(2010,2013),以及日本华裔小说家陈舜臣在70年代受狄公案影响而创作的以中国唐朝为背景的推理小说等。② 这些作品从规模或者物质文化细节的多样性上来看,并不能与高罗佩的狄公案系列相媲美,但在内容与表达上,有的力图还原中国古代公案小说中民事诉讼的特色,有的将情节设定在武则天时代,以谍中谍的方式写案件背后巨大的政治

---

① Robert van Gulik, "Postscript", The Willow Pattern, pp.182-183.
② 海外方面,除了有根据高罗佩狄公案系列改编的电视剧、电影与漫画,还有大量同人作品,例如 Eleanor Cooney 与 Daniel Altieri 创作的发生在武则天时期的狄仁杰故事 Deception: A Novel of Mystery and Madness in Ancient China(1994),Frédéric Lenormand 自2004年至2011年出版的共18本狄仁杰系列探案故事(法文版),Sven Roussel 创作的狄仁杰在栏坊时期的破案故事 La Dernière Enquête du Juge Ti(《狄公的最后调查》,2008)等。中文网络作品也有如优酷网2015年出品的网剧《名侦探狄仁杰》(2015)等。

阴谋,或呈现视觉奇观,还有的从日本遣唐史的角度看大唐文明或以建筑物的形式写意诗人的内心世界,尽管质量上参差不一,但也一步步地将唐代的"狄仁杰"打造成了一个独立的文学侦探,取代了宋朝的包公,具有绵延不断的发展活力。这一章首先简要比较高罗佩狄公案系列不同中文版本的翻译特色。其次,以朱小棣的《新狄公案》与钱雁秋编剧的"神探狄仁杰"系列为例,讨论狄公案故事的当代发展。陈舜臣以唐代为背景的推理小说虽然没有出现狄仁杰,但却是受到高罗佩的启发而创作的,可谓东方作家里响应高罗佩号召的第一人,作品在呈现古代意境方面表现颇佳,所以本章也将其纳入对高罗佩狄公案系列影响的讨论。第三部分便简要分析他的两部以唐朝为背景的推理小说《长安日记——贺望东探案集》与《方壶园》。

一 狄公案系列的引进与中文翻译

最先将高罗佩的狄公案系列介绍给中国读者的赵毅衡曾这样回忆:"1970年代末,我在社科院图书馆尘封的大量西方小说中,翻到高罗佩的几本狄公小说,读得爱不释手。1981年1月《人民日报》发表了我的一篇介绍,中国的刊物与出版社开始感兴趣。"[①]这里的"尘封已久",既是写实,也是隐喻。高罗佩的狄公案系列在80年代中国的流行并不是一个巧合。西方侦探小说因被视作资产阶级文学一度被禁,本土的侦探小说多为反特小说。70年代末,西方及日本的侦探小说才得以公开出版,非常受书商的欢迎。根据叶永烈的统计,1981年就有29家中国的出版社出版了89本外国侦探小说,共发行超过两千万册。[②]高罗佩的狄公案故事以中国唐朝为背景,并将汉学知识与西方侦探小说的理性推理相结合,自然给中国读者耳目一新之感,读起来也有一种文化自豪。1981年1月,赵毅衡的《脍炙人口的西洋狄公案》刊登在

---

① 赵毅衡:《高罗佩的一个世纪,狄仁杰的一个甲子》,《南方人物周刊》2010年35期,第44页。

② Jeffrey C. Kinkley, *Chinese Justice*, p. 257.

《人民日报》,首次向中国读者简要介绍了高罗佩的生平及其狄公案故事的梗概。接着,赵的友人外交官陈来元与社科院学者胡明开始着手翻译。他们的翻译自 1981 年 6 月开始在杂志刊登,"当时中国大陆竞相翻译《狄公案》的有多人,此后另加翻译的也有多人,但陈来元与胡明的拟明清通俗小说风格译本竟成定本,也是国内狄公案影视剧改编中对话所据本"①。

陈来元与胡明所译全套 2006 年由海南出版社出版,为了呈现出一段完整的狄公破案历史,这套四册本《大唐狄公案》的编排顺序并不是依据原作发表时间,而是按照故事中狄公的任职时序而排列的②,狄公案系列原作第一阶段的四部小说中叙述者从明代穿越到唐代的入话部分与对仗的章节标题均被删去。语言上两位译者模仿宋元白话,有时加入了原作没有的中国古典小说中的固定习语,如形容恶霸是"豹头环眼""燕颔虎须",或形容宝剑"吹毛即断、削铁如泥"等,有时增加了人物评价,如《迷宫案》中的恶人钱牟在牢中死去,原文中仅是"Chien Mow was dead"③,译者却写道:"钱牟终于一命呜呼:在他,死不瞑目。在人,死有余辜。"内容方面保留了基本的故事情节,但也有大量省略与改写。一些看似与断案无关的情节,例如本书第八章所举的《黄金奇案》中狄公与洪亮去城隍庙看戏得到启发的一段即被省去。一些政治敏感的话题或偏于色情暴力的描绘也被删除。例如高罗佩原文中的一些故事描述了汉族和外来民族、国家的冲突,中文译本将这些回鹘、高丽等一律笼统地译为"番兵"。《黄金案》的原作中高丽妓女以为自己是为了支持高丽的复兴而走私军火,她引诱了狄公助手乔泰,不料高丽的刺客却误杀了她。中文译本中将这个女孩改写成了一个普通妓女,她向乔泰报告了黄金走私的消息时牺牲了自己,最后狄公决定给她厚葬。又如《迷宫案》中的罪犯李夫人本是个性格残忍的女同性恋者,

---

① 赵毅衡:《高罗佩的一个世纪,狄仁杰的一个甲子》,《南方人物周刊》2010 年 35 期,第 44 页。

② 2011 年海南出版社又出版了一套全新修订版,收录了高罗佩给每本书写的前言与后记,并对一些词汇加以注释。

③ Robert van Gulik, *The Chinese Maze Murders*, p.291.

第九章 狄公案之后

而中文本改为她年轻时不慎杀人,被一个流氓所见,受其胁迫为他诱骗年轻女性。

相比之下,台湾脸谱出版的十六册译本在忠实性与完整性上还原度更高。2000 年脸谱出版社组织了一批译者着手翻译,并于 2002 年推出了十六册的全译本。① 由于译者众多,文风不尽统一,有些语句也译得生硬,但胜在内容完全忠实于原著。从学界研究的角度看,这个版本更能反映出高罗佩原作特色,本章的举例引文也因此来自该版。

除了这两套分别在大陆与台湾通行的版本外,1953 年 11 月,新加坡南洋印刷社还曾出版过一本高罗佩根据其 The Chinese Maze Murders 亲自翻译的《狄仁杰奇案》,某种意义上,这可能才是高罗佩心目中最原汁原味的狄仁杰侦探故事的中文范本。首先,在章节标题上,与原作一样,高罗佩也采取了对仗标题的中国传统章回小说形式,但原作中有的标题拟定得较为草率,中译本中高罗佩将其全部重写。例如小说第七回,原英文本中的标题是:"Three Roguish Monks Receive Their Just Punishment; A Candidate of Literature Reports a Cruel Murder。"台湾脸谱版中将其译为:"三僧人诬告遭痛打,丁秀才惶急禀凶情。"这个中译虽然基本忠实,但并不对仗,而且细看这一回的内容,丁秀才只是在结尾处才突然向狄公报告凶手身份,因此这个标题并不能准确地概括本章内容。高罗佩自己的译本将之改写为"审强徒介牙招实状,报假案僧侣受官刑",不仅标题基本对仗,也是一个准确的内容总结。类似对仗的例子又如第二十五回"Two Depraved Criminals Suffer the Extreme Penalty; Judge Dee Learns the Secret of an Abstruse Couplet",脸谱版译为"二人犯法场就正典,狄县令城郊大彻悟",而高罗佩自己重拟标题为"圣旨传来诸凶正法,神龙飞去一宰知机",显得更加工整。有的标题还使用典故,如第四回高罗佩的标题为"夙夜为公心悬三案,痌瘝在抱义释群贼",从中可见作者深厚的古文功底。其次,高罗佩仿照章回小说说书人口吻,在第一章加入一段入话诗,并在正文与章节连接处加入"俚词念罢,且说……""看官""闲言少叙,书归正传""话说""要

---

① 这批译者主要来自如上海外国语大学、华东师范大学等外语教学与研究相关机构。

知……情形如何,且听下回分解"等固定用语。这些字词在其英文原作、海南版及脸谱版中均不存在。第三,高罗佩的中文本喜用四字习语,文笔更加简洁准确。例如第一章写明代人"我"在一个酒馆里遇到狄公后人,听他讲了狄公的三个案件后已昏昏酒醉,醒来后发现该老人不见所踪。高罗佩的版本中描写这段时写道:

> 但见老人依然谈锋甚健,语不厌详;奈在下多贪几杯,只觉耳边嗡嗡,昏昏思睡。正在迷糊惝恍之间,陡觉得有人在我的肩上拨了一下子,惊醒来一看,但见屋内已一灯如豆,杯盘狼籍,那位老人竟不知去向。①

对比脸谱版的译本:

> 我连干三盅,意欲清醒头脑,不料那黄汤却使我更加昏昏欲睡。那老者也不在意,照旧声调低沉地侃侃而谈,好似睡眠之神于近处空中发出瑟瑟声响。
>
> 我醒来之时,发现自己头枕双臂,独坐于阴冷的厢房中。②

这里脸谱版的译者将原文中的"the spirit of sleep rustle in the close air"忠实地译为"睡眠之神于近处空中发出瑟瑟声响",但这样的句子似乎又显得过于现代,高罗佩在面对中国读者的中文版中将其删去,而改用《楚辞》中"惝恍"一词,更加符合古典风格。

这一面对不同读者采取不同写作策略的做法还可见于第六回结尾处对狄公与众人观看余大人留下的山水画的描写。英文版给西方读者仔细解释了中国画的装裱方法,而中文版中高罗佩预设中国读者对此文化已有所认识,所以简单地写道:"全画绢地绫边,裱的干净整齐,上着丝带,下配木轴。"③

前文已指出,高罗佩最初设想英文版的狄公案仅为中文版的底稿,从他亲自所著的中文本《狄仁杰奇案》看来他并没有完全按照英文版

---

① 高罗佩:《狄仁杰奇案》,第5页。
② 高罗佩:《迷宫奇案》,姜汉森、姜汉椿译,第10页。
③ 高罗佩:《狄仁杰奇案》,第44页。

第九章 狄公案之后

逐字翻译,而是率先考虑是否符合章回小说的体例与文字风格,如果仅将这三版 The Chinese Maze Murders 的中译本比较,可以发现无论是文字造诣,还是古代白话小说的情调,高罗佩的自译版均比海南版与脸谱版更胜一筹。

二 狄公案故事的当代发展

脸谱版与海南版的高罗佩狄公案系列全套中译本在 2002 年与 2006 年相继推出,这使得狄仁杰在海内外华人读者中知名度大增,这也许解释了狄仁杰在近十年为何突然取代了包公,成为新一代的古代神探。在众多的狄公案系列同人作品中,以朱小棣的《新狄公案》(2006)、钱雁秋编剧的"神探狄仁杰"系列与徐克的狄仁杰系列影片(2010、2013)最为知名,以下作简要说明。

(一)狄仁杰与他的父亲:朱小棣的《新狄公案》(Tales of Judge Dee)

作为高罗佩狄公案系列的忠实读者,美国华裔作家朱小棣于 2003 年左右开始以英文写作 Tales of Judge Dee 一书,并于 2006 年出版,该书在海外颇受好评,2010 年被译为法文并获法国历史侦探小说大奖赛提名,2011 年中国社会科学院出版了其中文版《新狄公案》。[①]

在中文版的序中,朱小棣指出他在 20 世纪 80 年代就读过高罗佩狄公案的中译本,到了美国后阅读了狄公案系列的十六本英文小说,当时已是美国移民的他受到激励,觉得高罗佩的故事"浓缩了中国社会与中国人,极其生动地向西方读者做了传播介绍,非常值得我们华夏子孙继续拿起他的笔,书写我们自己的故事"[②]。

《新狄公案》有点类似高罗佩狄公案系列的一个番外。朱小棣保留了原作中的主要人物设置,包括狄公、他的四位助手与三位夫人、

[①] 朱小棣生于南京,毕业于南京师范大学英文系,1991 年获美国麻省理工学院城市规划(city planning)专业硕士学位,从 1997 年开始在哈佛大学担任 the Joint Center for Housing Studies 的研究员。

[②] 朱小棣:《中文版序言》,《新狄公案》,北京:中国社会科学出版社,2011 年,第 II 页。

罗县令等,故事发生在高罗佩笔下《铜钟奇案》《御珠奇案》《玉珠串奇案》等案件中狄仁杰任江苏浦阳县令(中译本写作鄱阳)时期。内容上朱小棣也仿效高罗佩,从传统公案故事中取材,参考了如《棠阴比事》《中国古代执法断案史话》《中国奇案故事精选》等资料。全书共十章,每章均由三个案件构成。狄公依靠推理破案,不使用酷刑。通过种种细节,如服饰、节日、饮食、寓言故事等向西方读者传播中国传统文化。

与高罗佩的狄公案系列相比,《新狄公案》由于每章都处理三个案件,破案节奏过快,也造成了人物刻画及查案过程显得简略,缺乏跌宕。上一章分析了高罗佩的狄公案故事虽然发生在中国唐代,但无论是对罪犯心理扭曲的心理学分析,还是不同文化之间的比较视野,都相当现代,而朱小棣的《新狄公案》更侧重在有限的篇幅中呈现更多的古代公案故事,对这些原始材料并未作出太多现代性的改写。另外,从主题物的表现上看,上一章也指出,高罗佩每一篇狄公案系列的主题物都具有文人性的特征,而朱小棣的《新狄公案》中则是保留了中国传统公案故事中道具日常性、通俗性的特点,每一章出现的重要道具,如遗嘱、合同、梨、西瓜、黄金、扎油糕等基本上就来自原本的公案故事。

如果说高罗佩的狄公案系列中的古代中国是通过各种物质文化的呈现而塑造的,朱小棣的《新狄公案》中则更加突出了古代社会的秩序感。狄仁杰是全书重点刻画的一个人物,作者花了不少笔墨介绍他的三位夫人之间,以及狄公与她们相处时的等级界限。更显特别的是,小说增加了狄仁杰父亲这一角色,他虽然已经过世,但却一直对狄仁杰产生巨大影响,狄仁杰对他的态度既是崇敬,觉得他有更高的智慧,又有一种无形压力。洪亮是将两者联系起来的角色,他在狄仁杰九岁时就开始辅佐狄公之父,现在又成为狄公的参军。狄仁杰虽然机智聪明,但他不谙官场潜规则,在上司面前表现自己的才华时往往锋芒毕露,引来同行的嫉恨;而洪亮则世故许多,多次用狄公已故的父亲来提醒他。例如第九章"物归其主"的结尾,狄公帮太守解决了皇室成员的财产纠纷,非常得意,但洪亮却立刻询问他是否当着所有县令、太守及朝中内监的面现场解决此事:

第九章 狄公案之后

> 狄公笑声更大,随后皱眉,只因他忽然领会到洪参军之意。胡须花白的洪参军转身望向墙上所挂雨龙剑低声自语道:"若此番是已故太爷受命断案,他决计不会在众人面前快嘴,更不会如此迅速地提出解决之法。"洪参军捋须。
>
> ……
>
> 参军转身道:"我是唯一比您多了解您父亲的人。抱歉不得不提醒您……"狄公打断他:"你无须道歉。现在我已知晓自己的错误,不该如此心急。让其他县令妒忌,令太守尴尬。朝中内监又会如何禀报?在浦阳发现了聪明人?简直无法相信我竟如此轻率!"狄公以拳击头,"不该如此疏忽。上回智胜钦差还嫌不够,今朝可能又冒犯了太守。"狄公面露后悔之色。①

高罗佩笔下的狄仁杰是潇洒浪漫的,而朱小棣笔下的狄仁杰则处处体现了一种紧张感,有的是来自自己作为一个儒家学者在家庭与伦理秩序下的自我约束,有的则是对官场政治束缚自由个性感到的无力与无奈,借由狄仁杰与父亲的关系,朱小棣也写出了现代华人对传统文化的一种感觉:作为华夏子孙,既佩服其古老的智慧与悠久的历史,但又被它的古老身影所萦绕,时而产生被这种传统秩序与处世哲学压迫自由个性之发展的焦虑。

(二)皇权与内鬼:钱雁秋的"神探狄仁杰"系列

如果说朱小棣的《新狄公案》突出的是"父亲",编剧钱雁秋的"神探狄仁杰"系列则侧重在皇权。从 2004 年开始,钱雁秋与演员梁冠华、张子健合作,拍摄了电视剧《神探狄仁杰》系列,播出后广受欢迎。② 故事全部发生在武则天统治时期,狄仁杰由彭泽县令升至江南道黜置使等职位,深得武则天器重,所有案件的背后都涉及李唐子女与武氏的政治权斗:武则天执政后以构陷、设立秘密特务机构等方式肃清反武的李唐宗室及其旧臣,受害者或反对派也成立民间秘密组织反抗,或有中间

---

① 朱小棣:《新狄公案》,第 194 页。
② 钱雁秋,1968 年出生于北京,北京电影学院 87 届表演系毕业,导演、编剧兼演员。

派企图利用两派的权斗渔翁得利,狄仁杰既要维护国家稳定与边疆安全,也要极力保护李姓宗嗣免遭武则天的再次政治清洗。

因此,与高罗佩和朱小棣的狄仁杰侦探故事不同,钱雁秋的《神探狄仁杰》更接近于谍战剧甚至是反特小说的模式,它完全没有利用古代的公案材料,也不致力于介绍古代物质文化,剧中敌我双方的大量伤亡写得相当随意,经常有密室机关、人皮面具等安排,推理过程并不严谨,对李唐的政治忠诚凌驾于司法正义之上,例如第三部"滴血雄鹰"的结尾狄仁杰抓获了连环杀人犯,但因同情该犯是一位有良知的好官,就让他重披县令袍服,并向武后隐瞒真相,这些都表明了这个剧背后体现的仍是一种人治精神,而非侦探小说中宣扬的法治。但就推理本身而言,该剧仍以理性分析来解释各种灵异现象,例如"滴血雄鹰"中武则天在宫中看到各种幻影,民间也出现了无头骑士等谣传,最终被狄仁杰证明是人为。之所以称该剧更像是谍战剧甚至是反特小说的叙事模式,是因为它糅合了武侠片与谍战片的因素,剧情不断反转,猜测谁是"内鬼"成为每一部故事的最大悬念,而且经常会有一些主旋律的论调,例如狄公爱民如子、歌颂少数民族中热爱和平的领袖等。与高罗佩的狄公案系列中狄仁杰与他的四位助手一起集体探案不同,《神探狄仁杰》中采取的仍是福尔摩斯与华生探案的模式,狄仁杰主要依赖的助手只有李元芳,一位武功高强的检校鹰扬卫中郎将。在第一部"使团喋血记"中,李元芳在护卫突厥使团途中,遭人陷害,被朝廷通缉,狄仁杰帮他洗刷了冤屈,李元芳之后便一直留在狄仁杰身边,该剧播出时,两人的不少台词都一度成为流行语。剧中狄仁杰并无家眷,也不会武功,梁冠华成功地塑造了一个外形略矮胖、思维缜密、处变不惊的狄仁杰,这也成为了不少观众心目中狄仁杰的经典形象。

(三)侦探侠客与魔幻景观:徐克的狄仁杰系列影片

2010 年起,徐克开始拍摄他的狄仁杰系列影片,目前已放映了《狄仁杰之通天帝国》(2010)、《狄仁杰之神都龙王》(2013)与《狄仁杰之四大天王》(2018)三部,前者发生在武则天即将登基时期,狄仁杰被委任调查大佛自燃案,后两者仍是唐高宗时期,狄仁杰在大理寺时调查的

第九章 狄公案之后

两件神秘奇案。《狄仁杰之通天帝国》的剧本最早由陈国富创作,他阅读了高罗佩的狄公案系列故事与《武则天四大奇案》后,对两版均不满意:"吴趼人版属讽刺小说,非但案情不是文中题旨,甚至在案件焦灼不前之际,会有类似托梦这样怪力乱神的因素打破僵局;高罗佩版狄公形象儒雅睿智,历史细节和济世情怀都很充沛,离悬疑和探案却有距离。"①于是陈自己创作了一个剧本。2006 年陈国富加盟华谊兄弟,邀请徐克拍摄,并由编剧张家鲁再度修改剧本。在这个新剧本中,徐克加入了许多魔幻想象,例如一座 66 丈的通天浮屠、能使人在阳光下自燃的西域剧毒爬虫赤焰金龟、假冒国师化身的神鹿等,这些都在电脑的后期制作中得以实现。

正如徐克自己总结的,这套狄仁杰系列的特点是"在真实的基础上拍一个很富刺激性的悬疑跟魔幻的片子"。真实是指与福尔摩斯等神探相比,狄仁杰历史上真有其人,而且做过宰相,与武则天关系密切。影片中从武则天的妆容、外国使节来访、阅兵等细节也拟还原唐代富裕、开放及国际性的特色。从类型叙事的角度看,徐克的狄仁杰系列影片混合了侦探、悬疑、武侠与魔幻等各种因素,推理成分不多,反而是如通天浮屠、鬼市、赤焰金龟、水怪等空间和动物的魔幻造型与想象,以及水下 3D 拍摄等技术创新更让人印象深刻。在第二部《狄仁杰之神都龙王》的片尾,更是出现了九尾狐、幽灵谷、巨灵掌、迦楼罗、昆仑金、霹雳梵音、神都龙王、通天帝国、玲珑塔、杀人凤凰、白眉道人、黄金滚动条、情人藤、天火、九鼎褚珠、夺命盛宴、高丽美人等概念图,显示了徐克打算把狄仁杰系列打造成一个视觉上完整的东方魔幻景观世界的创作野心。

在此之前,狄仁杰基本上还是属于一个安乐椅侦探,武艺有限,依靠助手保护,而在徐克的电影中,他被设定为一个独行侠式的武功高手,与大理寺的探案同行保持着亦友亦敌的关系,在第一部《狄仁杰之通天帝国》中,徐克给他安排了一个特别的兵器"亢龙锏"。不同于传

---

① 《〈狄仁杰〉的两个父亲》,《南方人物周刊》2017 年 7 月 20 日,取自 http://news.sohu.com/20101008/n275474737.shtml,这里将《武则天四大奇案》的作者误写成吴趼人。

统侠客使用的刀剑,这个兵器看上去像一根棍子,没有锐利的刀锋,特点是能在撞击中发现对手兵器的薄弱点而将其敲断。徐克认为这个兵器与狄仁杰的性格一致:"狄仁杰不是个剑客,是一个破案的侦探,他和闯荡江湖的剑客不一样,剑客的目的就是闯荡江湖,和另外一个剑客比拼剑术的高下。可狄仁杰使用兵器的目的就是制止对方的武器来威胁自己,从这一点上来说,亢龙锏作为武器的特性和狄仁杰的性格是一样的——让案件不要继续发展,侦破案件,而不需要证明自己武功很高。"① 在影片结尾处,他虽不承认武则天取得政权的合法性,但为了社稷稳定,仍尊她为皇帝,在高宗赐予的亢龙锏面前指出"治国需要权力谋略,但是非曲直不可苟且",求她知所进退,再传大唐宗室后代,而后离去,已身中金龟之毒的他隐居在地下鬼市。②

一千个人眼里有一千个哈姆雷特,狄仁杰虽然是一个真实的历史人物,但在后世的文学虚构中却呈现出各种不同的特质与形象。高罗佩版的狄公厌倦了京城官员的繁琐行政工作,自愿下放成为地方县令实现自己的破案理想;朱小棣版的狄仁杰与父亲之间有着一种既仰慕又感到束缚的微妙关系;钱雁秋版的狄仁杰努力在武氏与李唐势力之间保持平衡;徐克版的狄仁杰既服务于现有的皇权,又在一个魑魅世界保留着一份个人的逍遥。③ "天地虽不容我,心安即是归处",这可能也是徐克这样一个曾是香港新浪潮的代表、近年来不断参与合拍片的香港导演的心声。

---

① 《徐克:〈狄仁杰〉并非"武侠",自己不是回归》,《新京报》2017 年 7 月 20 日,取自 http://ent.sina.com.cn/m/c/2010-10-05/16163104525.shtml。

② 徐克在采访中说将来系列中如果有需要,狄仁杰还会再回来为朝廷服务。

③ 徐克曾这样解释第一部的结尾:"狄仁杰为什么让武则天继续统治下去,他为什么要救武则天,因为他觉得一个国家需要一个有智慧、做事果断的君主来治理这个天下,可是武则天做的事情是他不可原谅的,所以他最后离去了,他最后讲的那句话,'天地虽不容我,心安即是归处',其实正是他心理的最好写照,我觉得狄仁杰帮武则天,是因为这个人物以国家安稳为自己的第一追求,他帮武则天是为了大局。但是他还是逍遥的,最后他选择了隐身鬼市。我也让他像李白一样,披散着头发,站在一个没有文明的世界,审视这个世界后面隐藏了什么。狄仁杰吸引我的是他的人格,不是他的名誉和权力,他求的是心里自在的精神世界。"《徐克:〈狄仁杰〉并非"武侠",自己不是回归》,《新京报》2017 年 7 月 20 日,取自 http://ent.sina.com.cn/m/c/2010-10-05/16163104525.shtml。

三 陈舜臣与他的唐代推理小说

以上讨论的是高罗佩的狄公案系列之后狄仁杰在当代通俗作品中的不同形象与性格发展，除此之外，也有其他的侦探小说家响应高罗佩的号召，以古代中国为背景创作推理小说，华裔日本作家陈舜臣就是其中的一位。[①] 他分别在1963年与1973年创作过两部以唐朝为背景的推理小说《方壶园》与《长安日记——贺望东探案集》，前者并没有侦探，最终由案件的目击者灯笼匠李标叙述了凶手密室杀人的方法，后者包含六个案件，侦探是在长安弘文馆读书的日本人贺望东。这两部小说均无公案故事蓝本，是作者的原创，在《长安日记》一书的后记，陈舜臣还遗憾地叙述了自己与高罗佩的交错而过："范古利克以唐代中国为舞台的小说普及全世界，供侦探小说迷们阅读。他原是常驻中国的荷兰外交官，晚年转任荷兰驻日大使要职。旅居神户的荷兰朋友埃利翁想把我介绍给范古利克先生，刚刚安排好见面的事宜，范古利克先生就猝然去世了。"[②]

先谈《长安日记——贺望东探案集》，故事发生在唐玄宗开元五年的京城长安，记录了日本留学生贺望东处理的六个案件，推理本身略显平淡，主要特色一是将唐代的真实历史、风俗与推理小说相结合，二是塑造了贺望东这样一个身份模糊的日本侦探。

高罗佩的狄公案系列虽发生在唐代，但对如服饰、家具等的描写参考的都是明代的书画，而陈舜臣在《长安日记——贺望东探案集》中则是将日本遣唐使的真实历史与虚构的贺望东探案虚实交错，书中有大

[①] 陈舜臣（1924—2015），1924年出生于日本，擅长书写历史小说与推理小说，1961年以《枯草之根》获第七届江户川乱步文学奖。1969年他的《青玉狮子香炉》获得第60届直木奖，有人评论其艺术成就："其作品中经受政治变动及颠沛流离的人物形象颇具魅力，展现了不断变化时代的风貌。"陈舜臣1974年之后很少创作推理小说，而转向历史小说。2015年逝世。其推理作品的背景大致分为两类：一类是辛亥革命、中日战争时期的中国现代史，如《青玉狮子香炉》《再见玉岭》等；第二类是写神户附近的外国人生活，如《枯草之根》《三色之家》。以唐代为背景的只有《方壶园》（1963）及《长安日记》（1973）。

[②] 陈舜臣：《长安日记》，北京：群众出版社，1985年，第171页。

量笔墨介绍玄宗时期大至长安的建筑布局、街道、官制、治安、市民娱乐及国际性的特色,小至钥匙的形状、接收物品时的"符验"、妓馆养哈巴狗与鹦鹉的习惯、坊门关闭时间、赌钱用的骰子等真实的生活细节,并经常在正文中引用唐诗、《唐书》《旧唐书》、宋代《册府元龟》等记载,书中如日本遣唐史阿倍仲麻吕、诗人张籍、宦官高力士等也都是真实的历史人物,因此,除却推理的成分,这部小说完全可以当作一部唐玄宗时期的长安风俗史或历史小说来阅读。[1]

其次,书中侦探贺望东擅长推理,总能找到真凶身份,但讽刺的是,他一直无法知道自己的真实身份,"不知道自己是什么人——世界上有这种可悲的事情吗?"[2]在后记中陈舜臣解释道,贺望东这个人物的设置是受到梅原猛先生关于镰足儿子定慧的推测的启发:"据梅原先生说,到中国唐朝去留学的僧人定慧,实际上是孝德天皇的儿子。镰足为了避免中大兄皇子的猜忌,叫定慧出家做了僧人,又把他送到中国去了。为了使某个人物不卷入政治斗争的漩涡而把他送往很远的地方,这种政治手段是不能排除的。由于这种情况很可能存在,因而就设置了一个与此类似的人物贺望东。"[3]

安排一个日本人贺望东作全书的侦探,固然是写作时有面向日本读者的考虑,但贺望东的身份不明,而且自己都不知道自己是什么人,这是否也可以视作作者陈舜臣对自己不断流离辗转的身份的一种思考呢?陈舜臣的父亲陈通是台湾人,1919年被派驻在日本神户一家海产贸易公司工作,后成立了自己的贸易商行。陈舜臣1924年出生于日本,属于第二代移民,他自幼在家接受中文教育,对汉文典籍相当熟悉,1941—1943年在大阪外国语学校学习,之后留校做研究助理。1945年日本战败,台湾回归中国,1946年陈舜臣回到台北,在一家中学担任英

---

[1] 例如在介绍十七岁的阿倍仲麻吕来长安的情况时,作者写道:"仲麻吕的字,不像是一个少年写的,笔迹很工整,是一手好字。他写的是六朝诗人的诗句,他正在给碧云讲解。和仲麻吕同岁,后来成为仲麻吕的朋友的李白,当时还没有成名。河南的杜甫,当时也还只有七岁。"这些句式在历史小说中经常出现,但在侦探小说中却很少。可见陈舜臣的仿古推理小说的特色之一是将完全虚构的案件放在一个真实的历史背景中。

[2] 陈舜臣:《长安日记》,第20页。

[3] 同上书,第171—172页。

第九章 狄公案之后

文老师,他的弟弟陈敏臣考上了中国暨南大学,在经历过二二八事件后,陈舜臣与弟弟陈敏臣决定1949年重回日本神户,远离政治风波。陈舜臣的妹妹陈妙玲1950年回到北京,曾担任抚顺日本战犯翻译,后从事对日宣传工作,加入统战派的台湾民主自治同盟。1972年他申请了中华人民共和国护照,经常在中国旅行,此时陈舜臣已屡获日本多个推理小说奖,并开始逐步转向历史小说写作。在周恩来、廖承志等人照顾下可以进出故宫寻找研究数据。也正因如此,陈舜臣的文学创作一度鲜被台湾媒体报导。1990年再次加入了日本籍。从日本到中国再回到日本,陈舜臣就如故事中的侦探贺望东一样,一生都在寻找自己的真正身份。

《方壶园》一文虽然在写作《长安日记》的十年前写成,但在意境的营造上更胜一筹,甚至与高罗佩的狄公案系列相比也毫不逊色。这篇故事中的历史也同样虚实交错。历史记载中唐诗人李贺号称"鬼才",生前郁郁不得志,27岁病亡,留下大量诗文,并将全部手稿托付好友沈子明,沈子明将李贺诗稿刊印,并请杜牧作序。陈舜臣在这个基础上虚构了一个因争夺李贺诗歌而产生的密室杀人案。小说中李贺的好友是高佐庭,"李贺亡逝后,他便担负起了整理其生前写下的零散诗稿的重任。事后,他带着说是希望能够到都城走一走的李标回到长安,并介绍李标成为竹笼匠,与自己一起在崔朝宏家里做了门下食客"[①]。一日高佐庭被发现死于居所方壶园的卧床上,一年后,另一位崔府的食客吴炎也在方壶园内上吊身亡。正在崔朝宏决定彻底拆掉方壶园这所不祥的建筑时,虚构人物李贺的堂弟、竹笼匠李标向崔解释了这两起死亡事件的原因。

这个故事中的人物关系基本上可以归类为诗人与非诗人的两组对立。李贺、杜牧与高佐庭都属于前者,方壶园既是高佐庭生活的居所,也象征着诗人高不可攀的才华及内心世界的自我封闭。非诗人的一组包括如崔朝宏这类的盐商,虽然富甲一方,但因为缺少文学修养,社会

---

① 陈舜臣,《青玉狮子香炉》,姚巧梅、袁斌译,桂林:广西师范大学出版社,2010年,第67页。

地位不如高佐庭而对之产生忿恨;又如竹笼匠李标这种手工业者也自幼对诗人李贺的诗学才华嫉妒不已;或者如吴炎这种平庸文人,干脆想将李贺的遗作据为己有,拿李贺的诗作谎称自己的作品来扬名。因此这个故事表面上看是一起密室杀人案件,但亦可以看作俗世对诗人世界的侵蚀。

代表诗人世界的核心建筑就是该篇的标题"方壶园"。故事中"方壶园"指崔朝宏家内的一处类似方壶的建筑,由一个书库改建而成:

> 因为原先的书库有三层,所以墙壁也很高。长安的城墙高达三米,估计方壶园的墙比它还要高上一倍。拆毁书库后,众人又铺上石子路,在围墙上造起小小的四阿,弄得就如同园林一般。由于面积本身就不大,而四壁的围墙又甚高,故而整个园子看起来就如同壶形一般。①

推理小说的传统中不乏有特色的建筑空间,但此类空间多为诡计而存在,犯人利用其中的过道或者门窗来躲藏,例如高罗佩的狄公案系列中的《朝云观奇案》《紫云寺奇案》等。而陈舜臣的这篇推理小说的最大特色就是方壶园不仅是作为密室空间而存在,而且转化成一种诗人世界的意象。

小说的开篇就写道:"夕阳西斜,坐落于豪商崔朝宏府邸中的方壶园,在落日的余晖中投下长长的影子,一直延伸到庭院里。影子的尽头,眼看便要触及庭院角落里的竹笼匠小屋。"②后文中提及竹笼匠李标一直生活在李贺的阴影下,以致后来产生了要将他的堂兄的手稿全部毁灭的念头,因此这里方壶园长长的影子,正象征了诗人的才华带给他人的巨大焦虑。同样,盐商崔朝宏也时刻感觉到方壶园所代表的文学这样一个精神世界的压力:

> 战斗的要领,便在于知己知彼。盐商忽然开始研究起了诗词。

---

① 陈舜臣:《青玉狮子香炉》,第69页。
② 同上书,第67页。

第九章　狄公案之后

他站在了"诗"这样一个人类之力显得如此渺小的前提面前。

与诗相比，崔朝宏的事业能够给人巨大的影响。他有着足以左右全国盐价的实力。一旦盐价飙升，庶民的生活立刻就会受到威胁。生活困难，自杀——不，或许那些被逼上绝路的群众还会发动叛乱，彻底颠覆这个强大的王朝。

彼此的目光之中，究竟哪一方蕴含了更强烈的侮蔑——胜败在此一举。这是一场前所未闻的奇怪战斗。①

生活在方壶园之内，可以使得诗人能够暂时摆脱俗世烦恼："如果人在方壶园中的话，就只能看到围墙分隔出的一片四角天空。诗人身处壶底，也就再看不到那些巍峨庄严的高塔与殿宇。既能当成自己是身处深山之中，也能把自己想象成正泛舟于溪流之上。"②而诗人的被杀，则代表了外在的物欲世界（名誉争斗、柴米油盐）对精神世界的干扰与侵犯。因此表面上看陈舜臣是在写诗人高佐庭被杀的内幕，但是否也是借此来作出诗人孤独的精神世界与外在的物质世界关系消长的思考呢？小说的最后，代表诗人世界的方壶园坍塌了：

> 远处突然传来一声巨响——围墙在铁锤的重击之下，化作一块巨大的砖石，沉重地砸在地上，扬起滚滚的尘埃。这是迄今为止，从围墙上敲下的最大的一块砖石。
>
> 方才敲出的缺口中，露出了大慈恩寺大雁塔那傲然耸立于春光暮霭中的朦胧塔尖。
>
> 既然已经能从园内看到外界的事物，那么方壶园也就从人世间消失了。
>
> 同时，方壶园之谜，也从此不复存在。③

某种意义上，陈舜臣《方壶园》的这一结尾，正如契诃夫《樱桃园》中的斧头声，代表了某种对诗意理想的向往，表达了世俗世界对文学世界毁灭的伤感及对逐渐消失了的"诗"的文学传统的惋惜。也正因

---

① 陈舜臣：《青玉狮子香炉》，第75页。
② 同上书，第85页。
③ 同上书，第108—109页。

如此,陈舜臣的这篇小说超越了普通侦探小说中单纯的解谜与推理,而显示出了对传统文学与历史的深度反思,令人阅读后感到余韵犹在。

近年来,仿古类的侦探小说在通俗小说市场上十分受欢迎,而且吸取了日本的如岛田庄司、绫辻行人、清凉院流水、东野圭吾等人的推理小说、欧美的如丹·布朗(Dan Brown)《达·芬奇密码》、美剧等全球流行文化的因子,在悬念节奏的控制、素材开拓及心理刻画上,本土作品都显示出了相当成熟的叙事技巧,这方面的佼佼者如水天一色的作品《乱神馆之蝶梦》(2009)①、冶文彪的《清明上河图密码》系列(2015—)②、马伯庸的《风起陇西》《长安十二时辰》(2017)等③。但从作品的人文底蕴、作者的文化情怀与叙事的严谨性上看,高罗佩的狄公案系列及陈舜臣的推理作品依旧是无人能及的。刘慈欣的著名科幻小说《三体》中曾设计过一个三体人的毁灭性攻击武器二向箔,它是一个包裹在力场里的"小纸片",和三维空间接触的瞬间可以使空间里的所有物质变成二维平面,这种将历史平面化,成为故事中单纯的娱乐背

---

① 水天一色是一位女性推理作家,本名不详,19岁开始创作推理小说,先后在推理之门、晋江文学城等网站发表推理、言情类作品,在推理之门担任原创推理小说版版主多年,2004年北京工业大学计算机系毕业后成为独立撰稿人,2006年进入推理杂志《岁月推理》担任编辑,之后主要在同一杂志社另一本推理杂志《推理世界》上发表作品。2008年从编辑部退出,重新成为自由撰稿人。2009年,日本著名推理作家岛田庄司发起了一个推理界的亚洲新人推广计划,水天一色的作品《乱神馆之蝶梦》经由《岁月推理》杂志推荐入选岛田庄司选亚洲本格推理这个系列,日本讲谈社2009年出了日文版。岛田庄司曾这样评价:"这本书以中国唐朝为故事背景,非常有中国文化的特色,令人印象深刻。其中女性作家擅长的人物心理描写十分细腻,文艺气息很浓。在本格解谜方面,最后的真相也比较合理,故事构思和逻辑解答都很好,虽然在诡计方面不太突出,但总体看来是一部优秀的作品。"

② 冶文彪(1971—),贵州人,出生于青海,山东大学中文系毕业,现为专职作家。2015年,冶文彪出版了《清明上河图密码1》,按照作者的计划,这一套书"共计六部,前五部分别以士农工商兵这五大北宋社会区域为主题,'汴京五绝'各自领衔担纲一部,五部都以梅船为核心悬念,形成五大故事扇面,最终拼合出第六部大结局"。该书现已出版三部,影视版权已高价卖给阿里影业。

③ 马伯庸(1980—),本名马力,出生于内蒙古赤峰市,网络作家,发表的作品涉及动漫、历史、科幻等多个领域。2005年马伯庸开始发表长篇小说,将真实的史料与推理结合,代表作如以三国为背景的《风起陇西》、以唐玄宗为背景的《长安十二时辰》等。

景的二向箔是否也会成为当代本土侦探小说写作中的隐患呢?①

---

① 这种将史料与虚构结合讲述一段过去不为人知的阴谋论的类型也称"Faction",代表作即为《达·芬奇密码》。但当代推理小说中多仅将历史作为写作数据库的一种,历史在作品中失去了深度与意义,而变得平面化。这也不单单是历史推理小说的问题,整个当代流行小说都有这种倾向,需另外撰文分析。有关这方面的精彩论述,可参考日本的文化研究学者东浩纪所著《动物化的后现代:御宅族如何影响日本社会》,台北:大艺出版,2012年。

第十章　走向世界的当代中国侦探小说

　　至此，本书梳理了两类侦探小说中国化的方式。一方面，西方的福尔摩斯神探们自晚清开始进入了中国读者们的视野，并激励着中国的作家创作出了如霍桑、鲁平等富有本土特色的侦探形象。中国的侦探小说家们虽然大部分都来自鸳鸯蝴蝶派，但他们一改鸳鸯蝴蝶派旧有的给人以保守、落后的形象，积极追随五四时期的"赛先生"潮流，将侦探小说创作视作向民众普及科学知识、增强好奇心与理性分析的有益实践，中国的侦探小说也因此在20至40年代达到了高峰。在这种方式的本地化过程中，福尔摩斯式的侦探小说的叙事模式仍然是中国作家效仿的主要对象，例如福尔摩斯与华生的搭配，以华生为视角的叙事，整个探案过程遵循着报案、勘查现场、由侦探来还原案发现场的过程等，并在叙事中穿插了一些现代化的科学探案工具及手法。这里中国侦探小说的本土性主要是故事以民国的都市生活为背景，展现出新旧交替时期国人的日常生活细节及正义观，侦探小说也因此见证了中国由传统向现代社会转型的过程中都市人的生活及价值观的变化。

　　另一方面，荷兰作家高罗佩在50年代开始创作的狄仁杰侦探系列则揭示了第二种将西方侦探小说本土化的可能。高罗佩吸收了西方侦探小说中悬念的叙述技巧及理性分析的解决方式，也积极地从中国传统公案中汲取素材，并利用他丰富的古代中国物质文化知识来设计谜题，他笔下的狄仁杰探案既显得古色古香，还原了高罗佩本人对古代中国，特别是明代文化的向往，与中国传统公案中的审案人员相比，又体现出一种现代理性与国际视野。这种侦探小说与古典中国元素相结合的模式不仅在国际市场上非常成功，狄仁杰也因此享誉海外，成为中国神探的代表，而且也被中国读者所认可，高罗佩的狄仁杰侦探故事在80年代被译成中文传入中国后，吸引了不少中国作家与导演继续为狄仁杰谱写新的探案历险。

第十章　走向世界的当代中国侦探小说

　　以上两种将西方侦探小说本地化的模式进一步见证了侦探小说这种文体是如何在全球化的语境下,将一个共有的、普遍的叙述模式与当地历史、政治与文化结合后产生出源源不断的新的活力。美国学者丹姆洛什(David Damrosch)在为《犯罪小说作为世界文学》(Crime Literature as World Literature)一书作序时曾指出:"高度风格化同时又极度本地化,犯罪小说是一个杰出的文学生产与流通的全球的模式。"① 本书对侦探小说在中国的传播与生产的讨论也恰恰体现了这种"高度风格化同时又极度本地化"文体在中国传播时的独特性。进而,以侦探小说的本地化生产与流通作为起点,我们也可以由此进一步观察并思考全球化背景下文学类型在跨地区的生产、流通与在地化的多种可能性,以及其中所蕴含的关于意识形态、知识生产与个人动能的复杂互动。

　　如果我们将20到40年代视作中国侦探小说发展的第一个黄金时期的话,进入当代后,伴随着对外交流的日趋密切与频繁,以及日渐增强的中国流行文化的海外影响力,中国的侦探小说进入了新的蓬勃发展的多元化阶段。从世界侦探小说的文学养分上看,晚清至民国的侦探小说主要受到以福尔摩斯和亚森罗苹为主的西方古典侦探文学的直接影响,而当代的中国侦探小说除了欧美侦探文学与影视作品的影响外,还吸收了来自日本推理文学中的社会写实派、本格派、新本格派的养分,而且无论是时空还是题材内容上都显得更加多样。如马伯庸、冶文彪等从古代历史与图画中寻找新的创作灵感,而蔡骏、周浩晖等则擅长书写当代刑侦悬疑。相较于晚清与民国时期对西方侦探小说单方面的输入,在全球化的趋势下,当代中国的侦探小说逐步在世界侦探文学中崭露头角,为越来越多的国外读者所喜爱。如麦家的长篇小说《解密》被翻译成多国语言,不仅取得了中国作家海外销售的最好成绩,而且获得《纽约时报》《华尔街日报》《卫报》等西方主流媒体的赞誉;来自中国香港的陈浩基及中国大陆的雷钧分获2009年及2015年"岛田

---

① Louis Nilsson, David Damrosch, Theo D'haen eds., *Crime Fiction as World Literature*, Bloomsbury, 2017, p.4.

庄司推理小说奖"的首奖等。①这些多样化的作品无疑为我们研究中国当代侦探小说提供了新的素材与观察视角,例如中国当代侦探谍报小说对五六十年代中国反特小说的继承与突破;"岛田庄司推理小说奖"等世界侦探小说的创作奖的设立如何影响当代中国侦探小说的选材与叙述风格;在伴随着全球化图书市场的流通下,中国当代侦探小说在跨地区、跨国性方面所呈现出的新面貌等。在这些新的"线索"的引领下,愿我们可以如同侦探破案一般,不断去思考并解决当代中国侦探小说中的各种谜题。

---

① 岛田庄司为日本知名新本格派推理作家,2008年4月,中国台湾的皇冠文化、日本文艺春秋、中国当代世界出版社、香港的青马文化及泰国南美出版社一道,推出了"岛田庄司推理小说奖"。该奖项每两年举办一次,先经过本地评论家的初审与复审,最终由岛田庄司从最后的三本入围作品中选出首奖,获得首奖的作品可以同时在以上几个地区的出版社发行各自译本。

参考文献

一 英文及日文书目

Anderson, Marston. *The Limits of Realism: Chinese Fiction in the Revolutionary Period*, Berkerley: University of California Press, 1990.

Berman, Marshall. *All that is Solid Melts into Air: the experience of modernity*, London: Verso, 1983.

Bloch, Ernst. *The Utopian Function of Art and Literature: Selective Essays*, Cambridge, Mass.: MIT Press, 1988.

Brooks, Peter. *Reading for Plot: Design and Intention in Narrative*, Cambridge, Mass.; London: Harvard University Press, 1992.

Calweti, John G. *Adventure, Mystery and Romance: Formula Stories as Art and Popular Culture*, Chicago: University of Chicago Press, 1976.

Chen Chih-mai. "Robert van Gulik and the Judge Dee Stories", *Renditions: A Chinese English Translation Magazine*, vol. 5, 1975, pp. 110-117.

Clunas, Craig. *Superfluous Things: Material Culture and Social Status in Early Modern China*, Urbana: University of Illinois Press, 1991.

Cooper, Nina. "Three Feuilletonistes: Paul Féval, Émile Gaboriau, and Fortuné du Boisgobey", *Cerise Press*, summer 2011, vol. 3, issue 7.

Chow, Rey. *Woman and Chinese Modernity: the Politics of Reading Between West and East*, Minneapolis, MN: University of Minnesota Press, 1991.

Dikötte, Frank. *The Discourse of Race in Modern China*, Stanford: Stanford University Press, 1992.

Doleželová-Velingerová, Milena, ed. *The Chinese Novel at the Turn of the Century*, Buffalo: University of Toronto Press, 1980.

Ed, Christian, ed. *The Post-colonial Detective*, New York: Palgrave, 2001.

Furth, Charlotte. *Ting Wen-chiang, Science and China's New Culture*, Cambridge, Mass: Harvard University Press, 1970.

Furth, Charlotte. "Rethinking van Gulik: Sexuality and Reproduction in Traditional Chinese Medicine", *Engendering China, Women, Culture and the State*, edited by Christina K. Gilmartin, GailHershatter, Lisa Rofel and Tyrene White, Cambridge, Mass.: Harvard University Press, 1994, pp. 125-147.

Furth, Charlotte. "Androgynous Males and Deficient Females: Biology and Gender Boundaries in Sixteenth- and Seventeenth-Century China", *Late Imperial China*, Volume 9, No. 2, Dec. 1988.

Gunning, Tom. "Lynx-Eyed Detectives and Shadow Bandits: Visuality and Eclipse in French Detective Stories and Films before WWI", *Yale French Studies* vol. 108, 2005.

Hanan, Patrick. *The Sea of Regret: Two Turn-of-the-century Chinese Romantic Novels*, Honolulu: University of Hawaii Press, 1995.

Hanan, Patrick. *Chinese Fiction of the Nineteenth and Early Twentieth Centuries: Essays*, New York: Columbia University Press, 2004.

Hanan, Patrick. *The Chinese Vernacular Story*, Cambridge, Mass.: Harvard University Press, 1981.

Hardwick, Michael. *The Complete Guide to Sherlock Holmes*. London: Weidenfeld and Nicolson, 1986.

Haddad, John R. "Imagined Journeys to Distant Cathay: Constructing China with Ceramics, 1780-1920", *Winterthur Portfolio*, Vol. 41, No. 1, 2007 spring.

Hastings, Silver Mark. *Purloined Letters: Cultural Borrowing and Japanese Crime Literature, 1868-1941*, diss., Yale University, 1999.

Hu, Ying. "The Translator Transfigured: Lin Shu and the Cultural logic of Writing in the Late Qing", *Positions: East Asia Cultures Critique 3.1* (1995). Durham, NC: Duke University Press, pp. 69-97.

Huntington, Rania. "The Weird in the Newspaper", *Writing and Materiality in Traditional China: Essays in Honor of Patrick Hanan*, eds. Judith T. Zeitlin and Lydia H. Liu, Cambridge, Mass: Harvard University Press, 2003, pp. 344-345.

Idema, Wilt. "The Mystery of the Halved Judge Dee Novel: The Anonymous Wu Tse- t'ien Ssu-ta Ch'i-an and its Partial Translation by R. H. van Gulik", *Tam-*

kang Review vol. 8, No. 1, 1977, pp. 155-169.

Jann, Rosemary. *The Adventures of Sherlock Holmes: Detecting the Social Order*, New York: Twayne Publishers, 1995.

Kayman, Martin. A. *From Bow Street to Baker Street: Mystery, Detection and Narrative*, Basingstoke: Macmillan, 1992.

Kao, Hsin-yang and Kao Karl S. Y eds. *Classical Chinese Tales of the Supernatural and the Fantastic*, Indiana University Press, 1985.

Kinkley, Jeffrey. *Chinese Justice, the Fiction: Law and Literature in Modern China*, Stanford, Calif. : Stanford University Press, 2000.

Knight, Stephen Thomas. *Form and Ideology in Crime Fiction*, London: Macmillan Press, 1980.

Knight, Stephen Thomas. *Crime Fiction, 1800-2000: detection, death, diversity*, New York: Palgrave Macmillan, 2003.

Karatani, Kojin. *Origins of Modern Japanese Literature*, Durham, NC: duke university press, 1993.

Kwok, Danny Wynn Ye. *Scientism in Chinese Thought 1900-1950*, New Haven: Yale University Press, 1965.

Lacan, Jacques, Jeffrey Mehlman trans. "Seminar on *The Purloined Letter*", *Yale French Studies*, Volume 0, Issue 48, French Freud: Structural Studies in Psychoanalysis (1972), pp. 39-72.

Lachman, Charles. "A Portrait of Judge Dee: Mystery and History in Seventh Century China", *Clues: A Journal of Detection*, vol. 8, No. 1, 1987, pp. 1-10.

Levenson, Joseph. *Revolution and Cosmopolitanism: The Western Stage and the Chinese Stage*, Berkeley: University of California Press, 1971.

James, P. D. *Talking about Detective Fiction*, Oxford: Bodleian Library, 2009.

Lawrence, Frank. *Victorian Detective Fiction and the Nature of Evidence: The Scientific Investigations of Poe, Dickens, and Doyle*, New York: Palgrave Macmillan, 2003.

Law, Wing-sang. "Hong Kong Undercover: An Approach to 'Collaborative Colonialism'", *Inter-Asia Cultural Studies*, Vol. 9, Issue 4, Routledge, 2008, pp. 522-542.

Lee, Leo Ou-fan. *The Romantic Generation of Modern Chinese Writers*, Cambridge, Mass: Harvard University Press, 1973.

Lee, Leo Ou-fan. *Shanghai Modern: The Flowering of a New Urban Culture in China*,

1930-1945, Harvard University Press, 1999.

Lean, Eugenia. "Proofreading Science: Editing and Experimentation in Manuals by a 1930s Industrialist", Jing, Tsu and Benjamin, Elman eds, *Science and Technology in Modern China, 1880-1940s*, Leiden, the Netherlands: Brill, 2014, pp. 185-207.

Leblanc, Maurice. *Arsène Lupin, Gentleman-cambrioleur*, Boston: Ginn and Company, 1938.

Link, Perry. *Mandarin Ducks and Butterflies: Popular Fiction in Early Twentieth-century Chinese Cities*, University of California Press, 1981.

Liu, Lydia He. *Translingual Practice: Literature, National Culture, and Translated Modernity-China, 1900-1937*, Stanford: Stanford University Press, 1995. Ma, Yau-woon. The Pao-Kung Tradition in Chinese Popular Literature. Diss. Yale University, 1971.

Matzke, Christine and Muehleisen Susanne eds. *Postcolonial Postmortems: Crime Fiction from a Transcultural Perspective*, Amsterdam; New York: Rodopi, 2006.

McMullen, David. "The Real Judge Dee Ti Jen-chieh and the T'ang Restoration of 705", *Asia Major*, 3.6, 1993, pp. 36-81.

Miller, D. A. *The Novel and the Police*, Berkeley: University of California Press, 1988.

Moretti, Franco. *Signs Taken for Wonders, Essays in the Sociology of Literary Forms*, London: Verson, 1988.

Moretti, Franco. "The Slaughterhouse of Literature", in *Modern Language Quarterly* 61:1 (March 2000), pp. 207-227.

Moretti, Franco. "Conjectuers on World Literature", in *New Left Review* 1, 2000 Jan-Feb.

Nilsson, Louise, Damrosch, David and D'haen, Theo eds. *Crime Fiction as World Literature*, New York, NY: Bloomsbury Academic, 2017.

O'Donnell, Maryann McKoughlin. "West Meets East: The Judge Dee Mysteries", *Clues: A Journal of Detection 16.1*, 1995, pp. 47-66.

O'Hara, Patricia. "'The Willow Pattern That We Knew': The Victorian Literature of Blue Willow", *Victorian Studies*, Vol. 36, No. 4 (Summer, 1993), pp. 423-424.

Omori, Kyoko. "'Shiseinen' Magazine and the Development of the *Tantei Shôsetsu* genre, 1920-1931", diss., Ohio State University, 2003.

Pan, Ling. *Old Shanghai: Gangsters in Paradise*, Hong Kong: Heinemann Asia, 1984.

Panek, Leroy. *Watteau's Shepherds: The Detective Novel in Britain 1914-1940*. Bowling Green, OH: Bowling Green University Press, 1979.

Pearson, Nels and Singer, Marc eds. *Detective Fiction in a Postcolonial and Transnational World*, New York: Routledge, 2009.

Porter, Dennis. *The Pursuit of Crime: Art and Ideology in Detective Fiction*, New Haven: Yale University Press, 1981.

Reilly, John M. *Twentieth Century Crime and Mystery Writers*, London: Macmillan, 1978.

Rojas, Carlos and Chow, Eileen Cheng-yin eds. *Rethinking Chinese popular culture: cannibalizations of the canon*, London; New York: Routledge, 2009.

Saito, Satoru. "Allegories of Detective Fiction: Confession, Social Mobility, and the Modern Japanese Novel, 1880-1980", diss., Columbia University, 2005.

Sari, Kawana. *Undercover Agents of Modernity: Sleuthing City, Colony, and Body in Japanese Detective Fiction*, diss., University of Pennsylvania, 2003.

Schwartz, Benjamin. *In Search of Wealth and Power: Yen Fu and the West*. Cambridge: Harvard University Press, 1964.

Seaman, C. Amanda. *Bodies of Evidence, Women, Society, and Detective Fiction in 1990s Japan*, University of Hawaii Press, 2003.

Singer, Ben. "Modernity, hyperstimulus and the rise of popular sensationalism", Leo Charney, Vanessa R. Schwartz eds., *Cinema and the Invention of Modern Life*, Berkeley: University of California Press, 1995.

Symons, Julian. *Bloody Murder: From the Detective Story to the Crime Novel: a History*, New York: Viking, 1985.

Thomas, Ronald R. *Detective Fiction and the Rise of Forensic Science*, Cambridge: Cambridge University Press, 1999.

Thompson, Jon. *Fiction, Crime and Empire: Clues to Modernity and Postmodernism*, Urbana: University of Illinois Press, 1993.

van de Wetering, Janwillem. *Robert van Gulik, His Life, His Work*, Miami Beach, FL: D. McMillan Pub, 1987.

van Gulik, Robert. *Erotic Colour Prints of the Ming Period: With an Essay on Chinese Sex Life From the Han to the Ch'ing Dynasty, B. C. 206-A. D. 1644*, Boston: Brill, 2003.

van Gulik, Robert. *Siddham: An Essay on the History of Sanskrit Studies in China and Japan*, Nagpur: International Academy of Indian Culture, 1956.

van Straten N. H. *Concepts of Health, Disease and Vitality in Traditional Chinese Society: A Psychological Interpretation Based On the Research Materials of Georg Koeppen*, Wiesbaden: F. Steiner, 1983.

van Gulik, Robert. *Illuminations*, Hannah Arendt ed., New York: Shocken Books, 1968.

Walter, Benjamin. *Charles Baudelaire: a Lyric Poet in the Era of High Capitalism.* Trans. Harry Zohn, London: NLB, 1973.

Wakeman, Frederic. *Policing Shanghai: 1927-1937*, Berkeley: University of California Press, 1995.

Wakeman, Frederic. *The Shanghai Badlands: Wartime Terrorism and Urban Crime, 1937-1941*, New York: Cambridge University Press, 1996.

Wang, David Der-wei. *Fin-de-siècle Splendor: Repressed Modernities of Late Qing Fiction*, Stanford University Press, 1997.

Wang, David Der-wei. *The Monster that is History: History, Violence, and Fictional Writing in Twentieth-century China*, University of California Press, 2004.

Wang, Hui. "The Fate of 'Mr. Science' in China: The Concept of Science and Its Application in Modern Chinese Thought", *Positions* 3（1995）.

Zeitlin, Judith T. *Historian of the Strange: Pu Songling and the Chinese Classical Tale*, Stanford, California: Stanford University Press, 1993.

Zhao, Henry Y. H. *The Uneasy Narrator: Chinese fiction from the traditional to the modern*, Oxford: Oxford University Press, 1995.

中村忠行:《清末探侦小说史稿（一）》,《清末小说研究》第2号,1978年10月,第9—42页。

中村忠行:《清末探侦小说史稿（二）》,《清末小说研究》第3号,1979年12月,第10—60页。

中村忠行:《清末探侦小说史稿（三）》,《清末小说研究》第4号,1980年12月,第10—66页。

二　中英文小说文本

许奉恩:《里乘》,文益人、齐秉文点校,济南:齐鲁书社,1988年。

冯梦龙编撰:《警世通言》,马冰点校,北京:中华书局,2001 年。
刘鹗:《老残游记》,北京:中华书局,2001 年。
阳湖吕侠:《中国女侦探》,北京:商务印书馆,1907 年。
陈鼓应注释:《庄子今注今译》,北京:中华书局,1983 年。
吴趼人:《吴趼人全集》,第四卷,第六卷,第七卷,第九卷,哈尔滨:北方文艺出版社,1998 年。
佚名:《狄公案》,台北:台湾古籍出版有限公司,2006 年。
林纾:《歇洛克奇案开场》,北京:商务印书馆,1908 年。
林纾:《冤海灵光》,收录于《林纾选集》(小说,卷下),成都:四川人民出版社,1987 年。
林纾:《林琴南书话》,钱谷融主编,吴俊标校,杭州:浙江人民出版社,1999 年。
孙了红:《侠盗鲁平奇案》,北京:文化艺术出版社,1990 年。
孙了红:《侠盗文怪:孙了红代表作》,范伯群主编,南京:江苏文艺出版社,1996 年。
孙了红:《侠客鲁平》,北京:中国广播电视出版社,1991 年。
桂万荣辑、吴讷删正:《棠阴比事原编》,北京:中华书局,1985 年。
皇甫枚:《三水小牍》北京:中华书局,1958 年。
朱小棣:《新狄公案》,姚颖译,北京:中国社会科学出版社,2011 年。
止庵编订:《周作人译文全集》,周作人译,第 11 卷,上海:上海人民出版社,2012 年。
陈舜臣:《长安日记——贺望东探案集》,北京:群众出版社,1985 年。
陈舜臣:《青玉狮子香炉》,姚巧梅、袁斌译,桂林:广西师范大学出版社,2010 年。
程小青:《霍桑探案集》(1—13),北京:群众出版社,1986 年。
施蛰存:《梅雨之夕》,哈尔滨:黑龙江人民出版社,1997 年。
施蛰存:《施蛰存七十年文选》,陈子善、徐如麒编:《施蛰存七十年文选》,上海:上海文艺出版社,1996 年。
钱雁秋:《神探狄仁杰》(1—4),北京:中国社会科学出版社,2006—2011 年。
〔法〕鲍福:《毒蛇圈》,《新小说》第 8—24 号,上海知新室主人译,趼廛主人评,1903—1905 年。
〔法〕莫里斯·勒布朗:《亚森·罗平探案全集》,第一卷,平静译,北京:群众出版社,1998 年。
〔法〕莫里斯·勒布朗:《业森·罗平探案全集》,第二卷,萧竹译,北京:群众出版社,1998年。

〔法〕莫里斯·勒布朗:《亚森·罗平探案全集》,第三卷,管筱明译,北京:群众出版社,1998年。

〔法〕莫里斯·勒布朗:《亚森·罗平智斗福尔摩斯》,龚晓庄、言乐译,北京:中国文联出版公司,1986年。

〔美〕爱伦·坡:《黑猫、金甲虫:爱伦·坡短篇杰作选》,杜若洲译,台北:志文出版社,1996年。

〔荷〕高罗佩:《狄仁杰奇案》,新加坡:南洋出版社,1953年。

〔荷〕高罗佩:《狄公案——黄金奇案》,陈海东译,台北:脸谱出版社,2000年。

〔荷〕高罗佩:《狄公案——漆画屏风奇案》,黄禄善译,台北:脸谱出版社,2001年。

〔荷〕高罗佩:《狄公案——湖滨奇案》,季振东、康美君译,台北:脸谱出版社,2001年。

〔荷〕高罗佩:《狄公案——朝云观奇案》,印永清译,台北:脸谱出版社,2001年。

〔荷〕高罗佩:《狄公案——铜钟奇案》,申霞、姜逸青译,台北:脸谱出版社,2001年。

〔荷〕高罗佩:《狄公案——红阁子奇案》,梁苏、王仁芳译,台北:脸谱出版社,2001年。

〔荷〕高罗佩:《狄公案——黑狐奇案》,陆钰明译,台北:脸谱出版社,2001年。

〔荷〕高罗佩:《狄公案——玉珠串奇案》,金昭敏译,台北:脸谱出版社,2001年。

〔荷〕高罗佩:《狄公案——御珠奇案》,朱振武译,台北:脸谱出版社,2002年。

〔荷〕高罗佩:《狄公案——迷宫奇案》,姜汉森、姜汉椿译,台北:脸谱出版社,2002年。

〔荷〕高罗佩:《狄公案——紫云寺奇案》,张弘译,台北:脸谱出版社,2002年。

〔荷〕高罗佩:《狄公案——铁针奇案》,张宏译,台北:脸谱出版社,2002年。

〔荷〕高罗佩:《狄公案——柳园图奇案》,金迪、李振宇译,台北:脸谱出版社,2002年。

〔荷〕高罗佩:《狄公案——广州奇案》,韩忠华译,台北:脸谱出版社,2002年。

〔荷〕高罗佩:《狄公案——断指奇案》,徐裴译,台北:脸谱出版社,2002年。

〔荷〕高罗佩:《狄公案——太子棺奇案》,胡洋译,台北:脸谱出版社,2002年。

〔荷〕高罗佩:《大唐狄公案》系列,陈来元、胡明译,海口:海南出版社,2011年。

陈庆浩、王秋桂主编:《东方艳情小说珍本》,台北:台湾大英百科股份有限公司,1997年。

于润琦主编:《清末民初小说书系·侦探卷》,洪迅点校,北京:中国文联出版公司,1997年。

任翔、高媛主编:《百年中国侦探小说精选(1908—2011)第一卷:江南燕》,北京:北京师范大学出版社,2012年。

任翔、高媛主编:《百年中国侦探小说精选(1908—2011)第二卷:雀语》,北京:北京师范大学出版社,2012年。

任翔、高媛主编:《百年中国侦探小说精选(1908—2011)第三卷:雪狮》,北京:北京师范大学出版社,2012年。

范伯群主编:《中国侦探小说宗匠——程小青》,南京:南京出版社,1994年。

范伯群主编:《侦探泰斗——程小青》,台北:业强出版社,1993年。

萧金林编:《中国现代通俗小说选评·侦探卷》,上海:上海文艺出版社,1992年。

Du Boisgobey, Fortuné. *In the Serpents Coils*, London: Vizetelly & Co., 1885.

Doyle, Conan. *The Complete Sherlock Holmes*, New York: Doubleday & Company, INC, 1930.

Poe, Edgar Allan. *Tales of Mystery and Imagination*, Hong Kong: Oxford University Press, 1992.

Van Gulik, Robert. *Dee Goong An: Three Murder Cases Solved by Judge Dee: An Old Chinese Detective Novel*, Tokyo: Printed for the author by Toppan Print. Co., 1949.

Van Gulik, Robert. *The Chinese Nail Murders*, Chicago: University of Chicago Press, 1977.

Van Gulik, Robert. *Murder in Canton*, Chicago: University of Chicago Press, 1993.

Van Gulik, Robert. *The Willow Pattern*, Chicago: University of Chicago Press, 1993.

Van Gulik, Robert. *The Chinese Maze Murders*, Chicago: University of Chicago Press, 1997.

Zhu, Xiaodi. *Tales of Judge Dee*, Lincoln: iUniverse. Inc., 2006.

三 中文书目

马军:《舞厅市政——上海百年娱乐生活的一页》,上海:上海辞书出版社,2010年。

十启宏:《中国现代翻译侦探小说的意义》,《广州大学学报》2004年第7期。

王宏印:《朝向一种普遍翻译理论的"无本回译"——以〈大唐狄公案〉等为例》,《上海翻译》2015 年 3 月。

王京阳、袁宏:《唐狄仁杰卒年考辨》,《故宫博物院院刊》1995 年 1 月,第 49—50 页。

〔美〕王德威:《被压抑的现代性——晚清小说新论》,宋伟杰译,北京:北京大学出版社,2005 年。

〔美〕王德威:《历史与怪兽:历史,暴力,叙事》,台北:麦田出版社,2004 年。

〔美〕王德威:《"根"的政治,"势"的诗学:华语论述与中国文学》,《华夷风起:华语语系文学三论》,高雄:中山大学文学院,2015 年。

孔庆东:《抗战时期的侦探滑稽等小说》,《涪陵师专学报》1999 年第 15 卷第 2 期。

孔庆东:《早期中国侦探小说简论》,《啄木鸟》2012 年第 12 期。

孔慧怡:《还以背景,还以公道——论清末明初英语侦探小说中译》,王宏志编:《翻译与创作——中国近代翻译小说论》,北京:北京大学出版社,2000 年,第 88—117 页。

孔慧怡:《晚清翻译小说中的妇女形象》,《中国比较文学》1998 年第 2 期,第 71—86 页。

卢润祥:《神秘的侦探世界》,上海:学林出版社,1996 年。

许晖林:《身体与国体:读〈老残游记〉》,会议论文,"百年论学"研讨会,台湾政治大学中文系与师范大学国文系合办,2013 年 1 月。

叶庆炳:《谈小说妖》,台北:洪范书店,1983 年。

冯绍霆:《石库门上海特色民居与弄堂风情》,上海:上海人民出版社,2009 年。

刘苑如:《身体・性别・阶级:六朝志怪的常异论述与小说美学》,台北:中央研究院中国文哲研究所,2002 年。

扬之水:《香识》,香港:香港中和出版有限公司,2014 年。

邬国平、黄霖编:《中国文论选・近代卷(下)》,南京:江苏文艺出版社,1996 年。

汤哲声:《说来开笑口葫芦——中国现代滑稽小说论》,《中国现代文学研究丛刊》1992 年第 3 期。

李欧梵:《上海摩登(增订版)》,毛尖译,香港:牛津大学出版社,2006 年。

李欧梵:《福尔摩斯在中国》,《当代作家评论》2004 年第 2 期。

李欧梵:《林纾与哈葛德——翻译的文化政治》,《东岳论丛》2013 年第 10 期。

任翔:《文学的另一道风景》,北京:中国青年出版社,2001 年。

任翔、高媛主编:《中国侦探小说理论资料(1902—2011)》,北京:北京师范大学出版社,2013 年。

阿英:《晚清小说史》,北京:人民文学出版社,1980 年。

何思颖:《社会、商业、一书:李铁的类型片》,《紫钗、凶影、小市民:李铁的电影艺术》,香港:香港电影资料馆,2013 年,第 77—88 页。

何思颖:《无间谍——香港电影对占士邦热的回应》,《冷战与香港电影》,香港:香港电影资料馆,2009 年,第 221—230 页。

何思颖:《珍姐邦:奉旨打男人的女人》,《粤语文艺片回顾(1950—1969)》,香港:香港市政局,1997 年,第 34—39 页。

宋希于:《高罗佩的迷宫图,丁月湖的印香炉》,《掌故》第一集,中华书局,2016 年。

杜维运:《清代史学与史家》,台北:东大图书公司,1984 年。

严家炎:《五四新文化运动与中国的家族制度》,《鲁迅研究月刊》1999 年第 10 期。

陈珏:《高罗佩与"物质文化"——从"新文化史"视野之比较研究》,《汉学研究》2009 年第 27 卷第 3 期,第 317—346 页。

陈国伟:《越境与译径:当代台湾推理小说的身体翻译与跨国生成》,台北:联合文学,2013 年。

陈国伟:《越境出走:费蒙一九五〇年代犯罪/间谍小说中的香港》,《现代中文文学学报》2016 年第 13 卷第 1—2 期。

陈国伟:《都市感性与历史迷境:当代华文小说中的推理叙事与转化》,《华文文学》2012 年第 4 期,第 86—88 页。

陈爱阳:《日本最初原创现代侦探小说的中文译介》,《汉语言文学研究》2011 年第 3 期,第 77—85 页。

陈平原、夏晓虹编:《二十世纪中国小说理论资料》第一卷,北京:北京大学出版社,1989 年。

陈罡:《"门角里福尔摩斯":赵苕狂和他的〈胡闲探案〉》,《湖南师范学院学报》第 36 卷第 11 期。

杨联芬:《晚清至五四:中国文学现代性的发生》,北京:北京大学出版社,2003 年。

吴昊:《孤城记:论香港电影及俗文学》,香港:次文化堂,2008 年。

杨绪容:《周桂笙与清末侦探小说的本土化》,《文学评论》2009 年第 5 期,第 184—188 页。

杨绪容:《吴趼人与清末侦探小说的民族化》,《华中师范大学学报(人文社会科学版)》2010年第49卷第2期。

苏兴:《〈武则天四大奇案〉散论》,《大连大学学报》2006年第1期,第39—40页。

范伯群编:《中国近现代通俗文学史》,南京:江苏教育出版社,2000年。

汪晖:《现代中国思想的兴起》,北京:三联书店,2004年。

汪晖:《无地彷徨:"五四"及其回声》,杭州:浙江文艺出版社,1994年。

张萍:《高罗佩:沟通中西文化的使者》,北京:中华书局,2010年。

张俊才:《林纾评传》,北京:中华书局,2007年。

张仁善:《寻求法律与社会的平衡——论民国时期亲属法、继承法对家族制度的变革》,《中国法学》2009年第3期。

张丽华:《晚清小说译介中的文类选择——兼论周氏兄弟的早期译作》,《中国现代文学研究丛刊》2009年第2期。

苗怀民:《中国古代公案小说史论》,南京:南京大学出版社,2005年。

洪婉瑜:《推理小说研究兼论林佛儿推理小说》,台南:南天书局,2007年。

周作人:《知堂回想录》,香港:听涛出版社,1970年。

周作人:《我的杂学》,张丽华编,北京:北京出版社,2005年。

罗苏文:《近代上海:都市社会与生活》,北京:中华书局,2006年。

郑怡庭:《"归化"还是"异化"?——The Hound of the Baskervilles 三部清末民初中译本研究》,《台湾师范大学学报》61:1期,2016年3月,第71—92页。

林怡婷:《娇怯柔弱或不让须眉?——中华书局〈福尔摩斯侦探案全集〉中的女性形象》,《编译论丛》2016年第9卷第2期,第1—22页。

林薇:《百年沉浮——林纾研究综述》,天津:天津教育出版社,1990年。

郭延礼:《中国近代翻译文学概论》,武汉:湖北教育出版社,1998年。

郭诗咏:《印刷的共同体——重读施蛰存的〈狮子座流星〉及〈凶宅〉》,《现代中国》第十一辑,北京:北京大学出版社,2008年,第213—214页。

《胡适古典文学研究论集》,上海:上海古籍出版社,1988年。

赵稀方:《翻译与文化协商—从〈毒蛇圈〉看晚清侦探小说翻译》,《中国比较文学》2012年第1期,第35—46页。

赵毅衡:《高罗佩的一个世纪,狄仁杰的一个甲子》,《南方人物周刊》2010年第35期。

施晔:《高罗佩小说主题物的汉文化渊源》,《文学评论》2011年第6期,第202—208页。

钟叔河编:《周作人文类编》之卷四《人与虫》,长沙:湖南文艺出版社,1998年。

姜维枫:《近现代侦探小说作家程小青研究》,北京:中国社会科学出版社,2007年。

钱理群:《周作人传》,北京:北京十月文艺出版社,1990年。

钱锺书:《林纾的翻译》,北京:商务印书馆,1981年。

夏晓虹:《晚清文人妇女观》,北京:北京大学出版社,2016年。

容世诚:《从侦探杂志到武打电影:"环球出版社"与"女飞贼黄莺"》,姜进编:《都市文化中的现代中国》,上海:华东师范大学出版社,2007年,第323—344页。

章培恒:《关于现存的所谓"宋话本"》,《上海大学学报(社会科学版)》1996年第1期。

施晔:《跨文化语境下中国公案小说的西传与回溯——以荷兰高罗佩《迷宫案》为例》,《社会科学》2011年6月。

黄美娥:《重层现代性镜像:日治时代台湾传统文人的文化视域与文学想象》,台北:麦田,2004年。

鲁迅:《中国小说史略》,北京:人民文学出版社,1973年。

鲁德才:《鲁德才说包公案》,北京:中华书局,2008年。

程颢、程颐撰:《二程遗书》第十八卷,上海:上海古籍出版社,2000年。

曾肇弘:《李铁与中联电影》,《紫钗、凶影、小市民:李铁的电影艺术》,香港:香港电影资料馆,2013年,第31—44页。

蒲锋:《李铁的侦探特色电影》,《紫钗、凶影、小市民》,第89—96页。

颜健富:《从"身体"到"世界":晚清小说的新概念地图》,台北:台湾大学出版中心,2014年。

薛绥之、张俊才编:《林纾研究资料》,福州:福建人民出版社,1983年。

谭嗣同著,蔡尚思、方行编:《谭嗣同全集》(增订本)下册,北京:中华书局,1981年。

潘少瑜:《想象西方:论周瘦鹃的"伪翻译"小说》,《编译论丛》2011年第4卷第2期,第1—23页。

魏绍昌编:《吴趼人研究资料》,上海:上海古籍出版社,1980年。

魏艳:《女侠形象的流变——以"女飞贼黄莺"与"女黑侠木兰花"及其影视改编为例谈四〇到六〇年代间侦探通俗文学从上海到香港发展的一些变化》,《现代中文文学学报》2016年第13卷第1—2期,第131—155页。

魏艳:《论狄公案故事的中西互动》,《中国比较文学》2009年第1期,第80—92页。

魏艳:《麦家与中国当代谍报文学》,《当代作家评论》2017年第1期,第162—171页。

藤井得宏:《中国早期侦探小说中的医学与侦探》,会议论文,台湾第十二届国际青年学者。

汉学会议:《华语语系文学与影像论文集2》,2013年7月。

〔日〕东浩纪:《动物化的后现代:御宅族如何影响日本社会》,台北:大艺出版,2012年。

〔荷〕C.D.巴克曼、H.德弗里斯:《大汉学家高罗佩传》,施晖业译,海口:海南出版社,2011年。

〔美〕魏斐德:《上海警察》,章红译,上海:上海古籍出版社,2004年。

〔荷〕伊维德:《高罗佩与狄公案小说》,谭静译,《长江学术》2014年第4期,第5—12页。

〔美〕安东尼·阿皮亚:《世界主义:陌生人世界里的道德规范》,苗华建译,北京:中央编译出版社,2012年。

〔美〕卢汉超:《霓虹灯外:二十世纪初日常生活中的上海》,上海:上海古籍出版社,2004年。

四 学位论文

吕淳钰:《日治时期台湾侦探叙事的发生与形成:一个通俗文学新文类的考察》,台湾政治大学中文系硕士论文,2004年。

李霈:《徐卓呆1920年代小说研究》,复旦大学硕士论文,2013年。

季星:《在娱乐与政治之间——中国反特小说研究1951—1965》,新加坡国立大学硕士论文,2012年。

陈翠琴:《高罗佩〈御珠奇案〉之中译研究》,高雄:高雄师范大学硕士论文,2004年。

林俊宏:《追寻旧中国:由 The Chinese Maze Murders 看翻译的运作》,台北:台湾师范大学翻译研究所硕士论文,2007年。

房莹:《陆澹安及其小说研究》,华东师范大学博士论文,2010年。

凌佳:《民国城市小说家徐卓呆研究(1910—1940)》,上海师范大学硕士论文,

2014年。

谢小萍:《中国侦探小说研究:以1896—1949上海为例》,台湾:东华大学硕士论文,2006年。

赖奕伦:《程小青侦探小说中的上海文化图景》,台湾:政治大学硕士论文,2006年。

潘芊桦:《中国推理小说新尝试:高罗佩〈(新)狄公案〉析论〉》,台湾:中山大学中文系硕士论文,2015年。

五 网络数据

Ellry:《福尔摩斯在中国(1896—2006):翻译和接受的历史》,http://blog.sina.com.cn/s/blog_566947dd010007gn.html。

《民国〈侦探〉杂志》,http://www.zhentan.la/news/1544.html。

《成熟与争鸣:民国的侦探小说创作》,http://blog.sina.com.cn/s/blog_53bd09380102v4p4.html。

Joseph J. Portnova, "Porcelain, The Willow Pattern, and Chinoiserie", http://www.nyu.edu/projects/mediamosaic/madeinchina/pdf/Portanova.pdf。

《〈狄仁杰〉的两个父亲》,《南方人物周刊》,http://news.sohu.com/20101008/n275474737.shtml。

《徐克:〈狄仁杰〉并非"武侠"自己不是回归》,《新京报》,http://ent.sina.com.cn/m/c/2010-10-05/16163104525.shtml。

岛田庄司:《对华文本格推理创作的期待》,皇冠读乐网:http://www.crown.com.tw/no22/SHIMADA/S1_b.html。

致　谢

　　这本书最初源于我在美国哈佛大学东亚系的博士论文，近些年来，借助如上海图书馆民国杂志数据库的上线，新的研究资料集的出版，以及在一些华语语系文学、比较文学等研讨会中与同行学者的交流，我也不断了解并补充了新的文本与资料，希望能更加全面细致地反映出20世纪早期侦探小说传入中国后的面貌与研究的多种面向。这里首先要特别感谢我的导师王德威先生，他不仅给本书提供了大量宝贵的意见，而且一直以来都对我充满了关心与鼓励。也要感谢伊维德（Wilt L. Idema）教授与周成荫教授，他们曾经是我博士论文委员会的成员，让我受益良多。伊维德教授与本书的研究对象之一高罗佩都是来自荷兰，从他们身上我深深体会到荷兰汉学家的风采与学养。2009年博士毕业后，我曾在新加坡国立大学中文系担任两年的访问学者，在那里认识了容世诚教授，本书中不少关于上海侦探杂志《蓝皮书》与"女飞贼黄莺"系列的研究得益于他的启发。同时我也要特别感谢香港的郑树森教授、谭景辉教授、张宏生教授，台湾的陈国伟教授以及北京大学的夏晓虹教授对于本书的精心指正。书稿完成后，2017年暑假，经苏州大学季进教授引见，我得以认识中国现代通俗文学研究的泰斗，也是程小青研究专家的范伯群先生，范先生在看完书稿后还特意发微信给我鼓励，并传给我了一幅他亲自拍自程小青先生宅院里的图画，授权我用在书中，几个月后惊悉范先生过世，不禁唏嘘。延城城先生为本书出版悉心校对，这里也表示衷心感谢。最后，我也想趁此机会感谢一直以来陪伴我、不断鼓励我支持我的家人朋友们。希望这本小书对纪录并宣传本土侦探小说的发展能有绵薄之力。

　　本书写作受到中国香港特别行政区大学教育资助委员会的基金（LU13601117）支持，一并致谢。